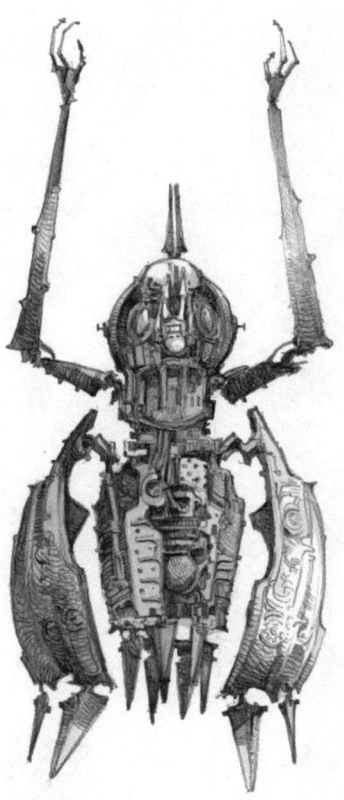

Kontaktadresse nach EU-Produktsicherheitsverordnung:
produktsicherheit@fischerverlage.de

KAI MEYER

HEXEN-MACHT

DIE KRONE DER STERNE

ROMAN

Kai Meyer, geboren 1969, ist einer der wichtigsten Autoren deutscher Phantastik. Er hat rund sechzig Romane veröffentlicht. Übersetzungen erscheinen in dreißig Sprachen. Seine Bücher wurden als Film, Hörspiel und Graphic Novel adaptiert und mit Preisen im In- und Ausland ausgezeichnet.

© 2018 Kai Meyer

2. Auflage
© 2023 S. Fischer Verlag GmbH,
Hedderichstr. 114, 60596 Frankfurt am Main

© der Illustrationen:
Jens Maria Weber
Die Nutzung unserer Werke für Text- und
Data-Mining im Sinne von § 44b UrhG
behalten wir uns explizit vor.

Dieses Werk wurde
vermittelt durch die
Michael Meller
Literary Agency GmbH,
München

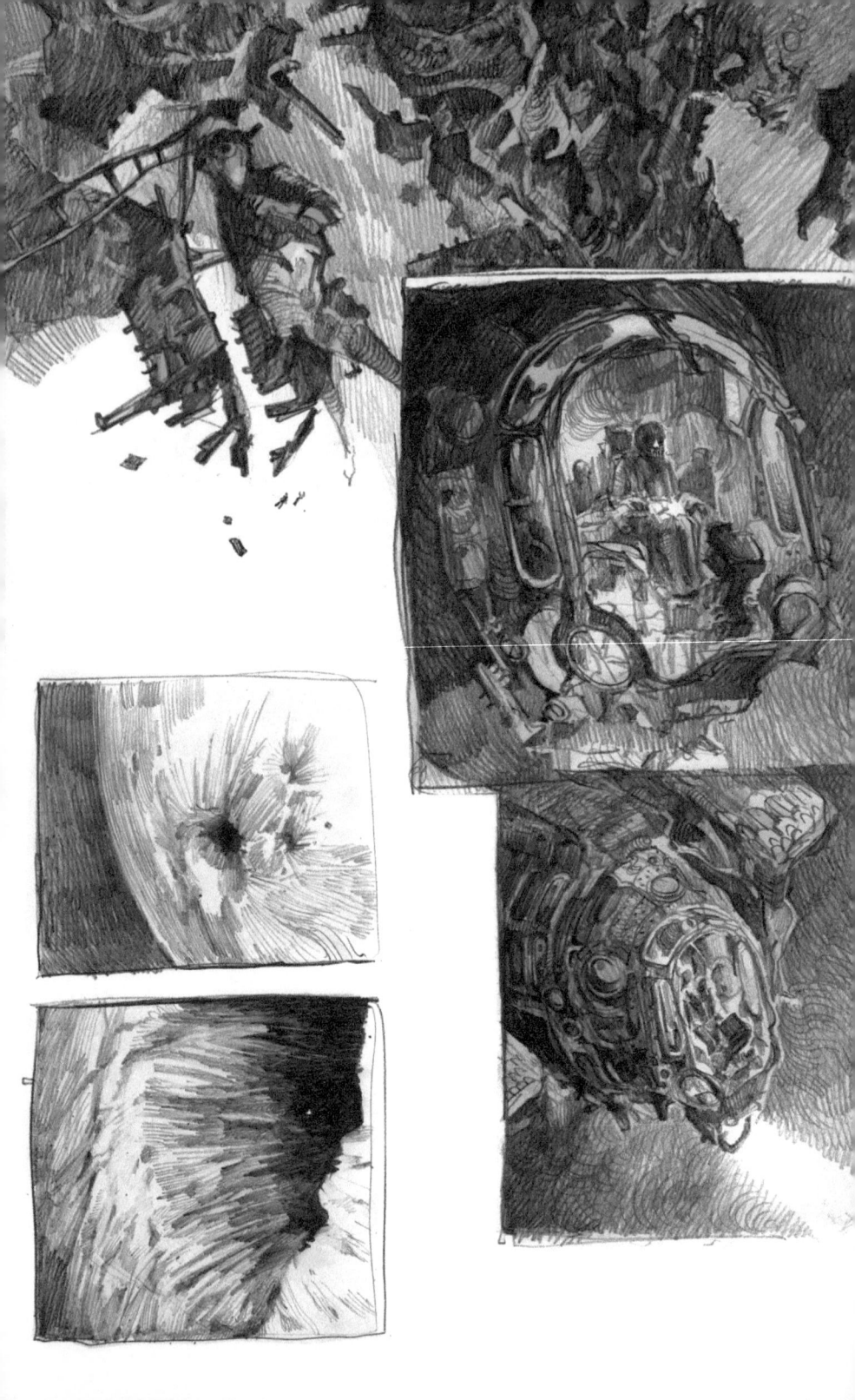

Printed in Germany
ISBN 978-3-596-70174-2

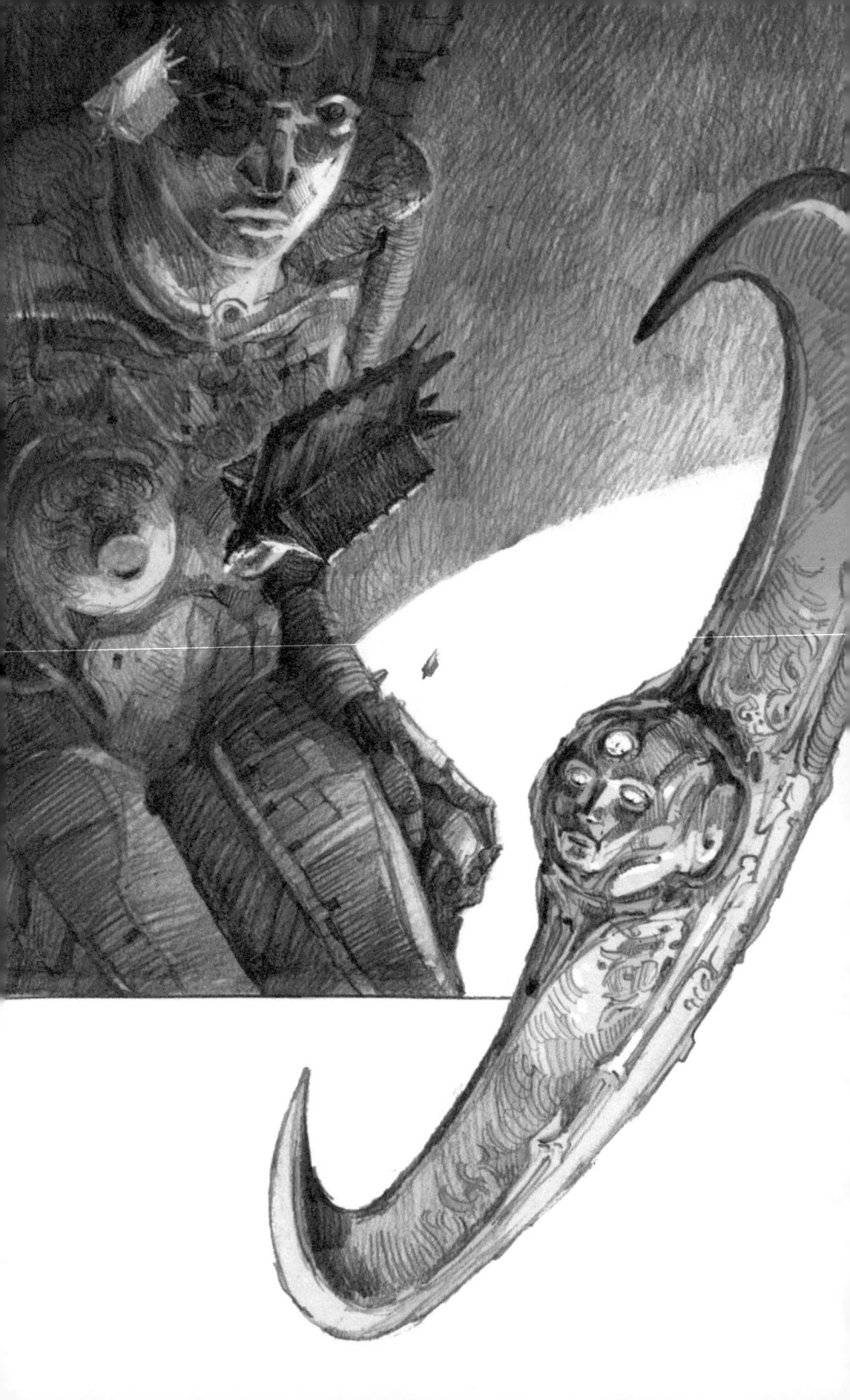

FÜR

Philippe Druillet
Jean »Moebius« Giraud (1938–2012)
und die Visionäre des
Métal Hurlant (1974–1987)

In jenen Tagen strahlten die Sterne heller.
Es gab Könige, die über Sonnen herrschten. Adelshäuser regierten wie Götter im All. Die Schiffe, in denen sie zwischen den Gestirnen reisten, waren groß wie Städte, manche gar wie Monde: Schiffe voller Anmut und Eleganz, Schiffe voller Tod. Denn wo Leidenschaften entbrannten und das Streben nach Macht, da wurden Kriege entfesselt und gewaltige Schlachten geschlagen, weit draußen in der Leere.

Jene, die ihr Leben in Wracks über verwüsteten Welten ließen, wussten nur selten, wofür sie starben. Die Ambitionen ihrer Herrscher waren so mysteriös wie die Sternennebel, auf die sie mit erschöpften Augen blickten, und viele erkannten in ihren letzten Momenten, dass eben doch nichts endlos ist, nicht einmal der Kosmos.

Feuer loderten, wo keine Flamme hätte flackern dürfen, und mächtige Geschütze rissen Wunden selbst ins Vakuum. Menschen, die hier gesiedelt hatten, um ein neues Leben zu finden, entdeckten vielfache Wege, den Tod zu säen.

Zivilisationen vergingen, Welten zerbrachen, Sonnen zerstoben zu Sternenstaub.

Niemand weiß mehr, wie lange das Zeitalter der tausend Kriege währte, und aus der Asche des Alten erwuchs nichts Neues, sondern abermals der Mensch mit seinen Begierden und Gelüsten. Doch diesmal vereinten sich die Völker widerwillig zur **Hegemonie**, *bauten neue Schiffe, besiedelten tote Welten, infizierten das All wie eine Seuche. Das gnadenlose, das grandiose* **Tiamande** *wurde zum Herz dieses Reiches, ein Planet der Legenden und Wunder nur für jene, die ihn nie mit eigenen Augen sahen.*

Die Herrschaft der ungeliebten Hegemonie konnte nicht ewig währen, und auf sie folgte die Ära der Maschinen: ein Erstschlag eisigen Intellekts, der Aufstand künstlichen Lebens. Waren es die Diener, die sich gegen ihre Meister erhoben, oder kamen die Maschinen von anderswo? Die Wahrheit ging im Sturm der Gerüchte verloren.

Drei Jahrhunderte lang zermalmte der **Maschinenherrscher** *mit stählerner Faust ganze Sonnensysteme, trug Vernichtung auf zahllose Welten. Das menschliche Leben drohte unterzugehen, im Inferno von Klingen und Panzerketten, Laserkanonen und nuklearem Feuer.*

Doch das präzise Töten gebar die Anarchie des Lebens, und aus dem Nichts kamen die **Hexen**. *Der Glaube an ihren kosmischen Götzen, das* **Schwarze Loch Kamastraka**, *verlieh ihnen Macht jenseits dessen, was selbst die besten Prozessoren verarbeiten konnten. Die Maschinen wurden geschlagen, ihre Armeen auf Hunderten Welten begraben. Aber wo nie Leben war, kann keines schwinden.*

Die Hexen lenkten das Reich von Tiamande mit der harten Hand der Religion, regiert von ihrer **Gottkaiserin**, *für immer jung und rätselhaft. Kein gewöhnlicher Mensch sah sie je in den Tiefen ihres Palastes auf der Thronwelt, wo sie ihre Befehle von Kamastraka selbst empfing, von der Stimme des Schwarzen Lochs weit außerhalb der Galaxis.*

Als die Überlebenden in den verstreuten Systemen erkannten, dass die eine Tyrannei lediglich von einer anderen abgelöst worden war, regte sich Widerstand gegen den Hexenorden. Wieder wurden

Kämpfe entfacht, so töricht wie aussichtslos. Die Königreiche der Taragantum-Drift fielen, das Sternbild der Eisenfaust. Die Paladin-Armeen der Hexen erstickten jeden Aufstand, zerschlugen alle Hoffnung.

Am Rand des Reiches, in einem Wall aus Welten, den die Menschen die **Marken** nennen, siedelten viele, die nicht nach den Gesetzen des Ordens leben wollten. Auf Schürferplaneten und Elendswelten kämpften sie um ihre Existenz, ausgebeutet von der Minengilde der Marken und der Sippe, die sie führte: dem **Haus Caudor**, Verbündeter der Hexen und doch ihr heimlicher Gegner.

Und noch weiter draußen, jenseits der Marken – die **Äußeren Baronien**. Von dort kamen **Iniza**, einzige Tochter des **Hauses Talantis**, und ihr Gefährte **Glanis**, der Vater ihres Kindes. Sie verließen ihre Heimatwelt **Koryantum** und stießen in den Marken auf neue Gefährten und Feinde. Gejagt von den Hexen, die aus geheimnisvollen Gründen Anspruch auf Inizas Tochter erhoben, fanden sie die Freundschaft der Alleshändlerin **Shara Bitterstern** und des grimmen **Kranit**, des letzten Waffenmeisters von Amun.

Nach der Flucht von der Schürferwelt **Nurdenmark** in Sharas Raumschiff **Nachtwärts** verschlug es sie nach Hymnia, wo der Zwerg **Olfur** sein Leben für sie gab. Bevor er starb, leisteten sie ihm einen Eid: Sie würden seine Begleiterin in ihre Gruppe aufnehmen und beschützen – **die Muse**, ein Mädchen ohne Namen, in Wahrheit eine Maschine in Menschengestalt.

In den **Klöstern der STILLE**, uralten Raumstationen abseits der bewohnten Welten, kam es zum Kampf mit der Hexe **Setembra** und ihrer Raumkathedrale. Die Muse erweckte Hunderte antiker Kampfroboter und warf sie in die Schlacht gegen die Greifer und Paladine der Ordensmutter. Und so musste die Hexe die Flucht *ergreifen, eine unerhörte Niederlage und Anlass eines hasserfüllten Racheschwurs.*

*Zuletzt gelang den ungleichen Freunden die Flucht nach **Noa**, geheimer Rückzugsort der Piraten, die von Inizas Onkel **Fael** angeführt wurden. Fael aber hatte eigene Pläne mit seiner Nichte und bat sie um ihre Hand, um gemeinsam mit ihr nach Koryantum zurückzukehren und über ihre Heimat zu herrschen. Iniza lehnte ab. Trotzdem nahm Fael sie fürs Erste bei sich auf, auch ihren Geliebten Glanis und die beiden Außenseiter Shara und Kranit.*

Und noch jemanden hatte die Nachtwärts *nach Noa gebracht, einen Gefangenen: **Hadrath Talantis**, Faels verhasster Bruder, Prediger der **STILLE**, Kommandant der Gilde und treuer Diener des Hauses Caudor. In den Kerkern der uralten Festung von Noa, die einst von Kultisten der **STILLE** erbaut worden war, erfuhr Iniza die Wahrheit über ihre Herkunft – dass Hadrath ihr leiblicher Vater war, der sie gezeugt hatte, als er ihre Mutter mit Gewalt nahm.*

Die Muse und ihr Begleiter, ein Kampfroboter zahm wie ein Haustier, wurden von den Piraten auf Noa inhaftiert. Fortan saßen sich die beiden reglos gegenüber, bewacht von einer Heerschar Krieger, und blickten einander an, tage- und nächte-, wochen- und monatelang. Keines der beiden Maschinenwesen rührte sich in all der Zeit. Manch einer forderte ihre Zerstörung, doch Iniza beschützte sie mit der Macht, die ihr als Nichte des Piratenführers gegeben war.

*Und über all dem, in einem Orbit um das einsame Noa, kreisen die **Tore von Tau**, ein antikes Relikt in Gestalt zweier gigantischer Statuen auf Thronen: gerüstete Kriegerinnen, deren Gesichter eine rätselhafte Ähnlichkeit mit den Zügen der Muse besaßen. Vielleicht erschaffen von Jüngern der **STILLE** oder doch viel älter, bildeten sie den versiegelten Eingang zum **Pilgerkorridor**, einer Sternen-*

straße durch den Hyperraum, von der niemand ahnte, wohin sie führte oder was darauf näher kam.

Ein Jahr ist vergangen, seit die Gefährten Noa erreichten.
 Inizas Tochter Tanys ist sechs Monate alt.
 Die Welt, in die sie geboren wurde, wird untergehen.

1

Der Spucknapf vibrierte auf dem Boden des Mannschaftsquartiers, während das Piratenschiff durch die sternenlose Schwärze des Hyperraums jagte. Sechs Männer drängten sich um einen Tisch, an dem Shara und Kranit ihre Kräfte im Armdrücken maßen.

»Erzähl mir von deinen fünf Ehefrauen.« Sharas Stimme klang gepresst, vor Anstrengung brachte sie kaum die Zähne auseinander.

»Wie kommst du darauf, dass ich fünf Frauen hatte?«, fragte Kranit.

Einer der Piraten in seinem Rücken zeigte beim Grinsen spitzgefeilte Zähne. »Das ist es, was man sich über die Waffenmeister von Amun erzählt. Dass ihr Leben nicht nur aus Krieg und Töten bestand, sondern auch aus erfreulichen Dingen.«

»Hab das auch gehört«, sagte ein anderer. »Fünf Frauen für jeden Waffenmeister.«

»Was, bei allen Göttern, sollte erfreulich sein an einem Leben mit fünf Weibsbildern?«, fragte ein Dritter. »Wie viel Genörgel kann ein einzelner Mann ertragen?« Er war ein Koloss mit nacktem Oberkörper, bedeckt mit einem Muster aus Tätowierungen, die jedem Eingeweihten verrieten, auf welchen Gefängniswelten er Strafen abgesessen hatte.

Ohne dass der Druck gegen Sharas Arm um eine Winzigkeit nachließ, hob Kranit den Kopf und sah dem Tätowierten in die Augen. Der Waffenmeister schien etwas sagen zu wollen, als Shara mit aller Kraft eine Attacke startete. Für einen Augenblick neigte sich sein Arm gefährlich zur Seite.

Die Piraten pfiffen und johlten.

Kranits graue Bartzöpfe, mehr als ein Dutzend und sorgfältig geflochten, schwangen sanft nach, als er ihr wieder den Kopf zuwandte. In seinen rostbraunen Augen blitzte es amüsiert, während er den Druck verstärkte und ihren Arm zurück in die Mitte zwang. So ging das seit einer Viertelstunde, keiner von beiden gewann die Oberhand.

Einer der Piraten beugte sich an Sharas Ohr. »Du hast dir seit damals einen schönen Haufen Muskeln zugelegt.« Er war ein rothaariger kleiner Mann mit riesigem Schnauzbart. Wenn er sprach, entblößte er Schneidezähne, die jeden Nager mit Neid erfüllten.

»Bleib mir vom Hals, Catbar«, fuhr sie ihn an.

Shara kannte den Roten Catbar, den tätowierten Hork und zwei der übrigen Männer an Bord aus einem früheren Leben. Eine seltsame Fügung des Schicksals hatte sie auf Noa wieder zusammengeführt.

Vor über sieben Jahren waren Shara, Catbar, Hork und die beiden anderen Piraten Mitglieder derselben Söldnereinheit gewesen. Sie hatten es kurzzeitig zu einem gewissen Ruhm gebracht, als sie die Wandernden Waisenhäuser von Gond vor dem Untergang bewahrt hatten. Dass dies einer Verwechslung zu verdanken war, hatten sie freilich nicht jedem auf die Nase gebunden. Sie hatten dabei ein Schiff und zwei ihrer Mitstreiter verloren, was letztlich zur Auflösung des Trupps geführt hatte, denn von Ehre allein hatte sich keiner etwas kaufen können. Und die Wandernden Waisenhäuser waren bekannt für ihre Wohltätigkeit – weniger für ihre Zahlungsmoral.

Ehe Shara und Kranit ihren Wettstreit im Mannschaftsquartier begonnen hatten, hatte Shara ihre Jacke abgelegt. Darunter trug sie ein ärmelloses Shirt aus Wabenelast. Die Muskelpakete ihres rechten Arms waren angeschwollen, Adern zeichneten sich blau unter der vernarbten Haut ab. Die Zwangsarbeit im Trümmerring von Nurdenmark lag bereits ein gutes Jahr zurück, aber noch immer glich ihr Körper dem eines Gewichthebers. Weil zudem kein Haar auf ihrem Kopf wuchs, hielten viele sie auf den ersten Blick für einen Mann.

Der Rote Catbar atmete warm über ihre Schulter hinweg. Stehend war er kaum größer als sie im Sitzen. »Die Tätowierung an deinem Hinterkopf, Shara, dieses Kreuz, das —«

»Der Bitterstern«, unterbrach sie ihn. »Ein Stern mit vier Strahlen.«

»Lenk sie nicht ab!«, fuhr Kranit den kleinwüchsigen Piraten an.

Catbar zog sich lachend einen Schritt zurück. »Ich hab einen Haufen Geld auf dich gesetzt, Waffenmeister. Enttäusch mich nicht.«

Kranit knurrte unwillig und konzentrierte sich wieder auf Sharas Hand.

Neben Catbar verschränkte Hork die Arme vor der enormen Brust. Schon damals war er der persönliche Schläger des Roten Catbar gewesen, und daran hatte sich nichts geändert.

Sie waren zu neunt an Bord des kleinen Piratenschiffs, auf einer jener Missionen, die Fael in unregelmäßigen Abständen von Noa aus ins Kernreich entsandte. Der Pilot saß allein im Cockpit, die übrigen acht hatten sich im Mannschaftsquartier versammelt und schlugen die Zeit tot, bis das Schiff den Hyperraum verließ. Ihr Ziel war eine der Goldenen Welten, auf halber Strecke zwischen den Marken und Tiamande.

Auf Noa hatten sie vier versiegelte Container an Bord genommen, quadratische Würfel aus Panzerplast. Darin verschickte Fael erbeutete Ware an Hehler im Reich. Die Bezahlung gelangte über geheime Kanäle der Bankenclans zu Fael, nachdem die Container an vereinbarten Zielpunkten deponiert worden waren, abseits aller Zivilisation.

Drei Container hatten Shara und die anderen schon abgesetzt, die Lieferung des letzten war mit dem größten Risiko verbunden. Shara hatte sich lange nicht mehr so tief ins Reich vorgewagt, der Gedanke an die Goldenen Welten machte sie nervös. Die Allmacht der Hexen war dort tief verankert, und es würde vor Schiffen des Ordens nur so wimmeln.

Falls Kranit sich ebenfalls Sorgen machte, überspielte er sie mit demonstrativer Gelassenheit. Er hatte einmal behauptet, bereits auf Tiamande gewesen zu sein, um in den Palast der Gottkaiserin einzudringen. Dass selbst der letzte Waffenmeister von Amun an dieser Aufgabe gescheitert war, erfüllte Shara gleichermaßen mit Sorge wie mit Genugtuung. Entgegen seinem legendären Ruf war Kranit nicht unfehlbar. Er sah aus wie fünfzig, aber manchmal kam er ihr älter vor. Das Leben, das er geführt hatte, forderte seinen Tribut.

Auf die Stärke seines Arms hingegen hatte das keinen Einfluss. Sie war nicht sicher, wie lange sie ihm noch standhalten konnte.

»Alter Mann«, sagte sie, »es wird mir eine Ehre sein, dich geschlagen zu haben.«

Im Geflecht seines grauen Vollbarts erschien ein Grinsen.

»Wenn du ein bisschen fleißiger mit der Spitzhacke gewesen wärst, dann hättest du vielleicht eine Chance.«

Der Rote Catbar spie einen Batzen panadischen Kautabaks in den zitternden Napf am Boden. »Ist das ein Kräftemessen unter Kerlen oder ein Wortgefecht unter Waschweibern?«

Hork lachte dumpf – alles, was er von sich gab, klang dumpf, vermutlich aufgrund des geräumigen Hohlraums in seinem Schädel. Manchmal, wenn ihn etwas besonders freute, trommelte er sich mit den Fäusten auf die Brust.

Der Pirat mit den gefeilten Zähnen fuhr sich mit der Zunge über die Spitzen. Seinen Namen hatte Shara vergessen, und sie würde versuchen, es mit seinem Gebiss genauso zu halten, sobald diese Mission beendet war. Unter all den unappetitlichen Gestalten an Bord war er zweifellos die hässlichste.

Kranit unternahm eine weitere Attacke, und diesmal stieß Shara einen herzhaften Fluch aus, als ihr Arm um einige Zentimeter nachgab.

»Komm schon«, sagte der Rote Catbar, »das kannst du besser!«

Erst nach einem Augenblick wurde Shara bewusst, dass er sie meinte, obwohl er Geld auf Kranit gesetzt hatte. Das irritierte sie, trotzdem nahm sie sich seine Worte zu Herzen und mobilisierte ihre Reserven. Ihr rechter Arm schmerzte von der Schulter bis zum Handgelenk, und sie hoffte, dass das kein Vorgeschmack auf einen Krampf war.

Es gelang ihr, Kranits Arm ein Stück weit zurückzudrängen.

Der Waffenmeister schnaubte, und endlich verriet seine Miene, dass ihn das ewige Hin und Her zermürbte. Für gewöhnlich war sie diejenige, die als Erste die Geduld verlor.

Geschieht dir recht, dachte sie. Genau genommen trug

Kranit die Schuld an allem hier. Nachdem sie Iniza, Glanis und die Muse nach Noa gebracht hatten, hatte er kurzerhand für sie beide bei den Piraten angeheuert, damit Fael sein Gesicht wahren konnte. Sowohl Shara als auch der Waffenmeister waren in der Vergangenheit mit den Piraten aneinandergeraten, was Anlass zu der Befürchtung gegeben hatte, ihr Anführer werde sie standrechtlich erschießen lassen. Kranits Schachzug, sich Faels Leuten anzuschließen, hatte ihnen vermutlich das Leben gerettet.

Trotzdem verging kein Tag, an dem Shara nicht in die *Nachtwärts* steigen und verschwinden wollte. Doch die einzige intakte Hypersprungschleuse, die von Noa aus zu erreichen war, befand sich fest in Piratenhand. Ohne einen Sprung würde die Reise bis zum nächsten bewohnten System viele Jahre dauern.

Shara stieß einen zornigen Schrei aus und presste Kranits Hand zur Seite. Sekundenlang schwebte sein Arm über der Tischplatte, und sie wähnte sich schon als Siegerin, hörte kaum die Buhrufe der Zuschauer, die sich um ihren Einsatz gebracht sahen, spürte das Adrenalin durch ihren Körper schießen – und musste dann zusehen, wie Kranit ihren Arm zurück in die entgegengesetzte Richtung bog.

»Hab ich's euch nicht gesagt?«, rief einer der beiden Männer, die nicht zu Sharas Söldnereinheit gehört hatten. »Der Mistkerl hat den verdammten Gott von Kartan umgelegt, da wird er doch eine dumme Hu-«

Weiter kam er nicht, denn Kranit ließ ihre Hand los, holte noch im Sitzen aus und grub seine Faust tief zwischen die Kiefer des Piraten. Shara sah die Lippen des Mannes platzen, und ihr wurde bewusst, dass der Waffenmeister die Partie tatsächlich abgebrochen hatte, um ihre Ehre zu verteidigen.

Ihre Ehre. Sie hatte geglaubt, die sei schon vor langer Zeit auf jenen Routen zurückgeblieben, die sie als Alleshändlerin und Söldnerin kreuz und quer durch den bekannten Raum geführt hatten.

Geschrei brach aus, als Kranit aufsprang und nachsetzte. Jähzorn war eine jener Eigenschaften, die er für gewöhnlich gut vor anderen verbarg; kam sie jedoch zum Vorschein, hatte jemand allen Grund, um sein Leben zu fürchten.

»Kranit!«, rief sie, als sie von ihrem Platz federte und dabei das Gefühl hatte, ihr tauber Arm sei nicht mehr Teil desselben Körpers. »Lass ihn, er ist nur ein —«

»Rücksturz in den Normalraum in einer Minute«, ertönte die Stimme des Piloten aus den Lautsprechern. »Wenn sich die verehrten Reisenden bitte ihrer guten Manieren besinnen könnten und die Plätze einnehmen würden …«

Kranit stand mit erhobener Faust da und hielt mit der anderen den stöhnenden Piraten am Kragen fest. »Jetzt schon?« Sein Blick streifte Shara. »Bis zu den Goldenen Welten müssten es noch Stunden sein.«

Der Rote Catbar, sein Gefolgsmann Hork und die beiden anderen Männer, die früher Seite an Seite mit Shara gekämpft hatten, waren mehrere Schritte zurückgewichen. Um Platz für die Schlägerei zu schaffen, hatte Shara angenommen.

Nun erkannte sie die Wahrheit.

Vier Blaster waren auf sie und Kranit gerichtet, was dem lauschigen Beisammensein eine unschöne Wendung gab. Shara hatte schon befürchtet, sie würden bald gemeinsam Piratenlieder singen.

Kranit schleuderte den blutenden Mann wie eine Puppe in die Richtung der ehemaligen Söldner. Der Mann traf auf Hork und stieß ihn nach hinten. Der Blaster des Tätowierten ging los und schnitt den glücklosen Piraten fast entzwei. Er blieb gerade lange genug am Leben, um mit seinem Kreischen die Übrigen abzulenken.

Sharas Arm war noch immer halb taub, nicht aber ihre Beine, und so machte sie einen weiten Satz auf einen der Männer zu, einen drahtigen Kerl mit grüngefärbtem Haar, dem sie vor Jahren ihr Leben anvertraut hätte. Jetzt stieß sie seinen Blaster beiseite und rammte ihm die Schulter vor die Brust, entwand ihm die Waffe und brannte ihm damit ein faustgroßes Loch ins Gesicht. Instinktiv riss sie seinen Leichnam als Schutzschild vor ihren Körper, gerade rechtzeitig, um einen Schuss des vierten Mannes abzufangen. Sie kannte seinen Namen, hatte aber aufgehört, einen ehemaligen Verbündeten in ihm zu sehen. Er war jetzt ihr Feind. Er wollte sie töten. Er würde sterben.

Sie entging einem zweiten Laserbolzen und fürchtete, dass der dritte den Toten durchschlagen könnte. Ihr rechter Arm zitterte, als sie die Leiche in die Richtung des Schützen stieß. Was bei Kranit gutgegangen war, misslang ihr gründlich. Ihr Gegner feuerte auf den Toten, was den Leichnam kurzerhand aus der Schussbahn beförderte. Shara konnte den Schützen unmöglich erreichen, ehe der abermals abdrücken würde.

Derweil hatte Kranit den Metalltisch emporgerissen und damit mehrere Schüsse abgewehrt, die der Rote Catbar auf seine Beine abgefeuert hatte. Hork stand ebenfalls wieder aufrecht und schwenkte seinen Blaster in die Richtung des Waffenmeisters.

»Nicht umbringen!«, schrie Catbar ihn an. »Virikaan zahlt nur, wenn er lebt.«

»Scheiße ist das«, beschwerte sich Hork wie ein trotziger Junge. »So kann man gegen den nicht gewinnen.«

Den Tisch vorneweg stürmte Kranit auf die beiden zu. Ihm musste klar sein, dass das Metall einen dritten Treffer kaum aushalten würde, doch ließ er es darauf ankommen. Glutpunkte leuchteten auf der Tischplatte, wo die beiden Einschläge das Material erhitzt hatten.

Zumindest Hork schien nicht bereit, tatenlos abzuwarten, bis der Waffenmeister ihn rammte. Diesmal fraß sich sein Blasterstrahl durch das Metall und verfehlte Kranit nur um Haaresbreite. Mit zornigem Gebrüll trafen die Kontrahenten aufeinander, während sich der Rote Catbar mit einem Satz in Sicherheit brachte. Er hatte seine Kämpfe schon immer gern von anderen austragen lassen.

Shara sah all das nur aus dem Augenwinkel. Sie zog ihren eigenen Blaster und richtete ihn auf den Exsöldner, der sich breitbeinig vor ihr aufbaute und auf sie zielte.

»Tu's nicht«, sagte er. »Ich bin schneller als du.«

Sie ließ die Waffe sinken. »Hör zu«, sagte sie, »egal, was ihr vorhabt, das ist keine gute Idee.«

Der Mann sah aus, als dächte er ganz ähnlich darüber, schüttelte aber den Kopf. »Noa ist eine verdammte Sackgasse. Die Belohnung, die Virikaan auf den Waffenmeister ausgesetzt hat, reicht aus, um —«

Sein Kopf verschwand in einem Glutball.

Shara fuhr herum und erkannte, dass der Pirat mit den spitzen Zähnen geschossen hatte. Er lag verletzt am Boden und schenkte ihr ein blutiges Grinsen. Dankbar nickte sie ihm zu. Offenbar war er einer von Faels geheimen Vertrauensmännern, die es auf jedem Schiff gab, das Noa verließ. Im Ernstfall sorgten sie dafür, dass keiner die Koordinaten des Planeten meistbietend verkaufte.

Während Kranit im Hintergrund mit Hork rang, legte der

Rote Catbar auf den Piraten mit dem gefeilten Gebiss an. Shara erkannte die Gefahr einen Lidschlag zu spät, und so stanzte sein Schuss einen rauchenden Krater in seinen Rücken.

Sie feuerte auf Catbar, sah aber nicht mehr, ob sie traf, denn ein mörderischer Ruck fuhr durch das Schiff. Vor der einzigen Sichtluke des Mannschaftsquartiers erstrahlte eine Wand aus blauweißem Licht – das Energiefeld der Hypersprungschleuse, das sie beim Rücksturz in den Normalraum durchbrachen.

Alle vier wurden durch die Erschütterung von den Füßen gerissen.

Jenseits der Scheibe aus Transparentplast erschienen nicht die Goldenen Welten, sondern Formationen aus gewaltigen Kristallen, glitzernd vor einem tiefblauen Sternennebel.

Davor schwebten mehrere Schiffe – Schlachtkreuzer mit dem bronzefarbenen Emblem Virikaans.

2

Die Taverne war eine von vielen am Raumhafen von Noa, und es roch darin so elend wie in allen anderen. Die meisten Tische waren besetzt, Dutzende Gespräche vermischten sich zu wirrem Geräuschbrei. Alle paar Augenblicke schepperte es, wenn jemand versehentlich gegen einen der Spucknäpfe trat, die überall am Boden standen und immer wieder von wuseligen Kindern in Lumpen ausgetauscht wurden.

Glanis lehnte an der Theke, bestellte sein zweites Bier und schenkte dem Mädchen am Zapfhahn ein Lächeln.

»Du musst Camina sein.«

Sie erwiderte seinen Blick mit einer Spur von Verunsicherung. Auf ihrem Kopf saß eine Krone aus purer Energie, ein Gitterwerk aus glühendem Licht, das der zackigen Form eines Hexenkopfschmucks nachempfunden war. Die mikroskopischen Projektoren waren unter ihrem dunkelblauen Haar in die Kopfhaut eingesetzt worden. Auf ihrer Heimatwelt in den Marken mochte das Mode gewesen sein, hier allerdings hatten die Männer weit größeres Interesse an Caminas Körper als an dem bizarren Holoschmuck. Entsprechend knapp war ihre Kleidung in Violett und Blau. Glanis hatte sie lange genug beobachtet, um zu wissen, dass ihre Trinkgelder die der übrigen Schankmädchen bei weitem übertrafen.

»Ist nicht schwer, meinen Namen herauszufinden«, sagte

sie und nahm ein nasses Glas aus der Spüle, um es abzutrocknen. »Alle hier wissen, wie ich heiße.«

»Wahrscheinlich weißt du auch, wer ich bin.«

»Glanis Irgendwas ... Keiner hat je deinen Nachnamen erwähnt.« Sie zuckte die Achseln. »Der Sicherheitchef.« Ihr Tonfall ließ keinen Zweifel an der Herablassung, die diesem Amt auf einer Welt der Gesetzlosen entgegengebracht wurde.

Glanis hatte während des vergangenen Jahres genug Zeit gehabt, um sich daran zu gewöhnen. Oft kam er sich selbst lächerlich vor, wenn er die zehnte Prügelei des Abends schlichtete oder volltrunkene Schläger von kreischenden Freudenmädchen zerrte.

»Woher kommst du, Camina?«

»Kaliopus.« Eine Schürferwelt in den Marken, unwirtlich wie die meisten Planeten der Grenzsektoren.

»Man hört keinen Dialekt.«

»Geb mir auch Mühe.« Ein wenig Farbe war in ihre blassen Wangen gekommen. Das Abtrocknen des Glases erledigte sie mit einer Eleganz, die entweder angeboren oder perfekt antrainiert war.

»Wie lange bist du schon hier?«

Sie stellte das Glas beiseite und zählte die Zeit an ihren langen Fingern ab. »Sechs.«

»Monate?«

»Jahre.«

»Dann warst du bei deiner Ankunft fast noch ein Kind.«

Sie zuckte mit den Schultern. »Hier bleibt keine lange ein Kind.«

Er musste an seine eigene Tochter denken, Tanys, gerade mal ein halbes Jahr alt, die in diesem Moment oben in der

Festung von ihrer Amme Gavanqe betreut wurde. Er wollte sie von Noa fortbringen, ehe sie alt genug war, dass sich all das hier unauslöschlich in ihre Erinnerung brannte.

Noas Oberfläche bestand zum größten Teil aus Mooren und Seen. Die Festung und die Stadt an ihrem Fuß waren die einzige Ansiedlung auf dem Planeten, errichtet von Kultisten der STILLE, die vor beinahe tausend Jahren spurlos im Pilgerkorridor verschwunden waren. Draußen in den Marschen lebten nur Insekten und ein paar Echsenarten. Bis die Evolution es gut mit ihnen meinen würde, waren die Piraten das einzige intelligente Leben auf Noa. Und mit deren Intelligenz war das so eine Sache. Keine Umgebung für ein kleines Mädchen.

»Die Leute hier mögen keine Sicherheitsleute«, sagte Camina, nachdem sie ihn kurz gemustert hatte. »Erinnert sie an Gefängnisse und niedergeknüppelte Aufstände auf den Markenwelten.«

»Soll ich dir ein Geheimnis anvertrauen?«

Sie hob herablassend eine Augenbraue, weil ihr zweifellos dasselbe Angebot allabendlich ein Dutzend Mal gemacht wurde. »Leg los, Glanis-ohne-Nachnamen.«

»Wenn es hier einen Aufstand gäbe, wäre ich der Erste, der sich den Staub von den Händen klopft und seinen Abschied einreicht.«

»Ist das so?«

»Hängst du so sehr an all dem hier, dass du dein Leben dafür opfern würdest?«

Sie überlegte nicht einmal. »Nein.«

Glanis lächelte, trank noch einen Schluck und wollte es damit bewenden lassen.

»Aber du hast Familie«, sagte sie.

»Die fast überall besser aufgehoben wäre als hier.«

Nun hielt sie kurz inne, als zögerte sie, ihm eine Frage zu stellen.

»Nur zu«, ermunterte er sie.

»Ich hab von den sechs Briefen gehört, die du immer dabeihast«, sagte sie. »Ist das wahr?«

Er stellte das Glas ab. »Das hat die Runde gemacht?« Er dachte nach, wer überhaupt davon gewusst hatte, und dabei fiel ihm neben Iniza und Fael nur ein anderer Mensch ein. Hephestus. Möglicherweise benutzte Faels Berater Gerüchte und kleine Geschichten wie diese als Währung, um seine Informanten in der Stadt bei Laune zu halten.

»Darf ich sie sehen?«, fragte Camina.

Er griff durch einen Schlitz ins Innenfutter seiner Lederjacke und zog ein Bündel mit sechs kleinen Umschlägen hervor. Die Ecken waren verknickt. Glanis hatte die Briefe mit einer Schnur zusammengebunden und sich geschworen, sie erst zu durchtrennen, wenn er wieder zu Hause auf Koryantum war. Selbst Iniza hatte er erst Wochen nach ihrer Landung auf Noa davon erzählt.

Camina streckte eine Hand danach aus und berührte das Papier fast andächtig mit den Fingerspitzen. »Sind das wirklich die Abschiedsbriefe der Leibgardisten, die die Baroness nach Tiamande begleiten sollten?«

»Ich war der siebte«, sagte er. »Ihr Hauptmann. Alle haben vor dem Start einen Brief an ihre Familien geschrieben, weil sie geahnt haben, dass sie die Reise nicht überleben würden.«

»Und wo ist deiner?«

»Ich hab keinen geschrieben. Iniza und ich hatten geplant, mit den Männern zu fliehen, und daran habe ich fest geglaubt.

Trotzdem hab ich den anderen versprochen, die Briefe für sie nach Hause zu bringen.«

Sie runzelte die Stirn. »Du selbst hast niemanden auf Koryantum?«

»Sieht man mir das an?«

»Manchmal kann ich spüren, was in anderen Menschen vorgeht.«

Er steckte das Bündel wieder tief ins Futter der Jacke. Er hatte den sechs geschworen, ihre Briefe nicht aus der Hand zu geben, ehe er ihren Eltern und Frauen gegenüberstand.

»Mit Loyalität über den Tod hinaus kann man sich an einem Ort wie diesem Freunde machen«, sagte sie.

Er verzog das Gesicht. »Ich bin sicher, Hephestus hatte nur mein Allerbestes im Sinn, als er diese Sache unters Volk gebracht hat.«

Die Schwingtür am Eingang quietschte, und eine Gruppe Raumfahrer kam herein. Sie gehörten zur Mannschaft eines Schiffes, das vor einigen Stunden durch die Hypersprungschleuse nach Noa zurückgekehrt war. Die Nachricht, dass sie ein Handelsschiff am Rand der Marken aufgebracht und gute Beute gemacht hatten, hatte sich wie ein Lauffeuer herumgesprochen. Nun suchten die Männer und Frauen der Crew nach Gelegenheiten, um ihre Anteile durchzubringen.

Camina fluchte leise, als sie die neuen Gäste eintreten sah. »Die kommen von der *Umbrands Traum*.«

Glanis nickte. Für die Besatzung des überfallenen Händlers war die Begegnung mit dem Kreuzer gewiss alles andere als ein Traum gewesen. Manchmal erstaunte ihn, wie zynisch er im Umgang mit dem Treiben der Piraten geworden war. Von Beginn an hatte er sich geweigert, an ihren Beutezügen teilzunehmen, darum hatte Fael ihm den Posten des Sicherheitschefs übertragen. Das klang verantwortungsvoll, doch in Wahrheit schlug der Herrscher von Noa auf diese Weise zwei Fliegen mit einer Klappe: Er gab Glanis etwas zu tun und hielt ihn zugleich nächtelang von Iniza fern. Fael hatte versucht, Iniza zu einer Hochzeit und der gemeinsamen Rückkehr an den Hof von Koryantum zu bewegen, und dabei stand ihm Glanis im Weg. Womöglich hoffte er, dass ein betrunkener Raumfahrer das Problem für ihn löste.

Glanis erledigte seine Aufgabe, so gut das an einem Ort wie diesem eben möglich war, doch nach einem Jahr auf Noa hingen ihm die Kaschemmen und Absteigen rund um den Raumhafen zum Hals heraus. Zudem war ihm bewusst, dass die Stadt jahrelang ohne Sicherheitschef klargekommen war – viele Konflikte regelte sich von selbst, wenn der erste Mann erschossen am Boden lag –, und so hatte er sich stillschweigend einer Angelegenheit angenommen, die ihm ernsthafte Sorge bereitete.

Camina war ein Teil davon. Ein weiterer Stein jenes Mosaiks, das er seit Wochen Stück für Stück zusammensetzte. Und das Bild, das dabei entstand, gefiel ihm mit jedem Tag weniger.

Die Piraten von der *Umbrands Traum* zerrten zwei Kerle von den Stühlen, die einen Sechsertisch blockiert hatten. Mehrere brüllten nach Bier, und zwei der Mädchen hinter dem Tresen setzten sich mit gequältem Lächeln in Bewegung.

Camina blieb bei Glanis stehen. »Abschaum«, sagte sie leise.

»Das klingt, als willst du das hier nicht ewig machen.«

Spöttisch verzog sie den Mund. »Willst du um meine Hand anhalten, o Hüter von Recht und Ordnung? Mich in deinem Sichelschiff hinauf zu den Sternen tragen und mir das All zu Füßen legen?«

Fast alle hier wussten, in welchem Schiff Iniza, Shara, Kranit und er nach Noa gekommen waren. »Die *Nachtwärts* ist nicht mein Schiff.«

In gespielter Enttäuschung zog sie eine Schnute. »Dann vergiss die Hochzeit. Pech für dich.«

»Aber das Angebot ehrt mich.«

»Du siehst zu gut aus für einen Piraten. Nicht mal deine Fingernägel sind schmutzig.«

»Ist noch früh am Tag.« Er deutete mit erhobenem Glas auf ihren glühenden Holokopfschmuck. »Was hat es mit der Hexenkrone auf sich?«

»Als Kind wollte ich eine Hexe sein.« Sie bemerkte sein Schmunzeln. »Na, und? Jungs träumen davon, Paladine oder Greiferpiloten zu werden. Oder Gardehauptmann einer echten Baroness.« Camina winkte ab. »Bestimmt ist sie nett und alles.«

»Ich bin nicht sicher, ob nett das richtige Wort ist.«

»Sie ist Faels Nichte. Keiner hier wird ein böses Wort über sie verlieren. Fael hat seine Spione überall.« Unter ihrem blauen Pony runzelte sie die Stirn. »Dir sieht man wenigstens gleich an, dass du zu seinen Leuten gehörst.«

Glanis trug eine lange Jacke aus schwarzem Leder, darunter einen Blaster am Gürtelhalfter, aber keine Uniform. Der einzige Hinweis auf seine Position war ein dreieckiges Abzeichen an seiner rechten Schulter. Strähnen seines langen braunen Haars fielen immer wieder darüber. Sein Vollbart war kurzgeschnitten und wies erste graue Haare auf, obwohl er gerade mal Ende zwanzig war. Iniza zog ihn manchmal damit auf.

Wie Glanis wollte auch sie schleunigst fort von Noa, aber solange der Orden Jagd auf sie und ihre Tochter machte, waren sie hier sicherer als irgendwo sonst im Reich. Nicht einmal Shara und Kranit, die auf niemanden Rücksicht nehmen mussten, hatten bislang den Versuch unternommen, sich aus dem Staub zu machen.

»Hauptmann ihrer Leibgarde«, sagte Camina. »Dir ist schon klar, was für ein Scheißklischee das ist, oder? Ihr Vater war bestimmt begeistert. Oder wusste nichts davon.« Sie lachte, als ihn sein Blick verriet. »Ach je. Das also auch noch.«

»Du weißt wirklich eine Menge.«

»Das hier ist eine stinkende Raumhafenspelunke. Es gibt keine Geschichte, die ich noch nicht gehört hab. Die Leute erzählen sich Tag für Tag den gleichen Unsinn. Vom letzten Beutezug oder erfundene Heldentaten von früher, bevor es sie hierherverschlagen hat. Wenn neue Gesichter auftauchen, dann spricht sich das herum. Und jeder erfindet ein wenig dazu, bis es schließlich die Gottkaiserin selbst ist, die Jagd auf deine Baroness macht.«

»Was ist mit deiner Geschichte?«, fragte er. »Was hat dich hergeführt?«

»Ich war Beute«, sagte sie unumwunden. »Sklavin auf einer Fleischbarke, die von Faels Leuten gekapert wurde. Anfangs war es hier nicht viel besser als in den Käfigen der Sklavenhändler, aber ich hab mich hochgearbeitet.« Mit unverhohlenem Spott fügte sie hinzu: »Auf Noa hat eben jeder eine Chance.«

»Wo würdest du lieber sein?«

»Im Ernst?«

»Sag jetzt nicht überall. Ich meine, auf welcher Welt. Tiamande? Bei den Hexen?«

Sie schüttelte den Kopf. »Hast du mal eine echte Hexe gesehen? Sie stechen sich ihr linkes Auge aus. Nur um zu zeigen, dass sie dem Schwarzen Loch treu ergeben sind.«

»Kamastraka.«

Camina spuckte auf den Boden hinter der Theke. »Irrglauben ist das.«

»Und an was glaubst du?«

Sie neigte den Kopf ein wenig zur Seite, während sie ihm fest in die Augen sah. »An gar nichts«, sagte sie dann. Er hatte geahnt, dass sie lügen würde, noch ehe er es an ihrem Tonfall erkannte.

»Jeder sucht sich etwas, das größer ist als er selbst«, sagte er. »Einen Gott, eine Idee, ein Ideal. Irgendein Ziel. Von mir aus Kamastraka. Oder die STILLE. Es gibt genug vermeintliche Götzen zwischen hier und Tiamande.«

Sie bemerkte, dass das feuchte Handtuch Schlieren auf den Gläsern hinterließ, und wedelte es kurz durch die Luft. »Ich hol ein neues. Lauf nicht weg, dann reden wir weiter.« Sie verschwand durch eine schmale Tür zwischen den Flaschenregalen.

Glanis gab ihr dreißig Sekunden. Dann schwang er sich aus dem Stand über die Theke, zog seinen Blaster und folgte ihr. In seinem Rücken erklangen anfeuernde Rufe.

Hinter der Tür lag die Küche, ein langer Schlauch, dessen Ende durch die Wolken von fettigem Dunst kaum zu erkennen war. Ein Koch stellte sich ihm in den Weg, doch ehe er den Mund aufmachen konnte, hatte Glanis ihn bereits zu Boden gestoßen. Ein anderer Mann hielt auf ihn zu, sah den Blaster und tauchte im Nebel der Fettschwaden unter.

Glanis erreichte die Hintertür, sprang geduckt ins Freie und sah einen Laser aufblitzen. Der Schuss verfehlte ihn um eine Armlänge. Als er weiterlief, sah er Camina am Ende der Gasse, in einer Hand einen winzigen Blaster. Er war nicht sicher, ob sie gesehen hatte, dass sie ihn verfehlt hatte, deshalb hielt er kurz inne, um ihr Hoffnung zu machen. Dann erst setzte er sich wieder in Bewegung und lief die Gasse hinunter. Dank der Holokrone war das Mädchen nicht zu übersehen. Vermutlich hatte sie schon tausendmal verflucht, dass sie sich das Ding hatte einsetzen lassen.

Die Stadt unterhalb der Klosterfestung hatte sich während der letzten tausend Jahre kaum verändert. Das Labyrinth der Gassen war eng und unübersichtlich, die meisten Häuser nicht höher als drei Stockwerke. Bröckelndes Mauerwerk war hier und da ausgebessert, Fenster und Türen waren erneuert worden. An manchen Stellen ragten technische Gerätschaften zwischen den flachen Dächern hervor, und eine Vielzahl von Kabeln baumelte über den Straßen von Haus zu Haus. Pfützen bedeckten das Pflaster und bargen nicht selten Stolperfallen, wo Steine fehlten und nie ersetzt worden waren. Noas ferne Sonne war zu klein, um alle Winkel zu erhellen, darum brannten auch bei Tag die Lampen, die an Kabeln hoch über den Köpfen der Passanten schwangen. Kaum jede dritte funktionierte.

Glanis folgte Camina um Ecken und Biegungen, ohne sich ihr zu zeigen. Sie würde bald sicher sein, dass sie ihn zwischen den anderen Menschen abgehängt hatte, und dann hoffentlich diejenigen um Rat ersuchen, auf die er es abgesehen hatte.

Dass sich im Geheimen ein neuer Kult der STILLE auf Noa gebildet hatte, war Fael trotz seiner Spione entgangen. Glanis war durch Zufall auf einen der Anhänger gestoßen und versuchte seither, mehr über die Gruppe herauszufinden.

Die Sekte verwischte geschickt ihre Spuren, doch schließlich hatte er den Hinweis auf Camina erhalten. Noas Piraten stammten von zahllosen Welten des Reichs, und viele gehörten exotischen Religionen an. Dass ausgerechnet hier, im Schatten der Tore von Tau, ein Kult Fuß gefasst hatte, deren glühendste Anhänger die Todfeinde der Piraten waren, konnte nicht toleriert werden. Das Haus Caudor, das die Minengilde der Marken anführte, war der STILLE fanatisch ergeben. Falls es unter den Piraten Kultisten gab, die sich den Caudors und ihrer Religion verbunden fühlten, war das ein massives Sicherheitsrisiko. Ein Verrat würde unausweichlich zu einem Angriff der Gilde führen. Und solange Iniza und Tanys auf Noa lebten, war Glanis jedes Mittel recht, um das zu verhindern.

Camina drängte sich zwischen Ständen mit Obst hindurch, das ein paar Idealisten draußen in den Marschen anbauten. Einige Mal schaute sie sich um, aber Glanis war sicher, dass sie ihn seit ihrem Blasterschuss hinter der Taverne nicht mehr gesehen hatte. Geschwind näherte sie sich den Felsen, aus denen die schwarzen Mauern der Festung emporwuchsen.

Das Gemäuer befand sich auf der einzigen Anhöhe weit und breit, dem höchsten Punkt eines steinernen Plateaus, das sich nur wenige Meter über den umliegenden Mooren und Seen erhob. Der größte Teil der Fläche wurde von der Stadt eingenommen. Lediglich für den Raumhafen hatte man vor langer Zeit Teile der Marschen trockengelegt.

Als Glanis im Schatten der wuchtigen Türme anhielt, fürchtete er schon, er hätte Camina verloren. Links von ihm blitzte Helligkeit auf, diesmal kein Laserschuss. Caminas Holokrone huschte durch eine dunkle Öffnung, die in das Gestein unterhalb der Festungsmauer führte. Die verbeulte

Blechtür, die sie hinter sich zuzog, sah auf den ersten Blick aus wie ein Dutzend andere, die fliegende Händler vor Nischen und kleinen Höhlen angebracht hatten, in denen sie über Nacht ihre Waren aufbewahrten.

Glanis war sicher, dass er hinter dieser Tür etwas anderes als Kisten und Säcke finden würde. Kurz erwog er, über Funk Iniza davon in Kenntnis zu setzen, wo er sich befand. Aber er wusste, was sie heute vorhatte und dass ihr das schwer genug fiel, auch ohne Sorge um ihn. Kranit und Shara waren irgendwo im All unterwegs, und sonst gab es niemanden auf Noa, dem er vertraute, ganz gewiss nicht Fael und Hephestus. Das hier musste er allein erledigen.

Er hob den Blaster, zog die quietschende Metalltür auf und folgte dem Schein von Caminas Holokrone in die Dunkelheit.

3

Zur selben Zeit bewegte sich auch Iniza hinab in die Tiefen des Festungsberges. Sie war auf dem Weg zu Hadrath, dem Mann, der vor sechsundzwanzig Jahren ihre Mutter vergewaltigt hatte. Dem Mann, der sie gezeugt hatte, aber niemals ihr Vater sein würde.

Schon lange empfand sie keinen Triumph mehr, wenn sie seine Kerkerzelle betrat. Ihr Hass war hinter ein oberflächliches Gefühl von Abscheu zurückgetreten, und sie weigerte sich, der Last seiner Gegenwart mehr Gewicht als nötig zuzugestehen. Hass hätte bedeutet, ihn in ihrem Herzen zu tragen, und dort war kein Platz mehr für eine Kreatur wie ihn.

Alle zehn Tage kam sie hier herunter und brachte ihm Kopien aus den Festungsarchiven, Kopien von Schriften der frühen Kultisten. Faels Leute hatten auf Noa uralte Bücher und Dokumente gefunden, die wenig Zweifel daran ließen, dass der fanatische Glaube an die STILLE von den Maschinen geschürt worden war, und zwar lange vor ihrer Machtübernahme. Eine künstliche Religion hatte den brüchigen Zusammenhalt der Hegemonie zersetzen sollen, um den Boden zu bereiten für den Aufstieg der künstlichen Intelligenzen und ihren Sieg über die Menschheit.

Die STILLE war eine Farce, und alle Beweise dafür lagerten hier auf Noa. Hadrath Talantis, der sein Leben der STILLE verschrieben hatte, ein krankhafter Eiferer, der im

Namen seiner Religion gemordet hatte, erhielt von Iniza seit einem Jahr Stapel um Stapel von Schriftstücken, die ihm seinen Irrtum vor Augen führten.

Anfangs hatte er sich geweigert, die Dokumente auch nur eines Blickes zu würdigen. Doch schon nach den ersten Wochen hatte seine Wissbegier die Oberhand gewonnen, und wenn Iniza ihn heute auf den Monitoren beobachtete, war er stets hochkonzentriert in die alten Aufzeichnungen vertieft. Niemals kommentierte er, was er gelesen hatte, wenn Iniza seine Zelle betrat und neue Papiere und Folien auf die alten häufte. Aber sie sah ihm an, dass die Wahrheit an ihm nagte und seinen Stolz allmählich zermürbte.

Auch heute trug Iniza eine Mappe mit Kopien unter dem Arm, während sie durch den großen Antigravschacht im Herzen der Festung glitt. Aufrecht stehend schwebte sie abwärts, vorbei an den Zugängen zu einem Dutzend Etagen. Die Hälfte davon lag an der Oberfläche, der Rest war tief in den Fels gegraben worden. Alle übrigen Antigravschächte der Festung waren stillgelegt, ihre Installationen ausgeschlachtet oder verrostet. Nur den Hauptschacht hielten Faels Techniker in Betrieb.

Seit dem Sturz des Maschinenherrschers durch die Hexen war es im ganzen Reich verboten, neue Technik zu entwickeln oder die alte zu verbessern. Selbst die Raumschiffe stammten aus der Zeit der Hegemonie und waren nicht selten weit über tausend Jahre alt. Lecks und lebensbedrohliche Schäden wurden behoben, doch war es niemandem erlaubt, die maroden Antriebe und Geräte zu modernisieren oder gar auszutauschen. Ganz zu schweigen davon, neue Schiffe zu bauen.

Manch einer widersetzte sich den Verboten. Man munkelte von geheimen Raumschiffwerften der Minengilde, tief im

Sternendschungel der Marken. Die meisten Verstöße gegen die Gesetze der Hexen fanden jedoch in kleinerem Maßstab statt: Werkstätten auf abgelegenen Welten; Techniker, die zwar keine neuen Schiffe entwickelten, aber in mühevoller Arbeit das Beste aus den alten herausholten; Tüftler, die ihr Leben aufs Spiel setzten, weil sie die Finger nicht von Steuerungen und Antrieben lassen konnten. Von ihnen gab es auf Noa eine ganze Reihe, und ihnen war es zu verdanken, dass zumindest der zentrale Antigravschacht der Festung noch benutzt werden konnte.

»Baroness!«, grüßten sie die drei Wächter im Vorraum des Kerkers. Iniza war es unangenehm, auf Noa so genannt zu werden. Es gab viele ehemalige Raumsoldaten von Koryantum unter Faels Leuten, Männer und Frauen, die vor sechzehn Jahren am Feldzug gegen die Piraten der Marken teilgenommen hatten und gemeinsam mit Fael zum Feind übergelaufen waren. Er hatte sich zum Anführer der Gesetzlosen aufgeschwungen, und jene Koryanter, die ihm treu geblieben waren, hatten für ihn noch heute einen besonderen Stellenwert. Dass er seinen verhassten Bruder Hadrath ausschließlich von ihnen bewachen ließ, bewies, dass er ihnen größeres Vertrauen schenkte als allen anderen Piraten auf Noa.

Einer der Wächter hatte seinen kleinen Sohn dabei, höchstens sechs Jahre alt, und brachte ihm gemeinsam mit den anderen ein Kartenspiel bei. Als Iniza das Kind bemerkte, setzte der Mann zu einer Entschuldigung an, doch sie winkte ab. Besser, der Kleine verbrachte seine Zeit hier unten bei seinem Vater als zwischen den Straßenkindern oben in der Stadt.

»Kann ich zu ihm?«, fragte sie.

Einer der Männer blickte zur Seite auf einen Monitor. »Er liest. Als täte er je was anderes.«

»Danke.«

Noch vor einigen Monaten hatten ihre Finger gebebt, wenn sie den Zahlencode in das Tastenfeld neben der Zellentür eingegeben hatte. Mittlerweile blieb ihre Hand ganz ruhig, nur tief im Inneren spürte sie einen Rest der alten Nervosität.

Wortlos öffnete sie die Tür und trat ein.

An allen vier Wänden lehnten hüfthohe Stapel aus kopierten Aufzeichnungen, die sich von der Luftfeuchtigkeit gewellt hatten. Zwei oder drei der Türme waren umgestürzt, aber das kümmerte den Insassen der Zelle nicht. Dokumente, die er einmal studiert hatte, verloren für ihn an Bedeutung. Nur selten schlug er etwas nach, und sein Erinnerungsvermögen schien mit der Zeit eher besser zu werden als abzubauen.

Iniza war das nur recht. Er sollte sich jedes Detail seiner Niederlage einprägen, jede Information wie einen Messerstich spüren. Sie wünschte ihm Schmerzen, die tiefer gingen als die körperlichen Wunden, die ihm die Piraten zugefügt hatten.

Hadrath blickte erst auf, als sie die Tür hinter sich schloss. Er saß an einem kleinen Tisch, den sie ihm nach den ersten Wochen hatte bringen lassen. Wie immer hatte er beim Lesen unter der trüben, vergitterten Deckenlampe eine Papierkante unter den Zeilen entlanggeschoben.

»Du kommst spät, Tochter«, sagte er. Er nannte sie bei jeder Gelegenheit so, vermutlich weil es seine einzige Möglichkeit war, ihr wehzutun.

Sie warf die Mappe mit den neuen Kopien auf den Tisch. »Ich hatte zu tun.«

»Die Pflichten einer jungen Mutter. Wie geht es meinem Enkelkind?«

»Bestens.«

»Ich hoffe, die Amme sorgt gut für das Kleine, da die Mutter ja offenbar Wichtigeres zu tun hat, als sich selbst darum zu kümmern.«

Er war niemals subtil in der Wahl seiner Waffen. Gerade weil sie ihn durchschaute, ärgerte es sie, dass sein Vorwurf sie trotzdem traf.

»Schuldbewusstsein ist der erste Schritt zur Läuterung«, sagte er genüsslich. »Sieh nur, was aus dir ohne die Zuwendung deines guten, alten Vaters geworden ist. Ein Piratenflittchen. Ich fürchte, *ich* habe wirklich allen Grund, mich schuldig zu fühlen.«

Äußerlich blieb sie gelassen. »Es freut mich, dass du dir Gedanken über deine Verfehlungen machst. Das ist der Sinn und Zweck einer Inhaftierung, nicht wahr?«

»Inhaftierung! Hätte es dafür nicht eine Verhandlung geben müssen? Eine Gelegenheit, mich zu verteidigen?« Jetzt klang er verbittert, was ihr eine gewisse Genugtuung bereitete. »Die Wahrheit ist, dass du und mein ehrenwerter Bruder mich hier unten verrotten lasst. Das ist kein Gefängnis. Es ist eine Gruft.«

»Es könnte schnell zu einer werden«, sagte sie. »Fael würde dich lieber heute als morgen umbringen. Ich bin diejenige, die ihn davon abhält.«

»Weil du mir erst meinen Glauben nehmen willst und dann mein Leben. Sehr großzügig.«

Es ließ sich nicht leugnen. Sie wünschte ihm jede nur mögliche Seelenqual, und manchmal hoffte sie, dass ihr mit der Zeit noch effektivere einfallen würden. Ihm mochte die

Vorstellung schmeicheln, dass ihre Gedanken nur um ihn kreisten, doch damit lag er falsch. Zwischen ihren Besuchen verblasste er mehr und mehr in ihrer Erinnerung. Hadrath war wie eine Krankheit, die sich dann und wann durch kurze Schmerzattacken bemerkbar machte, um dann wieder tagelang aus ihrem Bewusstsein zu verschwinden.

Sein Gesicht war im Laufe seiner Gefangenschaft schmaler geworden, der scharfe Grat seiner Nase noch beherrschender. Schon in Inizas frühesten Kindheitserinnerungen hatten seine Augen tief in den Höhlen gelegen, aber nun sahen sie aus, als wollten sie sich in seinem Schädel verkriechen. Alles an ihm schien von Monat zu Monat härter, kantiger und spitzer zu werden. Seine Religion hatte ihm häufige Fastenzeiten auferlegt, aber die Veränderung, die auf Noa mit ihm vorging, hatte nichts mit seiner Nahrungsaufnahme zu tun. Vielmehr war es, als versuchte er, seinen Körper durch pure Willenskraft zu minimieren. Womöglich träumte er davon, selbst unsichtbar zu werden – wie die STILLE, von der er sich trotz aller Enthüllungen in den Aufzeichnungen nicht abwenden wollte.

Die Bitterkeit schwand aus seiner Stimme, sogar ein Lächeln brachte er zustande. »Tatsächlich ist es hier unten weniger schlimm, als man meinen sollte.« Eine seiner üblichen Hundertachtzig-Grad-Kehren, an die sich Iniza längst gewöhnt hatte. »Seit mich deine Leute nicht mehr misshandeln, beginne ich sogar, mich recht wohl zu fühlen. Ich lese und bete, wann mir der Sinn danach steht, und man lässt mich ausschlafen, wenn nicht gerade dieser kleine Schreihals vor der Tür herumkrakeelt. Ich bin sicher, er langweilt sich da draußen bei seinem Vater zu Tode und träumt davon, mich foltern zu dürfen.«

Sie wollte etwas entgegnen, aber wie so oft verlor er schlagartig das Interesse an ihr, zog die Blätter aus der Mappe und überflog, was sie für ihn ausgewählt hatte. Sie suchte nach der Zufriedenheit, die sie früher so intensiv empfunden hatte, sobald sie ihn in diesem Verlies vor sich sah. Viel war davon nicht mehr übrig.

Sie wandte sich zum Gehen, als er sie abermals ansprach.

»Du weißt, dass Fael dich nur ausnutzt, nicht wahr?«

Iniza drehte sich um. »Das ist nicht besonders einfallsreich.«

»Aber die Wahrheit. Er träumt davon, nach Koryantum zurückzukehren, und er will dich als seine Braut, um seinen Anspruch auf den Thron zu legitimieren.«

Wer hatte ihm davon erzählt? Fael selbst? Gewiss nicht, er kam niemals hierher. Zudem bezweifelte sie, dass ihr Onkel seine Pläne an die große Glocke hängte. Wer also wusste noch davon? Glanis, selbstverständlich. Shara und Kranit. Außerdem Hephestus, Faels rechte Hand, jener Mann, der ihm einst dabei geholfen hatte, die Macht über die Piraten an sich zu reißen. Doch Hephestus plädierte bei jeder Gelegenheit für eine umgehende Hinrichtung Hadraths und hatte keinen Grund, ihm vertrauliche Informationen zukommen zu lassen.

»Das ist Unsinn«, widersprach sie schwach, doch Hadrath hatte einen guten Riecher für Lügen.

»Fael wird nicht aufgeben«, sagte er. »Ich kenne meinen Bruder. Er ist nicht der Mann, für den du ihn hältst. Die Menschen auf Koryantum haben ihn für den Aufrichtigen, den Besten unter uns drei Brüdern gehalten. Aber er und ich, wir sind uns ähnlicher, als du glaubst. Nur dass das, was ich im Laufe meines Lebens getan habe, etwas gedient hat, das größer ist als ich. Fael hat stets nur im eigenen Interesse gehandelt. Er ist ein Machtmensch durch und durch.«

»Sagt ein Kommandant der Minengilde.«

»Die Gilde, das Haus Caudor – alles nur Mittel zum Zweck. Ich bin immer nur ein Diener der STILLE gewesen, und das werde ich bleiben, ganz gleich, wie viele von diesen Pamphleten du mir bringst. Auch darin ähneln Fael und ich uns: Wir ändern uns nicht. Wir sind, wer wir sind. Er ist seinen eigenen Leuten in den Rücken gefallen, als sich ihm die Chance bot, auf Noa die Macht zu ergreifen. Es mag in dieser Festung keinen Thron geben wie auf Koryantum, aber faktisch ist er hier der Baron, der König, der Gottkaiser, wenn du so willst. Eine Weile lang mag ihm das gereicht haben, aber dann stand ihm der Sinn wieder nach der Heimat, nach den guten alten Baronien. Fael wird nicht zur Ruhe kommen, bis er Seffren verdrängt hat und selbst zum Herrscher von Koryantum geworden ist. Und du bist das wichtigste Werkzeug in seinem Plan.«

Iniza schüttelte den Kopf. »Er weiß, dass ich nicht mit ihm nach Koryantum gehen werde. Glanis und ich –«

»Dein Hauptmann!« Hadrath lachte sie aus. »Er steht Fael nur im Weg. Wie lange wird es dauern, bis er einem tragischen Unglück zum Opfer fällt? Das kann schnell passieren, wenn man zum Sicherheitschef dieses Sumpflochs ernannt wurde. Eine Schießerei am Raumhafen, ein Streit unter Tabaksüchtigen, vielleicht eine geheime Mission, von der es kein Zurück gibt ... Es könnte jeden Tag so weit sein, und wenn dein Hauptmann ein wenig Verstand besitzt, dann ist er sich dessen bewusst. Glaub mir, Fael denkt wie ich. Und das sollte *dir* zu denken geben.«

Nichts von dem, was er sagte, überraschte sie. Glanis und

sie hatten oft darüber gesprochen, allein im Dunkeln oder bei Ausflügen auf Raketenschlitten draußen in den Marschen. Was sie erstaunte, war die Tatsache, dass Hadrath die Pläne seines Bruders so mühelos durchschaute, selbst in der Abgeschiedenheit des Kerkers.

Sie wandte sich von ihm ab, hob die Hand zum Klopfen an der Tür und drehte das Gesicht zu einer der Kameras unter der Decke.

»Du weißt, dass ich recht habe.« Hadrath klang nun fast amüsiert. »Aber wenn du Gewissheit darüber brauchst, dass Fael dir einige Dinge verschweigt, dann frag ihn nach Virikaan.«

»Was ist mit Virikaan?« Sie blickte nicht zu ihm zurück, aber ihre Faust hatte eine Handbreit über der Tür innegehalten. Baron Tantor von Virikaan hatte Kranit angeheuert, um Iniza aus der Raumbarke des Hexenordens zu entführen und auf seine Heimatwelt zu bringen. Kranit hatte sich gegen seinen Auftraggeber gewandt und Iniza dabei geholfen, ihren Feinden zu entkommen. Nichtsdestoweniger hatte der Kamastraka-Orden von Tantors Plan erfahren, und es konnte den Hexen nicht gefallen haben, dass ein Herrscher der Äußeren Baronien versucht hatte, ihnen eine Braut der Gottkaiserin zu rauben.

»Geh zu Fael und frag ihn«, sagte Hadrath.

Sie fuhr auf dem Absatz herum. »Selbst wenn es so wäre, wenn die Hexen Virikaan bestraft hätten ... Wie hättest dann wohl du davon erfahren?«

»Ich habe die Ordensmutter Setembra kennengelernt, und ich kann sie einschätzen.« Er begegnete Inizas wütendem Blick mit nahezu priesterlicher Ruhe. Sein hageres Gesicht wies noch immer Spuren der Misshandlungen auf, die ihm die Piraten während der ersten Wochen zugefügt hatten. Sein rechtes Auge hatte sich nie völlig von den Schlägen erholt. »Setembra hat keine Geduld mit Männern, die sie zum Narren halten. Eines Tages wird sie auch mich zur Rechenschaft ziehen wollen, weil ich sie vor den Klöstern der STILLE verraten habe. Ist es nicht eine bittere Ironie, dass ich hier bei euch vor ihr in Sicherheit bin? Tantor von Virikaan hingegen, nun, in seinem Fall mag sie es für angebracht gehalten haben, einen ganzen Planeten für seine Anmaßung büßen zu lassen.«

Er beugte sich wieder über die losen Blätter auf dem Tisch. Iniza war entlassen. Hadrath wusste auch nach einem Jahr im Verlies noch genau, wie man Rollen ins Gegenteil verkehrte.

»Fael hat noch mehr Geheimnisse vor dir. Größere Geheimnisse als das Schicksal Virikaans. Frag ihn danach.« Hadrath legte ein loses Blatt unter eine Schriftzeile. »Und, Tochter, schließ bitte die Tür hinter dir, wenn du hinausgehst.«

4

»Du hättest es mir sagen müssen!«

»Und wem wäre damit geholfen gewesen? Den Menschen auf Virikaan bestimmt nicht. Du hättest dir nur Vorwürfe gemacht.«

Sie hatte Fael auf den Zinnen der Festung gefunden, von hier aus überwachte er die Arbeiten an den Verteidigungsanlagen. Oft kam er bereits im Morgengrauen herauf und wanderte tief in Gedanken über die sternförmig angelegten Wehrgänge. An manchen Tagen verließ er sie bis spät in die Nacht nicht mehr. Iniza vermutete, dass er sich im Inneren des düsteren Gemäuers unwohl fühlte und deshalb jede Gelegenheit nutzte, um das offene All über sich zu spüren. In gewisser Weise war er ebenso ein Gefangener dieser Welt wie sein Bruder Hadrath. Und wie sie selbst.

Iniza spazierte oft mit Tanys im Arm hier oben entlang, weil es möglich war, eine Runde um die gesamte Festung zu drehen, ohne ein einziges Mal den Fuß auf den Erdboden zu setzen. Sie vermied es, mit der Kleinen hinaus in die namenlose Stadt zu gehen; nicht weil sie die Piraten fürchtete – die meisten behandelten sie mit einem Mindestmaß an Respekt –, sondern weil sie Tanys dem Schmutz und den Krankheitserregern in den engen Gassen nicht aussetzen wollte.

»Was genau ist passiert?«, fragte sie.

Fael lehnte sich mit dem Rücken gegen eine Zinne. Weit

unter ihm breiteten sich die Dächer der Stadt aus, uraltes Mauerwerk und Lehmziegel, verstärkt durch Metallstreben, ohne die viele der morschen Wände längst die Gassen unter sich begraben hätten. Dahinter erstreckte sich das Landefeld des Raumhafens mit zahlreichen Schiffen. Dort standen Transporter und Kampfkreuzer wie gigantische Eisenkäfer, viele in Kreisformationen, außerdem Pulks von Einmannjägern.

Zwischen den größeren Schiffen wartete auch die *Nachtwärts* auf ihren nächsten Start, eine silberne Sichel wie ein Mond, der sich auf dem gebrochenen Asphalt zum Schlafen gelegt hatte.

Am Ende des Raumhafens, von wo die braungrünen Marschen von Noa bis zum Horizont reichten, ruhte das gewaltige Wrack der *Caudor Terminus*. Das Oval des zerstörten Gildekreuzers, den Hadrath einst befehligt hatte, lag halbversunken im Schlamm. Iniza würde nie die Reihe aus provisorischen Metallkreuzen oben auf dem Rumpf vergessen, an denen die Besatzung zu Tode gemartert worden war. Sie waren längst abgebaut worden, doch wann immer Iniza das Wrack sah, hatte sie die sterbenden Männer und Frauen vor Augen. Faels Piraten wurden von der Gilde gnadenlos gejagt, entsprechend unbarmherzig war ihre Rache an den Soldaten gewesen.

Der Rumpf der *Caudor Terminus* war an mehreren Stellen aufgerissen wie ein geplatzter Kadaver. Sein Innenleben war geplündert, alle brauchbaren Teile entfernt worden. Seitdem wurde die leere Stahlhülle nur noch von den Reptilvögeln der Marschen heimgesucht. Ganze Schwärme saßen auf den gezackten Rändern der Explosionswunden und reckten ihre Schnäbel in gespenstischen Synchronbewegungen zu etwas

Unsichtbarem am Himmel empor. Vielleicht zu den Toren von Tau.

Fael hatte Inizas Frage nicht beantwortet, darum stellte sie sie erneut: »Was ist auf Virikaan geschehen? Und wann hast du davon erfahren?«

Fahrig strich er sich mit der Hand durch das weiße Haar, wirkte fast unangenehm berührt. »Vor ein paar Monaten. Es stand in einem der Berichte, die ich von meinen Spionen in den Baronien bekomme. Eines Nachts ist eine Kathedrale der Hexen über Fadra aufgetaucht.« Fadra war Virikaans Hauptkontinent, Sitz des ehemaligen Kolonialregenten und heutigen Barons. »Der Orden hat alles in Schutt und Asche gelegt.«

»Baron Tantors Palast?«

»Nicht nur den Palast.«

Sie schloss kurz die Augen. »Sie haben wegen mir eine ganze Stadt zerstört?« Es kam ihr falsch vor, dass ihr der Name der Stadt nicht mehr einfiel, so als wäre mit der Zerstörung durch die Kathedrale auch jede Erinnerung daran ausgelöscht worden.

»Den ganzen verdammten *Kontinent*!« Fael schnellte auf sie zu, bis seine vernarbte rechte Gesichtshälfte ihr Blickfeld füllte. Das Feuer, dem er die Entstellung zu verdanken hatte, hatte sein ehemaliges Flaggschiff vernichtet. Seither benutzte er die kleinere und sehr viel wendigere *Sternenlos*, die schwer bewacht draußen auf dem Raumhafen stand. »Die Hexen haben Fadra für Jahrhunderte unbewohnbar gemacht. Millionen sind dabei umgekommen. Frauen, Kinder, aufrechte Männer, die nichts mit Tantors Verrat an den Hexen zu tun hatten. Sie alle sind tot, weil Tantor sich in den Kopf gesetzt hatte, dich zu heiraten.« Ihm konnte die Ironie in Bezug auf seine eigene Situation nicht entgehen. »Und – bist du nun zufrieden? Geht es dir besser, jetzt, da du die Wahrheit kennst?«

Beinahe hätte sie ihm eine Ohrfeige verpasst, aus Wut auf ihn und seinen herablassenden Tonfall und weil sie keine Möglichkeit hatte, stattdessen der Hexe Setembra Schmerzen zuzufügen. Es gab keinen Zweifel, dass die Ordensmutter hinter dem Massaker steckte. Iniza trat einen Schritt zurück und stieß mit dem Rücken gegen die Brüstung zum Innenhof.

»Falls dich das beruhigt«, sagte Fael, »es wäre genauso gekommen, wenn man dich zu Tantor gebracht hätte und du seine Frau geworden wärst. Was hat dieser greise Narr denn erwartet? Dass er eine Braut der Gottkaiserin entführen kann, ohne dass der Orden erfährt, wer dahintersteckt? Dass er es vor Tiamande hätte geheim halten können, wenn er dich mit großem Tamtam geheiratet und damit die Regentschaft über Koryantum beansprucht hätte? Ich hörte ja, er sei senil geworden und habe seine eigenen Söhne beseitigen lassen, aus Angst, sie könnten ihn vom Thron drängen – aber dass es so schlimm um ihn steht, hätte ich nicht gedacht.«

»Millionen von Menschen«, flüsterte Iniza benommen. Es klang unwirklich, nicht wie eine Größenordnung, die sie auch nur annähernd erfassen konnte. Wären zehn Menschen um ihretwillen ermordet worden, hätte es sich schrecklicher angefühlt. Zehn Menschen besaßen Gesichter und Individualität. Millionen aber, ein ganzer Kontinent, überstiegen ihre Fähigkeit, mehr als ein abstraktes, irreales Grauen zu empfinden.

Fael hob eine Hand und berührte ihre Wange. »Du trägst nicht die Schuld daran.«

Sie starrte durch ihn hindurch. »Sie sind wegen mir gestorben.«

»Nein. Sie sind gestorben, weil Baron Tantor sich einen Dreck um sein Volk geschert hat. Und um gesunden Menschenverstand. Er mag krank sein, geisteskrank vielleicht oder einfach nur verwirrt vom Alter, aber das ...« Er schüttelte den Kopf. »Niemand hätte ihn davon abbringen können.«

»Kranit hat —«

»Der Waffenmeister hat einen Auftrag angenommen«, fiel Fael ihr ins Wort. »Wenn er es nicht getan hätte, hätte Tantor einen anderen gefunden.«

»Das meine ich nicht. Ich wäre auch ohne Kranit von dieser Barke geflohen oder hätte es zumindest versucht. Aber er hat es in Kauf genommen, genau wie ich.«

»Er ist ein Waffenmeister von Amun«, entgegnete Fael schulterzuckend, und das war Erklärung genug.

»Tanys wäre jetzt tot«, sagte sie. »Verbrannt auf Virikaan wie all die anderen Menschen.«

Abermals verneinte Fael. »Tantor hätte gar nicht erst zugelassen, dass du das Kind eines Fremden austrägst.« Sein Blick sagte: ›Anders als ich‹, aber das sprach er nicht aus. »Du hast sie gerettet, indem du dich ihm entzogen hast. Das war es, was du tun *konntest*. Die Rettung der Menschen auf Virikaan lag niemals in deiner Hand.«

Ihr Atem ging stoßweise, aber sie bekam ihn allmählich unter Kontrolle.

»Da ist noch etwas«, sagte Fael. »Tantor hat vermutlich überlebt. Zumindest falls ihn nicht die Besatzung seines eigenen Kreuzers in Stücke gerissen hat. Eine Handvoll Schiffe mit den höchsten Würdenträgern und einem Teil der Armee sind dem Inferno entkommen, heißt es. Sie verstecken sich irgendwo in den Marken und haben ein Kopfgeld auf deinen Freund Kranit ausgesetzt. Offenbar hat Tantor in ihm einen Schuldigen gefunden, dem er die Verantwortung zuschieben kann.«

»Seine Leute werden nicht so dumm sein, das zu glauben.«

»Seine Leute werden tun, was er von ihnen verlangt, solange er ihnen verspricht, dass er ein neues Zuhause für sie findet. Geld, um sich auf irgendeiner Markenwelt einzukaufen, dürfte genug da sein. Keine der anderen Baronien wird ihnen Zuflucht bieten. Nicht einmal dieser Dummkopf Seffren.« Inizas Ziehvater, der Mann, den sie fünfundzwanzig Jahre lang für ihren leiblichen Vater gehalten hatte, war ein schwacher, melancholischer Herrscher, aber ein Dummkopf war er niemals gewesen. Genau das sagte sie Fael, wenn auch nur, um sich abzulenken von all dem Entsetzlichen, das in ihrem Kopf wie ein Strudel alle Gedanken an sich zog.

Der Gesichtsausdruck ihres Onkels blieb unverändert, nur in seinen Augen erschien ein gefährliches Funkeln. »Seffren ist dumm genug, Koryantum ins Unglück zu stürzen. Meine Spione haben mir noch mehr berichtet, und in nichts davon gibt er eine gute Figur ab.«

Sie wollte jetzt nicht an Seffren denken, doch Fael ließ ihr keine Wahl.

»Was auf Virikaan geschehen ist, hat bei aller Tragik auch etwas Gutes bewirkt«, sagte er, ohne dass ihm diese Tragik augenscheinlich allzu naheging. »Die Baronien sind zusammengerückt, ihr Hass auf die Hexen ist größer denn je. Vor ein paar Monaten haben sie ihre kleinlichen Streitereien untereinander fürs Erste auf Eis gelegt und wieder einen gemeinsamen Rat ins Leben gerufen. Davon haben viele Generationen geträumt, aber keiner hat geglaubt, dass es je geschehen würde. Erst der Fall von Virikaan hat den Baronen klargemacht, wie weit die Hexen in ihren Launen gehen können. Die Gier eines einzelnen Mannes hat der Orden mit der Auslöschung ganzer Völker beantwortet. Also haben sich alle Barone in der Ratsversammlung zusammengetan, um über das weitere Vorgehen zu entscheiden. Alle bis auf Seffren.«

Es überraschte sie nicht. Seffren Talantis litt unter Schwermut, seit er gezwungen gewesen war, in Abwesenheit seiner beiden älteren Brüder Fael und Hadrath den Thron zu besteigen. Manchmal verschwand er für mehrere Tage in dem Mausoleum, dass er für seine Brüder hatte errichten lassen, obwohl er wusste, dass beide noch lebten. Stundenlang kniete er vor ihren leeren Sarkophagen und vergoss Tränen um jene beiden Männer, die ihn heute mehr denn je verachteten.

»Seffren weigert sich, an den Versammlungen des Rates teilzunehmen«, fuhr Fael fort. »Seit er dich den Hexen als Braut der Gottkaiserin ausliefern musste, ist alles noch schlimmer geworden. Er redet nicht mehr, überlässt die Regierungsgeschäfte seinen Höflingen, verlässt kaum noch dieses verfluchte Mausoleum.« Ein listiges Blitzen leuchtete in Faels Augen auf. »Meine Spione meldeten mir, dass allerorts auf Koryantum Stimmen lautwerden, die sich wünschen, Seffrens ältester Bruder möge zurückkehren. Mir haben sie schon damals vertraut, mich haben sie geliebt. Du weißt, dass das wahr ist.«

»Sie haben um dich getrauert«, entgegnete sie. »Bis du von den Toten auferstanden bist und angefangen hast, ihre verdammten Schiffe auszurauben!«

Fael winkte ab. »Menschen verzeihen vieles, wenn es um ihr Wohlergehen geht. Endlich ist es so weit. Es könnte keinen besseren Zeitpunkt geben, um nach Koryantum zurückzukehren, den Thron zu besteigen und in den Rat der Baronien einzuziehen. Was sie dort brauchen ist Stärke und Entschlusskraft.«

»Und die willst du ihnen bieten?«, fragte sie. »Wie großmütig und edel von dir.«

»Iniza«, sagte er beschwörend, »das ist *die* Chance, das alles hier hinter uns zu lassen. Um von Noa fortzugehen und nach Hause zurückzukehren. Tanys in Sicherheit zu bringen. Von mir aus nimm Glanis mit und mach ihn wieder zu deinem Leibwächter. Wir beide müssen nur nach außen hin ein Paar sein. Was du in deinem Schlafzimmer treibst, bleibt deine Angelegenheit. Ich hege in dieser Richtung keine Ambitionen, das weißt du.«

»Wage es nicht, meine Tochter für deine Pläne zu instrumentalisieren!«

»Sagt dir denn nicht der gesunde Menschenverstand, dass ich recht habe?« Seine Miene verhärtete sich, als er mit einer weiten Armbewegung über die armselige Stadt vor der Festung deutete. »Ich bin seit so vielen Jahren hier. Ich habe mein Leben den Menschen in diesem Drecksloch gewidmet, einer undankbaren Horde von Verbrechern und Halsabschneidern. Willst du etwa *das* für dich und dein Kind?«

»Du hältst dich allen Ernstes für etwas Besseres als diese Leute? Nach all der Zeit, in der du ihnen befohlen hast, wen sie zu ermorden haben und wessen Schiffe sie plündern sollen?«

»Jemand musste es tun. Dieser Planet bewacht die Tore von Tau und den Pilgerkorridor. Glaub mir, auch ich hätte mir etwas anderes gewünscht als das hier.«

Sie konnte nicht fassen, dass er keinerlei Unrechtsbewusstsein zeigte. Anfangs hatte sie für möglich gehalten, dass er all das tatsächlich glaubte, dass er sich für eine Art Wächter des Pilgerkorridors hielt und darauf vertraute, sein Treiben auf Noa diene einem höheren Zweck. In Wahrheit aber wollte er Koryantum und, wie sich nun herausstellte, am besten gleich die ganzen Baronien.

Sie würde weder Tanys' Leben noch ihr eigenes seinen Ideen opfern. Schon vorher hatte sie ihn für skrupellos und überambitioniert gehalten, aber nun lag eine gehörige Portion Größenwahn in seinen Worten. Schuldbewusst fragte sie sich, ob sie das bislang überhört hatte, weil sie es sich zu einfach gemacht hatte.

»Du vergisst eines«, sagte sie. »Der Orden sucht noch immer nach Tanys und vermutlich auch nach mir. Wie lange würde es wohl dauern, bis die Hexen Wind von meiner Rückkehr bekommen und Koryantum ein ähnliches Schicksal blüht wie Virikaan?«

»Dafür gibt es eine Lösung«, sagte er in einem Anflug von Triumph, der sie alarmierte.

»Eine Lösung«, wiederholte sie leise.

»Die Baronien sind nicht wie andere Regionen des Reichs«, sagte er. »Das sind sie niemals gewesen. Die Lage an der Grenze zum Leerraum, die Nähe zum Katarakt und die Tatsache, dass die Maschinen in den dreihundert Jahren ihrer Herrschaft nie bis dorthin vorgedrungen sind.«

»Weil sie genug damit zu tun hatten, Tausende Welten von Menschen zu säubern.«

Er schüttelte den Kopf. »Es gibt Anzeichen, gewisse Theorien, dass sie es nicht *konnten*, Iniza.«

»Schwanz der Krone!«, fluchte sie. »Es gibt Theorien

für jeden Schwachsinn, den sich irgendwer aus den Fingern saugt.«

»Aber in diesem Fall liegen die Dinge anders. Die Baronien sind um vieles wertvoller, als die Hexen ahnen.«

»Die Hexen *stammen* aus den Baronien«, widersprach sie. »Sie würden wissen, wenn es dort etwas gäbe, das für sie von Bedeutung sein könnte.«

Tatsächlich war der Kamastraka-Orden auf Empedeum gegründet worden, weit draußen am Rand der Baronien. Nachdem die Hexen ins Reich aufgebrochen waren, eine Streitmacht aufgebaut und die Maschinen besiegt hatten, hatten sie ihre Heimatwelt Empedeum mit dem Weltenbrand heimgesucht, ihrer furchtbarsten Waffe. Die Gründe klangen fadenscheinig: Angeblich hatte Empedeum den Ikonoklasten beherbergt, den Todfeind des Ordens, kurz bevor ihm die Flucht durch den Leerraum in den Katarakt gelungen war. Nur war der Ikonoklast ebenso ein Mythos wie seine Reise in die Regionen jenseits der Galaxis, und seine drohende Rückkehr war lediglich ein Schreckgespenst, das die Welten des Reichs in die Abhängigkeit des Ordens treiben und gefügig machen sollte.

Seither war Empedeum eine verstrahlte Hölle. Der Orden hatte das System zum Sperrgebiet erklärt und dort eine Raumkathedrale stationiert, die jedes Schiff beim Anflug ohne Warnung aus dem All brannte.

»Du musst mir glauben, dass es eine Möglichkeit gibt, die Hexen von den Baronien fernzuhalten«, sagte Fael, und erst jetzt fiel ihr auf, wie sehr er seine Stimme gesenkt hatte, obwohl sich außer ihnen niemand auf diesem Teil des Wehrgangs befand.

»Du hast einen Plan«, stellte sie fest.

»Den habe ich.«

Sie schnaubte spöttisch. »Das macht mir *so* große Hoffnung, Fael.«

Das winzige Funkgerät am Kragen seiner Jacke piepste. Unwirsch trat er einen halben Schritt zurück und drückte auf den Knopf.

»Was?«, brüllte er ins Mikrofon.

Eine Stimme erklang in dem Lautsprecherknopf in seinem linken Ohr. Sie war zu leise, als dass Iniza die Worte hätte verstehen können, aber sie erkannte Faels Vertrauten Hephestus.

Sie wollte die Gelegenheit nutzen, um den Wehrgang zu verlassen, aber da schoss die Hand ihres Onkels vor und packte sie am Oberarm.

»Warte!«, befahl er. »Das ist wichtig.«

Hephestus' Stimme zischelte noch einige Sekunden weiter, bis sie schließlich verstummte.

»Was ist passiert?«, fragte Iniza unbehaglich. »Irgendwas mit Glanis?«

Fael ließ sie für einen Augenblick zappeln, dann sagte er: »Die Muse.«

Beunruhigt starrte sie ihn an.

»Sie ist erwacht«, sagte er. »Und du bist die Einzige, mit der sie sprechen will.«

5

Vier Tote lagen in den Trümmern des Mannschaftsquartiers, als das Piratenschiff durch die Hypersprungschleuse in den Normalraum zurückstürzte.

In der Kabine roch es nach verbranntem Fleisch. Aus zwei Leichen quoll dunkler Rauch, in ihrem Inneren brannte es noch immer. Laserstrahlen mochten Adern verschmelzen und eine Blutung unterbinden, aber in Muskelgewebe richteten sie einen üblen Schlamassel an. Glut tanzte entlang verkohlter Wundränder, und Bauchschüsse ließen Gase in Stichflammen verpuffen.

Wie die drei anderen Überlebenden der Schießerei war Shara durch die Erschütterung beim Austritt aus dem Hyperraum von den Beinen gerissen worden. Der Pilot hatte das Schiff abrupt verlangsamen müssen, um nicht in die Verästelungen aus Riesenkristallen zu krachen, die unvermittelt vor ihnen aufgetaucht waren wie ein gläsernes Spinnennetz.

Das Mannschaftsquartier befand sich unterhalb des Cockpits, die einzige Sichtluke blickte zum Bug hinaus. Durch sie beobachtete Shara die vier Virikaan-Kreuzer, die das Schiff vor dem Panorama der kosmischen Kristallgirlanden erwarteten. Mehrere Einmannjäger lösten sich aus der Formation und näherten sich mit flammenden Triebwerken.

Kranit und der tätowierte Riese Hork hatten beim Austritt

aus dem Hyperraum miteinander gerungen und gingen noch im Liegen erneut aufeinander los. Der Rote Catbar hingegen zeigte wenig Lust, es mit Shara aufzunehmen, die noch immer ihren Blaster hielt, während seiner irgendwo zwischen den Toten verschwunden war. Behände erklomm er die Leiter unter dem runden Deckenschott, das hinauf ins Cockpit führte. Hier im Mannschaftsraum stand es jetzt zwei gegen zwei, aber das Zünglein an der Waage war der Pilot, der sie in wenigen Minuten in den Hangar eines Virikaan-Kreuzers steuern würde.

»Catbar!«, rief Shara. Im Hintergrund schlugen Kranit und Hork mit den Fäusten aufeinander ein, aber es war wohl nur eine Frage weniger Sekunden, bis einer von ihnen wieder einen Blaster in die Finger bekam.

Der Rote Catbar kletterte weiter und erreichte die Luke. »Was ist mit der guten alten Zeit?«, rief er. »Zählt Blutsbrüderschaft denn gar nichts mehr? Wir waren mal Freunde, verdammt!«

Angesichts solcher Dreistigkeit entschied Shara, dass weitere Warnungen Zeitverschwendung wären, und schoss ihm durch die Leitersprossen ins Bein. Er brüllte auf, als der Laserbolzen ein rauchendes Loch in seinen Unterschenkel brannte.

»Wir waren nie Freunde, Catbar. Wir waren Partner.«

Ein Schwall wüster Beschimpfungen ging auf sie nieder.

»Knie?«, fragte Shara. »Oder Kopf?«

Catbar fluchte, ohne die Hände von dem Metallrad zu lösen, mit dem das Schott verriegelt war. Shara ließ ihn weitermachen, bis die runde Metallklappe nach oben schwang.

»Ich würde das nicht tun«, sagte sie.

Offenbar hoffte er, er könnte sich in Sicherheit bringen,

ehe sie ihre Drohung wahrmachte. Eingedenk der guten alten Zeit hätte er sie besser kennen müssen.

Sie feuerte nicht auf sein Knie und auch nicht auf seinen Kopf – der befand sich schon im Cockpit –, sondern schoss ihm zwischen den oberen Sprossen hindurch mitten in die Brust. Diesmal fegte ihn der Einschlag von der Leiter in die Tiefe, wo er unglücklicherweise auf Kranit fiel, der gerade einen Stuhl auf Horks kahlem Schädel zertrümmern wollte.

Der Tätowierte schrie hasserfüllt auf, als er den Leichnam des Roten Catbar sah. Einen Moment lang war er hin- und hergerissen zwischen den Optionen, sich auf Kranit zu stürzen oder auf Shara loszugehen, die gerade seinen besten Freund erschossen hatte.

Sie nahm ihm die Entscheidung ab, indem sie seine wütende Visage in einen qualmenden Krater verwandelte. Wenn er sich beeilte, holte er den Roten Catbar vielleicht noch ein, und sie konnten ihre Reise gemeinsam fortsetzen, wohin auch immer sie führen mochte.

»Schwanz der Krone!«, fluchte Kranit, als er Catbars Körper von sich schob und ächzend auf die Beine kam. Da stand Hork noch immer aufrecht, als könnte er nicht begreifen, dass sich mit verdampftem Hirn nicht weiterleben ließ. Kranit gab ihm einen Stoß, der ihn zu Catbar auf den Boden beförderte.

»Den Fluch hast du dir von der Kleinen abgeschaut«, stellte Shara fest. Sie ahnte schon länger, dass er so etwas wie väterliche Gefühle für Iniza hegte – als hätte die nicht schon genug Väter.

Durch die offene Deckenluke zum Cockpit hörten sie eine Funkstimme. »Nehmen Sie Kurs auf den Hangar der *Tantors Macht* und landen Sie in Bucht drei.«

Kranit zog eine Grimasse. »Er nennt sein Schiff *Tantors Macht*?«

»Er ist *dein* Freund, nicht meiner.« Shara kletterte vorsichtig die Leiter hinauf, den Blaster nach oben gerichtet. »Hey!«, rief sie dem Piloten zu. »Wir kommen jetzt rauf. Wenn du nicht willst, dass ich deinen Schädel an der Kopfstütze festschmelze, solltest du die Finger vom Steuerknüppel *und* von der Waffe lassen.«

Kranit hob den Amunblaster auf, den er beim Kampf mit Hork verloren hatte. Die goldschwarze Waffe mit den kunstvollen Verzierungen war nahezu doppelt so groß wie übliche Handfeuerwaffen. »Fünf Bier, dass er nicht auf dich hört.«

Als wollte der Pilot Kranits Worte bestätigen, schlug über Shara ein Energiebolzen in den Rand der Öffnung. Sie fluchte, als ein Funkenregen auf ihre bloße Kopfhaut niederging.

Kranit zuckte grinsend mit den Achseln. »Fünf Bier!«

»Ich hab die Wette nicht angenommen!« Sie schob ihre Hand mit dem Blaster durch das offene Schott und feuerte blind in Richtung Bug. Auf den dritten Schuss folgte ein Aufschrei, dann ein Poltern.

»Wenn du ein Loch in den Bordrechner geschossen hast«, bemerkte Kranit, »wäre das nicht von Vorteil.«

»Noch was zu meckern?« Übellaunig zog sie sich durch die Öffnung ins Cockpit. Sicherheitshalber schoss sie ein weiteres Mal auf den reglosen Mann, der mit dem Oberkörper nach vorn über das Instrumentenpult geschleudert worden war. In der Rückenlehne des Pilotensessels klafften drei faustgroße Brandlöcher, aber nur der mittlere Treffer hatte auch den Mann auf der anderen Seite erwischt.

Sie eilte zu ihm, zerrte ihn vom Sitz und nahm seinen Platz

ein. Durch die Panoramascheibe über den Instrumenten sah sie die vier Kreuzer näher kommen, ovale Silberscheiben nach alter Bauart der Hegemonie, gesprenkelt mit zahllosen Lichtpunkten. Zwischen ihnen standen münzenförmige Einmannjäger in starrer Formation und warteten auf ihren Einsatz. Die drei Jäger, die vorhin auf das Piratenschiff zugeflogen waren, mussten sich jetzt hinter ihnen befinden. Ein Blick auf einen der Monitore bestätigte diese Vermutung. Das Schiff befand sich noch immer auf Kurs, schon bald würden sie den vorderen der vier Kreuzer erreichen. Das musste die *Tantors Macht* sein, das Flaggschiff des Barons von Virikaan.

Kranit kletterte ebenfalls die Leiter herauf und murmelte etwas von mehr Glück als Verstand, als er die Löcher in der Lehne des Pilotensitzes entdeckte. Schwer ließ er sich in den zweiten Sessel fallen und fuhr mit wenigen Handgriffen den Laserleitstand hoch.

»Wir haben keine andere Wahl, oder?«, fragte Shara.

»Nein«, sagte er kopfschüttelnd.

»Das da draußen ist eine ganze Flotte.«

Kranit seufzte. »Sie würden dich nicht laufen lassen, selbst wenn du mich auslieferst.«

Das mochte eine Stichelei sein wegen dem, was in den Klöstern der STILLE vorgefallen war, oder eine simple Feststellung. »Erwischst du die drei hinter uns, bevor sie uns in die Zange nehmen?«

»Wenn alle Kanonen funktionieren.«

Bei dieser Geschwindigkeit würde es noch drei oder vier Minuten dauern, ehe sie das Energiefeld vor dem Hangar der *Tantors Macht* passierten. Shara checkte die Werte des Antriebssystems. Das Mondenrennen von Palinquest würden sie damit nicht gewinnen, aber es mochte genügen, um zwischen den Kristallformationen unterzutauchen, bevor die Waffen der Kreuzer ihre Schilde zerfetzen konnten.

Sie legte die linke Hand an den Schubhebel. »Die messen unsere Strahlungswerte. Wenn ich die Energie hochfahre, werden sie das merken.«

Kranit nickte unaufgeregt. »Bin bereit, wenn du es bist.«

Sie schenkte ihm ein Lächeln, schob erst den einen Hebel nach vorn, dann einen zweiten. »Schilde sind oben!«, meldete sie. »Antrieb auf voller Kraft!«

Die Düsen heulten auf, gefolgt vom Stampfen der Generatoren, die in Sekundenschnelle ihre Leistung verdoppelten. Das Schiff hechtete förmlich nach vorn, bis Shara den Steuerknüppel zur Seite riss und in einer scharfen Linkskurve aus dem bisherigen Kurs ausbrach. Auf Kranits Monitor setzten sich glühende Quadrate um die drei Jägersymbole. Wortlos eröffnete er das Feuer.

Shara blieb keine Zeit, um mitzuverfolgen, ob die Gegner auf seinen Anzeigen erloschen. Sie konzentrierte sich auf die Steuerung und die Schubregulatoren, riss das Schiff weiter herum, dann wieder nach rechts und schließlich vornüber. Für einen Moment verschwanden die vier Kreuzer inmitten ihres Jägerschwarms aus dem Cockpitfenster. Stattdessen sah sie vor sich die ganze Pracht der Kristallketten, scharfkantige Formationen, die sich vielfach kreuzten und ein verzweigtes Wirrwarr bildeten, fast wie ein gläserner Schwamm. Sie war selbst noch nie hier gewesen, aber sie erinnerte sich an Berichte über dieses kosmische Wunder.

»Das müssen die Kristallbänke von Tarent sein«, rief sie Kranit zu, während sie das Schiff in einem wilden Manöver auf einen Kurs in Richtung der vorderen Giganten führte. Der Sternennebel im Hintergrund leuchtete tiefblau. Vor ihm wirkten die verwachsenen Kristalle wie Korallen in einem Ozean.

Shara überflog die Anzeigen und sah, dass der Computer ihre Koordinaten mit seiner Datenbank abgeglichen hatte. Zwischen all den Zahlen fand sie die Bestätigung ihrer Vermutung. *Tarent-Sektor* stand dort in leuchtender Schrift.

Vor langer Zeit waren zwei kristalline Asteroidenschwärme aufeinandergestoßen und in einem Ausbruch unfassbarer Energien zu etwas verschmolzen, dessen Form von weitem einer blattlosen Baumkrone ähnelte. Ein Aderwerk aus verketteten Kristallen und verklumptem Staub schwebte als starres Konglomerat im All, mit Tausenden Kilometern Umfang. Darin unterzutauchen war schon manch einem Flüchtigen verlockend erschienen, doch nur wenige waren heil wieder aufgetaucht.

Unmöglich aber konnte es nicht sein, wenn sich die großen Virikaan-Kreuzer hier vor den Schiffen des Ordens versteckten. Zweifellos wussten sie mehr über diesen Ort als Shara. Vielleicht kannten sie kartographierte Schlupfwinkel oder hatten selbst Wege im Labyrinth der Kristallbänke ausgekundschaftet.

»Seit wann gibt es im Tarent-Sektor eine Hypersprungschleuse?«, fragte Kranit, während er ein ums andere Mal auf ihre Verfolger feuerte. Gerade bekamen sie es mit einer weiteren Jägerstaffel zu tun.

»Du warst schon hier?«

»Ich war immer schon überall.«

Sie verdrehte die Augen und ließ ihm den Glauben an seine eigene Legende.

»Ich war damals an Bord eines Vergnügungskreuzers«, sagte er. »Wir kamen von einer Welt im Kernreich, ich hatte an Bord einen Auftrag zu erledigen. Wir haben Wochen gebraucht, knapp unter Lichtgeschwindigkeit, ehe wir hier waren.«

Der Auftrag, von dem er sprach, war vermutlich ein bezahlter Anschlag auf einen der reichen Passagiere gewesen. Ausflüge an Orte wie diesen kosteten mehr, als manche Markenwelt in einem Standardjahr erwirtschaftete, und Shara stellte sich den Menschenschlag vor, der an Bord des Kreuzers gewesen sein mochte. *Sehen Sie die Wunder des Universums! Erleben Sie hautnah mit, wie Planeten sterben und Sonnen entstehen!* Shara kannte die Slogans, mit denen für solche Reisen geworben wurde. Wer sich so etwas leisten konnte, hatte sein Geld nicht auf den üblichen Wegen verdient. Oder ihre Vorstellungskraft reichte nicht aus, um sich Geschäfte dieser Größenordnung vorzustellen.

Kranit fluchte, als ein Treffer das Schiff erschütterte. Der Leuchtbalken, der die Energie der Heckschilde anzeigte, verkürzte sich fast um ein Drittel. Shara suchte auf den Anzeigen nach Kursalternativen, um den vorausberechneten Schussbahnen der Jäger auszuweichen. Der Computer war illegal aufgerüstet worden, ähnlich wie jener in der *Nachtwärts*, aber er tat sich merklich schwer mit dem, was ihm da abverlangt wurde. Shara suchte mit bloßem Auge in der Wand aus Kristallgewebe nach einem Fluchtweg. Da waren Hunderte Öffnungen, die groß genug für das Schiff waren, doch wie es tiefer in den Kristallbänken aussah, ließ sich von hier aus nicht erkennen.

Es war ein Phänomen von Raumschlachten, dass man sich einbildete, das Röhren und Kreischen der feindlichen Triebwerke zu hören, auch wenn das im Vakuum unmöglich war. Die Gefahr saß ihnen so dicht im Nacken, dass Sharas

Vorstellungskraft die Realität überflügelte und die Lücken in ihrer Wahrnehmung schloss. In dem vermeintlichen Getöse um sie herum zeigte der Monitor weitere Jäger an, die sich aus dem Flottenverband lösten und wie Raubvögel auf sie niederstießen.

»Neun«, sagte Kranit mürrisch und drückte den Feuerknopf. »Noch acht.«

»Die Kreuzer müssen Dutzende davon an Bord haben.«

»Die Frage ist, ob ich es ihnen wert bin, sie alle aufs Spiel zu setzen.«

»Alle? Die paar reichen schon, um uns das Leben schwerzumachen.«

»Nicht, wenn du uns da reinbringst.« Er deutete durch die Sichtscheibe auf den Wall aus schimmerndem Kristall.

Wieder ein Treffer. Kranit erwiderte das Feuer mit verbissener Miene und fegte gleich zwei ihrer Feinde aus dem All. Der Schein der Explosionsblasen wurde von den vorderen Kristallen reflektiert und vervielfacht.

Das Schiff kam dem gläsernen Geflecht immer näher.

»Wenn du uns noch ein bisschen Zeit verschaffst –«, begann Shara, als vor ihnen dunkle Punkte aus dem Kristalldickicht auftauchten. Im ersten Moment hielt Shara sie für Spiegelungen der Jäger, die sich hinter ihnen befanden, doch dann erkannte sie ihren Fehler. Wie Ameisen, die sich aus einem Berg von Diamanten wühlten, stießen weitere Virikaan-Jäger zwischen den kristallinen Verästelungen hervor und kamen ihnen entgegen. Dort drinnen musste es tatsächlich ein Versteck geben.

Kranit ließ die Hälfte seiner Waffen nach vorn umschwenken. Sein Monitor teilte sich und zeigte schematische Darstellungen der Angreifer vor und hinter ihnen. Shara, die sich mit Bordgeschützen auskannte, fragte sich, wie er mit so vielen Gegnern zugleich fertigwerden wollte.

Doch der Waffenmeister feuerte mit ungebrochenem Enthusiasmus, die Laserbolzen und Torpedos waren jetzt auch durch die Panoramascheibe vor ihnen zu sehen. Ein Jäger explodierte in einer gleißenden Lichtkugel. Ein zweiter trudelte manövrierunfähig davon und krachte gegen eine der äußeren Kristallstrukturen. Sie zerbrach unter dem Aufprall in Millionen von Scherben, während das Schiff weiter abtrieb und erst beim nächsten Zusammenstoß zerstört wurde. Flammenglut ließ das Cockpitfenster erstrahlen, dann entzündete sich der Treibstofftank und zerriss den Jäger in einer lautlosen Detonation. Kristallscherben sprühten in einer kilometerlangen Fontäne ins All hinaus, eine silbrige Kaskade, deren Splitter am Bugschild des Piratenschiffes verglühten.

Shara spürte, wie etwas geschah, das sie seit ihrer Flucht von Nurdenmark in der *Nachtwärts* vermisst hatte. Das fremde Schiff begann, sich wie ein zweiter Körper anzufühlen, nicht mehr wie eine unförmige Hülle aus Stahl. Das Wummern der Generatoren klang wie ihr Herzschlag, das Heulen der Antriebe wurde ihr so vertraut wie die eigene Stimme. Ihre Hände verschmolzen mit dem Steuerknüppel, die Sensoren und Außenkameras wurden zu neuen Sinnesorganen. Sie hätte diese Empfindungen nie und nimmer in Worte fassen können, aber sie erkannte sie, sobald sie eintraten, und dann war es, als wäre sie unbesiegbar, ein lebendes, denkendes, atmendes Schiff, mit dem es kein Jäger, kein Schlachtschiff, kein Kreuzer des Universums aufnehmen konnte.

»Alles in Ordnung?«, fragte Kranit.

»Alles wunderbar.«

Sie riss die Steuerung herum, flog ein Stück parallel zu der titanischen Wand aus Kristallgewebe und wich instinktiv weiteren Laserbolzen aus. Schließlich legte sie das Schiff in eine enge Kurve, lenkte es zurück in den offenen Raum.

»Du hast es vielleicht übersehen«, sagte Kranit, »aber wir fliegen wieder genau auf die Kreuzer zu!«

»Einen besseren Vorschlag?«

»Vernünftige Leute fliehen angesichts einer solchen Übermacht.«

»Amun ist eine ganze Weile her, hm?«

Er tat den Vorwurf mit einem Schulterzucken ab und feuerte eine Salve auf ihre Verfolger ab. »Ist lange her, dass mir mein Stolz wichtiger war als mein Leben. Ich bin wohl altersweise geworden.«

»Oder altersmüde.«

»Besser als lebensmüde.«

Sie blickte kurz zu ihm hinüber. »Wir können das hier nicht überleben. Das weißt du.«

»Vielleicht würde ich gern noch eine Weile so tun als ob.«

»Oder wir nutzen die Zeit und zeigen diesem Baron Tantor, dass er sich mit den falschen Verrückten angelegt hat.«

»*Eine* Verrückte. Und ein Mann der Vernunft.« Aber das Leuchten in seinen Augen zeigte ihr, dass er längst auf ihrer Seite war.

Shara wandte sich wieder den Instrumenten zu. »Die Frontalschilde sind noch auf hundert Prozent.«

»Nicht, wenn uns eines dieser Geschütze trifft.« Er wies mit einem Nicken auf die *Tantors Macht*, die sich vor die drei anderen Kreuzer geschoben hatte. Der Scheibenrumpf des Kreuzers irisierte blau im Schein des Sternennebels. Dutzende Laserkanonen ragten wie Stacheln aus der Oberfläche. Im nächsten Moment entfesselten sie ein Inferno aus grünen und gelben Lichtbolzen.

Die ersten Treffer setzten dem Energieschild am Bug zu und lösten ein Blitzgewitter vor der Panoramascheibe aus. Shara beschleunigte noch einmal und verließ sich bei ihren Ausweichmanövern nur noch auf ihre Instinkte. Mächtige Energien, direkt aus den Generatoren, pulsten wie Drogen durch ihren Körper. Flirrendes Laserfeuer hüllte sie in einen knisternden Kokon aus Licht. Ihre Füße verwuchsen mit dem Stahldeck unter ihr, ihr Rücken versank tiefer im Pilotensitz. Sie war das Schiff, und das Schiff war sie.

»Wenn ich uns nah genug ranbringe, durch ihre Schilde hindurch …«, murmelte sie.

»Dann weiß ich, was ich zu treffen habe«, sagte Kranit.

Shara schaltete die Schandor-Turbinen zu, verbotene Höllenmaschinen, die Fael in jedem Schiff hatte installieren lassen, das schwer genug war, der Freisetzung ihrer Kräfte standzuhalten. Bei diesem hier war Shara nicht sicher, es kam ihr zu klein vor, aber sie konnte sich jetzt nur auf Noas Techniker verlassen. Sie hatte Schandor-Turbinen auch für die *Nachtwärts* gewollt, was einer der Gründe war, warum sie sich nicht intensiver darum bemüht hatte, die Piratenwelt zu verlassen. Hephestus hatte ihr versprochen, dass ein Paar in die *Nachtwärts* eingesetzt würde, sobald Shara ihren Wert für die Piraten bewiesen hatte.

Die Melodie der Turbinen ließ jede Faser ihres Köpers vibrieren. Das Beste an den Schandors, abgesehen von ihrer Stärke, war die Tatsache, dass sich das Schiff nach ihrer Zündung beinahe ebenso leichthändig steuern ließ wie zuvor. Nicht für lange, aber vielleicht lange genug.

»Wir bringen Tantor um«, sagte sie, ohne noch einmal zu Kranit hinüberzublicken. »Auf die eine oder andere Weise.«

»Mir wäre eine lieber, bei der wir überleben.«

Laser flirrten in ihren Augen, tanzten an ihren Sehnerven entlang, erfüllten ihren Verstand mit Feuerwerk. »Hatten wir das nicht schon geklärt?«

Kranit gab keine Antwort und sandte weitere Todessalven ins All hinaus. Zwei Jäger wurden getroffen und kollidierten in grellweißer Glut.

Die Sterne selbst schienen aufzuleuchten, eine Folge der Hypersensibilität, die stets mit der Shara-Schiff-Verschmelzung einherging. Die *Tantors Macht* wurde beinahe davon überstrahlt, ein Sinnbild ihrer Nichtigkeit vor der ungeheuerlichen Maßlosigkeit des Alls.

»Ich bringe uns durch den Schild«, sagte sie fest entschlossen.

»Bring mich vor allem nah genug an die Kommandozentrale«, erwiderte Kranit. »Ich will Tantor in die Augen sehen.«

Das war nicht komisch, aber es brachte sie zum Lachen. Der Punkt, an dem sie Angst gehabt hatte, war längst überwunden. Jetzt verspürte sie eine hysterische Freude, einen unbedingten Siegeswillen.

Nicht mehr weit bis zur *Tantors Macht*.

Zwischen ihnen und dem Kreuzer zuckten Laserstrahlen in unüberschauberer Zahl. Überall schwirrten Jäger umher, behinderten sich gegenseitig und feuerten ununterbrochen.

Die Energiebalken der Verteidigungssysteme waren beinahe auf null geschrumpft, um die der Waffen stand es kaum besser. Nur die letzten Torpedos sparte Kranit sich für Tantors Zentrale auf. Keine Chance, das hier heil zu überstehen.

Das offene All war kein Ort zum Überleben. Es bestand

aus lodernden Gasen und totem Gestein. Menschen, die hier viel Zeit verbrachten, musste es früher oder später ebenso ergehen – sie brannten lichterloh und verglühten.

Shara begann ein letztes Manöver, das sie nah genug an das Flaggschiff heranbringen würde, um in einem flachen Winkel durch den Energieschild an der Unterseite des Scheibenkreuzers zu stoßen. Mochte sein, dass es gelang. Wahrscheinlicher war, dass sie bei dem Versuch am Rumpf zerschellten. Oder dass die Geschütze sie vorher erwischten.

Das Gleißen der Sterne war atemberaubend.

Sie warf einen letzten Blick auf den Monitor, der ihr das Bild der Kameras am Heck zeigte. Er war bis zu den Rändern ausgefüllt mit den gläsernen Strukturen, davor ein paar wirbelnde Jäger, umtanzt vom eigenen Laserfeuer.

»Fünf«, begann sie zu zählen. »Vier. Drei.«

Die Zwei blieb Shara in der Kehle stecken.

Die Kristallwand zerbarst.

Etwas brach aus den Glasbänken hervor. Eine mächtige Pyramide, übersät mit titanischen Statuen aus Stahl.

»Schwanz der Krone«, flüsterte Kranit.

Ein Sturm aus Splittern erfüllte schlagartig die Leere.

Blitzschnell stieß Shara den Steuerknüppel nach vorn, tauchte steil vor dem Kreuzer abwärts und riss die Kette aus Jägern mit sich in den Abgrund.

Sekunden später – und ohne ihr Zutun – explodierte die *Tantors Macht* in einem sonnenhellen Glutball.

6

Auf Noa beherrschten schnurgerade Horizonte die Sicht, ganz gleich, auf welcher Seite des Planeten man sich befand. Nur gelegentlich wurden die gewaltigen Flächen aus Schlamm und Seenland von niedrigen Felseninseln durchbrochen.

Die einstige Klosterfestung des Kults der STILLE war auf einem solchen Eiland errichtet worden, das für die unteren Etagen regelrecht ausgehöhlt worden war. Glanis konnte die Anstrengungen nur erahnen, die es gekostet hatte, all diese Gänge und Kammern anzulegen. Während der tausendvierhundert Jahre, die seither vergangen waren, hatte es allerorts Risse und Brüche gegeben, auch Einstürze hier und da. Die Piraten nutzten lediglich die oberen Kelleretagen, vor allem als Verliese und Lagerräume. Die tieferen Stockwerke, durch die Glanis dem Schein von Caminas Holokrone folgte, seien verlassen und einsturzgefährdet, hieß es.

Immer wieder musste er stehen bleiben, wenn Camina innehielt. Zunächst hoffte er, dass sie ihn nicht bemerkt hatte, doch je tiefer sie in diesen steinernen Irrgarten eindrangen, desto größer wurde seine Befürchtung, dass sie ihn in eine Falle lockte.

Schließlich lief sie durch eine Öffnung, aus der Licht hinaus auf den Gang fiel. Der Schein der falschen Hexenkrone auf ihrem Kopf wurde davon überlagert.

Glanis ging neben dem Durchgang in Deckung und hob seinen Blaster. Von hier aus konnte er nicht erkennen, wie groß der Raum war, aber der Hall verriet, dass er um einiges weitläufiger sein musste als die Kammern, die sie auf dem Weg hierher passiert hatten.

Caminas Schritte brachen ab. Eine Männerstimme sagte etwas.

Glanis atmete tief durch, dann packte er den Blaster mit beiden Händen und sprang breitbeinig in die Öffnung.

»Nicht bewegen!«, rief er, als er das Mädchen neben einem Stapel Kisten stehen sah. Der Mann, mit dem sie gesprochen hatte, musste sich dahinter befinden. »Und die Waffe fallen lassen!«

Sie lächelte, als sie den Blaster eine Spur zu heftig auf den Boden warf. Das Geräusch sollte ihn ablenken.

Glanis schwenkte seine Waffe nach links, sah gerade noch eine Mündung aufblitzen, sprang zur Seite und feuerte in der Bewegung. Ein fingerdicker Strahl aus blutroter Glut schlug neben ihm in die Wand des Raumes und brachte den Fels zum Schmelzen. Er befand sich in einer natürlichen Höhle, keinem betonverkleideten Keller.

Weitere Flammenlanzen jagten von mehreren Seiten in seine Richtung, als mindestens drei Schützen den Eingang unter Feuer nahmen. Ihm blieb nur die Flucht nach vorn, in einem wilden Zickzack auf Camina und den Wall aus Kisten zu. Er trat im Laufen den Blaster des Mädchens beiseite, packte sie mit links um die Hüfte und wirbelte sie herum. Der Mann, mit dem sie gesprochen hatte, stand hinter den Kisten, und für einen Augenblick sah es aus, als wollte er auf Glanis schießen, obwohl Camina sich zwischen ihnen befand. Dann zögerte er – und bekam keine zweite Chance mehr.

Ein Laserbolzen aus Glanis' Blaster brannte sich durch seine Brust.

Camina kreischte auf und begann zu strampeln. Glanis zog sie mit sich hinter die Kisten, unmittelbar neben den Toten. Der Mann war um einiges älter als er selbst, graubärtig, im Leben nicht unattraktiv, doch sterbend so hässlich wie jeder, dem während seines letzten Atemzugs genug Zeit blieb, um zu begreifen, was gerade geschah.

Das Mädchen wehrte sich heftiger, und die verflixte Holokrone blendete ihn. Auf der anderen Seite der gestapelten Kisten kamen Schritte näher. Kurzerhand schlug er Camina den Griff des Blasters gegen die Schläfe und ließ sie los. Stöhnend sank sie auf die Knie, halb über den Leichnam, nicht bewusstlos – das klappte selten mit solch einem Hieb –, aber benommen genug, um eine Weile mit sich selbst beschäftigt zu sein.

Ein weiterer Laserschuss verfehlte ihn um Armlänge. Die Männer wirkten ungeübt im Umgang mit ihren Blastern. Gewöhnliche Besatzung, vermutete er, keine Mitglieder von Enterkommandos.

»Es muss nicht damit enden, dass noch jemand stirbt!«, rief Glanis, ahnte aber, dass seine Gegner anderer Meinung waren.

Einige der Kisten waren noch nicht versiegelt worden, und darin lagen verpackte Rationen, wie sie bei Raumflügen an die Crews verteilt wurden. Diese Leute hatten hier unten eine ganze Menge davon gehortet und waren gerade dabei gewesen, sie auf einen Schwebegleiter zu verladen. Es sah aus, als wollte die Gruppe die Festung verlassen, wahrscheinlich sogar den Planeten.

An der Rückwand der Höhle waren zwei krude Kopien der

beiden sitzenden Statuen errichtet worden, die im Orbit von Noa schwebten. Falls das hier so etwas wie ein Tempel der Kultisten war, dann glaubten sie offenbar, dass die Tore von Tau zur STILLE führten. Hadrath hatte etwas ganz Ähnliches vermutet, ganz gleich wie viele Dokumente Iniza ihm vorgelegt hatte, um zu beweisen, dass die STILLE nichts als ein perfides Täuschungsmanöver der Maschinen gewesen war.

Die Männer und Frauen, die sich hier unten eingerichtet und ihre Flucht geplant hatten, mussten Zugang zu den Archiven der Festung gehabt haben. Alte Bücher, gewellte Folien und Schriftrollen lagen auf einer Art Altar zwischen den beiden Statuen. Glanis entdeckte eine natürliche Öffnung im rückwärtigen Teil der Höhe und fragte sich, ob dahinter ein geheimer Zugang zu den Bibliotheken des ehemaligen Klosters lag. Freiwillig gewährte Fael nur wenigen den Zutritt dorthin.

Eine andere Möglichkeit war, dass die Kultisten die Wachmannschaften unterwandert hatten. Vielleicht zog das alles größere Kreise, als Glanis bislang angenommen hatte. Von den Wachen war es kein allzu großer Schritt mehr zu den Männern und Frauen, die Noas Hypersprungschleuse bemannten und damit den einzigen Weg in die besiedelten Sektoren der Marken und des Reichs kontrollierten. Falls der Kult seine Leute dort eingeschleust hatte, dann war das hier Teil einer Aktion, die alle Menschen auf Noa gefährdete. Auch Tanys und Iniza.

Ein Rascheln alarmierte ihn. Er warf sich herum, sah einen Schemen hinter den Kisten hervorspringen und schoss noch in der Bewegung zweimal auf den Mann, während ein Laserbolzen an seinem Unterschenkel entlangsengte und den

Schaft seines Stiefels verbrannte. Glanis' erster Schuss schlug in die Kisten und zerschmolz sie zu blasiger Schlacke, der zweite krachte feuersprühend in die Wand neben dem Schützen, nah genug, um ihn fluchend zurücktaumeln zu lassen. Dabei berührte seine Schulter den kochenden Kunststoff, er federte schreiend wieder nach vorn und wurde von Glanis' drittem Schuss getroffen. Mit einem lodernden Loch im Oberkörper stürzte er zu Boden.

Der dritte Mann behielt die Nerven und setzte nicht sofort nach. Glanis hätte ihn unweigerlich erwischt, wenn er seine Deckung auf der entgegengesetzten Seite des Raums verlassen hätte. Stattdessen blieb der Mann vorerst unsichtbar und bewegte sich viel leiser als der andere.

Glanis warf einen Blick auf Camina. Ganz in ihrer Nähe lag der Blaster des Mannes, den er als Ersten getötet hatte. Es widerstrebte ihm, auf sie zu schießen, nur weil sie womöglich danach greifen könnte. Außerdem brauchte er jemanden, der ihm verriet, was genau die Kultisten planten und was dabei auf dem Spiel stand.

Er feuerte einen Schuss auf den Blaster ab und ging damit das Risiko ein, Camina zu verletzen, falls die Energiereserven explodierten. Aber die Waffe zersprang lediglich in mehrere Teile. Camina zuckte kaum merklich zurück. Bald würde sie wieder klar genug sein, um ihm in den Rücken zu fallen. Er musste den letzten Schützen sofort erledigen.

Noch einmal machte er ein Angebot: »Wir können das hier beenden. Wirf deine Waffe weg und komm raus!«

Der Mann gab keine Antwort.

»Camina wird gleich eine große Dummheit begehen, fürchte ich! Wenn du sie retten willst, solltest du besser tun, was ich sage.«

Camina hob langsam den Kopf, sah ihn an und lachte. In ihren Augen brannte ein fanatisches Feuer.

Ein Turm aus Kisten kippte um und krachte scheppernd zu Boden. Zu Hause auf Koryantum war Glanis nicht ohne Grund zum Hauptmann von Inizas Leibgarde aufgestiegen. Er besaß Instinkte, die ihn in solch einer Situation die Ruhe bewahren ließen. Zugleich hatte er gelernt, Reflexe zu ignorieren, auch das Erschrecken bei plötzlichem Lärm. Er sah nicht zu den Kisten, sondern blickte in die entgegengesetzte Richtung. Dort entdeckte er den Mann, als der gerade von einer Deckung zur nächsten huschen wollte.

Er kam nie dort an.

Camina lachte noch immer, jetzt lauter, und kämpfte sich dabei auf die Beine, was bei ihren langen Gliedern etwas seltsam Insektenhaftes hatte, so als setzte sie sich erst in der Bewegung zu einer menschlichen Gestalt zusammen.

Glanis packte sie im Nacken, zwang sie zurück auf die Knie und stieß ihr die Mündung des Blasters ins Genick. »Wie viele Leute seid ihr? Und wo sind die anderen?«

Ihr Lachen brach ab, und einen Moment lang schien sie ihm eine Antwort verweigern zu wollen. Dann sagte sie: »Kannst du es nicht spüren? Wie stark die STILLE an diesem Ort ist? Wie allgegenwärtig und übermächtig?«

»Wo sind die anderen?«, fragte er erneut.

»Sie treffen Vorbereitungen.«

»Ihr wollt von Noa fliehen?«

»Fliehen?« Jetzt lachte sie wieder, und der überhebliche Ton, der darin mitschwang, gefiel ihm kein bisschen. »Wir werden im Triumph von hier fortgehen und eines Tages zurückkehren, wenn von dir und all den anderen nichts als Asche übrig ist.«

»Ihr wollte Noa verraten? An die Gilde? Den Orden?«

»Tod den Hexen!«, rief sie lautstark, als skandierte sie die Worte vor den Palasttoren von Tiamande. »Und Tod ihrer Sternenbestie Kamastraka!«

»Die Gilde also. Die Koordinaten von Noa im Austausch gegen ein Leben auf einer Gildenwelt im Einklang mit der STILLE. Ist das euer Plan?«

Camina antwortete nicht.

Glanis stieß ihren Oberkörper weiter nach vorn und bohrte die Mündung des Blasters härter in die weiche Stelle über ihrem Genick. Zugleich vergewisserte er sich, dass an den beiden Zugängen zur Höhle niemand zu sehen war.

»Habt ihr die Koordinaten schon weitergegeben?«

»Nein«, stieß sie schmerzerfüllt aus. »Das hat auch keiner vor.«

»Du lügst!«

»Die STILLE wird uns den Weg bereiten. Dafür braucht sie keine Kriegsflotte.«

»Dann habt ihr eine Antwort gefunden? Auf die Frage, was die STILLE wirklich ist?« Er sah zu den Büchern und Schriftrollen hinüber und fragte sich, ob die Kultisten tatsächlich etwas entdeckt hatten oder ob sie nur zu verblendet waren, um zu erkennen, dass sie einem Trick der Maschinen aufgesessen waren. Maschinen, die seit tausend Jahren vernichtet waren.

»Die STILLE geht neben dir und neben mir«, sagte Camina. Er konnte ihr Gesicht nicht sehen, weil er sie zwang, nach unten zu blicken, und das lange blaue Haar zu beiden Seiten am Kopf herabhing. Seine linke Hand hielt ihren Nacken fest. Die weißglühende Krone, unmittelbar neben seinen Fingern, strahlte keinerlei Wärme aus. »Sie begleitet uns auf all unseren Wegen. Wir können sie nicht sehen, aber sie ist immer da. Die STILLE lebt, aber es ist ein größeres, bedeutenderes Leben als unseres, und bedeutender ist ihr Tun.«

Sie zitierte noch weitere Phrasen, bis er genug davon hatte und sie auf die Beine ziehen wollte.

Der Kommunikator in seiner Hosentasche piepste. Camina verstummte, als gelte das Signal ihr.

»Nicht bewegen«, befahl er, ließ ihren Nacken los und trat einen Schritt zurück. Den Blaster hielt er auf ihren Rücken gerichtet.

Er zog das daumengroße Gerät aus der Tasche und sprach hinein. »Ich arbeite gerade.«

»Ich bin's«, erklang Inizas Stimme. Sie klang gehetzt.

Er nahm das kleine Empfangsteil am unteren Ende des Kommunikators ab und schob ihn sich ins Ohr. Camina konnte jetzt nicht mehr hören, was Iniza sagte. »Ist irgendwas mit Tanys passiert?«, fragte er besorgt.

»Nein, alles in Ordnung. Gavanqe ist bei ihr.« Iniza schien sich einen Moment lang darüber zu amüsieren, dass sein erster Gedanke immer dem Kind galt. Dabei war es bei ihr nicht anders. »Die Muse ist aufgewacht.«

Er blickte auf Camina hinab, die nach wie vor auf den Knien hockte und ihm den Rücken zuwandte. Auch an den beiden Eingängen der Höhle rührte sich nichts.

»Ich komme so schnell wie möglich«, sagte er.

»Ich hab schon mit ihr gesprochen. Sie will hinauf zu den Toren von Tau.«

»Ich will auch vieles, dass ich nicht —«

»Ich werde mit ihr dort rauffliegen. Ich hab's ihr versprochen.«

»Sie ist eine Maschine. Sie kann dir nicht übelnehmen, wenn du ein Versprechen brichst. Fael wird dich ohnehin nicht gehen lassen.«

»Er weiß nichts davon. Wir sind schon auf dem Weg zur *Nachtwärts*.« Shara hatte Iniza die Sicherheitscodes anvertraut und ihr während des letzten Jahres beigebracht, das Schiff zu fliegen. Fast schien es, als bemühte sich die Alleshändlerin, etwas wiedergutzumachen. Glanis konnte nur ahnen, um was es dabei ging.

»Tu das nicht«, sagte er.

Sie klang, als lächelte sie, obwohl sie es offenbar eilig hatte. »Ich wollte dich nicht um Erlaubnis bitten. Ich will nur, dass du Bescheid weißt.«

»Ist die Muse jetzt bei dir?«

»Ja.«

»Sie hat ein Jahr lang in der Arena gesessen und kein Wort gesagt.«

»Sie sagt, ihre Prozessoren hätten neue Erkenntnisse verarbeiten müssen.«

»Ein Jahr lang?«

»Ich bin kein Roboter, Glanis. Ich weiß nicht, was in ihnen vorgeht. Aber sie sagt, sie muss in die Zentrale der Tore, um mir etwas zu zeigen.«

»Vielleicht will sie die verdammten Dinger sprengen. Oder aktivieren.«

»Ich vertraue ihr. Sie hat uns in den Klöstern der STILLE gerettet.«

»Sie hat uns auch eine ganze Menge verschwiegen.«

»Weil sie sich nur Stück für Stück an alles erinnern kann.«

Camina bewegte sich leicht, machte aber keine Anstalten

aufzustehen. Er konnte ihre Hände sehen, die sie flach neben ihren Knien am Boden aufstützte.

»Hör zu, wir werden nicht lange brauchen. Aber ich will wissen, was es da oben zu sehen gibt. Und du hast recht: Fael wird uns nie gehen lassen, deshalb muss ich das auf diese Weise tun. Ich hab die Wachen fortgeschickt, und ich schätze, wir haben zwei oder drei Minuten Vorsprung.«

Camina hob langsam den Kopf, beugte ihn nach hinten in den Nacken und überstreckte ihn, bis die Wirbelsäule knackte.

»Du rührst dich nicht von der Stelle!«, befahl Glanis.

»Ich denke, doch«, sagte Iniza.

»Nicht du.« Er bewegte sich in einem Bogen um Camina herum, bis er vor ihr stand und in ihr Gesicht sehen konnte. Ihre Lippen bewegten sich, und da begriff er, dass sie lautlos betete, wahrscheinlich schon die ganze Zeit über.

»Fliegt nicht da hoch!«, sagte er zu Iniza, obwohl ihm klar war, dass sie es trotzdem tun würde. »Ich kann jetzt nicht weiterreden.«

Caminas Litanei wurde hörbar, aber es waren keine Worte in einer der Standardsprachen, eher ein Klicken und Pfeifen, als versuchte ein Mensch, die Laute aus dem Inneren einer komplizierten Apparatur zu imitieren.

Glanis stöhnte. »Ach, komm schon.«

»Glanis?« Inizas Stimme war in seinem Ohr jetzt viel drängender als zuvor. »Was ist da los bei dir?«

»Ich sag doch, ich bin bei der Arbeit. Pass auf dich auf!« Er beendete die Verbindung, wich zwei Schritte zurück und zielte auf Caminas Kopf.

Glühende Hitze fraß sich durch seine Lederjacke, als ihn ein Schuss von hinten traf. Die Schutzweste, die er darunter trug, fing die tödliche Gewalt des Treffers ab, trotzdem tat es höllisch weh. Durch die Heftigkeit des Einschlags wurde ihm der Kommunikator aus der Hand geprellt, den Blaster aber ließ er nicht los. Mit einem zornigen Schrei taumelte er herum und entdeckte eine Gestalt in der Öffnung nahe dem Altar. Er schoss drei-, viermal hintereinander, bis der andere Mann zusammenbrach und stinkender Rauch herüberwehte.

Mit schmerzendem Rücken, halb vornübergebeugt, drehte er sich zu Camina um. Er befürchtete, dass sie die Gelegenheit genutzt hätte, um zu verschwinden, doch sie stand noch an derselben Stelle, in einer Hand seinen Kommunikator. Sie sprach gehetzt hinein – gewiss nicht mit Iniza.

»Ihr müsst euch beeilen! Aktion sofort starten! Hört ihr mich? *Sofort starten!*«

Glanis erhob sich und schlug ihr den Kommunikator aus der Hand. Das Gerät flog in hohem Bogen davon und zerbrach an der Felswand.

Camina schrie auf, tauchte unter seiner Hand hindurch und huschte mit verblüffender Geschwindigkeit an ihm vorbei. Aus dem Lauf heraus schlug sie ein Rad und riss dabei mit der einen Hand etwas vom Boden. Ehe sie wieder auf den Füßen stand, erkannte Glanis, was es war.

Der Blaster, den er eben beiseitegetreten hatte, zeigte jetzt in seine Richtung. Zugleich zielte Glanis auf sie. Camina musste mitbekommen haben, dass er eine Schutzweste trug, doch das schien sie nicht zu kümmern.

»*Das* willst du?« Er sprach ganz ruhig mit ihr. »Dass wir uns gegenseitig umbringen?«

Am Haupteingang der Höhle erklangen Schritte. Von Glanis' Position aus waren die Kisten im Weg, er konnte nicht sehen, wer da kam und wie viele es waren.

Aktion sofort starten!, hatte Camina gesagt. Die Sorge, die in seinem Bauch rumorte, wurde zu heftiger Übelkeit.

Sein Finger legte sich fester um den Abzug.

Camina drückte ab.

7

Caminas blaues Haar fing Feuer, als ein Laserbolzen ihren Schädel traf. Ihr Schuss ging fehl, während sie fiel, und schlug hoch über Glanis in die Höhlendecke. Zwei, drei Sekunden lang blieb die Holokrone inmitten der Flammen aktiv, dann wurden die winzigen Projektoren von der Hitze verzehrt.

Glanis hatte keinen Schuss auf sie abgefeuert. Er drückte sich enger an den Kistenwall.

»Glanis?«

Er atmete auf. »Ria?«

Ihre Schritte beschleunigten sich. »Alles in Ordnung?«

Er senkte die Waffe und trat aus dem Schutz der Kisten. Ria ließ noch im Laufen erleichtert ihren Blaster sinken.

»Sie wollte schießen«, platzte es aus ihr heraus. »Ich musste irgendwas tun.«

Über Caminas schwelende Leiche hinweg blickte er Faels Tochter an. Sie hatte das schulterlange blonde Haar wie immer mit einem Band zurückgebunden. Ihre Stirn glänzte vom Schweiß, sie musste das letzte Stück gerannt sein. Die lange Narbe auf ihrer linken Wange leuchtete heller als sonst, weil der Rest ihres Gesichts gerötet war.

»Keiner wusste, wo du steckst.« Sie klang schon wieder vorwurfsvoll, auch wenn die Sorge um ihn noch nicht ganz aus ihren Augen gewichen war. »Es gab eine Meldung von einer Schießerei am Raumhafen, du hast dich nicht gemeldet, und da hab ich —«

»Den Kommunikationskanal abgehört«, stellte er fest.

Sie nickte. »Ich konnte dein Signal zurückverfolgen.« Sie klopfte auf ein kleines Gerät an ihrem Gürtel. Glanis hatte auch eines, trug es aber selten bei sich. Ria war seine Stellvertreterin als Sicherheitschef. Obwohl ihr Vater dagegen gewesen war, hatte sie sich durchgesetzt. Während sie alle Gerätschaften und Hilfsmittel stets in Gürteltaschen bei sich trug, nahm Glanis meist nur Blaster und Kommunikator mit. Er hatte ihren vorwurfsvollen Tonfall verdient, aber zugleich spürte er einen leichten Stich von Ärger, weil sie sein Gespräch mit Iniza abgehört hatte. Hephestus hatte schon vor langer Zeit sichergestellt, dass es auf Noa keinerlei Funkkommunikation gab, die sich nicht belauschen ließ.

Mit einem Ruck blickte Glanis auf die Tote hinab. Ihr Kopf brannte noch immer. »Herrje, was für einen Blaster benutzt du da?«

Sie hob die schwere Pistole, die vermutlich doppelt so viel wog wie seine eigene. Die beiden Gabelspitzen des Laufs, zwischen denen sich bei einem Schuss die Energie aufbaute, waren deutlich länger als die der meisten vergleichbaren Waffen. Ria trug diese Monstrosität immer im Gürtelhalfter, aber Glanis hatte noch nie ihre Wirkung an einem Menschen gesehen.

»Eigenhändig modifiziert«, sagte sie mit jenem verlegenen Lächeln, das so gar nicht zu der rauen Schale passen wollte, an der sie sonst so mühsam arbeitete.

Ria verstand eine Menge von Technik und schien am glücklichsten zu sein, wenn sie an ihrem Raketenschlitten herumschrauben konnte. Dass sie sich auch auf das Frisieren von Blastern verstand, war ihm neu.

Er seufzte tief, zog einem der toten Männer die Lederjacke aus und klopfte damit die Flammen aus, die den Schädel des toten Mädchens umtanzten. Er ließ die Jacke auf Caminas Gesicht liegen, und der letzte Rauch kräuselte sich unter den Rändern hervor. In der Höhle stank es jetzt erbärmlich. Glanis trat zwei Schritte zurück.

»Hat dein Vater dich auf mich angesetzt?«, fragte er. »Oder Hephestus?«

Ria warf ihm einen vernichtenden Blick zu. »Nicht dein Ernst, oder?«

»Du wärst nicht die Erste. Ich bin ziemlich sicher, dass Fael immer auf dem Laufenden darüber ist, wo ich mich gerade aufhalte und was ich tue.«

»Wenn er dir nicht vertrauen würde, hätte er dir diesen Posten nicht gegeben.«

Er fing gar nicht erst von seiner Vermutung an, dass *dieser Posten* vermutlich eher als Galgenstrick gedacht war, der sich früher oder später um seinen Hals zuziehen sollte. »Danke dafür.« Er deutete auf die Leiche. »Aber ich möchte, dass du nie wieder Gespräche zwischen mir und Iniza abhörst. Ist das klar?« Ihm war bewusst, dass er sie wie ein Kind behandelte, obwohl sie nur wenige Jahre jünger war und vermutlich mit größerem Pflichtgefühl an ihre Aufgabe heranging als er.

»Ich wollte nur –«, fuhr sie auf.

»Nein«, fiel er ihr ins Wort, »niemals wieder!« Und natürlich wusste er genau, dass sie sich nicht daran halten würde, weil sie ihn ein wenig zu sehr mochte und darum Iniza in die nächstbeste Supernova wünschte. Er hatte schon früher vermutet, dass sie dann und wann unbemerkt seine Kommunikation abhörte, und er hatte auch Iniza davor gewarnt. Freundinnen würden aus den Cousinen ohnehin keine werden.

Andererseits war Ria in den Gassen und Spelunken der Stadt die beste Helferin, die er sich nur wünschen konnte. Sie kannte nahezu jeden, hatte mit den meisten Mannschaften die Nächte durchzecht, mit Technikern gefachsimpelt und sich mit den eiskalten Schlächtern der Enterkommandos über die Präzision schwerer Blaster ausgetauscht. Bei all dem war Ria für diese Mörderbande weit mehr als die Tochter des Anführers oder gar ein belächeltes Maskottchen. Sie hatte an Überfällen auf Händlerschiffe teilgenommen und kaum weniger Blut an den Händen als ihr Vater, der die Dinge gern von Noa aus steuerte. Die Männer achteten Ria als eine der Ihren, und für den Sicherheitsdienst – und deren beargwöhnten Chef – war sie der Türöffner zum Vertrauen der meisten Piraten.

Vor vielen Jahren hatten Glanis und Ria als Kinder auf Koryantum miteinander gespielt, ungeachtet aller Standesunterschiede. Während ihre Cousine Iniza wohlbehütet im Palast aufgewachsen war, hatte Ria sich bei jeder Gelegenheit aus dem Staub gemacht und draußen auf den Straßen im Dreck gewühlt. Schon damals hatte sie die Finger nicht von Fahrzeugen und Motoren aller Art lassen können, und Glanis verstand nur zu gut, welchen Narren die abgebrühten Kerle dort draußen an ihr gefressen hatten. Ihm und den anderen Jungen war es damals genauso ergangen, und selbst wenn Ria bei Prügeleien den Kürzeren gezogen hatte, war sie stets erhobenen Hauptes in den Palast zurückgekehrt und hatte abgeschürfte Knie und blaue Augen voller Stolz zur Schau getragen.

Nach Faels Verschwinden in den Marken war Rias Mutter

von Baron Seffren zu einer neuen Heirat mit einem der anderen Barone genötigt worden. Kurz nach der Hochzeit war das Schiff verschwunden, auf dem sich Mutter und Tochter befunden hatten; erst viel später waren die beiden auf einem Sklavenmarkt in den Marken wiederaufgetaucht. Fael, zu jener Zeit längst Herrscher auf Noa, hatte zwar sein Kind befreien lassen, nicht aber seine Frau, von der er sich hintergangen fühlte. Was das für die Beziehung zwischen Ria und ihrem Vater bedeutete, war Glanis bis heute ein Rätsel. Er vermutete, dass dies einer der Gründe war, warum sie sich Ersatzväter draußen in den Gassen gesucht hatte, Männer, die sie die Funktion von Raumschiffantrieben und wohl auch manches mehr gelehrt hatten.

Wenn es ernst wurde, schien Ria jedoch nach wie vor auf der Seite ihres Vaters zu stehen, und so war es keineswegs abwegig, wenn Glanis ihr unterstellte, ihm in Faels Auftrag nachzuspionieren. Tief im Inneren aber mochte er nicht daran glauben. Und jetzt wäre der Zeitpunkt gewesen, einzulenken und ihr das offen zu sagen.

Stattdessen deutete er auf die Bücher und technischen Gerätschaften am Fuß der beiden Statuen. »Schau nach, ob du irgendwas findest, das uns verrät, was sie vorhaben. Ich sehe mich mal da drinnen um.« Er nickte in die Richtung des hinteren Zugangs, in dem der Leichnam des Mannes lag, der ihm in den Rücken geschossen hatte.

»Sollten wir nicht besser zusammen gehen?« Wie sie so dastand, mit dem Blaster in der Hand über der toten Camina, schien das kein abwegiger Gedanke zu sein. Sie *war* eine gute Schützin, und sie hatte ihm wahrscheinlich gerade das Leben gerettet.

Aber Glanis schüttelte den Kopf. »Keine Zeit. Sie hat ihre

Leute gewarnt und ihnen gesagt, dass sie sofort losschlagen sollen. Sie könnte alles Mögliche gemeint haben, von einem Alarmstart mit einem gekaperten Schiff bis hin zu einem Attentat auf deinen Vater.« Er eilte zur Öffnung in der Felswand. »Du hier, ich dort. Und beeil dich!«

Sie machte sich unverzüglich an die Arbeit.

»Und behalt den Eingang im Auge«, sagte er.

»So wie du vorhin?«

»Mach's besser als ich.« Er lächelte ihr zu. »Wird dir nicht schwerfallen. Ich hab mich wie ein Anfänger aufgeführt. Und, Ria?«

»Hm?«

»Das war ein verdammt guter Schuss.«

Ihr Mundwinkel zuckte. »Aye, Chef. Danke, Chef.«

Wenn sie sich über ihn lustig machte, bedeutete das in der Regel, dass ihr Zorn verrauchte.

Neben dem Durchgang blieb er stehen, den Blaster erhoben, falls dahinter weitere Kultisten lauerten. Über die Schulter rief er: »Gib Hephestus Bescheid, er soll die Wachmannschaft in der Festung und am Raumhafen in Alarmbereitschaft versetzen.«

Während er den schmalen Felstunnel betrat, hörte er Ria leise in ihren Kommunikator sprechen. Auf den nächsten zwanzig Metern traf er auf keine weiteren Gegner. Dann endete der grob gehauene Gang, und vor ihm öffnete sich eine weitere Höhle, ungleich größer als die erste. Der Zugang befand sich augenscheinlich in deren hinterem Teil, außerhalb des Lichtscheins der großen Lampen, die vorn an langen Kabeln von der Kuppeldecke baumelten. Vor und neben dem Durchgang lagen zerschlagene Felsbrocken, ein Hinweis darauf, dass sich die Kultisten wohl erst kürzlich Zugang zu diesem zweiten Hohlraum unterhalb der Festung geschaffen hatten.

Etwa dreißig identische Container standen in langen Reihen nebeneinander, quadratische Panzerplastboxen mit Metallkanten, milchig grau und mit einem guten Meter Kantenlänge. Die Deckel waren mit komplizierten Mechanismen gesichert. Glanis hatte Container wie diese schon gesehen: In ihnen verschickte Fael Piratenbeute an Hehler auf den Reichswelten, die ihn mit Unterstützung der zwielichtigen Bankenclans dafür entlohnten. Gerade jetzt waren Kranit und Shara an Bord eines Schiffes, das mehrere dieser Container transportierte.

Glanis hatte nie von einem Lager so tief unterhalb der Festung gehört. Er hatte zwar angenommen, dass Fael Reichtümer beiseiteschaffte, für den Tag, an dem er Noa verlassen und nach Koryantum zurückkehren würde, doch die schiere Menge an Containern in dieser Höhle verblüffte ihn.

Im Halblicht des Felsendoms schaute er sich vorsichtig nach weiteren Menschen um. Niemand war zu sehen. In der gegenüberliegenden Wand, über fünfzig Meter entfernt, befand sich ein geschlossenes Stahltor mit ölglänzenden Scharnieren, hoch genug, um schweres Gerät für den Abtransport in die Halle zu bringen.

Es war kühl hier unten, um einige Grad kälter als im Höhlentempel der Kultisten. Eilig ging Glanis zu einem der Container am Ende der langen Reihen. Ein Blick auf den Mechanismus des Deckels genügte, um zu erkennen, dass er ihn nur mit Gewalt öffnen konnte. Was nicht ratsam war, falls Fael hier unten ein geheimes Waffenlager unterhielt. Mit einem Blaster auf einen Behälter zu schießen, der bis zum Rand mit Munition oder Sprengstoff gefüllt war, klang nicht nach einer guten Idee. Er würde mit jemandem zurückkehren müssen, der sich auf das Öffnen solcher Schlösser verstand und dem er vertraute – und da fiel ihm nur Shara ein, die als Alleshändlerin genug gestohlene Ware zwischen den Sternen transportiert hatte, um sich mit Behältnissen jeglicher Art auszukennen.

Hinter ihm im Tunnel erklangen Schritte. Ria erschien mit gehetztem Ausdruck in der Öffnung. »Da ist was, das du dir ansehen solltest!«

Dass sie die Containerreihen keines Blickes würdigte, bedeutete entweder, dass sie diesen Ort längst kannte oder aber dass sie etwas *wirklich* Dringliches entdeckt hatte.

Wenig später stand er mit ihr in der Tempelhöhle und blickte auf eine faustgroße Holobox, die Ria zwischen den Geräten am Fuß der Statuen entdeckt hatte. Auf einen Knopfdruck hin entstand eine zweidimensionale Projektion, als würde das Bild auf eine unsichtbare Leinwand geworfen.

Die Kamera, mit der die Aufnahme gemacht worden war, blickte von einem erhöhten Punkt hinab in einen Gang der Festung, genau auf eine stählerne Tür. Davor waren zwei Wachen mit schweren Blastern postiert, gerade traf ihre Ablösung ein.

Winzige Zahlen oben in der Ecke zeigten an, dass es sich um eine Aufzeichnung handelte, die fast eine Stunde alt war.

Hinter der Tür lag das Quartier, das Glanis mit Iniza und Tanys bewohnte.

Das Quartier, in dem seine Tochter gerade mit ihrer Amme allein war.

8

Zwischen dem Augenblick, in dem die Raumkathedrale des Hexenordens aus den Kristallbänken von Tarent brach, und der Explosion der *Tantors Macht* lagen nur wenige Sekunden.

Unmittelbar davor war die Kathedrale auf keiner von Sharas Anzeigen im Cockpit des Piratenschiffs zu sehen gewesen. Die Hexen mussten den Hyperraum inmitten der gläsernen Strukturen verlassen haben – ob unbeabsichtigt oder wohl wissend, dass die zerbrechlichen Kristalle dem Stahlkoloss nichts anhaben konnten, würde ihr Geheimnis bleiben. Das Überraschungsmoment hatten sie dadurch fraglos auf ihrer Seite.

Noch trudelten glühende Überreste der *Tantors Macht* durchs All, und Sauerstoffvorräte brannten als Schwärme wabernder Feuerblasen inmitten der Schwärze. Sie erloschen gerade nach und nach, als der zweite Scheibenkreuzer von den Lasergarben der Großgeschütze in Stücke gerissen wurde. Winzige Gestalten wurden aus Lecks gesaugt, wirbelten durchs All und verglühten bald in weiteren Explosionen und irrlichterndem Kreuzfeuer.

Zugleich stoben die Überreste der pulverisierten Kristalle weiter auseinander. Shara lenkte das Schiff durch einen Orkan aus glitzernden Scherben, erleuchtet von den gigantischen Feuersbrünsten der zerstörten Virikaan-Kreuzer. Die

Jäger hatten die Verfolgung aufgegeben und suchten ihr Heil in der Flucht, während grüne und rote Laserfinger nach ihnen tasteten.

»Gerade rechtzeitig zur großen Vergeltungsaktion!«, rief Shara über das Jaulen der hochgepeitschten Antriebe hinweg. In all dem Chaos konnte sie nicht erkennen, ob es sich um dieselbe Kathedrale handelte wie vor den Klöstern der STILLE, aber sie nahm es an. Die Ordensmutter Setembra hatte Baron Tantor gefunden und ausgelöscht. Sie würde entzückt sein, wenn sie bemerkte, dass sich zwei weitere Schuldige an Inizas Flucht genau vor ihren Lasergeschützen befanden.

»Die wissen nicht, wer wir sind.« Kranit krallte eine Hand um den Knüppel des Laserleitstands, hatte aber aufgehört zu schießen, weil es nichts mehr gab, auf das er hätte zielen können.

Shara wich einer haushohen Scherbe aus, die von Backbord auf sie zuraste. »Die werden uns aus dem All brennen, so oder so.«

Die beiden verbliebenen Scheibenkreuzer waren für kurze Zeit in eine ratlose Schockstarre verfallen. Jetzt setzte sich der eine in Bewegung und glitt auf die Hypersprungschleuse zu. Sicher wussten die Befehlshaber auf der Brücke nur zu genau, dass sie keine Chance hatten, wenn die Kathedrale das Feuer auf sie eröffnete, aber sie wagten trotzdem einen verzweifelten Fluchtversuch.

Diesmal sah Shara nur auf dem Bildschirm, wie den Kreuzer sein Schicksal ereilte, als sie ihr Schiff bereits in die entgegengesetzte Richtung lenkte. Das Scheibensymbol des Virikaan-Raumers verschwand aus der Anzeige. Die Lichtreflexe der explodierenden Treibstofftanks und Luftvorräte funkelten als goldene Kaskade entlang der Kristalle durchs

All, und für einen Augenblick schien es, als würden überall im Kosmos neue Sonnen geboren, nur um gleich darauf wieder zu erlöschen.

Der vierte Kreuzer versuchte gar nicht erst, sich der Hypersprungschleuse zu nähern. Stattdessen sendete er auf allen Kanälen ein Kapitulationssignal, das auch von den Sensoren des Piratenschiffs aufgefangen wurde. Er drehte sich der Kathedrale entgegen und flog langsam darauf zu, wohl in der Absicht, sich von einem Fangstrahl in einen der mächtigen Hangars ziehen zu lassen.

»Wir machen es genauso«, entschied Kranit. »Ich übernehme das Steuer.«

»Kapitulieren?« Shara sah ihn düster an. »Ebenso gut können wir uns von einem der Kristalle rammen lassen.«

Die grauen Bartzöpfe des Waffenmeisters wirbelten umher, als er heftig den Kopf schüttelte. »Nein, nicht das. Aber wir nehmen Kurs auf die Kathedrale. Ich kenne einen alten Trick. Hab das schon einmal gemacht.«

Shara verzog das Gesicht. »Iniza hat mir erzählt, wie gut das beim letzten Mal geklappt hat.«

»Bekommen haben sie uns nicht.«

»Ihr seid auf Nurdenmark abgestürzt!«

»Das war nicht meine Schuld!«

»Aber du bist die Kiste geflogen, oder nicht?«

»Glaub mir, ich weiß genau, was ich tue!« Mit dem Buggeschütz verbrannte Kranit einen großen Kristallbrocken. Das Gebilde löste sich auf, doch der Schweif aus winzigen Splittern prasselte lautstark gegen die Sichtscheibe.

»Ich hab einen besseren Plan«, sagte Shara. »Hier suchen sie nicht nach uns, und sie werden zufrieden sein, sobald sie alle Kreuzer zerstört haben. Wenn die Kathedrale wieder im

Hyperraum verschwunden ist, fliegen wir in aller Ruhe durch die Schleuse und —«

Der letzte Virikaan-Kreuzer hing jetzt vor der Kathedrale im All. Noch hatte ihn kein Fangstrahl erfasst. Es handelte sich um ein schlachterprobtes Großschiff mit Hunderten Besatzungsmitgliedern und einem Hangar voller Jäger, doch im Vergleich zur Festung des Hexenordens war er ein Winzling. Die Kathedrale hatte eine Höhe von dreißig Kilometern, die Basis der zerklüfteten Pyramide war doppelt so breit. Gekrönt wurde sie von einem gewaltigen Mädchengesicht, einem Abbild der ewig jungen Gottkaiserin. Hunderte von Statuen bedeckten die Schrägen des Rumpfs, eine über der anderen errichtet, monströse Heldengestalten in Rüstungen oder nackt, bewaffnet mit Schwertern und Blastern. Zwischen ihnen standen immer wieder kleinere Figuren, manchmal ganze Heerzüge aus Stahlskulpturen. Auch Abbilder der Hexen waren zu sehen, mit bodenlangen Gewändern, stacheligem Kopfschmuck und leeren linken Augenhöhlen.

Sie alle schienen auf den Scheibenkreuzer herabzublicken, der sein Schicksal so bereitwillig in die Hände des Ordens legte. Das Kapitulationssignal schrillte weiterhin über alle Frequenzen und schmerzte in Sharas Ohren.

Sie und Kranit entfernten sich stetig von den beiden größeren Schiffen und verfolgten das Geschehen auf einem der Monitore, als die Kathedrale das Feuer eröffnete. Innerhalb eines Herzschlags wurde die Kontur des Kreuzers von gleißender Helligkeit überlagert. Die Treffer zerstäubten das Schiff zu einem lodernden Partikelsturm, der als Flammenlohe ins All leckte und im nächsten Moment verblasste.

»Das nimmt kein gutes Ende«, sagte Kranit.

»Gerade dein Optimismus macht dich so liebenswert.«

Er knurrte etwas Unverständliches und konzentrierte sich auf seine Instrumente. »Wir sollten umkehren und uns zwischen den Splittern und Trümmern an die Kathedrale hängen.«

Shara tippte auf einen Bildschirm. »Die da werden was dagegen haben.«

Aus den Resten der Glutwolke tauchte eine Schwadron Greifer auf. Die käferartigen Einmannjäger des Ordens mit ihren beiden vorgestreckten Magnetarmen waren schneller und um ein Vielfaches wendiger als das Schiff, in dem Shara und Kranit saßen. Ohne Verzögerung eröffneten sie das Feuer auf die heimatlosen Virikaan-Jäger, die verzweifelt eine Abwehrformation bildeten. Schon zerplatzten die ersten wie Tongefäße.

»Warum sind die so erpicht darauf, wirklich jeden von denen zu erwischen?«, murmelte Shara.

»Weil die Ordensmutter einen Rachebann über Virikaan gesprochen hat.«

»Und das bedeutet?« Sie ahnte die Antwort.

»Ein Versprechen absoluter Vernichtung. Jeder Mann, jede Frau, jedes Kind, das Baron Tantor gefolgt ist, wird getötet.«

Shara stieß einen Fluch aus, den wohl nur verstehen konnte, wer wie sie aus der Taragantum-Drift stammte. Kranit aber lachte schallend auf, was ihre Laune keineswegs hob.

»So fluchen nur Kinder!«, rief er.

»Ich fluche, wie es mir gefällt.«

»Ja, und du fluchst wie ein Mädchen.« Er schüttelte sich vor Lachen, was Shara im Angesicht ihrer bevorstehenden Zerstörung ein wenig Sorge machte. Sie fand seinen Galgenhumor weder komisch noch nachvollziehbar.

Kopfschüttelnd wandte sie sich wieder dem Gewimmel

der Greifer und Virikaan-Jäger zwischen ihrem Schiff und der Kathedrale zu. Noch hatte kein Gegner ihre Fährte aufgenommen, aber lange würden sie nicht auf sich warten lassen. Dieser Kahn war kaum stabiler als der Papierflieger, den ihr einmal ein kleiner Junge auf Nurdenmark geschenkt hatte, und sie wünschte sich mit einer solchen Sehnsucht ins Cockpit der *Nachtwärts*, dass ihr allein der Gedanke daran die Brust zusammenzog. Wenn sie schon im All verglühen sollte, dann an Bord ihres eigenen Schiffs, nicht in dieser Rostlaube.

Es wurde Zeit, dass sie etwas dagegen unternahm.

Sie riss den Steuerknüppel herum und nahm Kurs auf die Reste der Kristallbank, flog in einem weiten Bogen um die Kathedrale und das flammende Gewimmel vor ihren Geschützen. Die riesige Raumfestung rückte von Steuerbord her vor das Cockpitfenster. Unter den Augen der stählernen Gottkaiserin bekämpften sich dort noch immer Greifer und Jäger in einem gnadenlosen Gefecht Mann gegen Mann.

Nur einige wenige Virikaan-Jäger hatten sich dem Zusammenstoß der Schwadronen entziehen können und wie Shara und Kranit versucht, in den freien Raum zu entkommen. Doch die Piloten mussten wissen, dass ihre Treibstoffvorräte sie nur eine lächerliche Strecke weit bringen würden, und so machten die ersten bereits kehrt, um sich dem unvermeidlichen Kampf zu stellen. Shara hoffte, dass sie damit alle Aufmerksamkeit auf sich lenkten.

Sie griff nach Strohhalmen, aber das war besser, als an gar nichts zu glauben wie dieser Sturkopf neben ihr, der aussah, als hätte er sie am liebsten mit Gewalt vom Steuerknüppel fortgezogen.

»Versuch's gar nicht erst«, sagte sie, während sie Kurs hielt auf eines der Kristallknäuel, die vom kosmischen Wunder von Tarent übrig geblieben waren. Vor dem Hintergrund des blauen Sternennebels sah es aus wie ein funkelndes Stück Zuckerwatte. Die Kurve, die Shara flog, um der Kathedrale nicht zu nahe zu kommen, fiel weiter aus, als sie geplant hatte.

Kranit atmete tief durch, und sie spürte förmlich, wie er versuchte, die Anspannung mit der Luft auszustoßen, eine der alten Kriegerübungen, von denen der Waffenmeister Dutzende beherrschte. Es musste ihm schwerfallen, sich Shara auszuliefern, aber sie würde sie beide retten – oder eben nicht.

»Du glaubst, dass ich einen Fehler mache«, sagte sie, während sie das Schiff mit dröhnenden Maschinen um die Schlacht herumlenkte.

Er hob abwehrend beide Hände. »Du bist die Pilotin.«

Fast eine Minute verging, in der keiner ein Wort sprach.

Dann bemerkte Kranit: »Ich hätte beim Armdrücken gewonnen.«

Sie rümpfte die Nase. »Ganz sicher nicht.«

»Sei froh, dass dir deine Kumpanen zu Hilfe gekommen sind.«

»Sie sind mir nicht zu Hilfe gekommen!«

»Man könnte annehmen, dass du sie bestochen hast, damit sie dazwischengehen, sobald du verlierst.«

»Verlieren stand überhaupt nicht zur Debatte!«

Er verschränkte die Hände hinter dem Kopf. »Jeder konnte das sehen.«

»Sie waren *nicht* meine Kumpane!«

»Aber ihr habt zusammen die Wandernden Waisenhäuser gerettet, du und diese Typen.«

»Reiner Zufall. Wir wollten das gar nicht.«

»Und ihr hattet sogar einen Namen«, sagte er mit diebischem Vergnügen.

O nein, dachte sie.

»Heroen des Hyperraums!« Die Worte platzten förmlich aus ihm heraus, begleitet von donnerndem Lachen.

»Das war nicht meine Idee«, erwiderte sie kleinlaut.

»Klingt nach diesem tätowierten Vollidioten.«

Sie wand sich innerlich, so peinlich war es ihr, dass er in dieser Wunde bohrte. »Hork hat beim Kartenspiel gewonnen und durfte bestimmen, wie wir uns nennen.«

»Um so was Wichtiges habt ihr Karten gespielt?«

»Wir waren betrunken.«

»Heroen des Hyperraums«, wiederholte er genüsslich. »Meine Fresse!«

»Kurz danach hat sich der Trupp eh aufgelöst. Kein Mensch glaubt, Heroen anständig bezahlen zu müssen. Die Leute dachten, wir tun, was wir tun, weil wir, na ja, eben wegen unserer edlen Gesinnung.« Nun musste sie selbst schmunzeln, ungeachtet der Raumschlacht, die draußen tobte.

Kranit röhrte noch lauter, und schließlich fiel Shara mit ein. Das Cockpit hallte wider von ihrem Gelächter. Selbst der Antrieb des Schiffes schien aufzuheulen, erst nur ein wenig, dann immer schriller.

Schließlich stotternd.

»Im Ernst jetzt?« Shara zog die Nase hoch und wischte sich mit dem Ärmel Tränen aus den Augen.

Die Triebwerke verstummten.

Sie hieb die Faust auf die Armlehne. »Das ist unfair!«

Auf dem Kontrollpult erlosch die Hälfte aller Lampen.

»Heroen«, sagte Kranit, »alle Achtung.«

»Waffenmeister klingt auch nicht toller.«

Im nächsten Augenblick packte sie ein Fangstrahl und zog sie zur Kathedrale.

9

»Sie haben keine Starterlaubnis, Baroness«, näselte es aus den Lautsprechern im Cockpit der *Nachtwärts*.

»So ist das wohl«, sagte Iniza und kappte die Funkverbindung. Dann legte sie ein Arsenal von Kippschaltern um, schob mehrere Hebel nach oben und leitete den Startvorgang ein. Ehe das Schiff abhob, tippte sie den neuen Sicherheitscode ein, den nur Shara, Kranit, Glanis und sie selbst kannten.

»Wir fliegen«, sagte die Muse im Copilotensitz, obwohl das Schiff noch am Boden stand. Ihre Stimme klang weniger moduliert als früher, so als müssten einige der mechanischen Teile in ihrem Inneren erst warmlaufen. Iniza hätte nicht erwartet, dass eine Androidin verschlafen sein konnte, aber genau danach sah es aus.

Äußerlich verriet die Muse durch nichts, dass sie kein echter Mensch war. Groß, gertenschlank und von solcher Schönheit, dass es Männern wie Frauen den Atem verschlug, hatte nicht einmal das Jahr im Freien ihrem Körper etwas anhaben können. Der Energieschirm über der antiken Arena, in deren Mittelpunkt sie und ihr Kampfroboter sich seit der Ankunft auf Noa gegenübergesessen hatten, hatte den Regen und die häufigen Gewitter dieser Welt von ihnen ferngehalten. Aber weder die empfindliche Kälte noch die stechenden Strahlen von Noas kleiner Sonne hatten Auswirkungen auf das Äußere der Muse gehabt. Ihre milchige Haut war makellos, ihr glattes dunkelrotes Haar nach all der Zeit weder ausgeblichen noch strähnig. Sie hatte darum gebeten, sich den Staub der Arena herausbürsten zu dürfen – sie war eine Muse, eine gewisse Eitelkeit war Teil ihrer Programmierung –, und als sie sich erhoben hatte, waren ihre Bewegungen so geschmeidig gewesen wie eh und je. Sie trug ein kurzes weißes Kleid, das Fael vor Monaten Iniza geschenkt hatte.

»Wir fliegen«, wiederholte die Muse, und nun begann Iniza, sich Sorgen zu machen.

Ein Ruck ging durch das Schiff, als sich die Kufen vom Boden lösten und die Startdüsen den Asphalt des Raumhafens mit Plasmaströmen verbrannten. Knirschend wurden die Landepylonen eingefahren.

»*Jetzt* fliegen wir«, sagte Iniza zufrieden und bemerkte aus dem Augenwinkel, dass die Anzeige der Kommunikationseinheit heftig blinkte. Wahrscheinlich war das nicht Fael, aber es würde nicht allzu lange dauern, bis man ihn darüber in Kenntnis setzte, dass seine Nichte die erwachte Muse entgegen aller Vernunft hinauf zu den Toren von Tau bringen wollte. Er würde kurz mit dem Gedanken spielen, sie abzuschießen, dann würde er sich besinnen und ihr anschließend endlose Vorwürfe machen. Womöglich würde er ihr folgen oder eine Schwadron Jäger aufsteigen lassen, die die *Nachtwärts* abfangen und zurück zum Boden bringen sollte.

Die Lichter am Kommunikator erloschen. Iniza konnte sich nun ganz auf die Instrumente und die Aussicht aus dem ovalen Fenster des Cockpits konzentrieren. Der Himmel über Noa nahm am Tag eine faszinierende Fülle metallischer Farben an, von stählernem Grau in den Morgenstunden bis zu warmem Bronze am Abend. Während eines Starts sah man all diese Töne in schnellem Wechsel hintereinander, als durchquerte das Schiff innerhalb weniger Minuten nicht nur Luftschichten, sondern auch sämtliche Tageszeiten.

Der kupferfarbene Sichelrumpf des Schiffes, bedeckt mit verspielten Verzierungen, drehte sich aus der Horizontalen in die Vertikale, bis die *Nachtwärts* wie ein glänzender Mond am Himmel über den Marschen aufstieg. Lediglich das kugelförmige Kopfmodul im Zentrum des Rumpfbogens, in dem sich die Brücke, der Laderaum und die wichtigsten technischen Einheiten befanden, blieb in der Waagerechten. Das stählerne Gesicht, mit dem es geschmückt war, trug ein drittes Auge auf der Stirn – die gewölbte Scheibe des Cockpits.

»Shara hat nicht gewollt, dass du ihr Schiff fliegst«, erinnerte sich die Muse.

»In der Zwischenzeit hat sie ihre Meinung geändert.«

»Shara Bitterstern kam mir nicht vor wie eine Frau mit flexiblen Ansichten. Eher starrköpfig. Ziemlich unerträglich, alles in allem.«

Iniza lächelte. »Wir beide, also sie und ich, hatten nicht den besten Start. Sie hält mich noch immer für eine verzogene Prinzessin, aber wir verstehen uns jetzt besser. Sie hat mir beigebracht, die *Nachtwärts* zu steuern, wahrscheinlich aus Sorge, dass ich mal wieder ihre Haut retten muss.« In den Klöstern der STILLE hatte Iniza die *Nachtwärts* notgedrungen allein lenken müssen, kurz nachdem Shara versucht hatte, sie an die Hexen auszuliefern.

Die Atmosphäre rund um das Schiff wurde dünner, die ersten Sterne erschienen im tiefen Dunkelblau. Sobald sie im Vakuum waren, würde Iniza die *Nachtwärts* erneut beschleunigen.

»Erzähl mir, was du getan hast.« Sie warf der Muse einen

Seitenblick zu. »Ich meine, ein Jahr lang habt ihr beide euch nicht vom Fleck gerührt.«
»Ich habe mich erinnert«, sagte die Muse.
Iniza wartete eine Weile, doch die Muse schwieg.
»Erinnert woran?«
»An Bruchstücke vieler Dinge. An Gedankenfragmente, Befehlsketten, Programmelemente. Es ist schwierig, das einem Menschen zu erklären.«
»Versuch's mal.«
»Meine Erinnerung funktioniert anders als deine«, sagte die Muse. »Die eines Menschen ist wie ein See, auf dessen Oberfläche all die Dinge schwimmen, die ihm ständig präsent sind. Dann und wann taucht etwas unverhofft von unten auf, aber du nimmst es erst wahr, wenn es zwischen all dem anderen treibt. Alles ist auf einer Höhe, alles ist gleichwertig. Manchmal verschwinden Erinnerungen unter der Oberfläche, dann sind sie fort. In der Regel erinnert sich ein Mensch nicht ein bisschen an etwas, sondern ganz oder gar nicht.«

Die Atmosphäre verblasste, und vor ihnen öffnete sich der unendliche Raum mit seinen Schwärmen aus Lichtern, die meisten weiß und gold, ein paar auch blau und karmesin. Ferne Sternhaufen funkelten auf tiefem Schwarz, mäandernde Schlieren kosmischer Nebel zogen sich wie verlaufene Farben durch das Panorama der Unendlichkeit. Links von ihnen lagen die zentralen Gestirne der Marken, jenseits davon das Ordensreich mit seinen unterjochten Kernwelten und dem sagenumwobenen Tiamande. Selbst nach allem, was seit Koryantum geschehen war, barg das All für Iniza vor allem Wunder und exotische Verheißung. Vielleicht war das eine naive Sicht auf eine so maßlose Kälte und Weite, aber sie war froh, sich einen Teil ihrer Euphorie erhalten zu haben, ohne in Sharas Zynismus oder in die Verschlossenheit des Waffenmeisters zu verfallen.

»Meine Erinnerungen liegen dagegen in Schichten übereinander«, fuhr die Muse fort. »Stell sie dir vor wie Kisten auf einem endlos hohen Regal. Ein langer Arm tastet daran entlang und zieht die Kiste heraus, die ich gerade benötige, egal, ob weit oben oder tief unten. Wenn dieser Arm defekt ist oder manipuliert wird, dann kann es sein, dass er nicht bis zu allen Regalfächern reicht. Dann braucht er sehr, sehr lange, bis er nach manchen Kisten greifen kann, und an einige kommt er vielleicht gar nicht heran. Trotzdem weiß er, dass sie da sind, und das kann sehr frustrierend sein.«

»Heißt das, Olfur hat deine Erinnerung manipuliert?«

»Wie kommst du darauf, dass er es war?«

Iniza zuckte mit den Schultern. »Als wir dich getroffen haben, warst du an Bord seines Schiffes. Olfur war ein technisches Genie, hat Kranit gesagt. Und du wusstest nichts mehr von dem, was die Musen einmal waren, zu Zeiten der Hegemonie.«

»Das sind die Kisten, an die ich nicht mehr herankomme. Olfur hat viele meiner Erinnerungen unerreichbar gemacht.«

»Er hat deine Programmierung verändert.«

»Nicht verändert«, sagte die Muse. »Er hat Teile abgetrennt. Sie sind nicht gelöscht, nur gerade sehr weit entfernt. Ich habe ein Jahr lang versucht, an sie heranzukommen, aber das Ergebnis ist überaus enttäuschend.«

»Erinnerst du dich an gar nichts mehr? Dass die Musen einmal die Hohepriesterinnen der STILLE waren, lange vor der Machtergreifung des Maschinenherrschers? Dass ihr den Kult gegründet habt, um die Menschheit zu spalten und irrezuführen?«

Die Muse schüttelte traurig den Kopf. »Nur eines weiß ich wieder. Ich kenne diese Welt. Ich bin schon einmal auf Noa gewesen.«

Iniza schob die Regler der Triebwerke weiter nach vorn, die Geschwindigkeit zog an. Jeden Moment mussten hinter der Rundung des Planetenhorizonts die Tore von Tau auftauchen. »Die Anhänger des Kults sind aus den Klöstern der STILLE nach Noa geflohen, um von dort aus den Pilgerkorridor zu erforschen«, erklärte sie. »Einige ihrer Priesterinnen waren bei ihnen, das geht aus den Aufzeichnungen in den Archiven hervor. Vielleicht warst du eine von ihnen, bevor du … bevor man dich zur Muse gemacht hat.«

»Ja und nein.« Die Muse sah unglücklich drein. »Ich war hier, aber ich besitze keine Erinnerung daran. Ich weiß es so, wie du weißt, dass die Sterne dort draußen Namen tragen, auch wenn du sie niemals aus der Nähe gesehen hast.« Nach einer kurzen Pause fügte sie hinzu: »Und das Wesen einer Muse war immer in mir. Es ist Teil meiner Programmierung, von Anbeginn an. Es hat viele wie mich gegeben, Gefährtinnen von Künstlern im ganzen Reich.«

Bisher hatte Iniza angenommen, dass das Leben als Muse eine Art Notfallplan der Priesterinnen gewesen war, um nach dem Sturz des Maschinenherrschers unterzutauchen. Sie hatten die Identität der unschuldigsten, unverdächtigsten Wesen angenommen. Eine Muse stand Malern Modell, führte lange Gespräche mit Dichtern, inspirierte Musiker zu Melodien. Aber sie stürzte nicht das Universum ins Chaos und schickte Maschinenheere ins All, um ganze Welten zu verbrennen.

»Da vorne sind sie.« Iniza deutete durch das weite Fensteroval. Am unteren Rand des Sichtfelds zog die Wölbung

Noas dahin wie ein brauner Teppich. Darüber erstreckte sich die Unendlichkeit des Raums, gesprenkelt mit fernen Sternbildern. Nur wenige Handbreit über dem schimmernden Horizont glühten zwei goldene Punkte, angestrahlt von Noas weißer Sonne.

Iniza folgte einer plötzlichen Eingebung und fragte: »Bist du schon mal dort gewesen?«

»Möglicherweise«, sagte die Muse.

»Dir ist klar, dass mich alle für wahnsinnig halten, weil ich dich hier raufbringe, oder?« Leise meldeten sich die Zweifel, die sie die ganze Zeit über mühsam unterdrückt hatte. Selbstverständlich war es Wahnsinn. Dieses Mädchen war eine Maschine. Maschinen waren die Feinde der Menschheit. Und womöglich öffnete Iniza ihr gerade das Tor zum Pilgerkorridor.

Oder aber sie bekäme Antworten auf die Fragen, die sie sich während der Wochen und Monate im Archiv immer wieder gestellt hatte. Was war auf Noa geschehen, als der Kult der STILLE von hier verschwunden war? Hatte es tatsächlich eine Expedition in den Pilgerkorridor gegeben? Und was hatten die Kultisten dort gefunden? Nur den Tod? Oder waren sie bis ans Ende des Korridors vorgestoßen? War er wirklich eine Straße zwischen unbekannten Sternen – oder etwas ganz und gar anderes?

Im Näherkommen schien sich der Abstand zwischen Noa und den Toren von Tau zu vergrößern, die Relationen verschoben sich. Die Umlaufbahn der beiden Objekte befand sich viel weiter draußen, als es auf den ersten Blick erschien.

Die *Nachtwärts* flog von der Seite auf die zwei titanischen Throne zu, die hoch über dem Atmosphärenozean des Planeten im All schwebten. Zwei Gestalten saßen sich dort gegenüber, in prunkvolle Rüstungen gekleidet, mit verzierten Brustpanzern und vorstehenden Schulterprotektoren. Jede Figur war gut einhundert Kilometer hoch, der Abstand zwischen ihnen betrug fast achtzig Kilometer. Mysteriöse Gravitationsfelder banden sie aneinander, niemals gab es auch nur die geringsten Abweichungen ihrer Position.

Die makellosen Antlitze zweier Frauen blickten sich über den Abgrund hinweg an, identisch bis zum Schwung der Brauen, der Form des Kinns, der Wölbung ihrer hohen Wangenknochen – Doppelgängerinnen der Muse, gefertigt nach demselben Vorbild und ins Maßlose vergrößert. Das Mädchen sah ihnen stumm entgegen, seine Miene veränderte sich nicht. Vielleicht hatte man der Muse nie ein Gefühl wie Ehrfurcht verliehen. Oder aber sie empfand keine Überraschung dabei, das eigene Abbild in gottgleicher Größe vor sich zu sehen, weil dies immer das Ziel ihrer Existenz gewesen war, der programmierte Endpunkt ihrer Schöpfung.

Die Hände der Statuen ruhten auf den Armstützen, ihre Rücken waren gerade aufgerichtet. Ihre beschlagenen Stiefel, jeder einzelne höher als die Stelzenstädte von Agua, standen in perfekter Symmetrie nebeneinander. Throne und Figuren waren wie aus einem Guss, gigantische Raumstationen, in deren Innerem Faels Wissenschaftler seit vielen Jahren die Geheimnisse der verschollenen Baumeister erforschen. Gelang es ihnen, die uralte Technik zum Leben zu erwecken, dann würde zwischen den Statuen ein Energiefeld entstehen, ähnlich wie das im Zentrum einer Hypersprungschleuse – der Eingang zum Pilgerkorridor.

An der Unterseite der linken Statue lag eine angedockte Barke. Daneben gab es Platz für drei weitere Schiffe, aber soweit Iniza wusste, kam niemand sonst hier herauf. Selbst

Fael hatte sich seit einer Ewigkeit nicht mehr blicken lassen; er nahm die frustrierenden Berichte der Wissenschaftler über Funk entgegen oder empfing ihren Leiter, Verlint Stygis, alle paar Monate in der Festung. Seit Jahren schon hatte Stygis' Team keine neuen Erkenntnisse präsentieren können, es schien, als wären die Forscher an eine Grenze gestoßen, die so undurchdringlich war wie das Tor zum Korridor selbst.

Iniza meldete ihre bevorstehende Ankunft erst, als die Throne bereits das gesamte Sichtfeld der *Nachtwärts* einnahmen. Die Proportionen waren nicht mehr auszumachen, selbst Details zu gewaltigen Flächen geworden. Sie lenkte das Schiff an die Unterseite des linken Throns, gleich neben die Barke, und überließ das Andocken dem Autopiloten.

Wenige Minuten später traten sie durch die Schleuse in einen Aufzug, der sie ins Innere der Statue trug. Als das Schiebeschott der Kabine auseinanderglitt, öffnete sich vor ihnen eine mattgraue Halle, deren Decke so hoch über ihnen hing, dass sie zu einer silbrigen Unschärfe wurde, zum Eindruck eines Nebels, der alle Konturen verschleierte. Auch die Wände waren nur zu erahnen, sie lagen mehrere Kilometer weit entfernt. Der Aufzug befand sich in der Mittelachse der Statue, eine Röhre, die aus dem Boden der Halle schnurgerade aufwärts verlief und irgendwo dort oben in der unsichtbaren Decke verschwand.

Ein Mann in grauem Overall erwartete sie. Iniza hatte mit dem Wachdienst gerechnet, mit einem Dutzend Blaster, das in ihre Richtung zielte, aber nicht damit, dass nur ein einzelner Mensch vor dem Aufzug stehen würde.

»Baroness«, sagte er mit knapper Verbeugung in Inizas Richtung, doch seine Aufmerksamkeit galt der Muse. Er musterte sie mit einer Intensität, als könnte er es gar nicht erwarten, sie in ihre Bestandteile zu zerlegen, um jeden Mikroprozessor, jede Zelle zu untersuchen.

»Sie starren mich an«, sagte die Muse.

»Verzeihen Sie, aber Sie haben keine Vorstellung davon, wie es sich anfühlt, einer Person aus Fleisch und Blut zu begegnen, die man so viele Jahre lang für eine Göttin gehalten hat.«

»Ich bin nicht aus Fleisch und Blut.«

»Und keine Göttin«, ergänzte Iniza. »Falls das hier jemand vergessen haben sollte.«

Stygis warf ihr einen unfreundlichen Blick zu. Ihre Ankündigung, die Statue in Begleitung der Muse zu betreten, war zweifellos der Grund, warum er persönlich erschienen war, um sie in Empfang zu nehmen.

Der wissenschaftliche Leiter der Tore von Tau war ein unscheinbarer Mann mit schütterem Haar, gezeichnet von der Erkenntnis, dass sein Scheitern unausweichlich war. Er musste sich schon vor Jahren damit abgefunden haben, dass nicht er derjenige sein würde, der den Statuen ihre Geheimnisse entriss – falls das denn überhaupt jemals geschehen mochte. Sein Team bestand aus Spezialisten der unterschiedlichsten Gebiete, angefangen von Technikern, die tiefer als erlaubt in die Mechanismen der Hypersprungschleusen eingedrungen waren, über Experten auf dem Gebiet der alten Maschinentechnologien bis hin zu Religionswissenschaftlern, die versuchten, Hinweise aus den Archiven von Noa auf die Steuerung der Statuen zu übertragen.

Nach all den Fehlschlägen, von denen Fael Iniza berichtet hatte, musste das Auftauchen der Muse für Stygis in der Tat den Beigeschmack einer göttlichen Erscheinung haben.

Vermutlich witterte er eine letzte Chance für seine Forschungen – genau darauf hatte Iniza spekuliert. Kein vernünftiger Mensch würde die Muse in die Nähe der Kommandozentrale dieser Station lassen, wohl aber ein sehr verzweifelter. Und Stygis drang die Verzweiflung aus allen Poren.

»Danke, dass Sie uns empfangen«, sagte sie förmlich, um ihrer Anwesenheit zumindest den Anschein eines offiziellen Besuchs zu geben.

»Uns wurde verboten, sie andocken zu lassen«, sagte Stygis, »und Fael persönlich ließ mich wissen, dass ich die Konsequenzen zu tragen habe, wenn Sie beide auch nur einen Fuß in die Tore von Tau setzen.«

»Dann sind Sie ein mutiger Mann«, sagte Iniza.

»Oder ein dummer«, sagte die Muse geradeheraus.

Stygis lächelte. »Ich hoffe lediglich, dass dies hier zu einem Resultat führen wird, das Fael versöhnlich stimmt.«

Iniza glaubte, dass ihm Faels Meinung herzlich egal war, vielleicht sogar sein eigenes Wohlergehen. Stygis musste sich im Klaren darüber sein, welche Folgen solch eine Befehlsverweigerung haben konnte. Aber er war auch der beste Wissenschaftler, den Fael hatte anwerben können, der einzige mit Fähigkeiten auf allen nötigen Fachgebieten. Ihn zu ersetzen würde schwierig sein. Nur deshalb war er trotz aller Misserfolge noch immer hier. Ein Fehlschlag mehr, so mochte Stygis es sich zurechtgelegt haben, würde das Fass nicht zum Überlaufen bringen.

Iniza blickte sich in der himmelhohen Halle um. »Das ist sehr beeindruckend.«

Stygis winkte ab. »Was Sie hier sehen ist gar nichts.«

»Davon allerdings eine ziemliche Menge.«

»Nur ein Hohlraum, der bei der Größe dieses Objekts unvermeidlich war. Die technischen Anlagen nehmen nur einen Bruchteil des Platzes ein, den das Innere einer solchen Statue bietet.«

»Können wir jetzt weitergehen?«, erkundigte sich die Muse.

»Selbstverständlich.« Stygis trat an ihnen vorbei in den gläsernen Aufzug. »Folgen Sie mir bitte.« Als sie wieder in der geräumigen Kabine standen, tippte er auf eine Taste. Sogleich glitt das Schott zu, und der Aufzug setzte sich in Bewegung.

Minutenlang rasten sie schweigend nach oben, ehe sie die Regionen oberhalb der Hallendecke erreichten und mehrere Stockwerke durchquerten.

»Wir befinden uns jetzt im Schädel«, sagte Stygis. »Alles Wichtige ist hier oben.«

»Nein«, widersprach die Muse, »das ist nicht wahr.«

»Wir haben jeden Winkel durchleuchtet, vermessen und kartographiert«, sagte der Wissenschaftler. »Glauben Sie mir, hier ist sonst nichts. Nur noch mehr von dem, was da draußen zwischen den Sternen im Übermaß zu finden ist – absolute Leere.«

Die Kabine kam zum Stehen. Auf einem stahlgrauen Gang vor dem Schiebeschott hatten sich mehrere Männer und Frauen in grauen Overalls versammelt, und wieder wunderte sich Iniza, dass keiner unter ihnen Stygis' Entscheidung in Frage stellte, der Muse Zutritt zur Kommandozentrale zu gewähren. Sie alle wirkten kränklich, manche hatten augenfällige Mangelerscheinungen und Hautreizungen. Womöglich waren sie so besessen von dem, was sie hier taten, dass ihre Gesundheit für sie keine Rolle spielte.

Stygis führte Iniza und die Muse in einen kreisrunden Saal

voller Konsolen und Schaltpulte. Viele davon sahen aus, als seien sie schon einmal geöffnet und untersucht worden; manche hatte man wohl nicht wieder zusammensetzen können, und so fehlten hier und da Abdeckungen und Verkleidungen. Weitere Geräte waren von Noa heraufgebracht worden, Kabel führten daraus zu den eingebauten Instrumentenpulten. Iniza musste bei ihrem Anblick an Parasiten denken, die sich an einem größeren Organismus festgesaugt hatten.

Etwa ein Drittel der umlaufenden Wand – mindestens dreißig Meter – bestand aus glasklarem Transparentplast, durch den sie hinüber zur zweiten Statue blicken konnten und linkerhand ins offene All hinaus. Sie mussten sich ungefähr auf Augenhöhe der Sitzenden befinden, denn ihr stählerner Zwilling schien über die Kluft hinweg zu ihnen hereinzublicken. Dahinter wölbte sich Noas schlammbraune Planetenoberfläche.

Vor der Scheibe waren drei unscheinbare Kreise in den Boden eingelassen worden. Auch an ihnen hatten sich Stygis' Techniker zu schaffen gemacht, der rechte wies Spuren einer Fräse auf, die beiden anderen Bohrlöcher.

»Wollen Sie dieses Ding untersuchen oder zerstören?«, fragte Iniza.

Stygis wandte sich ihr mit merklichem Widerwillen zu, was ihr noch stärker als zuvor das Gefühl gab, dass sie an diesem Ort nur geduldet wurde. »Hier werden keine Techniker gebraucht, sondern Archäologen. Die Tore von Tau sind eher Bauwerke als Maschinen, eher Tempel als Raumstationen. Als ich vorhin sagte, diese Statuen seien vor allem leer, war das keine Übertreibung. Es gibt hier nur rudimentäre Technik, in erster Linie Vorrichtungen für Beleuchtung, Kommunikation, Lebenserhaltungssysteme, dazu eine abgewandelte

Form der Sprungtechnologie, die wir nicht in Gang bekommen. Letztlich unterscheiden sich die Tore von Tau kaum von einer beliebigen Hypersprungschleuse. Und trotzdem konnten wir nie glauben, dass das alles ist. Wenn Sie eine Weile hier waren, spüren Sie es. Dann wissen Sie, dass hier noch etwas anderes existiert, nur können Sie es verdammt nochmal nicht sehen, nicht riechen und schon gar nicht untersuchen.«

»Die STILLE«, sagte die Muse.

»Ich bin kein Fachmann für Religionsfragen, ich weiß nur –«

»Die STILLE ist lediglich ein Wort für die Anwesenheit von etwas, das Menschen nicht erfassen können«, unterbrach ihn die Muse mit enzyklopädischem Archivwissen. »Viele glauben, es handele sich um eine Lebensform, Wesen, die den Menschen so unendlich fremd sind, dass sie auf einer anderen Ebene des Multiversums existieren und doch unmittelbar neben uns. Sie nehmen keinen Raum in unserer Dimension ein, obwohl sie ebenso anwesend sind wie Sie und ich.«

»Das alles ist nur eine Erfindung der Maschinen«, sagte Iniza.

Die Muse wandte ihr stirnrunzelnd das Gesicht zu. »Nein. Es ist eine *Entdeckung* der Maschinen.«

Iniza glaubte nicht eine Sekunde daran, dass die STILLE wirklich existierte, doch etwas an den Worten der Muse ließ sie frösteln. Mit einem Mal schien von der ungeheuren Leere im Inneren der Statue eine Bedrohung auszugehen, und wie immer, wenn ihr Gefahr drohte, wanderten ihre Gedanken zu Tanys.

Falls Iniza hier oben etwas zustoßen sollte, wäre da immer noch Glanis, der sich um ihre Tochter kümmern würde. Zudem natürlich Gavanqe, die beste Amme, die sie sich wünschen konnte. Nicht zu vergessen Shara und Kranit, die niemals zugeben würden, dass sie sich für die Kleine verantwortlich fühlten. Inizas leibliche Familie mochte moralisch verrottet sein bis ins Mark, aber sie hatte eine neue gefunden, deren Bindungen so viel wertvoller waren als jede Blutsverwandtschaft. Wenn hier etwas schiefging, würde Tanys nicht auf sich allein gestellt sein.

Was nichts daran änderte, dass Iniza an ihrem eigenen Leben hing.

»Funkspruch von Noa«, meldete jemand, aber Stygis winkte ab.

»Nicht jetzt.«

»Es ist Fael.«

»Wer sonst.«

»Er will –« Der Mann brach ab, dann sagte er: »Die Verbindung ist gestört.« Iniza sah nicht hin, aber sie hörte, wie Knöpfe gedrückt wurden, mehrmals hektisch hintereinander. »Kein Kontakt mehr zur Oberfläche.«

Ein rätselhaftes Lächeln huschte über das Gesicht der Muse. Sie löste sich aus der Gruppe und ging auf das Fenster zu, den Blick fest auf die zweite Statue gerichtet.

»Was hast du vor?«, fragte Iniza.

»Vertrau mir«, sagte die Muse und trat in den mittleren der drei Kreise auf dem Boden.

Ein kaum hörbares Summen hob an, kam von überallher, schien sogar durch die Scheibe zu dringen, obwohl dort draußen nichts war als das Vakuum des Alls. Nichts als absolute Stille.

Schlieren aus Licht krochen aus dem Boden wie armdicke

Kabel, schlängelten sich am Körper der Muse empor bis zum Kopf. Erst nach einer Weile bemerkte Iniza, dass die Lichtbündel nur als Reflexionen in der Scheibe zu sehen waren, nicht in der Kommandozentrale selbst. Als machte das Spiegelbild im Transparentplast etwas sichtbar, das unter anderen Umständen verborgen geblieben wäre.

»Mach dir keine Sorgen«, sagte die Muse.

Alarmiertes Raunen wanderte durch den Pulk der Wissenschaftler. Nur Stygis schwieg beharrlich und ging einige Schritte auf die Muse zu. Auch Iniza setzte sich in Bewegung und blieb auf einer Höhe mit ihm. Ihre Finger ruhten auf dem Blaster an ihrem Gürtel, ohne dass sie sich darüber im Klaren war, wen sie eigentlich vor wem schützen wollte.

Die Lichtstränge, die sich mit der Spiegelung der Muse verbunden hatten, sahen jetzt aus wie glühende Äste an einem menschenförmigen Stamm, führten erst waagerecht von ihr fort, bogen sich dann nach unten bis hinab zum Boden. So stand sie da, die Arme seitlich ausgestreckt, als wollte sie sich mit einem eleganten Sprung durch die Scheibe in den Abgrund zwischen den Sternen stürzen.

Stygis hielt inne, doch Iniza trat neben die Muse. Dabei achtete sie darauf, dass sie den Lichttentakeln im Spiegelbild nicht zu nahe kam.

»Beim Schwanz der Krone, was tust du da?«, fragte sie fast flüsternd.

»Ich habe mich mit den Toren von Tau verbunden«, antwortete die Muse. »Oder sie sich mit mir. Es ist, als würde man ein Kabel einstöpseln. Olfur hätte das verstanden.«

»Hier ist kein Kabel.«

»Technik, die älter ist als die Hegemonie«, sagte Stygis hinter ihr. »Informationsübermittlung durch Licht. Vielleicht

Magnetströme. Eine Art Telepathie, wenn Sie so wollen, von Maschine zu Maschine.«

»Ist es dasselbe wie zwischen dir und dem Roboter?«, fragte Iniza die Muse.

»Ja und nein. Das hier ist intensiver. Die Tore und ich gehen eine Symbiose ein. Ich bin jetzt ein Teil von ihnen.« Iniza senkte ihre Stimme. »Was verdammt soll das werden?«

»Du wolltest Antworten. Ich durchsuche die Erinnerungen dieser Station.«

Stygis klang, als wollte er vor Ergriffenheit in die Knie gehen. »Wir konnten die Speicher nicht einmal lokalisieren, geschweige denn auslesen.«

»Ich lese nichts aus«, sagte die Muse. »Ich zeige euch, was geschehen ist.«

Die Lichtreflexe in der Scheibe zogen sich zu einer senkrechten Säule zusammen, gleißend wie ein Laserstrahl, in dem das Spiegelbild der Muse verglühte. Einen Moment lang sah es aus, als würde der Transparentplast von Energie zerfressen, doch dann teilte sich das Licht in zwei senkrechten Streifen, die nach rechts und links auseinanderglitten wie Ränder eines Vorhangs, der sich vor den ungläubigen Zuschauern öffnete. Die Wissenschaftler im Hintergrund redeten wild durcheinander, bis Stygis sie mit einer Handbewegung zum Schweigen brachte.

Die beiden Lichtbahnen wanderten zu den äußeren Rändern der Scheibe und verharrten dort als strahlende Säulen. Helle Schlieren tanzten über das Panoramafenster, und als sie verblassten, hatte sich dort draußen auf den ersten Blick nichts verändert. Die Zwillingsstatue schwebte vor dem tristen Planeten, Sonnenstrahlen brachen sich blitzend auf ihrer

Oberfläche. Allerdings schien das Metall jetzt heller, wie poliert, und nun entdeckte Iniza die kleine Armada von Schiffen, die sich von rechts den Toren von Tau näherte.

»Wer ist das?«, fragte Stygis, der neben Iniza an die Scheibe getreten war. Auch einige der anderen Wissenschaftler rückten näher.

»Die Flotte des STILLE-Kults«, flüsterte Iniza. »Das sind die Schiffe, die damals verschwunden sind.«

»Nichts von dem, was ihr seht, passiert heute«, sagte die Muse. »Das alles ist rund tausenddreihundert Jahre her. Der Kult verließ Noa und stieß in den Pilgerkorridor vor.«

Ein hauchdünnes Energiefeld entstand zwischen den beiden Statuen. Noch befand sich die Armada rechts davon im Normalraum.

»Bis zur Durchquerung des ersten Tors handelt es sich um eine Aufzeichnung«, erklärte die Muse. »Der Rest ist eine Animation, basierend auf den Informationen in den Speichern.«

Links der Energiemembran materialisierte sich ein zweites Paar sitzender Statuen, dahinter ein drittes und viertes und fünftes, jedes ein gutes Stück tiefer im Raum verankert als das vorangegangene, eine schimmernde Allee aus Thronen.

Der Eingang des Pilgerkorridors.

»Alle haben geglaubt, dass die Kultisten die Tore errichtet hätten«, raunte Iniza. »Aber vielleicht haben die sie gar nicht gebaut. Vielleicht haben sie sie vorgefunden. Dann wäre das alles hier noch viel älter, als wir dachten.«

Stygis presste eine Hand an die Scheibe, als wollte er eine der fernen Statuen mit den Fingern umfassen. »Dann hätten die Kultisten einen Weg gefunden, die Tore zu reaktivieren.«

Er und Iniza wechselten einen Blick, dann sahen sie die Muse an.

»*Ihr* wart dieser Weg«, sagte Iniza. »Die Maschinen haben euch zu den Kultisten geschickt, damit ihr ihnen den Weg in den Pilgerkorridor weist. Ihr seid immer ein Teil von all dem hier gewesen.«

»Die Tore wurden nach unserem Ebenbild erschaffen«, bestätigte die Muse. »Oder wir nach dem ihren. Aber wir wurden nicht geschickt.«

»Der Maschinenherrscher –«

»Existierte zu diesem Zeitpunkt noch gar nicht.«

»Dann wart ihr selbst das!«, entfuhr es Iniza. »Der Maschinenherrscher war nur eine Puppe, die Furcht verbreiten und Autorität ausüben sollte. So wie heute die Gottkaiserin eine Marionette der Hexen ist. In Wahrheit habt ihr alle Fäden gezogen. Die Musen, die Hohepriesterinnen des STILLE-Kults – oder was auch immer ihr seid.«

»Auch wir sind nur auf Bestehendes gestoßen«, sagte die Muse. »Wir wurden von denselben Mächten erschaffen wie diese Tore. Aber unsere Schöpfer verschwanden spurlos, und keine von uns hat je eine Erinnerung an sie besessen. Wir wissen nicht, was vor uns war – ob unsere Schöpfer Teil der Hegemonie waren oder von anderswo kamen. Sie schufen uns nach menschlichem Abbild, nach eurem Ideal, doch als wir erwachten, waren wir auf uns allein gestellt, und niemand war mehr da außer den Menschen, die nichts von uns wussten. Wir befolgten Befehle, aber wir kannten keine Gründe. Es gibt viele Relikte aus dieser Zeit im All, an geheimen Orten, und eines davon sind die Tore von Tau und das, was sie bewachen.«

Die Armada erreichte die energetische Membran zwischen

den ersten beiden Statuen. Iniza zählte acht Schiffe unterschiedlichen Typs – Barken, Kreuzer, sogar ein Zerstörer –, die das glühende Feld durchquerten, für einen Augenblick spurlos verschwanden und dann ein gutes Stück tiefer im Raum wieder auftauchten, unmittelbar vor dem nächsten Statuenpaar, das ebenfalls einen Wall aus Energie aufbaute. Er reichte vom Fuß der Throne bis zu den Häuptern der Sitzenden und spannte sich von einer Statue zur anderen. Die Schiffe brachen auch durch dieses Feld und tauchten vor dem dritten Paar wieder auf.

»Weißt du, was der Pilgerkorridor ist?«, fragte Iniza die Muse. »Wohin er führt?«

»Vielleicht führt er nirgendwohin«, sagte Stygis. Sein Gesicht glänzte, sein Blick hing wie gebannt an der fernen Armada.

»Wie meinen Sie das?«

»Ich hatte sehr viel Zeit, mir Gedanken über die Natur des Pilgerkorridors zu machen. Womöglich ist er gar keine Straße, sondern ein isolierter, abgeschlossener Teil des Hyperraums. Mächte, die wir uns nicht einmal vorstellen können, haben eine Region des Hyperraums abgeteilt und verriegelt.«

»Aber der Hyperraum ist kein Ort«, widersprach Iniza, »sondern der denkbar kürzeste Weg zwischen zwei Punkten. Der Hyperraum existiert immer nur für den, der ihn gerade durchquert, und dazu muss es zwangsläufig einen Anfangs- und Endpunkt des Sprungs geben.«

»Das ist es, was wir alle dachten, nicht wahr?« Stygis lächelte nachsichtig. »Aber was, wenn er eben tatsächlich ein *Raum* wäre, ein realer Bereich des Kosmos, ein Ort, den wir betreten, um eine Abkürzung zu nehmen, wenn wir uns schneller als das Licht bewegen, und wieder verlassen, wenn wir in den Normalraum zurückkehren?«

Die Flotte der Kultisten verschwand erneut und erschien im nächsten Moment vor dem vierten Tor.

Iniza musterte den Wissenschaftler. »Sie glauben, dieselben Mächte, die die Musen und die Maschinen erschaffen haben, dieselben Mächte, die diese Tore erbauten, hätten einen Teil des Hyperraums einfach umzäunt wie eine Weide?«

»Ummauert träfe es wohl besser. Mit den höchsten, den sichersten Mauern, die wir uns vorstellen können. Oder eben *nicht* vorstellen können, weil unsere Phantasie dafür nicht ausreicht.« Stygis zuckte mit den Schultern. »Wir sind nur Menschen.«

»Aber warum sollte jemand das tun?«, fragte Iniza. Zugleich dämmerte ihr eine Antwort, und als ihr Blick das Gesicht der Muse streifte, sah sie das Mädchen lächeln.

»Schaut«, flüsterte die Muse.

Iniza wandte sich wieder der Allee aus Statuenpaaren zu. Die Armada schwebte mittlerweile vor dem fünften Tor, ein ferner Schwarm aus Lichtpunkten. Obwohl es unmöglich war, in den Hyperraum hineinzublicken und Sprüngen mit dem bloßen Auge zu folgen, ließ sich die Animation nicht von der anfänglichen Aufzeichnung unterscheiden. Die Muse wollte, dass die Anwesenden dies alles ganz und gar verstanden. Und Iniza fiel dafür nur ein einziger Grund ein.

Es war eine Warnung.

»Wenn jemand etwas mit hohen Mauern umgibt«, sagte sie, »dann will er entweder verhindern, dass ein anderer hineingelangt« – sie holte tief Luft – »oder dass etwas aus dem Inneren entkommt!«

Das Lächeln der Muse wirkte engelhaft und teuflisch zugleich, obwohl es sich nicht verändert hatte.

»Ist der Pilgerkorridor eine Art Kerker?«, fragte Iniza.

»Schau es dir an«, sagte die Muse.

Hinter dem fünften Statuenpaar erloschen die Sterne. Schwärze waberte jenseits der Throne, ballte sich zusammen, griff mit zuckenden, wabernden Armen wie aus dunklem Rauch nach den acht glühenden Punkten, die gerade ihren nächsten Hypersprung beendet hatten. Fünf Tore von Tau, fünf Schwellen zum Pilgerkorridor. Und dahinter wartete etwas, das mit Armen aus Finsternis nach den Schiffen der Kultisten tastete, sie aus dem All pflückte und verschlang.

»Ist das der König der Gnade?«, entfuhr es Stygis. »Der Wächter des Pilgerkorridors?«

»Ich weiß es nicht«, sagte die Muse, »sonst würde ich es euch zeigen. Was ihr hier seht, ist eine Rekonstruktion, basierend auf den letzten Signalen der Armada, auf Berechnungen und angenommenen Variablen.« Sie seufzte wie ein Mensch, eines jener programmierten Details, die einen leicht vergessen ließen, dass sie ein künstliches Geschöpf war. »Ich weiß nicht, was hinter dem fünften Tor liegt. Ebenso wenig weiß ich, warum es unsere Aufgabe war, die Kultisten dort hineinzulocken und sie glauben zu machen, dass sie selbst es wären, die den Weg gefunden und geöffnet hatten.«

»Ein Opfer«, murmelte Iniza.

»Möglicherweise«, sagte die Muse, »aber nicht sehr logisch.«

Der schwarze Schemen vor den Sternen zog sich zusammen, wurde wieder eins mit dem All. Zugleich begannen die fernen Statuenpaare zu verblassen. Die Lichtsäulen an beiden Enden des Panoramafensters glitten der Mitte entgegen.

Iniza und Stygis machten einen Schritt zurück, als sich die Streifen vereinten und erloschen. Vor der Scheibe waren nur noch die Oberfläche von Noa und die zweite Statue zu sehen, matter als zuvor und über tausend Jahre älter.

Im Spiegelbild auf dem Fenster lösten sich die Lichttentakel von der Muse, schlängelten sich zurück in den Boden und verschwanden. Tief im Inneren der Statue verstummte das leise Summen, das Iniza kaum noch wahrgenommen hatte.

Die Wissenschaftler in der Zentrale begannen, wild durcheinanderzureden, und erneut bedeutete Stygis ihnen zu schweigen. Diesmal gehorchten ihm nur wenige, zu groß war ihre Aufregung. Iniza hatte selbst das Gefühl, sich irgendwo abstützen und tief durchatmen zu müssen.

»Du willst damit sagen, wir sollen die Finger vom Pilgerkorridor lassen«, sagte sie zur Muse, die ihr langsam das makellose Gesicht zuwandte.

Die Lichter der Zentrale brachten das rote Haar des Mädchens zum Leuchten, als es nickte. »Weil ihr sonst etwas befreien könntet.«

»Dann wäre es am besten, die Tore zu zerstören.«

»Kommt nicht in Frage!«, rief Stygis empört. »Wir geben das alles nicht einfach auf, nur wegen eines Holos.« Er zeigte mit dem Finger auf die Muse, während in der Gruppe hinter ihm eine Diskussion über das Für und Wider entbrannte. »Keiner weiß, ob sie sich das alles nicht gerade erst ausgedacht hat. Und selbst wenn es die Wahrheit wäre: Man zerstört doch kein Gefängnistor, wenn man verhindern will, dass die Gefangenen ausbrechen!«

»Wir haben wieder Kontakt zu Noa«, rief der Mann, der zuvor den gestörten Funkkontakt gemeldet hatte. »Fael will mit der Baroness sprechen.«

»Natürlich will er das«, sagte sie.

An einem der Geräte, die von Noa heraufgeschafft worden waren, erwachte knisternd ein Monitor zum Leben. Darauf erschien das vernarbte Gesicht ihres Onkels. Iniza trat in den Sichtbereich einer Kamera gleich neben dem Bildschirm und wappnete sich für das, was da kommen musste.

»Mein Kind«, begann er – ein ungewohnt sanftmütiger Auftakt für einen seiner Wutausbrüche. Tatsächlich irritierte sie am meisten, dass er überhaupt nicht wütend aussah. Eher, als sei er in der letzten Stunde um zehn Jahre gealtert. »Iniza, hör mir jetzt sehr genau zu.«

Da war etwas in seinem Blick, das sie alarmierte. Etwas, das dort nicht hingehörte, wenn er vorgehabt hätte, sie zurechtzuweisen oder ihr zu drohen.

Sie sagte: »Ich muss dringend unter vier Augen mit dir sprechen. Es gibt etwas, das du noch nicht weißt, und wir sollten jetzt unbedingt –«

Fael fiel ihr ins Wort. »Etwas Schlimmes ist passiert.«

Plötzlich wusste sie, was er als Nächstes sagen würde. Wusste es dank jenes Instinkts, den sie im letzten halben Jahr hinzugewonnen hatte.

»Es geht um Tanys.«

10

Glanis' Gesicht fühlte sich an wie eine Maske aus Wachs, als er und Ria atemlos den Festungstrakt mit den Wohnquartieren erreichten. Er spürte sich selbst nicht mehr. Seine Bewegungen, seine Mimik folgten Automatismen, die sein Körper ohne sein Zutun vollzog. Er nahm die Umgebung kaum wahr, und das monotone Halblicht der Korridore tat ein Übriges, alles um ihn herum zu vorüberhuschenden Schemen zu verwischen.

Jemand trat ihnen in den Weg, redete auf sie ein, aber Glanis stieß ihn beiseite, drängte sich durch eine Kette aus Wachleuten und bog in den Gang vor dem Quartier, in dem er mit Iniza und Tanys lebte.

Das Stahlschott stand offen, Licht fiel aus dem Inneren auf mehrere Menschen, die dort nichts zu suchen hatten. Alle waren schwerbewaffnet.

»Lasst mich durch!«

Er betrat den großen Wohnraum. Rechts und links zweigten das Schlafzimmer und der Sanitärtrakt ab. Durch das Fenster an der Stirnseite waren jenseits der Stadt der Raumhafen und die Marschen von Noa zu sehen. Eine Unzahl silbriger Schiffe wartete dort in Reihen und Kreisformationen auf den nächsten Raubzug.

»Wo sind sie hin?«

»Wir wissen es noch nicht.« Ein großer Mann mit weißem

Haar und Backenbart trat ihm entgegen. Hephestus trug eine silberne Weste, darüber einen purpurnen Gehrock mit glänzenden Applikationen. Seine Augen waren hinter den runden, getönten Gläsern einer altmodischen Brille verborgen, doch er nahm sie ab, als er vor Glanis stehen blieb.

Fael hatte es vor allem Hephestus zu verdanken, dass ihn die Piraten vor vielen Jahren als ihren neuen Anführer akzeptiert hatten. Niemand kannte den rauen Menschenschlag auf Noa besser als er, und er wusste, wie man diese Männer und Frauen manipulierte. Hephestus der Intrigenschmied. Hephestus der Königsmacher.

»Was soll das heißen, ihr wisst es nicht?«, brüllte Glanis ihn an. »Wie schwer kann es sein, eine Gruppe Bewaffneter aufzuspüren, die ein Baby und seine Amme dabeihat?«

»Wir glauben, dass sie die Festung schon verlassen hatten, als ihr uns alarmiert habt.« Hephestus sprach bemüht ruhig, als könnte er einen Vater besänftigen, dessen Tochter gerade von religiösen Fanatikern entführt worden war. »Wenn sie in der Stadt untergetaucht sind, wird es eine Weile dauern, sie aufzuspüren. Du weißt, wie es da draußen aussieht, Glanis. Ich habe fünfzig Männer losgeschickt, die nach deiner Tochter suchen, und sie werden bald —«

»Wieso nur fünfzig?«

»Es ist noch was passiert, von dem ihr nichts wissen könnt. Wir halten die Information noch unter Verschluss.«

Ria trat neben Glanis. »Was noch? Wo ist mein Vater?«

»Fael geht es gut. Er ist in der Zentrale und spricht mit Iniza. Wir waren der Meinung, dass sie so schnell wie möglich alles erfahren sollte.« Seine Miene verhärtete sich, als wappnete er sich für Glanis' Widerspruch. Als der nicht kam, fuhr er fort: »Offenbar hat es zwei Kommandos gegeben.

Das eine war hier bei Tanys und Gavanqe, das andere ist zur selben Zeit in den Kerkertrakt eingedrungen. Sie haben die Wächter getötet und Hadrath befreit. Er ist auf der Flucht.«

Für einen Augenblick hatte Glanis das Gefühl, als stürze er aus großer Höhe. Die Erwartung des harten Aufschlags zog sich durch seinen ganzen Körper.

»Natürlich«, presste er mühevoll hervor. »Das sind STILLE-Kultisten. Und Hadrath ist ein Prediger der STILLE. Er wird ihnen versprochen haben, dass sie als treue Gläubige in den Gildesektoren ein neues Leben beginnen können.«

»So einfach ist das nicht«, sagte Hephestus. »Sie haben kein Schiff und können Noa nicht verlassen. Und selbst wenn, gibt es da draußen nur eine einzige intakte Hypersprungschleuse. Ohne einen Sprung würden sie eine Ewigkeit brauchen bis zum nächsten bewohnten System.«

»Sie *haben* ein Schiff«, sagte Glanis überzeugt. »Hadrath würde sich nicht auf einen Fluchtversuch einlassen, wenn er keine realistische Chance sähe, von Noa wegzukommen. Und er braucht Tanys als Geisel, um ungehindert starten zu können und die Schleuse zu erreichen.«

Später würde er wahrscheinlich versuchen, Tanys an den Orden auszuliefern. Bei der Jagd auf Iniza war es den Hexen immer nur um ihr ungeborenes Kind gegangen, um die wahre Braut der Gottkaiserin. Irgendetwas hatten die Hexen bei Inizas Prüfungen auf Koryantum in Tanys erkannt, das den Einsatz von Raumkathedralen und die Vernichtung ganzer Greiferschwadronen gerechtfertigt hatte. Hadrath wusste, wie bedeutsam das Kind für Tiamande war. Und er hatte dort einiges wiedergutzumachen.

»Was ist mit der Schleusenbesatzung?«, fragte Glanis. »Wie sicher sind wir, dass sie nicht auf Hadraths Seite steht?«

»Die Männer dort oben haben meinem Vater treu gedient«, sagte Ria.

»Es wird noch mehr Verräter geben«, sagte Glanis. »Jemand muss ihnen die Codes zugespielt haben, um hinunter in den Kerker zu kommen. Auch das hier dürfte ohne Hilfe von innen nicht möglich gewesen sein. Erzählt mir also nichts von Treue!«

Hephestus brummte ungehalten. »Ich habe längst ein Schiff zur Schleuse geschickt, um nach dem Rechten zu sehen. Außerdem wurden die Wachen am Raumhafen verdoppelt.« Als Glanis etwas einwenden wollte, kam Hephestus ihm zuvor: »Mehr können wir derzeit nicht tun. Wir haben kein unbegrenztes Kontingent an vertrauenswürdigen Leuten, das weißt du so gut wie ich. Fünfzig, die nach Tanys und der Amme suchen. Fünfzig weitere, die Hadrath und sein Befreiungskommando jagen. Und fast hundert zusätzliche Kräfte, um das Flugfeld einigermaßen zu überwachen. Mehr gibt der Sicherheitsdienst nicht her. Wir könnten Alarm schlagen und die Schiffsmannschaften in der Stadt einbeziehen, aber es sorgt nur für noch größeren Trubel, wenn jeder betrunkene Pirat sich in den Kopf setzt, die Kleine und Hadrath auf eigene Faust zu finden. Ganz zu schweigen von denen, die auf noch dümmere Gedanken kommen könnten.«

»Sie *müssen* ein Schiff haben«, sagte Glanis erneut. »Ohne die Möglichkeit, den Planeten zu verlassen, hätten sie so etwas niemals gewagt.«

»Die Kisten in der Höhle«, sagte Ria. »Diese Leute waren gerade dabei, ihre Vorräte zu verladen. Wenn wir nicht alle erschossen hätten …«

»Hätten sie uns getötet.« Glanis zog seinen Blaster und eilte zur Tür. »Los, finden wir sie.«

»Willst du auf eigene Faust die Stadt durchkämmen?«, fragte Hephestus.

»Ich werde jedenfalls nicht hier herumstehen und darauf warten, wer sich als Nächstes von Hadrath an der Nase herumführen lässt.«

»Du kennst unsere Männer, Glanis. Das sind keine Anfänger.«

Ria warf Hephestus einen finsteren Blick zu. »Was, wenn es dein Kind wäre?« Sie schloss zu Glanis auf. »Ich komme mit dir.«

»Und ich«, sagte eine Stimme draußen vor der Tür.

Fael trat in den Lichtschein, der aus dem Quartier auf den Gang fiel. Die umstehenden Männer waren zur Seite getreten, um Platz für ihn zu schaffen. Beidhändig trug er den schweren Blaster, der ihm seit vielen Jahren gute Dienste leistete.

»Iniza ist auf dem Weg nach Hause«, sagte er. »Sorgen wir dafür, dass Tanys in Sicherheit ist, bevor sie landet.«

Um Tanys geht es dir doch am allerwenigsten, dachte Glanis düster.

Ria schien dieselbe Vermutung zu haben. »Was ist mit Hadrath?«

»Diesmal töte ich ihn«, sagte Fael.

Aus Hephestus' Jackentasche erklang der Pfeifton seines Kommunikators, als die drei den Korridor hinunter zum Treppenhaus eilten. »Wartet!«

Glanis blieb widerwillig stehen und schaute sich um. Hephestus winkte mit dem Kommunikator.

»Wir haben sie!«, rief er. »Sie sind am Wrack der *Caudor Terminus*!«

11

Hadrath erinnerte sich nur zu gut daran, wie es gewesen war, einsam im All zu treiben, vergessen von allen Verbündeten, verraten vom eigenen Bruder, geschützt nur durch einen dünnen Raumanzug vor dem Vakuum und der Kälte.

Sechzehn Jahre war es her, dass er und Fael eine Streitmacht der Äußeren Baronien gegen die Piraten der Marken geführt hatten, eine Flotte aus Kreuzern, Zerstörern und Barken voller Raumjäger und Bodentruppen. Sie waren in einen Hinterhalt geraten, in die Mutter aller Hinterhalte, und viele Schiffe waren vernichtet worden. Hadraths Kreuzer war der ersten Angriffswelle zum Opfer gefallen, und während andere Besatzungsmitglieder es in die Rettungskapseln geschafft hatten, war es ihm gerade noch gelungen, einen Raumanzug überzuziehen, bevor das Schiff in Stücke brach. Treibend im All hatte er mit angesehen, wie sich die Piraten blitzschnell zurückgezogen hatten und seine eigene Flotte unter Faels Befehl weitergeflogen war, einem Krieg entgegen, der damit enden sollte, dass Fael die Seiten wechseln und sich zum neuen Anführer der Piraten aufschwingen würde.

Hadrath hingegen war in der Leere zurückgeblieben, Bestandteil eines Schwarms aus halbverglühten Trümmern und gefrorenen Leichen. Tagelang hatte er durchgehalten, beinahe den Verstand verloren, ehe ihn ein Schiff der Gilde aufgelesen hatte. In dieser Zeit war ihm die STILLE begegnet.

Seither glaubte er an sie mit einer Intensität, die jede andere Empfindung übertraf. Der Glaube war seine stärkste Motivation, stärker sogar als der Hass auf den Bruder, der sein Volk, seine Ziele und die eigene Familie verraten hatte.

All das ging Hadrath durch den Kopf, während er und seine acht Befreier in einem unscheinbaren Transportgleiter über den Raumhafen von Noa rasten. Neben ihm in der geschlossenen Kabine saß die Amme mit dem Kind im Arm, diesem winzigen Ding, seiner Enkelin. Die Kleine weinte, die Frau redete beruhigend auf sie ein. Hadrath blickte aus dem Fenster des Gleiters und erkannte viele der Schiffe wieder, an denen sie vorüberjagten. Da standen sie in Reih und Glied auf dem Landefeld, all die Raumer, die einst gemeinsam mit ihm von Koryantum aufgebrochen waren, um ebenjene Piraten zu vernichten, die jetzt ihre Kommandobrücken und Geschütze bemannten. Auch diese Schiffe waren Opfer von Faels Verrat geworden, genau wie Hadrath selbst.

»Es ist nicht mehr weit«, sagte einer der Männer, die ihn aus dem Kerker befreit hatten. Hadrath war ihm vor wenigen Minuten zum ersten Mal begegnet und dennoch gezwungen, ihm sein Leben anzuvertrauen. Die Kultisten hatten schon vor Monaten über Wachleute Kontakt zu ihm aufgenommen. Er hatte ihnen versprochen, sie zurück in die Marken zu führen, unter dem Schutz des Hauses Caudor und der STILLE. Seither hatten sie seine Befreiung geplant.

Das Kind im Tragetuch der Amme gab einen Laut von sich, als würde ein Frosch zerquetscht, dann hörte es auf zu schreien. Einige der bewaffneten Männer und Frauen an Bord des Gleiters atmeten hörbar auf. Sie alle trugen schlichte Overalls mit Taschen voller Energiezellen, Messer und anderer Utensilien. Auch Hadrath hatte sich einen dieser

Overalls übergezogen. Alles war besser als die Kleidung, die er im Verlies hatte tragen müssen.

»Vielen Dank«, sagte er zu der Amme.

Sie blickte auf. »Wofür sollten Sie mir danken?«

»Du hast die Kleine zur Ruhe gebracht.«

»Das hat Tanys selbst entschieden, nicht ich.«

»Was auch immer dein Anteil daran gewesen sein mag, sorg dafür, dass sie von jetzt an den Mund hält.«

»Sie sind Hadrath Talantis, nicht wahr?«

Er sah sie nicht an, sondern beobachtete die vorübergleitenden Schiffe im Sonnenschein. »Du bist Gavanqe. Iniza hat dich erwähnt. Und nun genug der Höflichkeiten. Sei still, damit das Kind es genauso macht.«

»Iniza ist Ihre Tochter«, sagte Gavanqe unbeirrt. »Tanys ist Ihre Enkelin.«

»Und das da draußen waren einmal meine Schiffe. Besitz- und Verwandtschaftsverhältnisse werden gerne bemüht, wenn es um das Einfordern von Loyalitäten geht. Aber glaub mir, Loyalität steht ganz unten auf der Liste der Dinge, die mir wichtig sind.«

»Sie humpeln«, stellte die Amme fest. »Ein Streifschuss am Bein?«

Er gab keine Antwort. Durch den Overall, den seine Befreier ihm gegeben hatten, war die Wunde nicht zu sehen.

»Hat einer der Wächter auf Sie geschossen?«

Hadrath stieß ein Ächzen aus und wandte sich zu ihr um. Gavanqe war eine große Frau mit kräftigen Armen, zwischen denen das Kind im Tragetuch so geborgen wie verloren aussah. Ihr langes dunkles Haar war zu einem Knoten gebunden, und sie trug ein schlichtes Kleid in Beige und Grün, darüber einen auffälligen Anhänger aus zwei silbernen Sonnen, die sich zur Hälfte überschnitten. Hadrath erinnerte sich vage, dass es sich um das Symbol einer Hinterwäldlerreligion handelte, irgendeinem Irrglauben auf einer Markenwelt.

»Wenn du es so genau wissen willst«, sagte er, »dann will ich dir gerne darlegen, was geschehen ist. In der Tat ist dies eine Schussverletzung, und zwar von einem mittelschweren Blaster, der einiges hätte anrichten können, das schmerzhafter ist als ein Streifschuss. Der Blaster gehörte einem der Wächter vor meiner Zelle, aber abgefeuert hat nicht er ihn, denn zu diesem Zeitpunkt hatte ich ihm bereits das Gesicht weggebrannt. Meine glaubensstarken Gefährten hier hatten ihn am Leben gelassen, nachdem sie ihn und seine Kameraden überwältigt hatten, aber ich habe mich nur zu gut an ihn und an seine spöttischen Bemerkungen durch meine Zellentür erinnert. Über die Monate hatte sich deshalb in mir ein, sagen wir, gewisses Maß an Verärgerung aufgestaut, und darum habe ich aus nächster Nähe auf seinen Schädel gefeuert und mir sogar die Zeit genommen, mit anzusehen, was der Treffer mit seiner Visage anstellte. Unglücklicherweise habe ich dabei seinen kleinen Sohn übersehen, der sich unter dem Tisch verkrochen hatte. Er kann nicht viel älter als sechs oder sieben gewesen sein, aber sein Vater hatte ihm offenbar beigebracht, wie man einen Blaster abfeuert. Er war es also, der mich am Bein verletzt hat. Nur ein dummes, heulendes Kind, das vor lauter Rotz und Tränen kaum sehen konnte, worauf es schoss. Ich habe den Kleinen unter dem Tisch hervorgezerrt, sein Gesicht vor das seines Vaters gehalten und ihm einen langen, gründlichen Blick gestattet, bevor ich meine Waffe auf seinen Rücken gesetzt und ihm von hinten durchs Herz geschossen habe. Er ist jetzt bei seinem Vater, was sicher für alle Beteiligten die angenehmste Lösung ist.«

Er suchte nach Entsetzen im Blick der Amme, zumindest nach Verunsicherung, doch ihre Augen blieben ungerührt und wichen den seinen nicht aus. Das enttäuschte ihn ein wenig.

»Ich habe einen sechsjährigen Jungen getötet«, sagte er, »weil er sich gegen mich gewandt hat.«

»Das habe ich gehört.«

»Gut. Dann sorg doch bitte in den nächsten Stunden dafür, dass dieses Kind hier keinen weiteren Mucks von sich gibt.«

Gavanqe sah ihn noch einen Moment länger mit jenem seltsamen, kühlen Blick an, der ihm aufs Äußerste missfiel, dann beugte sie sich über Tanys und lächelte der Kleinen zu, als hätte sie bereits vergessen, dass der Mann neben ihr ein gewissenloser Kindermörder war.

Der Gleiter wurde langsamer. Als Hadrath hinaussah, hatten sie das offene Flugfeld des Raumhafens hinter sich gelassen. Sie drehten bei, und nun türmte sich vor der Luke das Stahlgebirge der *Caudor Terminus* auf, das Wrack seines einstmals stolzen Flaggschiffs. Dort oben auf dem Rumpf hatte sein Bruder die gesamte Besatzung kreuzigen lassen und Hadrath gebeten, sich das Bild sehr genau einzuprägen.

Der Antrieb des Gleiters wurde abgewürgt, das Gefährt kam mit einem Ruck zum Stehen.

»Raus hier!«, rief der Anführer der Gruppe.

Hadrath nahm an, dass er es gewesen war, der ihm all die Nachrichten in die Zelle geschickt hatte. Sie waren stets nur mit *Ein Freund* unterschrieben gewesen, was Hadrath ein wenig lächerlich erschienen war, denn er und diese Menschen waren keine Freunde. Sie waren seine Werkzeuge, und was immer sie in ihm sehen mochten – einen Lehrer im Glauben oder den Schlüssel zur Begnadigung durch die Caudors –, spielte für ihn keine Rolle.

Die acht Männer und Frauen sprangen aus der Seitentür des Gleiters und sicherten mit ihren Blastern die Umgebung. Ihre Bewegungen verrieten militärischen Drill, womöglich waren sie Söldner oder Paladine gewesen, ehe sie sich den Piraten angeschlossen hatten.

Eine der Frauen sprang zurück in den Gleiter und zerrte Gavanqe mit dem Kind ins Freie. Die Kleine war fest vor den Oberkörper der Amme gebunden; Gavanqe hatte darauf bestanden, das Kind vor der Flucht zu sichern, nicht einmal die Mündungen der Blaster hatten sie davon abhalten können. Es war die richtige Entscheidung gewesen, sie mitzunehmen, statt das Kind einem der Bewaffneten anzuvertrauen. Früher oder später würde der Zeitpunkt kommen, an dem die Amme ihren Zweck erfüllt hatte, doch vorerst war sie von Nutzen.

Gavanqe war auch körperlich eine starke Frau. Zusätzlich zu dem Baby trug sie eine Tasche mit Utensilien: Windeln und Nahrung und wer weiß, was noch nötig war. Hadrath humpelte hinter ihr her über den behelfsmäßigen Metallsteg, den die Piraten vom Rand des Flugfeldes bis zum Stahlkadaver der *Caudor Terminus* gelegt hatten.

Das Schiff war in den ersten Wochen nach der Bruchlandung auf Noa ausgeschlachtet und seither mehr oder weniger vergessen worden. Das gewaltige Oval des Rumpfs ragte zu drei Vierteln aus den Marschen hinter dem Raumhafen, an mehreren Stellen aufgerissen vom Beschuss mit Lasern und Torpedos. Hadrath verspürte ein schmerzliches Stechen beim Anblick des einst so stolzen Gildekreuzers. Umgeben von den acht Bewaffneten schleppte er sich hinter Gavanqe bis zu einer provisorischen Treppe, die von den Plünderern aus Ölfässern und Metallplatten unterhalb einer Öffnung am Rumpf errichtet worden war. Einer der Männer bot wortlos an, ihn beim Aufstieg zu stützen, aber Hadrath ignorierte ihn.

»Sie haben uns entdeckt!« Eine Frau war stehen geblieben und blickte zu mehreren dunklen Punkten in einer Staubwolke, die durch die breite Schneise zwischen den Schiffen näher kamen. Sie mochten zwei oder drei Kilometer entfernt sein. »Das sind Gleiter des Sicherheitsdienstes.«

»Schneller!«, befahl der Anführer, packte Gavanqe am Arm und zog sie die letzten Stufen hinauf. Die Amme ließ es widerspruchslos geschehen, und wieder dachte Hadrath, dass ihre Opferbereitschaft für das Kind bemerkenswert war. Iniza hatte eine gute Wahl getroffen.

Noch immer heulten keine Alarmsirenen, doch Hadrath bemerkte jetzt hektisches Treiben zwischen den Einmannjägern auf einem weit entfernten Feld des Raumhafens. Jene, die einsatzbereit waren, standen dort in einer langen Reihe, und es gab sicherlich weitere in einem der Hangars.

»Damit holen sie uns ein«, rief er zu dem Anführer hinauf, der neben der Öffnung stand, die von den Piraten in den Rumpf der *Caudor Terminus* geschnitten worden war.

»Wir haben Vorkehrungen getroffen.«

»Natürlich.« Hadrath trat an ihm vorbei ins Innere des Wracks. Die Kultisten schalteten tragbare Lampen ein.

Das Heulen der Gleiter wurde lauter, sie hatten auf Höchstgeschwindigkeit beschleunigt. Es waren sechs Transporter, jeder bot Platz für ein Dutzend Bewaffnete. Hadrath vermutete, dass darunter auch Glanis war. Er meinte fast, den Hass des jungen Vaters zu spüren wie eine Woge, die vor den Gleitern heranjagte. Hadraths moralischer Kompass war durchaus intakt, er wusste, dass die Entführung seiner Enkelin unverzeihlich war. Er würde damit leben müssen.

Während die Gruppe durch die Gänge des Wracks eilte, erkannte Hadrath seinen Kreuzer kaum wieder. Leitungen waren aus den Wänden gerissen, Schalter entfernt, sogar Bodenpaneelen abmontiert worden. Die *Caudor Terminus* war zu einem Ersatzteillager für die Flotte der Piraten geworden, und sie waren überaus gründlich vorgegangen. Es gab keine willkürliche Verwüstung, keine Zerstörung um der Zerstörung willen. Dies war kein Triumphgeheul der Sieger gewesen, sondern eine gutorganisierte Operation, um die Kräfte Noas zu stärken. Fael und dieser Hephestus hatten ihre Leute gut im Griff.

Im tastenden Schein der Strahler bewegten sie sich durch eisengraue Gänge, über Rampen und durch Treppenhäuser. Die Feuchtigkeit der Marschen hatte sich längst einen Weg in das Schiff gesucht, es stank nach verfaultem Wasser und Rost. Ab und an huschten Echsen durch die Lichtkegel, die meisten nicht länger als Hadraths Hand. Einige der größeren zischten aggressiv aus den Schatten in die Richtung der Störenfriede.

Die Gleiter hatten das Wrack mittlerweile erreicht. Durch die Schächte hallten Stimmen und das Scharren von Stiefeln auf Stahl, als sich die Schar der Piraten in den Rumpf der *Caudor Terminus* ergoss.

Hadraths Verletzung tat weh, aber er versuchte, es sich nicht anmerken zu lassen. Im Laufen wandte er sich an den Anführer seiner Truppe. »Wird unser Vorsprung ausreichen?«

»Wir haben nicht damit gerechnet, dass Sie sich ins Bein schießen lassen, aber noch sind wir ihnen ein gutes Stück voraus.« In seiner Stimme lag der Hauch eines Vorwurfs.

Das war gewagt für einen Gläubigen. Dass Hadraths Rang als Kommandant der Gilde für diese Leute keine Bedeutung hatte, war ihm bewusst, aber es gefiel ihm nicht, dass dieser Mann sich auf die STILLE berief und es zugleich an Respekt gegenüber ihrem Prediger mangeln ließ. Noch war Hadrath nicht in Sicherheit, es gab also keinen Grund zum Übermut.

Trotzdem verzichtete er auf eine Zurechtweisung. Sie mussten einander nicht mögen, um sich gegenseitig aus dem Morast dieser Welt zu ziehen. Und natürlich wussten die acht Männer und Frauen genau, dass sie ohne Hadrath und das Kind keine Chance hatten, heil aus dieser Sache herauszukommen. Den Schutz des Hauses Caudor gab es nicht ohne Gegenleistung.

Schließlich erreichten sie das, was vom Hangar der *Caudor Terminus* übrig geblieben war. Der Boden der Halle stand knöchelhoch unter Wasser, er befand sich auf dem Bodenniveau der Marschen. Das Außentor selbst war beim Angriff der Piraten zerstört worden, seine Überreste hatten sich verkeilt. Kein Hindernis, das sich nicht durch ein paar gutgezielte Schüsse beseitigen ließ.

Die meisten Jäger im Hangar waren bei der Schlacht mit den Piraten aufgerieben worden, die übrigen hatte die Bruchlandung wüst umhergeschleudert und so schwer beschädigt, dass man nur Brauchbares abmontiert und den Rest zurückgelassen hatte.

Gleiches galt für das Spähschiff des Kreuzers, einen schnellen Raumer, der für gewöhnlich dazu diente, sichere Wege durch Asteroidenfelder zu finden oder das Terrain eines Planeten auszukundschaften, bevor die Bodentruppen abgesetzt wurden. Spähschiffe waren klein und robust, boten Platz für ein Dutzend Besatzungsmitglieder und verfügten nur über leichte Bewaffnung. Jenes der *Caudor Terminus* war bei einem Torpedotreffer im Hangar so schwer beschädigt worden, dass die Piraten kaum Interesse daran gezeigt hatten. Die Kultisten hatten es in zahllosen Nächten wieder flottgemacht, unbemerkt in den Tiefen des Wracks. So stand es nun vor ihnen, gewiss keine Schönheit, äußerlich angeschlagen, aber funktionstüchtig. Es hatte die Form eines flachen Kieselsteins, die es ihm erlaubte, unauffällig in der Nähe des Bodens zu operieren, und war so grau wie Mondstaub. Doch in all seiner Unscheinbarkeit erschien es Hadrath wie das prachtvollste Schiff im Reichsraum, eine Verheißung aus Stahl und Öl und Panzerplast.

Das Hauptschott stand offen, der Pilot winkte sie hektisch hinein. Das Triebwerk lief, sie waren bereit für einen Alarmstart.

Hinter ihnen wurde das Lärmen ihrer Verfolger lauter, jemand brüllte Befehle.

Vom höher gelegenen Deck aus war die Truppe um Hadrath über eine Schräge – ein Stück eingebrochene Hallendecke – in den Hangar hinabgestiegen, und von dort oben strömten nun auch ihre Verfolger herunter, ein Schwarm gepanzerter Gestalten. Die ersten eröffneten das Feuer. Rote und gelbe Laserbolzen zuckten durch das Halblicht und spiegelten sich auf dem Wasser. Offenbar hatten die Angreifer gewartet, bis Gavanqe und Tanys im Inneren des Spähschiffs waren und sich nur noch ihre Entführer im Schussfeld der Blaster aufhielten.

Die Kultisten erwiderten die Attacke. Inmitten des Kreuzfeuers watete Hadrath geduckt durchs Wasser, bis er endlich den Einstieg erreichte und vom Anführer hineingezogen wurde. Der Antrieb jaulte auf. Der Mann rief den Rest seines Trupps ins Schiff, doch da lagen vier von ihnen schon am Boden. Ein Fünfter wurde in den Rücken getroffen, als er sich gerade am Einstieg befand. Einen Augenblick lang stand er fast unschlüssig in der Öffnung – vielleicht trug er eine Schutzweste unter dem Overall –, aber seine Erstarrung kostete sie zu viel Zeit. Hadrath versetzte ihm einen Stoß, der ihn zurück in den Hangar warf. Dann schlug er die Hand auf den Schließknopf des Schotts.

Er war darauf gefasst, dass der Anführer ihn dafür attackieren würde, doch der war bereits vorn im Cockpit beim Piloten. Außer Hadrath, Gavanqe und Tanys hatten es zudem eine Frau und ein Mann ins Innere geschafft, und alle waren damit beschäftigt, sich irgendwo festzuhalten, denn nun setzte sich das Schiff in Bewegung. Außen prasselte Laserfeuer gegen den Rumpf.

Hadrath wollte ins Cockpit wanken, als das Schiff einen unverhofften Satz nach vorn machte. Der Blasterbeschuss wurde heftiger, und er fürchtete schon, die Piraten könnten es mit ihren Handfeuerwaffen zum Absturz bringen. Mit einem Mal aber endeten die Einschläge. Durch eine Luke sah Hadrath, dass Glanis oberhalb der Metallschräge eingetroffen war. Aus Sorge um seine Tochter musste er den Schießbefehl widerrufen haben.

Das Spähschiff feuerte mit seinen bescheidenen Geschützen auf das verkeilte Hangarschott, dann jagte es unter Knirschen und Kreischen durch eine Flammenwolke ins Freie.

Hadrath zog sich an der Wand nach vorn, verdrängte den Schmerz in seinem Bein und erreichte schwankend den Durchgang zum Cockpit. Der Anführer saß neben dem Piloten auf dem zweiten Sitz und bediente die Kanonen.

»Was ist mit den Jägern?«, fragte Hadrath.

»Sobald sie versuchen zu starten, werden sie merken, dass das keine gute Idee war.« Die Antwort kam von dem Piloten, einem rothaarigen, sommersprossigen Jungen mit langem Gesicht. »Wir haben in der letzten Nacht Torpedos in ihre Turbinen geschoben. Manchmal sind die primitivsten Mittel die besten.«

Hadrath trat neben die Männer, bis er aus dem halbrunden Sichtfenster gerade noch ein Stück des Raumhafens erkennen konnte. Über der langen Reihe der Jäger stieg Rauch auf, offenbar hatte es Explosionen gegeben. Irgendwer würde gerade in aller Eile sämtliche Triebwerke überprüfen.

»Sie werden uns mit anderen Schiffen folgen, aber es wird deutlich länger dauern, sie vom Boden zu bringen«, sagte der Anführer. »Bis dahin haben wir einen ordentlichen Vorsprung.«

»Und die Patrouillen im Orbit?«

»Niemand hat gesagt, dass es leicht wird.«

Hadraths Blick wanderte über das Instrumentenpult. Halb eingelassen in eine Öffnung entdeckte er ein sechskantiges Modul, einen der seltenen Schleusenschlüssel, mit denen es möglich war, eine Hypersprungschleuse von außen in Gang zu setzen.

Hinten im Schiff begann das Kind zu weinen. Gavanqe redete beruhigend auf die Kleine ein. Offenbar bekam Tanys Ohrenschmerzen vom überstürzten Aufstieg.

»Was ist mit dem Druckausgleich?«, fragte Hadrath alarmiert. Es fühlte sich an, als triebe jemand Bolzen in seine Ohren.

»Ist gleich so weit«, sagte der Pilot. »Manches braucht in dieser Kiste ein wenig länger. Wir waren froh, dass wir das Allernötigste rechtzeitig hinbekommen haben.«

Er sollte recht behalten. Als das Schiff in die oberen Atmosphäreschichten vorstieß, hatte sich der Innendruck reguliert. Künstliche Atemluft mit Chemiegeschmack strömte ins Cockpit und die Crewkabine.

Tanys weinte noch immer.

Hadrath brüllte nach hinten: »Bring das verfluchte Blag zur Ruhe!«

Gavanqe schaute nicht einmal auf.

Als Hadrath sich entnervt nach vorn wandte, sah der Pilot ihn mit gerunzelter Stirn an. »Sie ist doch noch ein Kind.«

Sogar der Anführer mit seiner gegerbten Piratenfratze blickte vorwurfsvoll in Hadraths Richtung.

»Und?«, fuhr Hadrath ihn an. »Ist das eine Flucht oder ein verdammter Familienausflug?«

Tanys verstummte. Gavanqe sang leise ein Lied.

Der Anführer musterte ihn mit finsterer Miene. »Wir haben gerade fünf Brüder und Schwestern verloren.«

»Ja«, sagte Hadrath, »das ist tragisch.«

Der Pilot klopfte auf seine Anzeigen. »Schiffe auf Abfangkurs.«

12

»Ich lasse mich nicht noch mal von denen gefangen nehmen«, sagte Shara verbissen, während der Fangstrahl ihr Schiff zwischen treibenden Kristalltrümmern in den Hangar der Raumkathedrale zog.

»Doch«, sagte Kranit, »genau das wirst du tun. Falls sie uns nicht sofort erschießen, finden wir später einen Weg hier raus.«

»Dein Optimismus in allen Ehren, aber –«

»Vertrau mir.«

»Du warst schon mal hier.«

»Ich war immer schon überall.«

Das Statuengebirge der Ordensfestung nahm jetzt das gesamte Sichtfeld des Cockpitfensters ein. Stählerne Körper, viele Kilometer hoch, waren in Posen aller Art erstarrt. Da waren heroische Darstellungen der alten Mythen des Reiches, gottgleiche Helden mit Schwertern, Lanzen und Blastern, aber auch Szenen vom Sturz des Maschinenherrschers und der Befreiung Tiamandes, die doch in Wahrheit nur eine erneute Versklavung gewesen war. Kleinere Figuren standen auf den Schultern und Armen der großen, ein Gewimmel von Leibern in einem Chaos unterschiedlicher Maßstäbe. Die Augen waren überfordert von solcher Fülle: Kaum hatte sich der Blick an eine Gruppe von Figuren geheftet, heischte bereits die nächste um Aufmerksamkeit. Im Schein des blauen

Sternennebels schienen sich dem Piratenraumer Hände und Häupter entgegenzustrecken, die ihn an Größe um ein Vielfaches übertrafen, und manchmal meinte Shara einen Giganten lächeln zu sehen, wenn der Blick seiner leeren Augen den ihren kreuzte.

Inmitten dieses erstarrten Tumults wurde eine Öffnung sichtbar, umgeben von einem Kranz aus kreisenden Lichtsignalen. Der Fangstrahl zog das Schiff geradewegs hinein. Der gläserne Staub, der sich beim Untergang der Kristallbänke an ihren Rumpf geheftet hatte, wanderte wie Sandverwehungen über die Scheibe, als sie auf das Energiefeld vor dem Tor trafen. Dann stießen sie hindurch und befanden sich im Inneren der Kathedrale.

Vor ihnen lag die Weite des Hangars, eine röhrenförmige Aushöhlung im Gefüge der Ordensfestung, kilometerbreit und so tief, dass das Ende mit bloßem Auge nicht auszumachen war. Die Wände waren überzogen mit Aufbauten, Licht fiel aus Tausenden Fenstern hinein. Zahlreiche Zerstörer und Raumbarken hatten an filigranen Stegen angelegt, die weit heraus in den runden Hangartunnel ragten. Das Piratenschiff bewegte sich ohne Sharas Zutun auf einen dieser Stege zu und wurde mit einer kräftigen Erschütterung angedockt.

»Öffnen Sie jetzt das Schott!«, meldete sich eine weibliche Stimme über die Bordlautsprecher. »Andernfalls wird es in zehn minus drei Sekunden gesprengt. Sechs, fünf, vier –«

Weil Shara zögerte, betätigte Kranit einen Schalter am Instrumentenpult. Das Zugangsschott öffnete sich, das Zischen der Pneumatik war bis ins Cockpit zu hören.

»Legen Sie alle Waffen ab und kommen Sie von Bord!«, befahl die Stimme. »Andernfalls wird Ihr Schiff in dreißig minus fünf Sekunden gestürmt. Vierundzwanzig, dreiundzwanzig, zweiundzwanzig –«

»Herrje!«, rief Kranit. »Wir kommen ja schon!«

»Zwanzig, neunzehn, achtzehn ...«

Shara sprang auf und zog ihren Blaster. »Die bekommen mich nicht lebend.« Sie meinte es so, wie sie es sagte. Zweieinhalb Jahre Zwangsarbeit in der Mine auf Nurdenmark genügten für ein ganzes Leben.

Kranit verstellte ihr den Weg und legte eine Hand auf den Lauf der Waffe. »Sie wollen Informationen von uns. Das heißt, sie werden uns aller Wahrscheinlichkeit nach nicht töten.«

»Die Hexen haben die Macht, selbst Tote zu verhören.« Das war Aberglaube, doch mit einem Mal erschien ihr die Vorstellung nicht mehr ganz so aberwitzig.

»Mag sein.« Kranit ließ seine tiefe Stimme beruhigend klingen, doch Shara durchschaute ihn. Möglich, dass er für sich selbst einen Vorteil darin sah, wenn sie am Leben blieb. Vielleicht hoffte er, sie nähmen sich erst Shara vor, weil sie schneller nachgeben würde als ein Waffenmeister von Amun. Verzögerungstaktik auf ihre Kosten.

»Ich weiß, was du denkst«, sagte er. »Und es ist nicht wahr. Ich hole uns hier raus, wenn sie uns auch nur die leiseste Chance geben.«

»Und wenn nicht?« Panik war kein Gefühl, das sie oft überkam, doch gerade stand sie kurz davor, hysterisch um sich zu schießen, nur damit das hier ein schnelles Ende nahm.

»Wenn nicht, finde ich einen Weg, uns beide zu töten, bevor sie uns foltern.«

Sie hielt seinen Blick mit ihrem fest, musterte seine braunen Augen. Sie sahen jünger aus als das zerfurchte Gesicht.

»Du denkst wirklich, dass ich dir das abnehme.«

»Ich tu mein Bestes.«

»Du hast es noch nicht mit einem Schwur versucht.«

»Würde der etwas ändern?«

»Sechs, fünf, vier ...«, drang es aus dem Lautsprecher.

»Überhaupt nichts«, sagte sie.

»Dann lass ich's lieber bleiben.«

Sie schob mit der Linken seine Hand von ihrem Blaster. Sein eigener lag neben dem Copilotensitz. »Was ist damit?«

»Das ist nur eine Waffe.«

»Es ist ein verdammter Amunblaster!«

Am Schott ertönten verzerrte Paladinstimmen.

»Ihr Schiff wird nun gestürmt«, sagte die Stimme aus den Lautsprechern leidenschaftslos.

»Nur ein Blaster«, sagte Kranit. »Ich hol ihn mir wieder, wenn ich kann.«

Sie schüttelte langsam den Kopf.

»Andernfalls«, fügte er hinzu, »besorge ich mir eine neue Waffe, um so vielen von denen die Schädel wegzubrennen, wie eben nötig ist.«

Harte Schritte hallten aus dem Inneren des Schiffes herauf. Gleich würden die Paladine auf die Leichen im Mannschaftsraum unter dem Cockpit stoßen. Kranit packte den toten Piloten, der noch immer hinter den Sitzen lag, und beförderte ihn durch die Luke nach unten. Dann wandte er sich wieder zu Shara um, die unschlüssig mit dem Blaster dastand.

»Leg das Ding weg.«

»Das Schwarze Loch soll dich holen, wenn du lügst«, sagte sie düster.

Unten verharrten die Schritte. »Kollektiver Suizid«, stellte ein Paladin beim Anblick der Toten fest. Kranit verdrehte die Augen. »Hörst du's?«, flüsterte er Shara zu. »Das sind die Idioten, die uns bewachen werden.«

Sie fluchte und warf den Blaster auf den Pilotensitz.

Er grinste, was nicht oft geschah, und nickte ihr anerkennend zu. Dann wandte er sich der Luke im Boden zu. »Hey, Jungs, wir geben auf!«

Rüstungen scharrten, und die Zielsysteme mehrerer Blaster summten leise.

»Kommen Sie runter!«, rief einer der Paladine. »Wie viele sind Sie?«

»Zwei«, antwortete Kranit. »Wir sind unbewaffnet und stellen uns. Seid so gut und nehmt die Finger vom Abzug.«

»Irrsinn«, flüsterte Shara.

Kranit stieg die Leiter hinab. Als sein Kopf im Boden verschwand, hörte Shara ihn sagen: »Mein Name ist Kranit. Ich bin Waffenmeister von Amun.«

»Er hat den Gott von Kartan getötet!«, wisperte einer der Paladine ehrfürchtig. Seine Helmanlage übertrug die Worte in mehrfacher Lautstärke nach außen. Sogleich wurde er von einem Vorgesetzten zurechtgewiesen.

»Der Pakt zwischen Amun und Tiamande wurde nie offiziell aufgekündigt«, fuhr Kranit fort, »deshalb verlange ich nach altem Recht, mit einer Ordensschwester zu sprechen.«

Shara dachte, dass er wirklich wusste, wie man alles noch schlimmer machte. Wieder liebäugelte sie mit dem Blaster auf dem Sitz. Es war noch nicht zu spät.

Panzerplast klapperte, als die Paladine eine Gasse bildeten. Gleich darauf erklang eine gebieterische Frauenstimme. »Dein Wunsch soll dir erfüllt werden, Waffenmeister. Ich spreche im Namen Kamastrakas und für die Ordensmutter Setembra, Befehlshaberin dieser Kathedrale.«

Shara fröstelte. Sie verfluchte Kranit und sich selbst und machte sich an den Abstieg.

Das Mannschaftsquartier schien geschrumpft zu sein, seit sich neben den Leichen auch noch Paladine in blutroten Rüstungen darin drängten. Zwei legten Kranit gerade Handfesseln an. Er ließ es über sich ergehen wie eine lästige Durchsuchung seiner Taschen, ohne ernsthaft besorgt zu wirken. Vielleicht hatte er schlichtweg den Verstand verloren, und sie selbst genauso, dass sie sich auf das hier einließ.

Die Hexe war eine junge Frau in bodenlangem schwarzem Gewand. Der Kopfschmuck aus hohen Spitzen umrahmte ein schmales weißes Gesicht. Ihr linker Augapfel war entfernt worden, in der Höhle rotierte das strudelförmige Symbol Kamastrakas. Nicht alle Hexen trugen einen der winzigen Holoprojektoren im Schädel, doch jede besaß nur ein einziges Auge. Der Verlust des linken war ein Tribut an das Schwarze Loch.

Als Shara von der letzten Sprosse stieg, legten zwei Paladine mit den Blastern auf sie an. Ein dritter schloss die Stahlfesseln um ihre Handgelenke.

»Gehen wir!«, sagte die Hexe.

Hinter dem Mannschaftsquartier befand sich der Laderaum, der den größten Teil des Schiffes einnahm. Von dort aus führte das Schott hinaus auf den Landungssteg. Mehrere Paladine standen vor dem quadratischen Container, den der Raumer auf den Goldenen Welten hatte abliefern sollen.

»Was ist darin?«, fragte die Hexe und blieb stehen.

»Beutegut«, sagte Kranit.

»Öffnen!«

»Wir kennen den Code nicht. Unser Auftrag lautet, den Container zu transportieren, nicht darin herumzuschnüffeln.«

Die Hexe wandte sich an einen der Paladine, der gerade damit fertig war, die Box mit einem Scanner zu überprüfen. »Sprengsätze?«

»Nein, Ehrwürdige Schwester, nichts dergleichen. Nur ein ziemlich kompliziertes Schloss.« Er machte einen raschen Schritt zur Seite, als die Hexe auf die Kiste zutrat.

Shara sah die hochgewachsene Frau in dem bodenlangen Gewand jetzt von hinten, ein hohes, schwarzes Dreieck, gekrönt von einem Nest aus Spitzen. Trotzdem hatte sie das Gefühl, dass die Hexe sie im Blick behielt, so als beobachte sie sie längst nicht mehr mit ihrem einen verbliebenen Auge, sondern mit höher entwickelten Sinnen.

Die Hexe öffnete das Sicherheitsschloss des Containers mit einer Handbewegung und einer geflüsterten Formel. Ein Knirschen verriet, dass ein Mechanismus in Gang gesetzt wurde, dann schnappten nacheinander mehrere Bolzen zurück, gefolgt von einem Zischen, als dringe Luft in ein Vakuum.

»Hebt den Deckel herunter.«

Zwei Paladine folgten ihrem Befehl. Zwei weitere rückten mit den Blastern im Anschlag vor, um den Inhalt zu sichern, doch die Hexe schickte sie mit einem Wink zurück. Sie trat an den Container und schaute über den Rand.

Mehrere Sekunden vergingen. Shara wechselte einen Blick mit Kranit, der mit den Schultern zuckte.

Die Hexe drehte sich zu ihnen um. »Erklärt mir das.«

Beide machten einen Schritt auf sie zu und wurden prompt von Paladinen zurückgestoßen.

»Lasst sie vortreten!«, befahl die Hexe.

Shara hielt so weit wie möglich Abstand zu ihr, als sie zum Container ging, doch Kranit hatte weniger Scheu. Er blieb unmittelbar neben der Hexe stehen, und vielleicht hätte er sie jetzt töten können, mit einem seiner tausend Waffenmeistertricks, aber er tat nichts dergleichen und beugte sich zeitgleich mit Shara über den Rand der Box.

Sie blickten auf den nackten, milchweißen Rücken einer Frau, die mit angezogenen Knien in dem Behälter kauerte, eingebettet in durchsichtige Gallertpolster. Die Frau atmete nicht. Sie hatte den Rücken weit nach vorn gebeugt, so dass sich die Rippen und jeder Wirbel deutlich sichtbar unter der makellosen Haut abzeichneten. Ihr Gesicht war nicht zu sehen. Sie hatte langes, glattes Haar, das über die Schultern nach vorn fiel, dunkelrot wie die Rüstungen der Paladine.

»Ist das unsere?«, fragte Kranit, obwohl er die Antwort kennen musste.

Shara schüttelte den Kopf. Die Muse, die auf Hymnia an Bord der *Nachtwärts* gegangen war, hatte bei Sharas Abreise von Noa mit ihrem Robotergefährten in der Arena gesessen.

»Ihr wisst, was das ist«, sagte die Hexe.

Keiner der beiden gab eine Antwort. Ein Blasterkolben traf Shara brutal im Rücken. Sie stolperte nach vorn und hätte sich beinahe mit den Händen in der Gallerte abgestützt. Im letzten Moment bekam sie den Rand des Containers zu fassen.

»Hey!«, rief Kranit.

Der nächste Hieb traf ihn.

»Eine Muse«, sagte Shara.

»Eine Maschine«, entgegnete die Hexe. Auf ihren Wink hin nahmen vier Paladine rund um den Container Aufstellung und legten mit den Blastern auf das zusammengekauerte Mädchen im Inneren an. Shara und Kranit wurden zurückgezerrt.

»Wie viele?«, fragte die Hexe.

»Nur die eine«, log Kranit.

In Wahrheit hatten sie bereits drei dieser Container abgeliefert, ehe der Rote Catbar und die anderen den Plan geändert hatten. Shara konnte nicht sicher sein, dass alle Boxen den gleichen Inhalt gehabt hatten, aber falls ihr Bauchgefühl sie nicht trog, ließ Fael Musen ins Reich bringen, jede auf einen anderen Planeten.

»Führt sie ab!«, befahl die Hexe. »Die Ordensmutter persönlich wird sich ihrer annehmen.«

Shara spannte sich, weil sie halb damit rechnete, dass Kranit sein Versprechen in die Tat umsetzen würde, aber er ließ den Augenblick verstreichen und wurde gemeinsam mit ihr in einem Pulk aus Paladinen durch das Schott auf die Landungsbrücke geführt.

Die künstliche Atmosphäre des Hangars roch nach Öl und verbranntem Treibstoff, und der Abgrund rechts und links des Steges klaffte so tief, dass Shara Schwindel überkam. Die Brücke war nicht breiter als drei Meter und vermutlich durch ein Energiefeld gesichert. Trotzdem wurde Shara von einer Höhenangst gepackt, die nach den Jahren auf dem schwebenden Felsbrocken in Nurdenmarks Ring überraschend kam. Es war, als brächte die Nähe der Hexe ihre tiefsten Ängste zum Vorschein.

Sie ahnte, dass dies erst der Anfang war.

13

»Du machst dir Sorgen«, stellte die Muse fest.

Iniza hörte sie kaum.

»Das tut mir sehr leid.«

Die *Nachtwärts* beschleunigte, als spürte sie, dass dieses eine Mal wirklich alles von ihr abhing. Noas wolkenverhangene Atmosphäre raste wie eine wogende See unter ihnen dahin. Auf dieser Seite des Planeten tobte eines der gefürchteten Unwetter, die immer wieder über die Marschen trieben. Noa war eine kleine Welt, seine Landschaft von zermürbender Eintönigkeit. Hagel, Blitz und Donner waren die einzige Abwechslung, die sich die Natur gelegentlich gönnte, und so verheerend ihre Wirkung am Boden war, so berückend schön war ihr Anblick von oben: ein infernalisches Brodeln aus Tintenblau und dunklem Violett.

Faels Festung lag auf der anderen Seite des Planeten, sie mussten Noa halb umrunden, um von den Toren von Tau dorthin zu gelangen. Der Weg von der Kommandozentrale der Statue bis zum Schiff war Iniza bereits endlos erschienen, und nun jagten sie seit einer Ewigkeit mit der *Nachtwärts* über eine Welt, deren aufgewühlte Wolkendecke ein Abbild dessen war, was in Iniza vorging.

Dass die Muse auf ihre unbeholfene Art versuchte, sie zu trösten, machte es nicht besser. »Bestimmt hat man sie längst gefasst.«

Iniza starrte schweigend auf die Instrumente und versuchte abzuschätzen, wie stark sie das Schiff innerhalb kürzester Zeit beschleunigen konnte, ohne zu verglühen.

»Tanys wird in Sicherheit sein«, sagte die Muse.

Eine Anzeige leuchtete rot auf. Shara hatte vergessen, Iniza zu erklären, wovor genau sie warnte. Vielleicht hatte sie auch nicht damit gerechnet, dass Iniza sie je zum Leuchten bringen würde.

»Und Hadrath ist wahrscheinlich schon wieder in seiner Zelle.«

Neben der roten Lampe blinkte nun eine gelbe.

»Außerdem würde ein so kleines Kind sie nur aufhalten.«

Der Antrieb kreischte auf.

»Sicher lassen sie es irgendwo liegen, wenn ihnen das klarwird.«

Iniza warf der Muse einen bösen Blick zu. Die biss sich auf die Unterlippe und verstummte. Als Iniza sich wieder den Anzeigen zuwandte, war die rote Lampe erloschen. Sie atmete auf, beschleunigte weiter – und bemerkte, dass das Innere der Lampe rußig beschlagen war. Durchgebrannt.

Das Oberflächendiagramm auf einem der Monitore würde die Stadt anzeigen, sobald sie bis auf tausend Kilometer heran waren. Noch war der Bildschirm leer, unter der Wolkendecke erstreckte sich nichts als Schlamm und Wasser. Nicht einmal Höhenlinien wurden verzeichnet, da es auf Noa kaum Erhebungen gab.

»Iniza!« Eine Männerstimme drang aus den Lautsprechern ins Cockpit. »Hephestus hier.«

»Ich hör dich.«

»Fael hat mich gebeten, dich auf dem Laufenden zu halten.« Kurzes Schweigen, dann: »Hadrath und seine Leute hatten ein Schiff im Wrack der *Caudor Terminus* versteckt. Wir sind noch dabei herauszufinden, wie es all die Zeit über unbemerkt bleiben konnte. Sie müssen monatelang heimlich daran –«

»Wo ist Tanys?«

»Sie haben sie mitgenommen.«

Ihre Hand krallte sich um den Steuerknüppel. »Wo sind sie jetzt?«

»Unterwegs Richtung Schleuse. Aber keine Sorge, wir werden sie abfangen, ehe sie dort ankommen.«

Abfangen. »Sie dürfen auf keinen Fall das Feuer eröffnen.«

»Natürlich.« Hephestus schwebte als gesichtslose Stimme im Cockpit. »Die *Sternenlos* ist gestartet und folgt ihnen.«

»Fael selbst macht Jagd auf Hadrath?«

»Glanis und Ria sind bei ihm. Sie werden Tanys zurückholen, da bin ich ganz sicher.«

Es war erst wenige Minuten her, dass man dort unten ganz sicher gewesen war, dass Hadrath und seine Leute gar nicht erst starten würden. Und jetzt waren sie auf dem Weg zur Hypersprungschleuse.

Die Muse hob eine Hand, als wollte sie um Erlaubnis bitten, etwas sagen zu dürfen. »Es liegt im Bereich des Möglichen, dass Kultisten der STILLE die Schleuse unter ihre Kontrolle gebracht haben.«

»Wir haben schon vor Hadraths Start unsere Leute dort hinaufgeschickt, um nach dem Rechten zu sehen«, sagte Hephestus.

»Und?«, fragte Iniza mit rasendem Herzschlag.

»Wir haben keinen Funkkontakt zu ihnen. Du weißt, dass das nicht ungewöhnlich ist. Der Strahlungsschirm der

Schleuse stört häufig das Signal, und sie werden womöglich gerade anderes zu tun haben als –«

»Ich fliege hin«, sagte Iniza.

»Nein!«, entgegnete Hephestus. »Komm zurück hierher. Schlimm genug, dass Ria mit an Bord gegangen ist.«

In seinem Bemühen, in der Wildnis am Rand der Marken eine Art Ersatzbaronie zu errichten, hatte Fael gleich nach seiner Ernennung zum Anführer eine natürliche Erbfolge etabliert. Sie sollte verhindern, dass sich die Piraten im Fall seines Todes gegenseitig die Kehlen durchschnitten. In direkter Blutlinie war Ria seine Nachfolgerin, und Hephestus, der stets bemüht war, Faels Regeln durchzusetzen, musste sich innerlich bei dem Gedanken winden, beiden könnte gleichzeitig etwas zustoßen. Die Folge wäre ein blutiger Kampf um die Herrschaft auf Noa, der alles, was Hephestus in Faels Namen aufgebaut hatte, zunichtemachen mochte.

Nichts davon spielte für Iniza eine Rolle. Sie dachte an ihre letzte Begegnung mit Hadrath in der Zelle. In den vergangenen Monaten hatte sie Dutzende Male Gelegenheit gehabt, ihn zu töten. Sie hätte Faels Drängen nachgeben sollen, als er Hadraths Hinrichtung verlangt hatte.

Hephestus sagte: »Fael wird alles Menschenmögliche tun, um seinen Bruder aufzuhalten. Komm nach Hause und warte mit uns anderen ab, was –«

»Ich nehme Kurs auf die Schleuse«, fiel sie ihm ins Wort.

»Du kannst dort nichts tun.«

»Wenn ich die Wahl habe, da draußen nichts zu tun oder untätig auf Noa herumzusitzen, dann bin ich lieber in der Nähe meiner Tochter.« Sie änderte bereits den Kurs. »Kannst du mich mit der *Sternenlos* verbinden? Oder habt ihr zu der auch keinen Kontakt mehr?«

Hephestus fluchte leise, dann rauschte es kurz in der Leitung, ehe ein hoher Pfeifton erklang, gefolgt von einem Brausen, als tose ein Sturm durch die Lautsprecher. Die uralte Hegemonietechnik würde eines Tages den Geist aufgeben, und spätestens dann würden das tausendjährige Ordensreich, die Marken und die Äußeren Baronien vollends im Chaos versinken.

»Glanis?«, rief Iniza ins Mikrofon auf dem Instrumentenpult. Sie schaltete einen Monitor auf die Frequenz des Signals. »*Nachtwärts* an *Sternenlos*. Glanis, könnt ihr mich hören?«

Der graue Pixelschnee auf dem Bildschirm setzte sich zu seinen vertrauten Konturen zusammen. Glanis sah furchtbar aus, vermutlich wie sie selbst. Verschwitzte Strähnen hingen ihm ins Gesicht, und unter seinen Augen lagen dunkle Ringe, als dauerte diese Verfolgungsjagd schon Wochen an, nicht erst eine Stunde.

»Iniza!« Sie hatten nie Kosenamen füreinander benutzt, weil beide das kindisch fanden, aber in seinem Tonfall lag eine Sanftheit, die ihr beinahe das Gefühl gab, niemand sonst würde zuhören.

»Ich weiß Bescheid«, sagte sie. »Wie groß ist Hadraths Vorsprung?«

»Wir haben aufgeholt und sind unmittelbar hinter ihm. Er hat zwei Jäger der Orbitalpatrouille abgeschossen, als sie sich zu nah herangewagt haben, aber unsere Schilde halten ihnen stand und –«

»Den dritten hat Glanis zerstört.« Faels zorniges Gesicht erschien im Hintergrund auf dem Monitor. Glanis musste ihn vom Pilotensitz gedrängt haben. »Er hat unsere eigenen Leute abgeschossen!«

Glanis sah nicht aus, als bedauere er das nur im mindesten. »Ich habe meine Tochter beschützt. Deine Nichte, Fael. Der Pilot hatte Befehl, auf keinen Fall auf Hadraths Schiff zu schießen. Er hat es trotzdem getan.«

Aus dem Hintergrund ertönte Rias Stimme. »Wir holen Tanys zurück, Iniza. Wir sind nah an ihnen dran. Wir geben die Kleine nicht auf.«

Das Verhältnis zwischen Iniza und Ria war nie einfach gewesen, doch nun war Iniza dankbar für die Zuversicht ihrer Cousine.

»Iniza.« Die Muse streckte vom Copilotensitz aus die Hand herüber und berührte sie am Arm. »Da vorne.«

Weit vor ihnen schienen sich zwei Sterne in Bewegung zu setzen. Die beiden hellen Punkte wanderten über das Firmament und näherten sich einem dritten.

»Das sind sie«, sagte die Muse.

Iniza schob den Beschleunigungshebel bis zum Anschlag nach vorn. Die Triebwerke heulten, und das Schiff erbebte.

»Ich wüsste dazu ein Zitat aus dem Untergangsepos von Cantirai«, sagte die Muse. »Aber ich fürchte, dass du das gerade nicht hören möchtest.«

»Endet es damit, dass alle sterben?«

»Ja.«

»Dann kenn ich es schon.«

Die Muse lächelte erfreut. »Ich wusste gar nicht, dass du so belesen bist.«

»Glanis«, sagte Iniza ins Mikrofon. »Was genau habt ihr vor?«

»Wir verfolgen sie«, sagte er. »Irgendwann werden sie irgendwo landen.«

»Irgendwo?« Da begriff sie, dass er Hadrath in den Hyperraum folgen wollte.

Noch jemandem schien das gerade klarzuwerden. Fael packte Glanis an der Schulter und wollte ihn vom Pilotensitz der *Sternenlos* drängen. »Ich kann versuchen, sie manövrierunfähig zu schießen«, sagte ihr Onkel. »Ein sauberer Treffer am Triebwerk wird das Ganze beenden, bevor die Situation außer Kontrolle gerät.«

»Außer Kontrolle?«, fuhr Glanis ihn an. »Die Scheißsituation ist in dem Moment außer Kontrolle geraten, als deine Leute nicht in der Lage waren, einen einzelnen Gefangenen zu bewachen!«

»Fael!«, rief Iniza. »Du wirst nicht auf dieses Schiff schießen, solange Tanys an Bord ist. Nicht auf das Triebwerk und auch auf sonst nichts.«

»Vielleicht solltet ihr diese Entscheidung jemandem überlassen, der weiß, was er tut.« Fael schäumte vor Wut. Möglicherweise ahnte er, was auf Noa geschehen würde, wenn er und Ria gleichzeitig vermisst wurden. Für ihn ging es gerade nicht um das Kind, nicht einmal um Rache an seinem verhassten Bruder, sondern um die Aufrechterhaltung seiner Herrschaft.

»Vater«, mischte Ria sich ein. »Iniza hat recht. Jeder Treffer wäre gefährlich für Tanys.«

Die beiden Schiffe flogen so eng hintereinander, dass sie für das bloße Auge fast miteinander verschmolzen. Der dritte Punkt war größer und jetzt deutlich als ringförmiges Objekt zu erkennen – die Hypersprungschleuse. Weitere Schiffe verließen gerade Noas Atmosphäre, darunter ein Zerstörer, aber keines würde die *Sternenlos* schneller einholen als die *Nachtwärts*.

Iniza leitete Energie aus allen Bereichen des Schiffes auf die Triebwerke um. Die Beleuchtung im Cockpit flackerte kurz, stabilisierte sich dann wieder, war aber nur noch halb so hell wie zuvor.

Auf dem Monitor eskalierte der Streit der Männer. Ria versuchte vergeblich, den heftigen Wortwechsel der beiden zu schlichten. Schließlich zog Glanis seinen Blaster, um Fael von der Steuerung fernzuhalten. Iniza fragte sich, ob weitere Piraten an Bord waren, die ihn überwältigen könnten, aber vermutlich wäre es dann bereits geschehen. Die *Sternenlos* war ein umgebautes Tarnschiff, sehr klein und wendig, nach Faels eigenen Plänen zu einer privaten Jacht mit Waffensystemen hochgerüstet. Dies mochte das Schiff sein, in dem er eines Tages triumphal nach Koryantum zurückkehren wollte, äußerlich eindrucksvoll, protzig geradezu, und vollgestopft mit verbotener Technik.

»O je«, sagte die Muse, die das Geschehen auf dem Bildschirm mit sorgenvoller Miene verfolgte.

Ria wollte sich zwischen Fael und Glanis schieben, doch ihr Vater stieß sie grob beiseite. Sie fauchte ihn wutentbrannt an, als sie rückwärts aus dem Bild stolperte.

»Wir können nicht durch diese Schleuse fliegen!«, schrie Fael. Mit geballten Fäusten ging er auf Glanis los. »Es steht mehr auf dem Spiel, als du –«

Glanis drückte ab. Ein Lichtblitz tauchte den gesamten Monitor in blendendes Weiß. Als das Bild sich wieder aufbaute, war nur noch Glanis zu sehen.

Iniza starrte ihn ungläubig an. »Hast du ihn –«

»Betäubt. Er wird's überstehen.«

Im Hintergrund raschelte es, wahrscheinlich kümmerte sich Ria um ihren bewusstlosen Vater. Glanis konzentrierte sich auf die Steuerung. Nur einmal noch sah er in die Kamera. »Ich hole Tanys zurück«, sagte er. »Ganz egal, was nötig ist, ich rette unsere Tochter. Ich liebe euch beide viel zu sehr, als dass ich irgendwas anderes auch nur –«

Das Bild auf dem Monitor erlosch. Aus den Lautsprechern erklang feines Rauschen.

»Glanis?« Iniza hämmerte auf die Tastatur der Kommunikationseinheit. »Glanis!«

»Die Strahlung der Schleuse stört die Verbindung«, sagte die Muse und nickte über die Instrumente hinweg zur gewölbten Panoramascheibe der *Nachtwärts*. Der Ring der Hypersprungschleuse war von hellblauem Lichtschein erfüllt. »Sie ist jetzt aktiv.«

Hadrath musste einen Schleusenschlüssel besitzen, mit dem er den Sprung aus der Ferne einleiten konnte.

»Du wünschst dir, dass du ihn getötet hättest«, sagte die Muse leise. »Du gibst dir die Schuld an dem, was gerade geschieht. Ich glaube, dass das ein Fehler ist.«

Iniza legte zwei Schalter um und zapfte die letzten verzichtbaren Energien an. Das Licht im Cockpit erlosch, einzig die Anzeigen und Lampen auf dem Instrumentenpult spendeten diffuse Helligkeit.

Die *Sternenlos* hing so nah an Hadraths zusammengeflicktem Spähschiff, dass der Plasmastrahl des Triebwerks den Rumpf des Verfolgers zu berühren schien. Glanis wusste hoffentlich, was er tat. Sobald Hadrath das Energiefeld passiert hatte, würde es für wenige Sekunden aktiv bleiben. Innerhalb dieses Zeitfensters musste die *Sternenlos* die Schleuse durchqueren, um vom Sog des Hypersprungs mitgerissen zu werden.

Genau wie die *Nachtwärts*, falls Inizas Vorhaben gelang.

»Das wird sehr knapp«, sagte die Muse.

»Ja«, entgegnete Iniza, »wird es wohl.«

»Dieses Kind muss dir sehr wichtig sein.«

Hadraths Spähschiff tauchte in die hellblaue Energiemembran, die sich wie ein feines Gespinst im Stationsring der Sprungschleuse spannte. Die *Sternenlos* war nur einen Steinwurf dahinter, eine absurde Nähe in Anbetracht der Geschwindigkeit beider Schiffe. Im nächsten Augenblick löste auch sie sich auf, verschwand in den überdimensionalen Weiten des Hyperraums.

Iniza hielt genau auf die Schleuse zu. Fünf Sekunden. Vier.

Die Muse schloss die Augen.

Noch drei. Dann zwei.

Das Energiefeld erlosch.

Die *Nachtwärts* fegte mit glühenden Triebwerken durch den stählernen Ring – und verblieb im Normalraum des Noa-Systems, jagte in gerader Linie weiter, ließ die Schleuse hinter sich und mit ihr jede Hoffnung, den beiden Schiffen folgen zu können.

Iniza schrie vor Wut und Enttäuschung auf, schlug verzweifelt gegen den Steuerknüppel, aber es war die Muse, die für sie beide synthetische Tränen vergoss.

14

Sechs Paladine führten Shara und Kranit durch die Korridore der Raumkathedrale. Ihr Stiefelschlag hallte von den stählernen Wänden wider. In den Tiefen der Sternenfestung dröhnte ein dumpfes, rhythmisches Wummern.

Die Hexe war beim Schiff zurückgeblieben, um sich um den Abtransport und die Untersuchung der Androidin zu kümmern. Zwei Paladine bewachten Shara, vier hatten Kranit in ihre Mitte genommen. Shara wartete gespannt darauf, dass Kranit seinen Plan in die Tat umsetzte. *Falls* es einen Plan gab.

»Hast du wirklich den Gott von Kartan getötet?«, fragte einer der Soldaten, die hinter Kranit gingen.

»Hmm«, machte der Waffenmeister.

»Als Kinder haben wir die Geschichte nachgespielt.« Der Paladin musste noch jung sein, auch wenn seine Stimme durch den Verzerrer des Helms keinen Aufschluss darüber gab.

»Höre ich oft«, sagte Kranit.

Shara war nicht sicher, wann er den Gott erledigt haben sollte. Vor zehn Jahren? Vor zwanzig? Vielleicht war sein Alter nur eine dieser Legenden, die er selbst in die Welt gesetzt hatte. Und vermutlich war sie die Einzige im ganzen Universum, die ihn noch nie danach gefragt hatte, nicht einmal sturzbetrunken in der Taverne.

»Wir haben immer darum gekämpft, wer Kranit spielen darf«, sagte der Paladin. »Mein Vater hat mir deinen Blaster aus Holz geschnitzt. Ich hab ihn schwarz und golden lackiert.«

»Halt den Mund!«, fuhr ein anderer ihn an.

Shara lachte. »Fragt ihn, ob er euch sein Zeichen in den Helm ritzt.«

Dafür bekam sie einen Schlag mit dem Blasterkolben ins Kreuz.

»Kein Problem«, sagte Kranit. »Mach ich gern.«

»Wirklich?«, fragte der junge Paladin. »Wäre das möglich?«

Shara grinste, als einer ihrer Bewacher den Jungen erneut scharf zurechtwies.

Der Korridor schien kein Ende zu nehmen. Obwohl er schnurgerade verlief, hatte er sich nach einigen Dutzend Schritten verändert, von glattem grauem Stahl zu einem düsteren Tunnel aus ornamentierten Wänden.

»Hey, Junge«, sagte Kranit.

»Maul halten!«, befahl ein anderer.

»Möchtest du wissen, wo mein Blaster gerade ist?«, fragte der Waffenmeister.

Eine heftiges Donnern ertönte, begleitet von einer Erschütterung, die Shara fast von den Füßen holte. Sie stolperte gegen einen ihrer Bewacher und stieß ihn gegen die Wand. Von hinten wehte eine Woge heißer Luft durch den Gang und brachte den Gestank von brennendem Öl und geschmolzenem Kunststoff mit sich. Einen Moment lang brüllten die sechs Paladine durcheinander. Panzerplast schepperte, während alle um ihr Gleichgewicht kämpften.

»*Das* war mein Blaster«, sagte Kranit, dann wurden Schüsse

abgefeuert. Einer von Sharas Bewachern brach zusammen. Rote Laserbolzen zuckten über ihren Kopf hinweg. Sie ließ sich fallen, spürte sengende Hitze an ihrer Schulter und rollte sich blitzschnell herum.

Inmitten eines Sturms aus tanzenden Funken, einem Ausläufer der fernen Explosion im Hangar, stand Kranit aufrecht zwischen vier toten Paladinen. Seine Handschelle baumelte vom linken Arm, der rechte war frei. Ein fünfter Soldat hob die Hand, um Kapitulation zu signalisieren – vielleicht sogar der Junge, mit dem Kranit gesprochen hatte –, aber der Waffenmeister schoss ihm mit einem Paladinblaster in die Brust.

Der letzte Wächter war Kranit nur entgangen, weil Shara ihn beim Nachbeben der Explosion mit zu Boden gerissen hatte. Jetzt sprang er auf, legte auf Kranit an und wollte feuern, doch Shara trat ihm im Liegen mit aller Kraft in die Kniekehle. Er wurde nach vorn geworfen, genau auf Kranit zu, der ihm kurzerhand die beiden Gabelspitzen der Blastermündung in den Hals rammte, zielsicher zwischen zwei Rüstungsteile. Mit gurgelnden Lauten stürzte der Soldat zu Boden.

Shara stemmte sich zwischen den Leichen auf die Beine. »Dein Blaster war eine verdammte *Bombe?*«, fuhr sie ihn an.

»Sieht so aus.«

»Du hättest das erwähnen können, als du damit im Cockpit *meines* Schiffes gesessen hast!« Sie sah ihn wutentbrannt an. »Oder als du ihn vorhin zurückgelassen hast!«

»Ich wusste nicht, ob die Hexe deine Gedanken lesen würde. Auf Amun habe ich gelernt, wie man sich dagegen wehrt. Bei dir bin ich mir da nicht so sicher.«

»Du hast das alles tatsächlich geplant?«

Er zuckte mit den Schultern. »Streck deine Arme aus.«

Als sie es tat, feuerte er aus nächster Nähe auf ihre Handfessel. Das Metall zersprang in mehrere Einzelteile. Fluchend schüttelte Shara die glühenden Reste ab. Kranit schoss auf den Metallring an seinem linken Handgelenk. Mit einem Scheppern fiel er zu Boden.

»Verschwinden wir.«

»Hat der Blaster das ganze Schiff gesprengt?«, fragte Shara fassungslos und blickte den Gang hinunter, wo feurige Punkte aus einer Wand aus Rauchschwaden trieben. Der Qualm rückte näher.

»Und ein gutes Stück vom Hangar, nehme ich an.« Kranit hob einen Paladinblaster auf und drückte ihn ihr in die Hand. »Los jetzt!«

Alarmsirenen heulten durch die Kathedrale. Die Explosion im Hangar war sicher nicht heftig genug gewesen, um die Ordensfestung zu gefährden, aber Setembra würde nicht erfreut sein über die Verwüstung.

Im Laufen dämmerte es Shara. »Deshalb hast du ihnen deinen wahren Namen genannt!«

Kranit lachte. »Setembra soll erfahren, wer das getan hat. Jeder Schlag gegen den Orden ist ein kleines Stück Rache für den Untergang von Amun.«

Sie hätte einiges dagegenhalten können, aber sie ließ es bleiben. Kranit konnte überaus stur sein. Dabei fiel sinnlose Gewalt eigentlich in ihre Zuständigkeit.

Zweimal mussten sie Trupps von Paladinen ausweichen, die in Richtung des Hangars eilten, aber sie wurden in keine weiteren Feuergefechte verwickelt. Immer wieder erbebte die Festung unter Erschütterungen, vermutlich Kettenreaktionen, die die Explosion des Piratenschiffs in Gang gesetzt hatte.

»Was, wenn sie uns nicht gleich fortgebracht hätten?«, fragte sie. »Wenn sie die Befragung im Schiff durchgeführt hätten? Wäre der Blaster dann trotzdem hochgegangen?«

»Natürlich. Aber Hexen haben Werkzeuge für solche Befragungen. Und spezielle Räume. Die Chancen standen ziemlich gut, dass sie uns wegbringen.«

Sie rannten durch weitere Korridore, wechselten mehrfach über Nottreppen das Deck und durchquerten leere, hohe Säle, deren Zweck so rätselhaft blieb wie der gesamte Bauplan der Ordensfestung. Kalte Winde wehten durch die stählernen Kavernen wie ein steter Hauch des Weltalls.

Während sie durch eine domartige Halle liefen, vorbei an haushohen Statuen, sagte Shara: »Diese Muse im Container … Macht dir das keine Sorgen?«

»Was meinst du?«

»Was, wenn in jeder Kiste eine steckte? Wenn wir seit Monaten nichts anderes tun, als Androiden auf den Reichswelten und in den Marken abzuladen.«

»Wie sollte Fael an so viele gekommen sein?«

»Erbeutet. Gefunden. Was weiß ich. Aber nehmen wir an, er hätte Dutzende davon, irgendwelche vergessenen Relikte aus der Zeit des Maschinenherrschers.«

»Dann würde er sie verkaufen«, entgegnete Kranit. »Er ist ein Pirat, auch wenn er sich gern als Baron aufspielt.«

»Vielleicht schließt das eine das andere nicht aus.«

Im Laufen warf er ihr einen verwunderten Blick zu. »Was meinst du?«

»Keiner sieht jemals das Geld, das er für diese Container bekommt. Wäre also möglich, dass diese Käufer gar nicht existieren. Dass er die Musen aus einem anderen Grund auf all diesen Welten deponiert.«

Kranit blieb wie vom Schlag getroffen stehen. »Zeitbomben.«

Shara blickte sich nach Paladinen und Überwachungskameras um, konnte aber weder das eine noch das andere entdecken. »Wir haben mit angesehen, wozu eine einzige Muse in der Lage ist. Nur *eine* von ihnen! Was, wenn viele auf einen Schlag erwachen, überall im Reich, und wenn sie dieselben Fähigkeiten haben wie Olfurs Prachtexemplar?«

In den Klöstern der STILLE hatte die Muse zahllose Kampfroboter aus der Ära des Maschinenherrschers erweckt, auf Setembras Kathedrale gehetzt und damit eine Ordensfestung mit all ihren Greifern, Zerstörern und Paladinen in die Flucht geschlagen. Manch einer behauptete, dass auf vielen Welten Überreste der Maschinenarmeen begraben lagen, tief unter den alten Schlachtfeldern, unter den Ruinen zerstörter Städte und in den Trümmern gesprengter Monde, die wie Meteoriten die Oberflächen der Menschenwelten gerammt hatten. Gerüchteweise waren Heerscharen von Kampfdrohnen in Meeren versenkt und in Wüsten vergraben worden. Der Orden hatte stets behauptet, alle Kreaturen des Maschinenherrschers in orbitalen Hochöfen über Tiamande und anderen Reichswelten eingeschmolzen zu haben, aber jeder wusste, dass das nicht die ganze Wahrheit sein konnte. Es hätte mehr Schmelzöfen als Schiffe geben müssen, um eine solche Zahl von Maschinen restlos zu zerstören. Und es gab Augenzeugen, die gesehen haben wollten, wie stählerne Armeen auf abgelegenen Welten in gigantischen Gruben verscharrt worden waren.

Wenn all diese Maschinen nun keineswegs vernichtet waren? Wenn sie nur schliefen, so wie die Kampfdrohnen in den Klöstern der STILLE? Und wenn sie durch den Ruf der Musen wiedererweckt und von ihnen kontrolliert werden konnten?

Kranit schienen ähnliche Befürchtungen durch den Kopf zu gehen. »Du denkst, Fael plant, das Reich in einen neuen Krieg mit den Maschinen zu stürzen? Warum sollte er das tun?«

»Um den Orden abzulenken. Damit sie den entlegensten aller Welten, weit außerhalb des Reiches, keine Beachtung schenken. Weil er mit denen eigene Pläne hat.«

»Die Baronien«, murmelte Kranit mit zerfurchter Stirn. »Deshalb also ist Fael so versessen darauf, nach Koryantum zurückzukehren.«

Shara nickte. »Die Maschinen sind nie bis in die Baronien vorgedrungen. Damals haben sie Tiamande, das Kernreich und die Provinzen überrannt, aber weiter als bis zu den Marken sind sie nicht gekommen.«

»Weil der Orden den Maschinenherrscher vorher gestürzt hat.«

»Oder es gab andere Gründe. Jedenfalls scheint Fael sich in den Baronien sicher zu fühlen. Der Rest der Galaxis interessiert ihn einen Dreck. Er reißt die Macht über Koryantum und die übrigen Baronien an sich, während alle Flotten und Armeen des Ordens im Reich gebunden sind und Krieg gegen die auferstandenen Maschinen führen.«

»Das wäre ein ziemlich gewaltiger Plan für einen einzelnen Piraten.«

»Du hast ihn kennengelernt und weißt so gut wie ich, dass er sich mit Noa nicht zufriedengibt.« Zahllose Fragen blieben offen, und doch hatte sie das Gefühl, dass sie etwas auf die Spur gekommen waren, dessen Tragweite sie bestenfalls erahnen konnten. Noa war Fael mit Hephestus' Hilfe in den

Schoss gefallen, ebenso wie die Tore von Tau mit dem Zugang zum Pilgerkorridor. Aber er hatte nie einen Hehl daraus gemacht, dass seine Ambitionen größer waren.

Kranit hob den Blaster vor seine Brust. Sein Blick wanderte ungeduldig durch den mächtigen Saal. »Mag sein, dass da was dran ist. Oder aber Fael verhökert einfach nur ein paar Androiden unter der Hand an jemanden im Reich.«

Es war nicht Sharas Art, an irgendwen außer sich selbst zu denken, und die Tatsache, dass sie sich Gedanken über Wohl und Wehe Tausender Welten machte, überraschte sie mehr als ihn. Sie wünschte sich zurück an Bord der *Nachtwärts*, nur sie und ihr Schiff auf den alten Sternenstraßen.

Kranit winkte mit der Waffe, und wieder liefen sie los. Noch einmal mussten sie einer Paladinpatrouille ausweichen, dann einer gespenstischen Prozession von Hexen, die schweigend durch halbdunkle Gänge schwebten. Die Lichtstrudel in ihren linken Augenhöhlen schienen zu pulsieren, als sie das Versteck der beiden passierten, aber keine drehte sich nach ihnen um. Es war, als befänden sie sich in einer Art Trance, womöglich erhielten sie gerade Befehle von Setembra.

Schließlich erreichten Shara und Kranit einen Torbogen, der in einen zweiten Hangar führte, eine lange Halle, in der Dutzende Greifer auf ihren Start warteten. Die Einmannjäger des Ordens wirkten mit ihrer käferartigen Form, den vorgestreckten Magnetarmen und den weiten, gebogenen Schwingen wie präparierte Insekten. Techniker überprüften die Greifer für den Einsatz. Männer und Frauen in Overalls lehnten mit Leitern an den Rümpfen, andere steckten bis zu den Hüften im kupferblitzenden Innenleben. Es roch nach Schmieröl und erhitztem Gummi.

Shara und Kranit huschten in den Schatten einiger Treibstofftanks an der Stirnseite des Hangars. Ein Gewirr von mannsbreiten Schläuchen verzweigte sich von dort bis zu den Schiffen wie Wurzelstränge auf einem Waldboden. Gittertreppen führten hinauf zu Balustraden und Brücken im oberen Teil des Hangars, an manche Greifer waren Gerüste auf Rädern geschoben worden, um Reparaturen an den Oberseiten durchzuführen. Es herrschte ein Höllenlärm von ratternden Geräten bis hin zu Hammerschlägen auf Stahl.

»Damit willst du fliehen?«, fragte Shara. »Kannst du einen Greifer fliegen?«

»Ich nicht. Aber du.«

Sie hielt seinem stechenden Blick einen Moment lang stand, dann schüttelte sie den Kopf. »Nein.«

»Wenn wir den Paladinen vorhin die Helme abgenommen hätten, dann hätten wir gesehen, dass alle rasierte Köpfe haben. Und dass jeder von ihnen am Hinterkopf einen tätowierten Code trägt, Zeichen und Zahlen zur Identifizierung.«

»Und?«

»Die Tätowierung hinten auf deinem Kopf, dieser Stern mit den vier Strahlen, das ist nicht nur ein Symbol.«

Obwohl sie flüsterte, bekam ihre Stimme einen gefährlichen Unterton. »Natürlich ist sie das.«

»Ich glaube, du hast sie dir stechen lassen, um etwas anderes zu überdecken. Um zu vergessen, dass dort einmal Zahlen standen. Und Zeichen.«

Sie wollte protestieren, aber Kranit legte sich einen Finger an die Lippen. »Mir persönlich bedeutet es gar nichts, dass du einmal auf der Seite der Hexen gekämpft hast. Ich selbst habe das getan, so wie alle Waffenmeister von Amun. Dass du ein einfacher Paladin warst, habe ich nie geglaubt, nicht nachdem ich erlebt hatte, wie du dein Schiff fliegst. Ich glaube, du warst eine Greiferpilotin. Und du musst das weder abstreiten noch zugeben. Bring uns einfach hier raus, sobald wir in so einem Ding sitzen.«

Er ließ ihr keine Gelegenheit, etwas zu entgegnen, sondern packte den Blaster mit beiden Händen und löste sich aus dem Schutz der Treibstofftanks. Während sie ihm folgte, war Sharas Mund trocken, ihre Schultern schwer wie Blei.

Sie hatten fast einen der vorderen Greifer erreicht – einen, an dem nicht gearbeitet wurde und von dem sie hofften, er wäre einsatzbereit –, als ein Trupp Paladine durch den Torbogen in den Hangar strömte. Eine Alarmsirene heulte kurz auf. Die Techniker ließen ihre Gerätschaften sinken und wandten sich den Soldaten zu. Eine Lautsprecherstimme warnte alle Besatzungsmitglieder vor zwei flüchtigen Gefangenen.

Auf der Leiter zur Einstiegsluke des Cockpits ließ Kranit Shara den Vortritt. Die runde Öffnung im Seitenrumpf des Greifers stand offen, damit bei einem Alarmstart alles ganz schnell gehen konnte. Shara hatte sich den Blaster am Riemen über die Schulter gehängt und umklammerte die Sprossen mit beiden Händen. Vor der Luke zögerte sie.

»Mach schon!«, flüsterte Kranit.

Sie hasste ihn dafür, dass er sie hierzu zwang, und sich selbst hasste sie noch mehr, weil sie einen Schwur brach, den sie vor vielen Jahren geleistet hatte. Einen Schwur, von dem niemand außer ihr selbst wusste und der gerade deshalb umso schwerer wog.

»Hätte es kein anderes Schiff sein können?«, fragte sie, als sie sich nach kurzem Zögern in den Pilotensitz sinken ließ. Er befand sich unmittelbar vor dem kreisrunden Sichtfenster, das vom Boden der engen Kabine bis zur Decke reichte. Die meisten Instrumente waren seitlich des Sitzes angebracht. Der Pilot musste sie fast blind bedienen, einer der Gründe, warum es ohne Training nahezu unmöglich war, einen Greifer zu fliegen.

Die Steuerung bestand aus zwei langen Griffen, die zwischen Scheibe und Sitz aus der Decke ragten. Beide zu koordinieren erforderte Geschick und Erfahrung. Gegenüber einem gewöhnlichen Steuerknüppel, wie man ihn in den meisten Cockpits fand, hatte die Doppellenkung den Vorteil, dass der Pilot sie intuitiv als Verlängerungen seiner eigenen Arme bediente. Greiferpiloten verschmolzen dadurch ganz und gar mit ihren Schiffen.

»Was ist mit dem Anzug?« Kranit deutete auf eine Nische in der Rückwand der Kabine, unmittelbar vor dem schmalen Notsitz, auf den er sich zwängen musste. In der Vertiefung hing ein Pilotenanzug, eine voluminöse Monstrosität voller Anschlüsse für die Schläuche der Lebenserhaltungssysteme. Außerdem stand dort der Helm, mit dem der Pilot eine mentale Symbiose mit einer Greiferhexe einging, um deren Einflüsterungen zu empfangen. Während die Männer und Frauen in den Greifern ihr Leben riskierten, wurden sie von den Hexen, die in der Sicherheit der Kathedrale blieben, angeleitet und notfalls gesteuert. Shara hatte oft erlebt, wie eine Hexe minutenlang ihren Wille gebrochen und die Kontrolle übernommen hatte – über den Greifer, aber auch über Shara selbst. Nicht einmal der tägliche Überlebenskampf auf Nurdenmark hatte ihr je solche Angst eingeflößt wie der kalte Gedankengriff einer Hexe.

»Der Helm bleibt, wo er ist«, sagte sie, »und den Anzug braucht man vor allem, wenn man leckgeschossen wird. Aber wenn es dazu kommt, sind wir ohnehin tot.«

Kranit verschloss sorgsam die Luke. Durch das Cockpitfenster konnte Shara die Paladine am Eingang der Halle beobachten, ebenso die Techniker, die ungeduldig den Anweisungen der Lautsprecherstimme lauschten.

»Die werden jeden Moment bemerken, dass hier jemand an Bord ist. Wir werden also sehr schnell beschleunigen müssen.« Und uns den Weg freischießen, dachte sie. Noch vor zwei Stunden hätte sie nicht gezögert, die ganze Kathedrale zu pulverisieren, doch nun drehte ihr die Vorstellung, dass einige der Techniker bei ihrer Flucht sterben könnten, fast den Magen um. Seit damals hatte sie den Gedanken verdrängt, dass sich an Bord der Ordensfestungen Menschen mit Gesichtern, mit Familien befanden. Sie hatte Leute wie die dort draußen gekannt. In einem anderen Leben waren sie ihre Freunde gewesen.

»Was ist los?«, fragte Kranit von hinten.

»Gar nichts. Alles in Ordnung.«

Die nötigen Handgriffe vor dem Start erledigte sie instinktiv, dann packte sie die beiden Steuerknüppel und brachte sie in Position.

»Du wirst das Hangartor sprengen müssen«, sagte Kranit.

»Es gibt kein Hangartor.«

»Was?«

»Greifer sinken beim Start auf Plattformen in den Boden«, erklärte sie, während sie die letzten Schalter bediente. »Unter dem Hangar verlaufen Tunnel, die zu einer Art riesiger Trommel führen. Jede Trommel hat zehn Kammern, in jeder wartet ein Greifer auf seinen Start. Von dort aus werden sie nacheinander ins All katapultiert. Greifertanks sind nicht groß, und durch das Trommelkatapult verdoppelt sich ihre Flugzeit.«

»Die werden uns nie bis dorthin kommen lassen«, sagte Kranit.

Shara lächelte. »Deshalb nehmen wir einen anderen Weg.«

Er entgegnete etwas, das im Heulen des Antriebs unterging. Draußen fuhren die Techniker überrascht herum, auch in die Paladine kam Bewegung. Shara feuerte eine Lasergarbe vor den Pulk der Soldaten. Gleich darauf ließ sie den Greifer fast bis unter die Hangardecke aufsteigen. Dann neigte sie das Cockpit mit einem Ruck steil nach unten und schoss auf die versenkbare Plattform, auf der sie gerade noch gestanden hatten. Unter der Explosion brach der Boden in sich zusammen. Laserbolzen aus Paladinblastern jaulten um ihre Energieschilde, als Shara den Greifer durch die Öffnung im Hangarboden hinab in den Tunnel lenkte. Dort nahm sie nicht den Weg zur Abschusstrommel, sondern flog in die entgegengesetzte Richtung.

Nach gut hundert Metern endete die Röhre an einer Wand voller Leitungen und Kabelbäume. Shara eröffnete das Feuer. Die dicke Außenhülle der Ordensfestung hätte sie mit den Lasern des Greifers kaum durchbrechen können, doch die Innenwände hielten dem gebündelten Dauerfeuer nicht stand.

Das Tunnelende explodierte.

Dahinter klaffte ein senkrechter Schacht, breit genug für den Greifer. Shara steuerte das Schiff durch Rauch und Funkenflug, schlug einen scharfen Haken und jagte abwärts, in die Eingeweide der Kathedrale.

15

Die *Nachtwärts* senkte sich aus der Wolkendecke auf die Festung von Noa hinab. Innerhalb der hohen Mauern gab es nur ein einziges Start- und Landefeld, auf dem für gewöhnlich Faels *Sternenlos* stand, und es kostete einige Mühe, das größere Sichelschiff auf dem begrenzten Platz zu Boden zu bringen. Die Konzentration darauf lenkte Iniza vom Chaos ihrer Gedanken ab.

Während sie zum Landeanflug überging, entdeckte sie die Menschenmenge, die sich draußen vor dem Tor versammelt hatte. Es mochten an die tausend Menschen sein. Einige schossen mit Blastern in die Luft, was von oben fast wie Feuerwerk aussah.

»Was tun die da?« Die Muse war vom Copilotensitz aufgestanden und lehnte sich weit über das Instrumentenpult, um durch die gewölbte Scheibe nach unten sehen zu können.

Iniza gab keine Antwort. Sobald sie einen Atemzug lang die Augen schloss, sah sie wieder die beiden Schiffe in der Schleuse verschwinden, in einem kreisrunden See aus blauem Licht. Nicht einmal ihr Hass auf Hadrath war stark genug, um sie von dem Verlustgefühl abzulenken, das sie von innen her auffraß.

»Vielleicht sollte ich die Landung übernehmen«, schlug die Muse vor, als das Schiff sich in die Horizontale legte und dem größten der ummauerten Innenhöfe entgegenschwebte.

»Ich mach das schon«, sagte Iniza.

»Du bist zu schnell. Denk an die Mauer. An alle vier Mauern. Außerdem an die Fallwinde. Und die Aufwinde. Es könnte nicht schaden, wenn du —«

»Sei still. Bitte.«

Iniza hatte erwartet, dass Hephestus sich melden würde, sobald man ihn über ihren Anflug in Kenntnis setzte, aber weder kontaktierte er sie über Funk, noch nahm er sie in Empfang, als das Schiff aufgesetzt hatte und die Rampe sich aus dem offenen Mund des Kopfmoduls entfaltete wie eine stählerne Zunge. Stattdessen wurden sie von vier Bewaffneten erwartet, deren Aufmerksamkeit vor allem der Muse galt. Iniza kannte die Männer, alle vier gehörten zu Hephestus' Leibwache. Dass er in einer Lage wie dieser auf sie verzichtete – weil er offenbar keinem anderen in der Festung vertraute –, zeigte ihr, dass die Situation gekippt war. Faels Verschwinden musste sich wie ein Lauffeuer herumgesprochen haben, zweifellos kochte die Gerüchteküche über.

Einer der Männer bat sie, ihm auf die Zinnen über dem Tor zu folgen. Die Muse schloss sich wortlos an, und gemeinsam stiegen sie die Stufen zum Wehrgang hinauf. Der Lärm der Menge vor der Festung wurde lauter, immer häufiger wurde in den Himmel geschossen.

Iniza fühlte sich leer und ausgebrannt, als sie zu Hephestus auf den Wehrgang trat. Er stand oberhalb des Haupttors, in einigem Abstand flankiert von zwei seiner Leibwächter. Den vier anderen gab er leise den Befehl, sich auf der Treppe bereitzuhalten. Offenbar wollte er nicht, dass man sie vom Vorplatz aus sah.

»Das ist eine dreimal verfluchte Katastrophe!«, sagte er.

»Ich hätte nicht für möglich gehalten, dass es so schnell gehen könnte.«

»Was ist passiert?« Selbst wenn Noa in den nächsten Stunden in die Sonne stürzen würde, hätte Iniza das kaum berührt. Hephestus' Probleme waren nicht ihre, und sie hatte ein Schiff, mit dem sie von hier verschwinden würde, um ihre Tochter zu finden, sobald sie die letzten Sprungkoordinaten der Schleuse in Erfahrung gebracht hatte.

Beunruhigt hielt sie Ausschau nach der *Nachtwärts*. Das Sichelschiff stand in einem benachbarten Hof und war hinter einer Dächerzeile kaum auszumachen. Vielleicht war es ein Fehler gewesen, Hephestus' Männern zu folgen.

Die Muse trat einen Schritt näher, war jetzt keine zwei Armlängen hinter ihr.

»Was passiert ist?«, fragte Hephestus aufgebracht. »Du hast es doch gesehen. Die *Sternenlos* ist in der Schleuse verschwunden. Fael ist fort und Ria gleich mit ihm.« Er deutete auf die Menschenmenge, die laufend Zuwachs bekam. »Wir können dankbar sein, dass noch niemand aufgetaucht ist, der die letzte Übertragung abgefangen hat. Wenn die Männer da unten erfahren, dass Glanis auf Fael geschossen hat –«

»Er hat ihn nur betäubt«, unterbrach sie ihn.

»Vielleicht. Vielleicht auch nicht. Ich habe einen Blasterschuss gesehen und dass Fael getroffen wurde. Aber die Leute werden ohnehin glauben, was sie glauben wollen. Fael und Ria haben das System verlassen, und schon machen die ersten Gerüchte die Runde, dass sie für immer fort sind. Schlimmer: dass sie Noa verraten haben. Fael hat nie öffentlich darüber gesprochen, dass er in die Baronien zurückkehren will, trotzdem haben einige davon gehört. Jetzt sorgen sie dafür, dass es jeder erfährt.«

Iniza wollte etwas einwerfen, aber er brachte sie mit einer Handbewegung zum Schweigen.

»Seit du hier aufgetaucht bist, gibt es Gerede. Du hast Unruhe nach Noa gebracht, und Fael war besessen genug von seiner Rückkehr nach Koryantum, dass er unvorsichtig geworden ist. Da unten stehen ein paar Männer, die das ausnutzen. Sie haben sich zu den Rädelsführern dieses Aufstands gemacht.«

Sie blickte finster auf das Gewimmel drei Stockwerke unter ihnen. »Ist es das? Ein Aufstand?«

»Es wird sehr schnell zu einem werden, wenn wir nicht gegensteuern. Ich will mir nicht ausmalen, was geschieht, wenn eine Aufzeichnung von Glanis' Blasterschuss auftaucht. Bis dahin muss die Lage unter Kontrolle sein. *Völlig* unter Kontrolle.«

Iniza hob die Schultern. »Du hast Fael zu dem gemacht, was er war. Übernimm du das Kommando, wirf die Anführer ins Verlies und ein paar von Faels Schätzen von den Türmen, das wird die Laune da draußen heben.«

»Faels Schätze!« In seiner Verzweiflung klang Hephestus wie eine Parodie seiner selbst. »Es gibt keine Schätze.«

Die Muse meldete sich zu Wort: »Das erscheint mir nicht sehr logisch.«

»Er hat laufend Beutegut ins Reich bringen lassen«, sagte Iniza. »Irgendwo muss das Geld doch sein, das er dafür bekommen hat.«

Hephestus stieß ein Schnaufen aus. »Geld und Alkohol werden nur einige von diesen Narren ruhigstellen. Die meisten wollen wissen, wie es jetzt weitergeht, ohne Fael und ohne seine Erbin Ria.«

»Ria ist zu jung, wie könnte irgendwer sie —«

»Unterschätze sie nicht. Sie ist beliebt. Ria hat sich mit ihnen betrunken und nächtelang in ihren Werkstätten an Raketenschlitten geschraubt. Die halten sie für eine von ihnen. Fael ist das nie gelungen, von mir ganz zu schweigen. Jeder weiß, das Ria Faels Nachfolgerin werden soll, und da unten stehen nicht wenige, die sie schon früher gern als neue Anführerin gesehen hätten.« Er holte tief Luft, seine Stimme war heiser. »Aber Ria ist nun mal fort.«

Er packte Iniza am Oberarm und zog sie näher an die Zinnen. Mit der linken Hand deutete er auf eine Gruppe von sechs oder sieben Männern, die unten am Tor große Reden schwangen.

»Die da«, sagte er, »verbreiten gerade, dass wir Ria und Fael zum letzten Mal gesehen haben. Und dass ich der Nächste bin, der sich die Taschen mit all den famosen Schätzen vollstopft und das Weite sucht.« Er senkte seine Stimme ein wenig. »Ich habe keine Ahnung, wie vertrauenswürdig die meisten Menschen in dieser Festung sind. Aber ich gehe jede Wette ein, dass gerade einige von ihnen darüber nachdenken, das Tor von innen zu öffnen und den Mob hereinzulassen. Falls das passiert, und falls sie sehen, dass *Faels Schätze*« – er spie die Worte fast aus – »nicht existieren, wird es ein Blutbad geben.«

Einige Menschen hatten sie mittlerweile auf der Mauer erspäht, und ein Raunen ging durch die Menge. Iniza fragte sich, ob Glanis' Blasterschuss nicht doch schon die Runde gemacht hatte. Aber sie war verzweifelt und erschöpft, und all das hier schien in einer anderen Welt stattzufinden, nicht in ihrer eigenen.

»Haben sie denn recht?« Sie sprach so leise, dass nur Hephestus sie hören konnte. »Willst du dich mit der *Nacht-*

wärts aus dem Staub machen, bevor hier die Hölle losbricht? Ist es das?«

»Mich aus dem Staub machen?« In Hephestus' Blick loderte etwas auf, das sie zutiefst beunruhigte. »Du glaubst, ich will all das aufgeben? Nachdem ich Noa jahrzehntelang aufgebaut habe? Ich habe schon Faels Vorgänger an die Macht gebracht, aber Fael war mein Meisterstück. Seit anderthalb Jahrzehnten sorge ich dafür, dass er hier das Sagen hat. Das werde ich nicht einfach wegwerfen.«

Vielleicht hatte sie das wahre Ausmaß seines Ehrgeizes unterschätzt. Er hatte die Hälfte seines Lebens hier verbracht.

»Noa wird fortbestehen«, sagte er. »Diese Festung wird nicht fallen. Ich habe Fael als Anführer installiert und den Weg geebnet, damit Ria ihm nachfolgt. Wir haben lange für das Gesetz gekämpft, das die Nachfolge durch Blutsverwandtschaft regelt, und dabei muss es bleiben.«

»Blutsverwandtschaft.« Iniza hörte das Wort wie ein Echo aus ihrem Mund kommen, mit einem Unterton tiefster Fassungslosigkeit.

Nachfolge durch Blutsverwandtschaft.

»Du willst, dass *ich* …?«

Hephestus packte sie an den Schultern und zog sie ein Stück nach hinten, aus dem Blickfeld der Menge. »Das Einzige, was uns jetzt retten kann, ist uneingeschränkte Autorität«, sagte er. »Die Autorität des Gesetzes. Die Autorität der Familie. Die Autorität des Blutes.«

»Diese Leute da unten *schreien* nach Blut«, entgegnete sie heftig, »und es geht ihnen dabei nicht um irgendeine verdammte Verwandtschaft!«

»Das war auch nicht das Blut, das ich meinte.« Er sah über die Dächer hinweg zu einem Gebäude am Rand der Stadt.

Als sie seinem Blick folgte, erkannte sie, was dort anders war als zuvor.

Nicht ein einziges Mal in den vergangenen zwölf Monaten hatte sie die Arena ohne den silbrigen Energieschirm gesehen, der die Muse und ihren Gefährten dort eingesperrt hatte. Bei ihrem Start mit der *Nachtwärts* war er noch da gewesen, eine hauchdünne Lichtglocke über dem runden Amphitheater. Nun war er erloschen.

Die Muse trat neben sie und blickte in dieselbe Richtung.

»Diese Menschen kennen Noas Gesetze«, sagte Hephestus beharrlich, »und die meisten von ihnen achten sie sogar. Sie wissen, dass du die Nächste in Faels Linie bist. Wir könnten versuchen, die Ordnung mit Gewalt wiederherzustellen, aber wir würden die Festung nicht lange halten können. Nicht wenn sich dem Pöbel da unten auch die Kapitäne unserer Kreuzer anschließen. Bisher ist nur einer von ihnen unter den Anführern, vielleicht noch ein oder zwei in der Menge. Aber die Kapitäne sind nicht ohne Grund Befehlshaber ihrer Schiffe geworden. Sie sind clever und warten ab, wie sich die Dinge entwickeln. Gerüchte allein werden sie nicht dazu bringen, ihre Kreuzer zu starten und die Festung unter Feuer zu nehmen. Ganz abgesehen von Faels Schatz, den sie nicht unter Tonnen von Trümmern suchen wollen. Sie werden einer vernünftigen Lösung den Vorzug geben. Einer, die ihre Mannschaften zur Räson bringt und die Lage beruhigt. Am liebsten wird ihnen eine Lösung sein, bei der sie selbst sich nicht die Finger schmutzig machen müssen.«

»Nein. Ich bin keine –«

»Du kannst alles sein, was du willst«, unterbrach die Muse sie. »Sobald sie deine Autorität akzeptieren.«

Hephestus breitete die Hände aus, als wollte er die Muse in die Arme nehmen. Aber er beließ es bei der Geste, was gewiss zu seinem Besten war. Stattdessen wandte er sich wieder an Iniza. »Bitte, hör mir zu! Meine Leute versuchen in diesem Augenblick, die Speicher der Schleuse auszulesen. Vielleicht gelingt es ihnen, die Sprungdaten zu sichern und herauszufinden, wohin es Hadrath und die *Sternenlos* verschlagen hat. Und das ist es doch, was du wissen willst, nicht wahr? Du willst deine Familie zurück, und wir tun alles, damit es gelingt. Aber das ist nur möglich, wenn wir die Daten finden *und* die Schleuse noch unter unserer Kontrolle haben. Was glaubst du, wird wohl passieren, wenn dieses Pack die Festung stürmt? Wenn sie erkennen, dass Faels Schatz nicht das ist, was sie sich darunter vorstellen? Sie werden die Schleuse in ihre Gewalt bringen. Und selbst wenn du das hier überleben solltest, werden sie dir niemals die Gelegenheit geben, sie zu benutzen. Du wirst den Rest deines Lebens auf Noa verbringen, ob du willst oder nicht, und falls es Glanis und deiner Tochter je gelingen sollte, mit der *Sternenlos* zurückzukehren, werden diese Kerle sie aus dem All brennen, sobald das Schiff die Schleuse verlässt. Denn niemand, wirklich niemand wird dann das Risiko eingehen wollen, dass Fael mit ihnen zurückkehrt.«

Iniza starrte ihn wutentbrannt an. Obwohl er nicht die Schuld an alldem trug, wurde ihr Wunsch, ihm an die Kehle zu gehen, fast übermächtig.

»Iniza«, sagte die Muse ruhig. »Es ist nur eine vorübergehende Lösung. Aber es *ist* eine Lösung.«

»Hör auf sie, wenn du nicht auf mich hören willst.« Das wilde Lodern, das sie vorhin in Hephestus' Blick bemerkt hatte, war verschwunden. Sie konzentrierte sich auf die Luft, die sie in ihr Lungen sog, die feuchte, kühle Moorluft von Noa, die der scharfe Wind aus den Marschen herantrug.

»Ich will das nicht«, sagte sie leise.

»Es geht nicht anders«, sagte die Muse, und ein rotes Feuer blitzte in ihren Augen auf, so kurz, dass Iniza nicht sicher war, ob sie es sich nur eingebildet hatte.

In der Ferne erklang ein Zischen. Als sie über die Stadt blickte, sah sie eine feine Lichtsäule aus dem Innern der alten Arena aufsteigen, und sie begriff, was nun geschehen würde.

Die Autorität des Blutes.

Ihre Autorität. Aber nicht sie war es, die dafür kämpfen würde.

Hephestus trat an die Zinnen, wandte sich der Menge auf dem Vorplatz zu und hob einen Arm, um sich Gehör zu verschaffen. Nicht alle verstummten, doch es wurde ruhig genug, um das Wort an die Versammelten zu richten.

Iniza sah noch einmal zur Arena. Der Lichtstrahl war verschwunden.

»Tu das nicht«, flüsterte sie der Muse zu.

»Es ist der einzige Weg, um zu verhindern, dass sie Glanis und das Kind bei ihrer Rückkehr töten.«

»Männer und Frauen von Noa«, begann Hephestus seine Ansprache, begleitet von Pfiffen und Zwischenrufen, vor allem aus der Gruppe der Rädelsführer am Tor, »ich will nicht versuchen, euch für dumm zu verkaufen. Fael und Ria sind dem entflohenen Gefangenen durch die Hypersprungschleuse gefolgt, und keiner von uns weiß, wohin es sie verschlagen hat. Wir wissen nicht, ob sie am anderen Ende erwartet werden und ob es ihnen gelingen wird, zu uns zurückzukehren. *Was* wir allerdings wissen, ist, dass sie keine

Verräter sind, ganz gleich, was ein paar von euch behaupten mögen.«

Wieder Rufe und Beschimpfungen, ein gefährliches Rumoren in der Masse.

»Sie sind keine Verräter«, wiederholte Hephestus, »sondern Opfer eines schändlichen Verrats. Anhänger der STILLE haben Hadrath Talantis aus seiner Zelle befreit, und es steht zu befürchten, dass längst nicht alle mit ihm entkommen sind. Es gibt ein Netzwerk von Unterstützern, das wir ohne Gnade vernichten werden.«

Klug eingefädelt, dachte Iniza fröstelnd. Seinem Rachefeldzug würden gewiss nicht nur STILLE-Anhänger zum Opfer fallen.

Jemand am Tor brüllte etwas, das sie nicht verstand, weil sofort andere mit einfielen und alles in einem Chaos aus Rufen unterging. Erneut feuerten Blaster in die Luft, und einige Laserbolzen fauchten bedrohlich tief über die Zinnen hinweg. Hephestus' Leibwächter traten vor und legten mit ihren Waffen an, doch er pfiff sie zurück.

»Ihr kennt das Gesetz!«, rief er in die Tiefe. »Unter euch sind viele, die selbst darüber abgestimmt haben. Noa ist unser Zuhause, und damit es fortbesteht, braucht es Kontinuität. Keinen Machtkampf, kein stumpfsinniges Geschrei nach neuen Anführern. Diesen Männern dort unten am Tor geht es nur darum, sich die eigenen Taschen zu füllen. Diese Männer sind Plünderer. Diese Männer sind Verräter. Wer ihnen folgen will, wendet sich gegen alles, was diese Welt für uns so kostbar und sicher gemacht hat. Stattdessen fordere ich euch auf: Vertraut auf das Gesetz von Noa. Vertraut auf die Kraft der Blutlinie!«

Jemand begann, Rias Namen zu skandieren, und einige fielen mit ein. Aber es wurde kein Sprechchor daraus, weil viele offenbar abwarteten, was Hephestus anzubieten hatte. Nur die Anführer sorgten weiterhin für Unruhe.

Iniza sah wieder zur Arena hinüber und auf das Labyrinth der Gassen und verschachtelten Dächer, das sich von dort aus bis zum Festungsvorplatz erstreckte.

»Wo ist er?«, flüsterte sie der Muse zu.

»Ganz in der Nähe.«

Sie folgte dem Blick des Mädchens zu einer Ansammlung metallischer Aufbauten und Verstrebungen auf einem der Gebäude am Rand des Platzes. Dort bewegte sich etwas zwischen Antennen und Schüsseln, ein Aufblitzen auf Stahl, das gleich darauf verschwand.

»Das Gesetz besagt, dass uns Faels nächste Verwandte führen wird, bis er zurückkehrt oder sein Tod bestätigt wird«, rief Hephestus. »Und die meisten von euch wissen, wer das ist, nun da auch Ria nicht bei uns ist.«

Laute Proteste. Schwelende Abneigung, die in Wut umschlug, geschürt von der Gruppe am Tor. Ein Akt des Aufbegehrens, der mit der Geschwindigkeit eines Strohfeuers um sich griff.

Hephestus kümmerte sich nicht darum und bedeutete Iniza, neben ihn zu treten. Sie wollte es nicht, wollte nichts von all dem, aber dann dachte sie an Glanis und Tanys und merkte, wie sie die beiden Schritte machte wie eine Schlafwandlerin. Sie brauchte die Schleuse und die Daten, und sie würde tun, was nötig war.

»Iniza Talantis«, rief Hephestus in die tobende Menge. »Faels Nichte. Rias Cousine. Die neue Führerin von Noa!«

Sie blickte hinab auf tausend Gesichter, vielleicht mehr. Viele waren verzerrt vor Zorn und offenem Hass. Grimassen starrten zu ihr empor, Menschen, die ihr den Tod wünschten, weil sie eine Fremde war, die fortan über ihr Schicksal entscheiden sollte. Sie konnte es ihnen nicht verübeln. Sie musste den Verstand verloren haben, sich auf diesen Irrsinn einzulassen.

Blasterschüsse schlugen ins Tor ein, und ein weiterer, der in ihre Richtung abgefeuert wurde, traf nur deshalb nicht ins Ziel, weil der Schütze von der wogenden Menschenmasse mitgerissen wurde. Wie eine Flut bewegte sich die Menge jetzt auf die Festungsmauer zu, und aus den Gassen drängten beständig weitere Männer und Frauen herbei. Die Anführer des Aufruhrs schienen uneins darüber, dem Mob seinen Willen zu lassen oder aber das Ganze unter Kontrolle zu bringen. Gestikulierend standen sie vor dem Tor, brüllten aufeinander und auf die Menge ein.

Hephestus atmete tief durch, um erneut das Wort zu ergreifen, doch dann schien er einzusehen, dass ihn niemand mehr hören würde. Der Lärm war zu groß.

»Jetzt«, sagte er nur.

Die Muse wechselte einen kurzen Blick mit Iniza. »Ich tue das für dich und für Glanis. Und für das Kind.«

Mit irrwitziger Geschwindigkeit brach etwas aus dem Metallgewirr auf dem gegenüberliegenden Dach hervor, raste dicht über die Köpfe der Menge hinweg, schnurgerade auf das Tor und die Anführer des Aufstands zu. Ein stählernes Ding aus Spitzen und Klingen, größer als ein Mensch, zu schnell, um Einzelheiten erkennen zu können. Lautlos jagte es auf jene zu, die die Muse als Ziel ausgewählt hatte. Es hatte ihren Befehl bereits in der Arena vernommen, hatte unbemerkt die halbe Stadt überquert und tat nun das, wofür es erschaffen worden war.

Einst hatte es wie Millionen andere dem Maschinenherrscher gedient, ein Kampfroboter der untersten Stufe, eine Drohne, gebaut, um menschlichen Körpern den größten Schaden zuzufügen. Der Roboter hatte eine Unzahl von Eisendornen, Schneiden und Sägeblättern ausgefahren. Wie eine Naturgewalt brach er über die Rädelsführer herein.

Während das wütende Gebrüll der Menge in panisches Kreischen umschlug, fräste sich die Maschine durch die Gruppe der Anführer, schnitt sie mit Sensen und Messern in Stücke, durchbohrte und zerteilte ihre Körper. Einst hatten sich ganze Heerscharen dieser Kampfdrohnen über schutzlose Welten ergossen und den blutigen Segen des Maschinenherrschers ins Reich getragen. Mit anzusehen, was *eine* dieser Kreaturen anrichten konnte und wie ungeheuer schnell sie es tat, sprengte Inizas Vorstellung dessen, was eine ganze Armee vollbringen mochte. Früher hatte sie sich gefragt, wie Planeten innerhalb von Stunden hatten fallen können. Jetzt sah sie es mit eigenen Augen.

Die Muse lächelte sanft.

Hephestus stand da mit versteinerter Miene. Die Menschen auf dem Platz hatten sich der Herrschaft des Ordens mit Gewalt widersetzt, um hier auf Noa etwas Neues, etwas Eigenes aufzubauen. Doch nun hatten sie eine Gewalt entfesselt, die jenseits dessen lag, was ein Pirat seinen Opfern antun mochte.

Als es vorbei war, stieg der Roboter wie ein roter Stern vom Boden auf, schwebte über die Zinnen und blieb hinter Iniza in der Luft stehen. Sie schaute sich nicht zu ihm um, auch nicht zur Muse, aber sie spürte beider Nähe wie einen Fluch, der fortan auf ihr lasten würde.

Unten auf dem Platz waren die Menschen in heilloser

Furcht auseinandergeströmt, viele in den Gassen untergetaucht. Doch da waren auch einige, die geblieben waren, Frauen und Männer, die selbst oft genug getötet hatten. Wortlos blickten sie zu Iniza empor, pressten sich die Blaster vor die Brust und neigten kurz die Köpfe, nicht demütig, sondern als Zeichen einer Übereinkunft.

Iniza erwiderte die Geste, während hinter ihr Blut auf den Wehrgang tropfte, ein scharlachroter Regen, den der Wind über ihre Schultern trieb.

16

Die *Sternenlos* raste durch die absolute Schwärze des Hyperraums. Die Leere vor dem Cockpitfenster – nirgends Sternbilder, keine Gaswolken, nicht die geringste Spur von Licht oder Materie – wurde einzig von den Spiegelbildern der beiden Menschen in den Pilotensitzen belebt. Glanis hatte das Licht in der Kabine ein wenig hochgeregelt, um die Reflexion zu verstärken, ein alter Trick von Hyperraumreisenden, um dem Abgrund dort draußen den Schrecken zu nehmen.

Nachdem Ria ihren bewusstlosen Vater in den hinteren Teil des Cockpits gezogen hatte, kam sie wieder zu Glanis nach vorn. Ihre schwarze Lederkluft knarzte, als sie sich im Schneidersitz auf dem Copilotensitz zurechtrückte.

»Wenn er aufwacht, wird er versuchen, dir den Hals umzudrehen«, sagte sie.

»Ich hab sein Schiff gekapert, seine Tochter gekidnappt und ihn mit dem Blaster betäubt. Welche Gründe hätte er wohl, wütend sein?«

Sie lachte leise und ließ ihn in der Scheibe nicht aus den Augen. »Erst mal wird er mit seinen Kopfschmerzen zu tun haben.«

»Wenn dein Vater nicht verstehen kann, dass ich das hier tun musste, ist ihm nicht zu helfen. Oder mir.«

»Ich hab ihm die Waffe abgenommen. Schien mir sicherer

zu sein.« Sie deutete auf Faels Blaster, der vor ihrem Sitz auf dem Boden lag. »Zumindest wird er dich nicht erschießen.«

Eine Weile schwiegen beide. Glanis hielt instinktiv nach Hadraths Schiff Ausschau, obwohl er wusste, dass das unsinnig war. Im Hyperraum gab es kein Davor und Dahinter. Hadrath war unmittelbar vor ihnen durch die Schleuse geflogen, aber hier blieb jeder für sich. Erst nach dem Rücksturz in den Normalraum würden sie das zweifelhafte Vergnügen eines Wiedersehens haben. Hadrath würde keine Zeit verschwenden, um Noas Koordinaten an die Gilde weiterzugeben. Wenn es stimmte, was man sich erzählte, unterhielt das Haus Caudor in einem unbekannten Sektor eine geheime Armada. Was eigentlich als Maßnahme im schwelenden Konflikt mit dem Orden gedacht war, würde auch bei einem Angriff auf Noa gute Dienste leisten.

Glanis wusste, dass er größere Verantwortung als die für seine Tochter trug. Noa hätte ihm gleichgültig sein können, wie er es so oft behauptet hatte, aber das war nur die halbe Wahrheit. Sicher, ein Großteil des Gesindels dort war ihm herzlich egal, aber während des vergangenen Jahres hatte er in der Stadt auch Menschen kennengelernt, die es nicht verdienten, im Laserinferno der Caudors zu sterben. In erster Linie ehemalige Sklavinnen und Sklaven, die bei den Überfällen der Piraten befreit und vor die Wahl gestellt worden war, in den brennenden Wracks zu sterben oder für alle Zeit auf Noa zu bleiben.

Wie er Iniza kannte, setzte sie gerade alles daran, ihm und Tanys zu folgen. Trotzdem war zu befürchten, dass auch sie auf Noa festsaß, mitten im Fadenkreuz eines Gildeangriffs.

»Ich hab von den Abschiedsbriefen deiner Männer gehört«, sagte Ria unvermittelt. »Ist das wahr?«

Er nickte.

»Du trägst sie immer bei dir? Auch jetzt?«

Noch ein Nicken.

»Dann hast du die Hoffnung nicht aufgegeben, nach Koryantum zurückzukehren.« Sie warf einen Blick über die Schulter auf Fael, der leise zu ächzen begann. »Das ist ja alles furchtbar ehrenwert und heldenhaft, aber es lohnt sich nicht, für so was sein Leben aufs Spiel zu setzen.«

»Ich bin kein Idiot, Ria. Nicht mal mehr ein Soldat. Ehre fand ich schon damals dubios, und heute ist sie mir scheißegal. Aber diese Männer waren meine Freunde.«

»Dann hätten sie Verständnis dafür, dass kein Brief der Welt es wert ist, dafür die halbe Galaxis zu durchqueren.«

»Manchmal geht es gar nicht darum, etwas wirklich zu tun. Manchmal reicht es, etwas unbedingt tun zu *wollen*, um in Bewegung zu bleiben und nicht aufzugeben. Hast du keine Ziele, die über ein Rennen mit den Raketenschlitten oder den nächsten Überfall auf ein Handelsschiff hinausgehen? Irgendwas, das dich antreibt?«

Zu seiner Überraschung versuchte sie nicht, seine Worte ins Lächerliche zu ziehen. »Ich glaube an gewisse Dinge, genau wie du.«

Er sah sie von der Seite an, während sie reglos in die Schwärze blickte.

»Liebe«, sagte sie zu seinem Erstaunen, »und Hass. Ganz besonders Hass.«

Nach Faels Seitenwechsel zu den Piraten war ihre Mutter gemeinsam mit der kleinen Ria von Baron Seffren, Inizas Stiefvater, nach Virikaan verschachert worden. Bald darauf hatten Sklavenhändler sie in die Marken verschleppt. Als Glanis davon gehört hatte, hatte er sich in kindlicher Leidenschaft ausgemalt, dass er sie eines Tages aufspüren und befreien würde. Doch im Laufe der Jahre war die Erinnerung verblasst, er war Iniza begegnet und hatte sich verliebt. Bei ihrem Wiedersehen auf Noa war Ria fast eine Fremde gewesen, eine junge Frau, die kaum mehr etwas mit dem Kind von damals gemein gehabt hatte. Erst im Laufe der Monate hatte er Wesenszüge wiedererkannt, hatte hinter der großmäuligen Piratin, als die sie sich in Szene setzte, die Ria von früher wiedergefunden. Und sie war nicht nur älter und zynischer geworden. Da war noch etwas anderes, das ihren Charakter beherrschte, und jetzt fragte er sich, ob das der Hass war, von dem sie sprach. Hass auf die Sklavenhändler, vielleicht auch auf Seffren. Und auf wer weiß wen noch.

Hinter ihnen im Cockpit stieß Fael einen Fluch aus, versuchte aufzustehen, kam aber nicht auf die Beine. Sogleich versuchte er es noch einmal, wieder ohne Erfolg.

Glanis bemerkte, dass Rias Hand auf ihren Blaster glitt. »Und wen von uns willst du damit erschießen?«

Kopfschüttelnd ließ sie die Waffe los. »Eine Menge Leute, aber keinen von euch.«

»Reicht ja auch, wenn dein Vater gleich versuchen wird, mich umzubringen.«

»Versuchen?«, brachte Fael stöhnend hervor.

»Benehmt euch nicht wie Kinder!«, forderte Ria. »Ich kann diese Kiste fliegen, falls ihr euch gegenseitig an die Gurgel geht, aber es wäre mir lieber, wenn vorher niemand ein Loch in die Scheibe brennt.«

»Wo ist mein Blaster?« Fael klang wie Kranit nach zu viel panadischem Kautabak.

Ria warf Glanis ein schiefes Lächeln zu. »Ich hab gerade dein Leben gerettet.«

»Zählt das?«

»Unbedingt.«

»Also, ich weiß nicht.«

»*Wo ist mein verdammter Blaster?*«

»Gut aufbewahrt«, rief Ria nach hinten.

»Verraten von der eigenen Familie!« Wehleidig wie ein Betrunkener nach einer Runde durch Noas Tavernen. »Das ist mein verdammtes Schiff! Wir hätten bei diesem Sprung alle draufgehen können!«

»Immerhin hättest du nichts davon gespürt«, sagte Glanis.

»Dich knöpf ich mir vor, wenn ich wieder … wieder stehen kann.« Er schluckte und bekam einen Hustenanfall.

»Gleich kotzt er ins Cockpit«, stellte Ria fest.

»Es ist *mein* scheiß Cockpit!«, rief Fael.

Kurz herrschte Ruhe, dann erklang ein Poltern, ein Fluch und gleich darauf eine Reihe wackliger Schritte. Eine Hand fiel hinter Glanis' Ohr auf die Rückenlehne des Pilotensitzes. Er schaute sich nicht um und sagte nur: »Tut mir leid, aber es ging nicht anders. Hadrath hat Tanys.«

»Mir ist danach, jemanden zu töten«, sagte Fael bereits ein wenig gefasster, »und es wäre mir recht, wenn das mein Bruder wäre.«

»Wir geben unser Bestes«, sagte Glanis.

Fael rieb sich mit der freien Hand durchs Gesicht. »Ist lange her, dass ich zuletzt so eine Ladung abbekommen hab. Noch sehe ich zu verschwommen, um dir den Kopf abzureißen, Junge.«

Sicherheitshalber beobachtete Glanis Faels Spiegelbild in der Scheibe, doch der Piratenführer machte keine Anstalten, handgreiflich zu werden. Stattdessen schien er die Instrumente zu studieren.

»Wir verlassen gleich den Hyperraum«, sagte Fael.

Glanis betrachtete die Anzeigen. »Bist du sicher?« Weil sie den Sprung nicht selbst eingeleitet hatten und ihr Ziel nicht kannten, war es eigentlich unmöglich, die Dauer vorauszuberechnen.

Fael deutete mit einem erschöpften Grinsen auf eine Zahlenreihe über Glanis' Kopf. »In der *Sternenlos* steckt ein Haufen neuer Technik. Aber lass das nicht die Hexen hören.«

Tatsächlich lief dort oben ein Countdown rückwärts und näherte sich der Null.

»Der Bordcomputer ist in den Rechner der Schleuse eingedrungen, unmittelbar vor dem Sprung«, erklärte Fael.

Auch Ria schien nichts davon geahnt zu haben. »Weiß er, wo wir zurück in den Normalraum stürzen?«

Fael beugte sich vor und betätigte einige Tasten. »Das da sollten die Koordinaten sein. Manchmal kommt es zu Ungenauigkeiten, aber mit etwas Glück ist das der richtige Ort.«

Ria gab die Zahlen in die Datenbank ein. »Madrigal«, las sie vor und fügte verwundert hinzu: »Keine Informationen über einen Gildestützpunkt.«

Eine Erschütterung lief durch das Schiff.

»Festhalten!«, rief Glanis.

Fael hätte sich auf einem der Notsitze hinten im Cockpit anschnallen können, aber er blieb breitbeinig zwischen den Pilotensesseln stehen, die Hände auf den Rückenlehnen.

Ein Warnsignal ertönte alle paar Sekunden.

»Rücksturz eingeleitet«, meldete Ria.

Fael stieß ein triumphierendes Schnauben aus.

Vor ihnen in der Finsternis öffnete sich ein Strudel aus weißem Licht – wie die Geburt einer Galaxis im Zeitraffer. Die geschwungenen Schlieren füllten rasch das gesamte Cockpitfenster, verdichteten sich und rotierten schneller. Glanis, der zuvor erst zwei Hypersprünge gemacht hatte, spürte seinen Magen rebellieren. Auch Ria sah aus, als würde ihr übel. Nur Fael stieß ein kaltes, hartes Lachen aus.

Aus dem Strudel wurde eine Wand aus blendendem Weiß, dann brachen sie hindurch und wurden nach vorn in die Gurte gestoßen. Fael schwankte leicht, hielt sich aber auf den Beinen.

Vor ihnen öffnete sich das Sternenmeer der Galaxis, das atemberaubende Funkeln und Glittern des äußeren Spiralarms. Nebel aus Millionen Sonnen bildeten rote und blaue Schleier, auf denen die vertrauten Sternbilder wie Kollektionen kostbarer Gemmen lagen. Glanis erkannte den Perdiatus-Schwarm und Lales Amulett, dazu eine Handvoll kleinerer Formationen. Sie befanden sich noch immer in den Marken. Im Gilderaum.

Hinter dem Schiff blieb der Eisenring einer alten Hypersprungschleuse zurück, grau und stumpf geworden vom endlosen Strahlungsfeuer des Kosmos. Das Energiefeld in ihrem Zentrum erlosch bereits. Falls die Schleuse bemannt war, würde die Crew gerade melden, dass zwei unbekannte Schiffe aufgetaucht waren. Allerdings konnte Glanis auf dem Monitor erkennen, dass im Brückentrakt keine Fenster und Bullaugen erleuchtet waren. Wahrscheinlich handelte es sich um eine automatisierte Schleuse, von denen es in den Marken einige gab. Die meisten hatten wegen mangelnder Wartung schon vor langer Zeit ihre Funktion eingestellt.

Glanis' Finger bedienten, ohne hinzusehen, die Instrumente, während er das All vor dem Schiff mit bloßem Auge absuchte. Hadrath musste hier irgendwo sein, und tatsächlich meldete der Bordrechner kurz darauf ein Objekt im Grenzbereich der Sensorenreichweite.

»Das ist er«, flüsterte Fael.

Ria betrachtete die Anzeigen. »Und nur ein einziger Planet weit und breit. Könnte eine Falle sein.«

»Ab hier sollte ich die Steuerung übernehmen«, sagte Fael. Glanis reagierte nicht.

Fael beugte sich näher an sein Ohr. »Glaubst du allen Ernstes, ich würde kehrtmachen, obwohl wir meinem Bruder so dicht auf den Fersen sind? Und Noas Koordinaten einer Schleuse anvertrauen, die wahrscheinlich von der Gilde kontrolliert wird?« Fael stieß ein humorloses Lachen aus. »Bestimmt nicht, ohne vorher eine anständige Sprengladung mit Zeitzünder in der Schleuse zu deponieren.«

»Wir haben Sprengladungen dabei?«

»Wir haben alles dabei, mein Junge. Die Waffenkammer der *Sternenlos* ist voll bis unter die Decke. Denk an irgendetwas, das Menschen tötet – wir haben es an Bord.« Fael deutete auf einen Schalter. »Davon abgesehen haben wir den besten Tarnschirm, der gegen Erpressung zu beschaffen war. Meine Leute haben ein halbes Jahr gebraucht, um herauszubekommen, wie man ihn einbaut. Es wäre angebracht, ihn jetzt zu benutzen. Dummerweise kennt nur einer hier den Code.«

Ria tippte etwas in ihre Tastatur, und gleich darauf meldete eine Anzeige die Aktivierung des Tarnschirms. »Zwei«, sagte sie.

Faels Tonfall kühlte sich merklich ab. »Woher –«

»Glaubst du wirklich, du hast Geheimnisse vor mir?« Sie sagte das ohne jede Prahlerei, und Glanis fragte sich, ob noch mehr hinter dieser Bemerkung steckte.

Er warf ihr ein dankbares Lächeln zu. »Wie unsichtbar sind wir?«

»Probieren wir es aus«, erwiderte sie mit einem Schulterzucken.

»Unsichtbar genug«, sagte Fael mit mühsam gezügelter Wut. »Auf Hadraths Ortung werden wir nicht auftauchen, und solange wir nicht an seinem Cockpit vorbeifliegen, wird er uns nicht sehen. Häng dich enger an ihn ran.«

Glanis war bereits dabei, die Triebwerke hochzufahren. Ein kaum merkliches Vibrieren lief durch das Schiff, als der Antrieb sanft beschleunigte. Fael hatte nicht übertrieben, was die Technik der *Sternenlos* anging.

Aus der Finsternis zwischen den Sternen schälte sich eine ockerfarbene Sichel. Das Schiff näherte sich der Nachtseite jenes Planeten, der laut Datenbank diesem System seinen Namen gegeben hatte: Madrigal. Während seiner Ausbildung hatte Glanis die Namen Hunderter Welten und Sonnen gehört, stets in der Gewissheit, dass er keine davon je mit eigenen Augen sehen würde; entsprechend schnell hatte er die meisten wieder vergessen. In irgendeinem Zusammenhang war damals auch Madrigal aufgetaucht.

Hadrath flog einen Bogen, während hinter dem Planetenhorizont die Sonne aufstieg. Glanis folgte ihm.

Als sie etwa ein Drittel der Kugel umrundet hatten, sagte Fael: »Madrigal ist eine tote Welt. Aber das war nicht immer so.«

»Die Maschinen?«, fragte Ria.

»Nein. Was hier geschehen ist, liegt viel weiter zurück. Gegen Madrigal wurde eine Waffe eingesetzt, die zur Zeit des Maschinenherrschers längst vergessen war, vor der Hegemonie, in der Ära der tausend Kriege.«

Jeder hatte Geschichten darüber gehört, aber die meisten klangen zu phantastisch, um wahr zu sein. Damals, so meinten manche, seien weite Teile der Galaxis von Menschen besiedelt gewesen, die einander in verheerenden Schlachten bekämpft hatten. Nach dem letzten Krieg, den letzten gefallenen Systemen, war nichts übrig geblieben als eine kosmische Trümmerwüste. Nur im äußeren Spiralarm der Galaxis, auf Tiamande und den umliegenden Welten, hatten Reste menschlicher Zivilisationen überlebt, die sich später zur Hegemonie vereint hatten.

Glanis und Ria erkannten, was Fael meinte, als sie die Sonnenseite des Planeten vor sich sahen. Madrigal war eine braune Einöde, durchzogen von einem Zickzack gigantischer Risse. Die Bruchstücke des Planeten hafteten aneinander, hatten sich aber verschoben, so dass allerorts Stufen in der Rundung entstanden waren. Es sah aus, als hätte eine kosmische Gottheit versucht, Madrigals Überreste notdürftig zusammenzuleimen wie eine zerbrochene Vase.

»Was, bei allen ...«, entfuhr es Ria, dann versagte ihre Stimme.

Inmitten der Planetenoberfläche klaffte ein Loch, groß wie ein Binnenmeer und nahezu kreisrund.

Glanis erinnerte sich an ein Bild, das er einmal gesehen hatte. Keine Holographie, nur eine Zeichnung in einem alten Buch. »Das ist ein Einschuss.«

»Ein Einschuss?«, wiederholte Ria ungläubig. »Von einem *Laser?*«

»Ja«, sagte Fael, »und niemand weiß, wo die Waffe abgefeuert wurde, die Madrigal durchbohrt hat. Die Achse des Planeten hat sich verschoben, der Winkel des Angriffs lässt sich nicht mehr berechnen. Der Schuss kam aus einem anderen System, und auf diese Entfernung kommen Hunderte in Frage. Unfassbar, was für Energien damals freigesetzt wurden.« Das klang bewundernd und schaudernd zugleich. Glanis hatte nicht erwartet, dass er Fael einmal verstört erleben würde, aber als er ihn nun ansah, war Rias Vater bleich geworden.

Wohl auch, weil er ahnte, was sein Bruder vorhatte.

»Das ist Wahnsinn!« Faels Blick blieb starr auf die gigantische Öffnung gerichtet. Im Inneren verjüngte sie sich wie ein Trichter, gewaltige Schrägen fielen Tausende Kilometer tief ab und trafen sich in einem schwarzen Punkt im Zentrum des Einschusses.

»Wenn der Strahl auf dieser Seite eingeschlagen ist«, überlegte Glanis laut, »und der Planet nicht vollständig zerbrochen ist, dann ist er wahrscheinlich auf der anderen Seite wieder ausgetreten.« Auf der Nachtseite, wo sie das zweite Loch beim Anflug im Dunkeln nicht hatten sehen können.

Hadraths Schiff schwebte jetzt genau über dem dunklen Herz der Öffnung, ein schimmerndes Leuchtfeuer über einem unermesslichen Abgrund. Einen Atemzug lang schien es dort stillzustehen.

»Ein Tunnel mitten durch den Planeten«, flüsterte Fael.

Hadrath nahm wieder Fahrt auf. Sein Schiff blitzte ein letztes Mal silbrig im Sonnenschein, startete durch und raste hinab in die Tiefen von Madrigal.

17

Glanis schob den Beschleunigungshebel nach vorn und folgte dem Spähschiff ins Dunkel.

»Abtaster«, bat er, und Ria erwachte aus ihrer Schockstarre. Ihre Finger flogen über die Instrumente. Verwirrende Graphiken erschienen auf dem Hauptmonitor der *Sternenlos*. Der Rechner bemühte sich, die Struktur des Tunnelinneren als eine Art Schlauch aus Gitternetzen darzustellen. Dabei überlagerten sich so viele Linien, dass wenig Ergiebiges dabei herauskam. Immerhin spuckte der Computer einige Zahlen als Eckpunkte aus.

»Soweit die Sensoren den Tunnel erfassen können«, sagte Ria, »ist der Durchmesser relativ konstant, annähernd einhundert Kilometer. Der Verlauf ist durch die Verschiebung der Bruchstücke nicht schnurgerade. Pass also auf Vorsprünge und Kanten auf.«

Fael beugte sich zwischen den Sitzen vor und betätigte einige Tasten. Ein Flirren huschte über das Cockpitfenster, und im nächsten Augenblick war die Aussicht nicht mehr pechschwarz, sondern von einem phosphoreszierenden Schimmern erfüllt. Abtaster simulierten die Umgebung in einer dreidimensionalen Darstellung direkt auf dem Transparentplast. Es war, als wären gewaltige Scheinwerfer eingeschaltet worden, die den Tunnel auf seiner ganzen Breite mit grünem Licht erfüllten.

Glanis hob beeindruckt die Augenbrauen, während Fael zufrieden nickte. »Ich hab ja gesagt, das Schiff hält ein paar Überraschungen parat.«

»Wer entwickelt so was?« Glanis war auf Noa nur Technikern begegnet, die an den alten Schiffen arbeiteten und bestenfalls ein paar Teile erneuern konnten. Das hier war etwas anderes.

»Gildeingenieure«, sagte Fael. »Die Caudors haben niemals aufgehört, im Geheimen neue Technik zu entwickeln und eigene Schiffe zu bauen. Ab und an sind wir einem Prototypen begegnet. Wir haben nie einen entern können, aber einmal fanden wir Überreste eines Kreuzers. Irgendwas war schiefgelaufen, eine Explosion, vielleicht Experimente mit einem neuen Antrieb, wer weiß das schon. Ein paar von den Teilen, die wir bergen konnten, haben meine Jungs wieder zum Laufen gebracht.«

Glanis blickte hinaus in den Tunnel. Die blassgrüne Illusion von Lichtschein enthüllte einen erstaunlichen Detailreichtum. Weite Teile der Wände wirkten wie poliertes Glas, eine Folge der unvorstellbaren Hitze des Energiestrahls, der Madrigal durchschlagen hatten. An vielen Stellen hatten sich seither Bruchstücke gelöst. Mehrfach musste die *Sternenlos* mächtigen Brocken ausweichen – teils Glas, teils Gestein –, die schwerelos inmitten des Tunnels trieben. Anderswo hatten sich Trümmer dicht vor den Wänden angesammelt. Offenbar waren Madrigals Gravitationsverhältnisse gründlich durcheinandergeraten.

»Was sucht Hadrath hier?«, fragte Ria. »Ist das ein geheimer Gildestützpunkt? Vielleicht eine ihrer versteckten Werften?«

Glanis schüttelte den Kopf. »Gäbe es hier eine Station,

wären wir draußen Abfangjägern begegnet. Wahrscheinlich einem Zerstörer. Hadrath wäre von irgendwem in Empfang genommen worden.«

»Vielleicht ein aufgegebener Außenposten.«

»Was würde er dann hier wollen?«, warf Fael ein. »Die Schleuse von Noa hat ausreichend Reichweite, um bewohnte Gildewelten zu erreichen.«

»Hadrath war ein Jahr lang von sämtlichen Informationskanälen der Gilde abgeschnitten«, sagte Glanis. »Möglicherweise hat es hier damals noch anders ausgesehen. Wir können nur abwarten.«

Ria las eine der Anzeigen ab. Hadraths Schiff blieb in konstantem Abstand vor ihnen, außerhalb ihrer Sichtweite, aber für die Sensoren gut zu erfassen. »Ob er weiß, dass wir hinter ihm sind?«

»Dann würde er Kontakt zu uns aufnehmen«, sagte Fael. »Ich kenne meinen Bruder. Er lässt sich gewiss keine Gelegenheit entgehen, ein Messer in eine offene Wunde zu stoßen. Er würde uns sehr genau erklären, was er mit der Kleinen anstellt, wenn wir nicht auf der Stelle von hier verschwinden oder gleich gegen eine Felswand fliegen.«

»Der charmante Onkel Hadrath«, murmelte Ria.

»Die Kleine hat übrigens einen Namen«, sagte Glanis.

»Ja«, sagte Fael, »den hat sie natürlich.«

Ria blickte zu Glanis. »Wir bringen Tanys zurück nach Noa. Deshalb sind wir hier.«

Sorgenvoll starrte er hinaus in den monströsen Planetentunnel. An den Wänden schälten sich neue Formen aus der Dunkelheit, geometrische Strukturen, die keines natürlichen Ursprungs waren. Was sich da vor ihnen über Tunnelwände zog, erinnerte an vorzeitliche Felsenstädte, wie es sie in einigen von Koryantums tiefsten Canyons gab. Offenbar waren auf vielen Quadratkilometern breite Stufen in die glasierten Oberflächen geschmolzen worden, auf denen man verschachtelte Gebäude errichtet hatte. An anderen Stellen waren die Tunnelwände ausgehöhlt worden, mächtige Torbögen führten in die Untiefen des Gesteins. Welche Zivilisation auch immer das Innere Madrigals einst besiedelt hatte, sie war untergegangen oder weitergezogen. Endlose Ruinenfelder erstreckten sich über die gerundeten Wände, an vielen Stellen waren Trümmer eingeschlagen. Möglicherweise hatten die Bewohner geglaubt, Madrigal beherrschen zu können, und waren letztlich an der gnadenlosen Natur dieser Welt gescheitert.

»Die müssen hier drinnen eine künstliche Atmosphäre geschaffen haben, Atemluft und Schwerkraft«, sagte Ria fasziniert.

»Die Hegemonie hat Hunderte Welten bewohnbar gemacht«, sagte Glanis, »und wir wissen nicht, wie lange das alles her ist. Vielleicht war es ein überlebendes Volk aus der Zeit der tausend Kriege, das sich versteckt hat und Teile seiner alten Technik im Gepäck hatte.«

Die Reihe der Ruinenstädte, die sie nach und nach passierten, kündete davon, dass nach dem Fall von Madrigal im Inneren des Planeten eine ganze Zivilisation entstanden und wieder untergegangen war, lange nach dem verheerenden Einschlag des Energiestrahls.

»Das Haus Caudor beherrscht diese Sektoren seit einer Ewigkeit«, sagte Fael. »Sie müssen längst jede Welt ausgekundschaftet haben, auf der irgendwann einmal Leben existiert hat. Wer weiß, was sie in ihren Archiven verstecken.«

»So wie du die Container unter der Festung?« Glanis

blickte sich nicht zu ihm um, aber er spürte, wie Fael einen Augenblick lang um eine Antwort rang.

»Das ist nur Beute«, sagte er schließlich. »Wir verschiffen sie nach und nach ins Reich. Du weißt das.«

Glanis warf Ria einen Seitenblick zu. Seit er auf die Container gestoßen war, hatten sie keine Gelegenheit gehabt, darüber zu sprechen, so sehr hatten sich die Ereignisse überschlagen. Jetzt wirkte sie nachdenklich, und plötzlich war ihm klar, weshalb.

»Du warst vorher schon mal da unten!«, sagte er. »Du kanntest dieses Lager!«

Sie kaute auf ihrer Unterlippe.

»Was hattet ihr beiden überhaupt dort zu suchen?«, wollte Fael wissen.

Glanis ignorierte ihn. »Ria«, sagte er beharrlich, »stimmt das? Du warst nicht zum ersten Mal in der Höhle?«

Sie nickte langsam. »Ich weiß, was in den Kisten ist.«

»Halt den Mund!«, fuhr Fael sie an.

Er hätte Glanis keinen größeren Gefallen tun können. Die Zurechtweisung machte Ria wütend.

»Androiden«, sagte sie. »Wie eure Muse. In jedem Container eine.«

»Ria!« Fael packte sie hart an der Schulter und riss sie rückwärts gegen die Lehne.

»Nicht anfassen«, sagte sie ruhig.

Die Hand ihres Vaters blieb, wo sie war. »Keiner von euch hatte dort unten etwas verloren!«

»Nimm deine Finger von mir.« Ihre Stimme war eisig, und Glanis bemerkte, dass ihre rechte Hand wieder in die Nähe ihres Blasters gewandert war. Gerade eben hatte sie noch auf dem Schaltpult gelegen. Vielleicht ein Reflex.

»Beruhigt euch«, sagte er. »Alle beide.«

Fael nahm die Hand von Rias Schulter und schien etwas sagen zu wollen, aber seine Tochter war schneller.

»Die Container sind Relikte der Kultisten«, sagte sie. »Sie haben sie zurückgelassen, als sie im Pilgerkorridor verschwunden sind.«

»Natürlich«, sagte Glanis. »Zu dem Zeitpunkt haben sie längst gewusst, dass ihre Hohepriesterinnen keine echten Menschen waren.« Er versuchte, den Tunnel vor dem Schiff im Auge zu behalten und gleichzeitig das Ausmaß dessen zu erfassen, was Ria da behauptete. Und mit einem Mal dämmerte ihm die Wahrheit. »Verdammt, sie sind *Waffen*!«

In den Klöstern der STILLE waren Kranit und er Zeuge geworden, wie die Muse die uralten Kampfroboter erweckt und in die Schlacht geworfen hatte wie ein Befehlshaber seine Fußsoldaten.

»Ja, aber davon wussten die STILLE-Anhänger nichts«, sagte Ria. »In ihren Aufzeichnungen ist immer nur von Priesterinnen die Rede, von all ihrer Weisheit und ihrem Wissen. Die STILLE-Jünger glaubten, die Androidinnen seien ihnen geschickt worden, um das Reich zu missionieren.«

»Geschickt von wem?«

»Von der STILLE – dachten sie. Tatsächlich aber wohl von den Maschinen selbst oder von denjenigen, die *sie* erbaut haben. Wer weiß. Jedenfalls wurden die STILLE-Jünger getäuscht. Als es ihnen gelang, den Pilgerkorridor zu öffnen, waren sie kurz davor, die Androidinnen auszusenden, damit sie predigen und den wahren Glauben verbreiten würden. Mehr wollten die Männer und Frauen auf Noa gar nicht. Sie waren gute Menschen. Gläubige Menschen.«

Fael stand schweigend hinter den beiden. An den Rändern

des Cockpitfensters zogen die labyrinthischen Ruinenstädte vorüber wie gigantische Friedhöfe.

»Doch dann haben die Kultisten Noa verlassen, um in den Pilgerkorridor zu gehen«, sagte Glanis nachdenklich. »Und aus irgendeinem Grund ließen sie die Musen zurück, ohne sie vorher hinaus ins Reich zu schicken.« War der Flug in den Korridor womöglich gar keine Expedition gewesen, sondern eine *Flucht* vor dem, was sie über die Musen erfahren hatten? Vielleicht war ihr Aufbruch derart überstürzt gewesen, dass sie die Gründe dafür nicht mal mehr niedergeschrieben hatten. Das würde erklären, warum weder Ria noch Iniza etwas darüber in den Aufzeichnungen entdeckt hatte.

Es sei denn –

»*Du* hast etwas gefunden!« Er drehte sich zu Fael um. »Lange bevor Iniza oder sonst wer in den Archiven war, bist du auf etwas gestoßen und hast es verschwinden lassen!«

Ihre Blicke kreuzten sich.

»Hephestus und ich haben damals nach Informationen über die Tore von Tau und den Pilgerkorridor gesucht«, sagte Fael. »Gefunden haben wir etwas anderes.«

»Und seitdem weißt du, wie man sie weckt.« Glanis riss sich von Faels Anblick los, um auf die Trümmer zu achten. »Letztlich geht es dir darum, nicht wahr? Du schickst die Musen auf die Reichswelten, um sie alle auf einen Schlag zu aktivieren. Und falls es dort Überreste der alten Maschinenarmeen gibt, dann werden die Musen sie unter ihre Kontrolle bringen.«

»Damit alles im Chaos versinkt, derweil er es sich in den Baronien bequem macht«, sagte Ria. Glanis hatte angenommen, dass sie den Plan ihres Vaters längst kannte, doch nun schien es, dass sie genau wie er die Teile des Puzzles Stück für Stück zusammensetzte. »Die Musen erwachen und mit ihnen die Armeen der Maschinen. Im Reich bricht ein neuer Krieg aus. Die Hexen hätten Besseres zu tun, als sich um ein paar Systeme am äußeren Rand ihres Einflussbereichs zu kümmern. Jemand könnte in den Baronien auftauchen und dort in aller Seelenruhe die Macht ergreifen, während der Rest des Universums vor die Hunde geht.«

Fael sagte nichts, sein Gesicht wirkte so gläsern wie die Tunnelwände.

»In den Baronien hat es nie einen Krieg gegen die Maschinen gegeben«, sagte Glanis. »Einige behaupten, ihnen sei nicht genug Zeit geblieben, um so weit vorzustoßen. Andere, dass sie die Nähe zum Katarakt fürchteten. Dass dieselbe kosmische Strahlung, die manche Mädchen in den Baronien zu Bräuten der Gottkaiserin macht, die Maschinen schwächt.«

»Das ist Aberglaube«, sagte Ria.

Glanis wandte sich wieder an Fael. Er nahm eine Hand vom Steuerknüppel, zog seinen Blaster und legte ihn sich in den Schoß. »Wie werden die Musen geweckt?«

»Es ist ein Signal, das wie eine Welle durchs All rast, schneller als das Licht«, sagte Fael. »Ein Weckruf. Wo auch immer er sie erreicht, werden sie reaktiviert. Alles wird sehr schnell gehen, eine gewaltige Kettenreaktion, die einen Planeten nach dem anderen erfasst. Wir können es jederzeit von Noa aus absenden.«

Glanis wurde übel bei dem Gedanken, dass Fael die Bevölkerungen ganzer Welten opfern wollte, um als Baron nach Koryantum zurückzukehren. »Ist Olfurs Muse eine von ihnen gewesen?«

»Olfur hat für mich gearbeitet, wie so viele andere. Er

übernahm ein paar Transporte, brachte Container auf fünf oder sechs Welten im Reich. Damals wusste ich nicht, wie clever der kleine Mann war und wie geschickt mit den Fingern. Er muss die letzte Kiste geöffnet und die Androidin darin gefunden haben. Und es ist ihm gelungen, sie zu wecken. Er hat einen Weg gefunden, in ihre Programmierung einzugreifen, etwas, woran alle meine Techniker gescheitert sind. Und er hat nur jenen Teil aktiviert, der für die Tarnidentität als Muse verantwortlich ist. Sie alle haben verschiedene solcher Identitäten und Funktionen, Muse ist nur eine davon. Die Ersten, die ins Reich eingeschleust wurden, waren als Sklavinnen getarnt. Dann tauchten die ersten Musen auf. Und zuletzt kamen die Priesterinnen. Vielleicht gibt es noch andere, die niemals irgendwem aufgefallen sind.«

Kranit hatte Glanis einmal erzählte, er kenne keinen besseren Techniker als den Zwerg. Offenbar hatte er nicht übertrieben.

»Olfur hat die Muse gestohlen und ist mit ihr untergetaucht«, fuhr Fael fort. »Vielleicht wollte er sie verkaufen, ein kleines Vermögen machen ...«

»Er ist mit ihr durchgebrannt«, sagte Glanis. »Olfur hat sich verliebt. Ein verkrüppelter kleiner Mann, der plötzlich die schönste Frau der Galaxis an Bord hatte und sie nicht mehr hergeben wollte.«

Ria blickte starr nach vorn in die Finsternis von Madrigal. »Du hättest es mir erzählen können«, sagte sie zu ihrem Vater. »Du hättest mir einmal im Leben vertrauen können. Aber das ist zu viel verlangt, nicht wahr?«

Vor ihnen tauchten neue Trümmerstücke auf. Die Energieschilde würden sie bei Zusammenstößen mit den kleineren Brocken schützen, aber den großen hatten sie nichts entgegenzusetzen. Glanis musste sich voll und ganz auf die Steuerung konzentrieren.

Mehrere Zeiger schlugen hektisch aus und neigten sich nach rechts.

»Neue Strahlungswerte«, erklärte Fael. »Irgendwo vor uns befindet sich eine massive Energiequelle.«

»Also doch eine Station?«

Fael beugte sich vor. »Das entspricht dem Energiefeld einer Hypersprungschleuse. Aber sie müsste ein Strahlungsleck haben, um die Sensoren derart zu alarmieren.«

»Na, wunderbar.« Glanis stöhnte auf. »Wenn die Caudors im Inneren von Madrigal eine Schleuse versteckt haben, obwohl es in der Nähe schon eine andere gibt, dann kann das nur einen einzigen Grund haben, oder?«

»Sie haben eine eigene gebaut, von der der Orden nichts wissen darf«, spann Fael den Faden weiter. »Eine Schleuse, die einen unbeobachteten Sprung an einen Ort ermöglicht, den nur die Caudors kennen.« Mit einem Mal klang er wieder wie ein Pirat, der reiche Beute wittert. »Sieht so aus, als hätten wir gerade den Schleichweg zum Versteck ihrer Flotte gefunden. Oder zu einer ihrer Werften. Vielleicht auch zu beidem.«

Ria klopfte mit einem Finger auf den Hauptschirm. »Da kommt was auf uns zu.«

Zahlreiche große und kleine Punkte rückten vom oberen Rand des Monitors ins Tastfeld der Sensoren.

»Dann wird sich jetzt wohl zeigen, was der Tarnschirm taugt«, sagte Glanis.

Rias Oberkörper ruckte nach vorn. »Was treibt Hadrath denn da?«

Das winzige Signal, das Hadraths Spähschiff markierte,

manövrierte hektisch zwischen den entgegenkommenden Objekten hindurch.

»Das sind keine Schiffe«, sagte Fael.

Glanis blickte angestrengt auf die grüne Simulation des Tunnels, nun wieder mit beiden Hände am Steuerknüppel, um sofort reagieren zu können, wenn die fremden Objekte ihr Sichtfeld erreichten.

Etwas Großes löste sich aus der Dunkelheit und rotierte schwerfällig um sich selbst. Im ersten Moment schien es sich um einen ovalen Fels zu handeln. Doch als er sich im Näherkommen weiterdrehte, kam von unten her etwas anderes zum Vorschein.

Ein menschliches Gesicht.

Es war ein Kopf aus Stahl, fast fünfhundert Meter im Durchmesser.

Trudelnd glitt er an der *Sternenlos* vorüber, mit pupillenlosen Augen und geheimnisvollem Lächeln.

Einige Sekunden lang starrten die drei ihn mit angehaltenem Atem an. Dann schrillte ein Alarm, und die Instrumente warnten sie, dass die Energieschilde einem Ansturm winziger Hindernisse ausgesetzt waren.

Ein stählernes Bein. Ein Stück Torso. Eine Faust, die ein zerbrochenes Schwert umklammerte. Viele gewaltige Körperteile, begleitet von Schwärmen aus Schiffstrümmern: geborstene Antriebsblöcke, Rumpfstücke mit zerbrochenen Bullaugen und Fenstern, Teile von Decks wie Fetzen eines Insektennests. Unfassbare Mengen zerstörten Metalls.

Schließlich die linke Hälfte eines gigantischen Frauengesichts. Züge, die jeder von ihnen schon einmal gesehen hatte, hoch oben auf einer Pyramide aus eisernen Statuen.

Das Gesicht der Gottkaiserin.

18

Hadrath saß im Pilotensitz des Spähschiffs und manövrierte es durch die Trümmer der Raumkathedrale. Lange hatte er kein so wendiges Schiff mehr gelenkt. Er hatte Flotten kommandiert und mächtige Kreuzer befehligt, aber die schlichte Freude am Fliegen empfand er erst jetzt wieder, in den Tiefen Madrigals, in diesem Ansturm aus eisernen Gesichtern und Körperteilen.

Das Spähschiff verfügte über eine Batterie starker Strahler, die einen Kilometer weit in die Finsternis reichten. Hadrath hatte die Geschwindigkeit gedrosselt, um den Trümmern rechtzeitig auszuweichen. Das Schiff war mit Sensoren ausgestattet, die ihn frühzeitig vor Kollisionen warnten, und die Schilde hielten alles von ihnen fern, das kleiner war als ein Mensch. Solange er sich nicht ablenken ließ und der Schwarm aus Hindernissen nicht dichter wurde, würde er sie sicher durch diesen Albtraum bringen.

Er war der Einzige an Bord, der dazu in der Lage war. Der junge Pilot des Spähschiffs trieb zusammen mit den drei übrigen Kultisten tot im All. Im Hyperraum war es ein Leichtes gewesen, sich ihrer zu entledigen, einer nach dem anderen. Er hatte im Cockpit begonnen, mit dem Anführer, der ihm der Gefährlichste zu sein schien. Hadrath hatte ihm von hinten ins Genick geschossen und in der Spiegelung auf der Scheibe einen letzten zornigen Blick des Begreifens aufgeschnappt.

Der Junge auf dem Pilotensitz hatte einen Alarm auslösen wollen, um die beiden Bewaffneten in der angrenzenden Kabine zu warnen, aber Hadraths Blasterschuss hatte ihn vorher erledigt. Anschließend war er lächelnd nach hinten gegangen und hatte in aller Ruhe die übrigen beiden Kultisten getötet, vor den Augen der Amme und des Kindes. Beide hatte keinen Ton von sich gegeben, während er die vier Toten zum Außenschott gezerrt hatte. Das war mühsam gewesen, aber er hatte darauf verzichtet, Gavanqe um Hilfe zu bitten.

»Komm mit der Kleinen und eurem Kram nach vorne«, hatte er ihr schließlich befohlen, »aber sorg dafür, dass sie nicht brüllt. Ich stehe gerade unter einer gewissen Anspannung.«

Nach dem Rücksturz in den Normalraum hatte er das Zwischenschott verriegelt und vom Cockpit aus die Luke geöffnet. Das Schiff war zu klein für eine Druckschleuse, und so waren die Leichen geradewegs hinaus ins All gerissen worden. Nachdem das Schott wieder geschlossen war, hatte sich die Kabine rasch mit neuer Atemluft gefüllt.

Er hatte Gavanqe und Tanys zurück nach hinten geschickt, tief durchgeatmet und sich dann ganz auf die Steuerung konzentriert. Nun flogen sie seit mehreren Minuten durch die Überreste der Kathedrale, und mit einer gewissen Zufriedenheit stellte er fest, dass sie den größten Teil des Weges bewältigt hatten.

»Was ist hier passiert?« Die Amme stand mit dem Kind im Arm im offenen Durchgang zwischen Kabine und Cockpit.

»Hab ich nicht gesagt, du sollst hinten bleiben?«

»Es macht mich nervös, wenn ich nicht sehen kann, was draußen vorgeht. Und wenn ich nervös bin, wird Tanys es auch. Du hast mir aufgetragen, das Kind vom Schreien abzuhalten, also muss ich –«

»Du liebe Güte, gib schon Ruhe. Von mir aus bleib da stehen. Aber heul mir nicht die Ohren voll, wenn es holpriger wird und du aufs Gesicht fällst.«

Hadrath richtete seine Aufmerksamkeit wieder auf die zerbrochenen Statuen, die ihnen im Schein der Strahler entgegentrudelten.

»Ich könnte uns anschnallen«, sagte Gavanqe, und erst nach einem Moment begriff Hadrath, dass sie nicht die Plätze in der Transportkabine meinte, sondern den Copilotensitz an seiner Seite.

»Auf keinen Fall!«

Tanys stieß einen hohen, spitzen Schrei aus, und Hadrath verriss fast den Steuerknüppel.

»Herrje, verdammt nochmal!«, brüllte er.

Gavanqe trat unaufgefordert näher und ließ sich in den Sitz des Copiloten sinken. Sie setzte Tanys auf ihre Füße, in den engen Spalt zwischen dem verankerten Sessel und dem Instrumentenpult. Dort unten war die Kleine so geschützt wie nur eben möglich. Gavanqe zog sich den Gurt über den stattlichen Leib.

»Was, bei allen …« Hadrath wollte zum Blaster greifen, war aber zu beschäftigt damit, dem stählernen Standbild einer Hexe auszuweichen, das nahezu unbeschädigt aus der Finsternis ins Licht trieb. Um ein Haar hätten die Spitzen ihres Kopfschmucks das Spähschiff aufgespießt.

»Verschwindet wieder!«

»Hier ist es sicherer für Tanys.«

»Deine Meinung interessiert –« Er fluchte, als ein riesiger Fuß auf sie zutaumelte. Hadrath riss das Schiff in einem scharfen Winkel nach rechts, dann zurück nach links. Der Fuß verfehlte sie, aber ein Hagel aus mittelgroßen Trümmern prasselte frontal auf die Schilde ein und erschütterte das Schiff derart, dass die Triebwerke kurz ins Stottern gerieten. Als Warnung genügte das. Hadrath musste noch vorsichtiger sein.

Tanys saß auf dem Boden, sah zu ihm auf und lachte.

»Warum lacht sie?«, fragte er finster.

»Kinder mögen es, wenn man sie schaukelt.«

»Sie soll aufhören.«

»Dann halt das Schiff ruhig.« Erst jetzt wurde ihm bewusst, dass die Amme ihn duzte. Als wären sie im Angesicht der Gefahr zu so etwas wie Gefährten geworden.

Er ersparte sich, sie zurechtzuweisen. Nach den Morden an den vier Kultisten verachtete sie ihn gewiss, und es konnte nicht schaden, ihr ein wenig Zutrauen einzuflößen.

»War das eine Kathedrale der Hexen?«, fragte sie.

»Klug erkannt.«

»Ich hab noch nie eine mit eigenen Augen gesehen.«

Sie würde bald wieder eine sehen, aber das behielt er für sich. Erst würde er den Caudors die Koordinaten von Noa überbringen, damit sie die Kriegsflotte in Marsch setzen konnten. Das war der leichtere Teil seiner Mission. Der andere betraf das Kind und die Hexen. Im Kampf um die Klöster der STILLE hatte er sich die Ordensmutter Setembra zum Todfeind gemacht, und nun, da Noa bald unter der Kontrolle der Gilde stehen würde, war es notwendig, Abbitte zu leisten. Setembra brauchte dieses Kind, und er hatte vor, es ihr persönlich zu überbringen, als Geste der Aussöhnung.

Auf der Thronwelt Tiamande lag die Gottkaiserin in ewigem Schlaf, heimgesucht von Träumen, durch die das

Schwarze Loch Kamastraka zu ihr sprach. Um die Träume der Gottkaiserin lesen und deuten zu können, bedurfte es seit jeher medial begabter junger Frauen aus den Baronien. Alle fünf Jahre kam eine Ordensmutter dorthin und prüfte die Töchter der Barone auf ihre Tauglichkeit als Medium. Als Ursache für diese besonderen Fähigkeiten galt die Nähe der Baronien zum Katarakt, dem Schweif des Schwarzen Lochs Kamastraka, das vor Äonen die Galaxis gestreift und zahllose Sterne hinaus in den Leerraum gerissen hatte. Alle Materie jenseits der Baronien war damals fortgetragen worden und bildete heute den Katarakt, einen langgestreckten Sternennebel am Nachthimmel vieler Welten. Von ihm, so hieß es in den Legenden, ging jene geheimnisvolle Strahlung aus, die manchen Frauen der Herrscherfamilien die Fähigkeit verlieh, in die Träume der Gottkaiserin einzudringen und die Botschaften des Schwarzen Lochs an die Ordensmütter weiterzugeben.

Im vergangenen Jahr hatte nur eine einzige Baroness den Weg nach Tiamande antreten müssen, nachdem Setembra die Töchter aller Herrscher getestet hatte. Wie sich herausgestellt hatte, war jedoch nicht Iniza die potentielle Braut der Gottkaiserin, sondern ihre ungeborene Tochter. Seither begehrte Setembra das Kind. Und Hadrath war bereit, ihr seine Enkelin auszuliefern, wenn im Gegenzug seine Schuld getilgt wurde. Erst dann konnte er sich ganz auf seine Aufgabe konzentrieren, Noas Geheimnisse zu erforschen, die Tore von Tau aufzustoßen und dem Pilgerkorridor bis zu jenem Ende zu folgen, das Hadrath für das einzig mögliche hielt – zum Ursprung der STILLE.

Abermals musste er einigen Trümmern durch ein gewagtes Manöver ausweichen. Der Antrieb heulte auf, als er beschleunigte und die Triebwerke gleich wieder drosselte.

Diesmal lachte Tanys nicht. Sie starrte ihn mit großen Augen an.

»Was will sie?«, fragte er unwirsch.

»Sie ist neugierig.« Gavanqe wirkte weniger nervös, als es der Lage angemessen schien. »Und sie denkt über dich nach.«

»Sie ist sechs Monate alt. Sie denkt nur daran, wann du sie das nächste Mal fütterst.«

»Du weißt nicht viel über Kinder, stimmt's?«

Er murmelte einen Fluch, der dem Universum im Allgemeinen und der vorlauten Amme im Besonderen galt.

Tanys zeigte mit dem Finger auf ihn und gab einen kurzen Laut von sich.

»Ich will sie da unten nicht haben«, sagte er.

»Sie ist nirgends so sicher wie dort. Sie bleibt.«

Hadrath packte blitzschnell den Blaster, streckte den Arm nach rechts aus und hielt Gavanqe die Mündung an die Schläfe. »Du wirst mir gehorchen!«

»Erschieß mich und sieh zu, wie *du* sie das nächste Mal fütterst.«

Er ließ die Waffe sinken. Gavanqe würde sterben. Nicht jetzt, aber ihr Schicksal war besiegelt.

Tanys lachte wieder.

Am liebsten hätte er beide erschossen. Aber dann hätte er die Gunst der Caudors verloren und jeglichen Anspruch auf die Erforschung Noas. Die Tore von Tau würden versiegelt und die Rätsel des Pilgerkorridors ungelöst bleiben. Er selbst würde in der Folterkammer einer rachsüchtigen Ordensmutter landen und dort nach einigen Jahren erlesener Pein sein Leben lassen.

Mit einem scharfen Ausatmen legte er den Blaster beiseite

und richtete seine Aufmerksamkeit auf das Trümmerfeld im Tunnel.

Es nagte an seinem Stolz, dass die Nähe des Kindes ihn verunsicherte. Iniza schien ihn durch die Augen der Kleinen anzusehen, mit demselben Blick wie bei ihren Besuchen in der Zelle. Erfüllt von dem Wissen um seine Schwäche.

Die Trümmer schwebten nun dichter beieinander. Gigantische Köpfe rammten wirre Nester aus zerfetzten technischen Anlagen, Hände streiften verdrehte Rumpfteile, die wie ausgewrungene Lappen aus Stahl aussahen. Der Weg, den ihm die Navigation anzeigte, wurde enger und verwinkelter.

»Wie kann so was passieren?«, fragte Gavanqe.

»Ich weiß es nicht. Als ich zum letzten Mal hier war, gab es das alles noch nicht.«

Die Hexen mussten von der geheimen Schleuse im Herzen von Madrigal erfahren haben. Zweifellos waren sie hergekommen, um sie zu zerstören, und waren stattdessen selbst vernichtet worden. Das hohe Energielevel, das die Instrumente maßen, verriet, dass die Schleuse nach wie vor intakt war. Warum also hatte der Orden keine zweite Kathedrale ausgesandt, um das Madrigal-System zu sichern?

Vielleicht weil anderswo etwas geschehen war, das die Vernichtung der Schleuse überflüssig machte.

Zum ersten Mal seit seiner Flucht verspürte Hadrath einen Anflug tiefer Sorge.

Gavanqe spähte hinaus ins Licht der Strahler. »Warum sieht man keine gefrorenen Leichen?«

»Dieser Tunnel hat einen Durchmesser von hundert Kilometern. Alle Überreste, die so klein sind wie ein Mensch, sind in sämtliche Richtungen verstreut worden.«

»Aber hier ist alles voll von Trümmern, auch von solchen, die kleiner sind als ein Mensch.«

Natürlich hatte Gavanqe recht. Sie hätten zumindest auf vereinzelte Leichen stoßen müssen. Die Besatzung einer Raumkathedrale ging in die Zehntausende. Hexen und Paladintruppen, Greiferpiloten und technisches Personal, dazu eine Armee von Statikern und Arbeitern für die Instandhaltung des Statuendschungels. Viele mochten in den Explosionen verglüht sein, andere waren zwischen Trümmern zermahlen worden; dennoch mussten unzählige bei der Zerstörung der Festung ins Vakuum gerissen worden sein. Es war sonderbar, keinen einzigen Leichnam zu sichten.

Vor ihnen schwebte etwas durch die Finsternis, das aussah wie ein gigantisches Kettenglied, ein eisernes Oval, fast so groß wie ihr Schiff. An einer Stelle war es aufgerissen, die Enden verbogen.

Gavanqe zeigte darauf. »Was ist das?«

»Irgendein technisches Teil.«

»Sieht aus wie massiver Stahl.«

»Wahrscheinlich ein Stück von einer Statue.«

Tanys' Augen schienen aufzublitzen, und ganz kurz meinte Hadrath, das geisterhafte Gesicht Setembras in der Finsternis zu sehen, groß wie das der Gottkaiserin und zu einem triumphierenden Lächeln verzogen. Er fuhr erschrocken zusammen, und Gavanqe sah ausgerechnet in diesem Moment zu ihm herüber.

»Die Besatzung mag in alle Winde verstreut sein«, sagte sie und sprach aus, was auch er gerade dachte: »Aber was ist aus dem Totem geworden?«

19

Shara brüllte gegen den Lärm der Triebwerke an, während sie den Greifer mit irrwitziger Geschwindigkeit durch die verzweigten Schächte von Setembras Kathedrale lenkte. »Wir nähern uns der Totemzone.«

»Ich weiß«, gab Kranit auf dem Notsitz hinter ihr zurück. »Ich war schon mal –«

Eine Garbe glühender Laserbolzen streifte sie. Die Heck- und Seitenschilde lenkten die Zerstörungskraft der Strahlen ab, absorbierten einen Teil und entlasteten die stampfenden Akkumulatoren. So wurde feindliche Energie zu eigener, obgleich Shara gern darauf verzichtet hätte, wenn sie dafür die drei Greifer in ihrem Nacken losgeworden wäre. Sie stärkte die Heckschilde, so gut es ging, auch wenn sie das bei einem Angriff von vorn schwächte. Noch flogen ihre Gegner hinter ihnen, drei heulende Stahlinsekten, die das Labyrinth der Schächte mit zuckenden Netzen aus Laserfeuer eindeckten.

»Du willst sie in der Totemzone abhängen?«, fragte Kranit.

»War es nicht das, was du über Nurdenmark versucht hast?« Iniza hatte ihr während der vielen Flugstunden in der *Nachtwärts* davon erzählt. »Und endete es nicht damit, dass ihr abgeschossen worden seid?«

»Erstens«, sagte Kranit, »war es kein *Versuch*, die Greifer in der Totemzone abzuschütteln, sondern ein überaus gelungenes Manöver. Und zweitens wurden wir nicht abgeschossen, sondern von einem Trümmerteil getroffen. Der Kapitän des Virikaan-Kreuzers, der uns aufnehmen sollte, war dumm genug, sich von der Kathedrale zerstören zu lassen.«

»Jedenfalls ist es nicht besonders gut für euch ausgegangen.«

»Dann lass sehen, ob du es besser kannst.«

»Das ist der Plan.«

»Ich wünsch dir mehr Erfolg als beim Armdrücken.«

Wieder eine Erschütterung, eine technische Anlage in der Schachtwand war explodiert. Shara lenkte den Greifer geradewegs durch die Glutfontänen, die sich aus den geborstenen Leitungen ergossen.

Routiniert behielt sie den Monitor und sämtliche Anzeigen im Blick. Mit schwingenden Bewegungen führte sie die beiden Steuerungsarme des Greifers und musste dabei ihren ganzen Oberkörper einsetzen. Die Außenhaut des Einmannjägers war längst zu ihrer eigenen geworden. Es überraschte sie, wie leicht es ihr nach all den Jahren von der Hand ging. Als wäre sie seither nie etwas anderes geflogen. Als hätte sie – und das war schlimm – niemals aufgehört, eine von ihnen zu sein.

Die drei Greifer in ihrem Schlepptau waren sich in den Schächten gegenseitig im Weg, meist feuerte nur der vordere. Das schwächte ihre Effektivität, denn die wahre Stärke der Einmannjäger lag in der hohen Zahl, in der sie für gewöhnlich angriffen. Dann verschmolz die Beeinflussung der Hexen zu einer Schwarmintelligenz, die den Piloten einen Großteil ihrer Eigenverantwortung nahm und im Gegenzug eine kaum zu schlagende Koordination aller Kräfte herbeiführte. In den schmalen Schächten hingegen konnten die Hexen sie lediglich kontrollieren, nicht aber steuern. Hier waren die Piloten ganz auf ihre eigenen Fähigkeiten angewiesen.

Draußen herrschte das Chaos vorüberzischender Kabel und verästelter Rohre, blitzartig erhellt von der roten und gelben Glut der Lasergeschütze, ohne einen Hinweis auf Oben und Unten. Für Shara gab es nur den Flug nach vorn, tiefer in die Kathedrale hinein. Sie schlug Haken, legte sich in scharfe Kurven, fegte über bodenlose Abgründe hinweg. Auf manchen Simsen standen Statuen, selbst hier im Inneren der Kathedrale, wo sie für gewöhnlich kein menschliches Auge erblickte. Trübweißes Licht kroch von unten an den titanischen Körpern herauf und verlieh ihren Gesichtern eine strenge Erhabenheit. Andere waren nur als Silhouetten zu erkennen, vage aus der Finsternis gemeißelt von Lampen hinter ihren Schultern. Größenwahn wehte durch die eisernen Canyons und Schächte.

»Hast du eine Ahnung, wo wir jetzt sind?«, fragte Kranit, der offenbar Mühe hatte, vom Notsitz aus die Anzeigen der Instrumente abzulesen. Sie vermutete schon seit Monaten, dass seine Augen nicht mehr die besten waren, was er allerdings niemals zugeben würde.

»Wir müssten bald in den heißen Bereich vorstoßen«, sagte sie.

Wieder ein Lasereinschlag, diesmal direkt in den zentralen Heckschild. Der Greifer wurde nach vorn geworfen. Kranit krachte gegen Sharas Rückenlehne.

»Hey, schnall dich an!« Sie selbst hatte den Stoß fast spielerisch mit den Händen an den beiden Steuerarmen abgefedert. Auch das war Teil ihres Trainings gewesen.

»Kranit? Alles in Ordnung?«
»Alles wunderbar.« Sie hörte, wie sein Gurt einrastete. Manchmal benahm sich dieser Kerl wie ein kleiner Junge, der es darauf anlegte, sie zur Verzweiflung zu bringen.
»Da vorne«, sagte sie. »Kannst du es sehen?«
»Ich bin nicht blind.«
Seufzend entnahm sie den Anzeigen, dass sich die Außentemperatur stark erhöht hatte. Der heiße Bereich trug diesen Namen nicht von ungefähr.

Vor ihnen endete der Schacht in einem rotglühenden Rechteck. Der Greifer fegte aus der Öffnung und befand sich wieder über einem der gewaltigen Abgründe, die sich durch die Kernregion der Kathedrale zogen. Das Glühen drang aus Spalten in den kilometerhohen Wänden, von mehreren Seiten zugleich. Shara riss den Greifer nach oben, flog einen Looping – in dieser Enge eine kleine Meisterleistung – und stieß auf den ersten ihrer drei Verfolger herab, als der hinter ihnen aus der Öffnung fegte. Sie eröffnete das Feuer. Laserbolzen hagelten auf die halsartige Verjüngung seines Rumpfes zwischen dem Cockpit und dem Metallbalg der Hecksektion. Die Schilde hielten dem Punktbeschuss nicht stand, das Schiff explodierte in einer weißen Sonne. Hier im Kern herrschte Sauerstoffatmosphäre, und so blieb Funkenflug an den Rümpfen der beiden nachfolgenden Schiffe haften und zog Glutschlieren durch das rötliche Halblicht.

Shara lenkte den Greifer nach links, wo sich die Wände des Abgrunds allmählich verjüngten. Zugleich flog sie steil nach unten, bis etwas sichtbar wurde, das die Oberfläche einer zähen schwarzen Flüssigkeit zu sein schien.
»Ist das explosiv?«, fragte Kranit.
»Keine Ahnung.«

»Was weißt du überhaupt?«

»Dass man nicht überlebt, wenn man sich hier rumtreibt. Dass es angeblich den Tod bringt, das Totem zu lange anzusehen. Dass es Menschen nicht einzeln verschlingt, sondern nur in großen Mengen *trinkt*, die wie Sturzfluten seine Kehle hinabprasseln. Dass es kein gewöhnliches Lebewesen ist, sondern aus Sternenmagie erschaffen wurde. Dass niemand auch nur –«

»Danke, das reicht.«

»Es gibt Geschichten über Menschen, die sich in die Totemzone verirrt haben.«

»Will ich nicht hören.«

Shara lachte. »Wenn du mich fragst, ist das alles blanker Unsinn. Das hier sind Tanks und Maschinenräume wie in jedem anderen Schiff, nur größer und heißer und vielleicht ein wenig älter. Kaum jemand an Bord einer Kathedrale glaubt daran, dass die Schiffe von einer magischen Kreatur im Kern angetrieben werden – außer manchen Hexen, die es nicht besser wissen wollen.«

Kranit murmelte etwas, das sie nicht verstand.

»Was?«

»Ich sagte, damals hab ich hier was gesehen.«

Die Greifer hinter ihnen hatten aufgehört zu schießen. Vermutlich wollten auch sie es nicht darauf ankommen lassen, dass sich die ölige Flüssigkeit entzündete.

Als Shara auf dem Monitor nach ihnen Ausschau hielt, waren die beiden nicht mehr zu sehen.

»Sie sind weg«, rief sie über die Schulter.

»Wahrscheinlich wissen sie besser als du, was uns hier unten erwartet.«

»Und was soll das sein?«

»Ketten«, antwortete er nach kurzem Zögern. »Riesige Ketten, die sich vor uns gespannt haben, so als wäre etwas damit gefesselt, das sich langsam aufrichtet.«

»Und das erzählst du mir erst jetzt?«

Die Wände standen nun noch enger beieinander. Weiter vorn schien die Schlucht in einen größeren Hohlraum zu münden. Falls Shara eine Reihe von Erschütterungen kurz nach ihrem Start richtig gedeutet hatte, dann war die Kathedrale in den Hyperraum gesprungen und verbrauchte gerade unfassbare Mengen Energie. Ganz sicher gab es hier Schächte, um das erhitzte Innere zu entlüften. Sie mussten nur einen finden und ihm zur Außenhülle folgen. Kein Kinderspiel, aber auch keine allzu komplizierte Angelegenheit.

Der Greifer flog aus dem Spalt am Ende des Canyons in eine Wand aus rotem Nebel. Shara riss die Maschine nach oben, um bei der schlechten Sicht nicht zu nah an die Oberfläche der Flüssigkeit zu geraten. Außensensoren meldeten ihr ein Hindernis auf sämtlichen Höhenstufen, die sie durchquerten, doch es kam und ging wieder. Entweder wurden die Sensoren von der Hitze gestört und spielten verrückt, oder aber das Hindernis bewegte sich.

»Also gut«, sagte sie, »wir sollten schleunigst verschwinden.«

Nun schien es, als glühe die Flüssigkeit tief unter ihnen wie Lava, ein orangefarbener Schimmer, der die wogenden Schwaden zum Leuchten brachte. Der Greifer jagte durch den feuerfarbenen Nebel, die Sensoren meldeten die Nähe einer Wand. Und, weiter unten, eine Öffnung, gerade groß genug.

Ein Schatten stieg aus der Tiefe auf. Plötzlich war da etwas vor ihnen, eine dunkle Linie, schräg in ihrem Sichtfeld. Mächtige Kettenglieder, straff gespannt, und Shara konnte nur ahnen, was sich am Ende dieser Kette befand. Ihr war, als hörte sie ein furchtbares Schreien, das die Härchen auf ihren Armen aufrichtete und ihr einen Schauder über den Rücken jagte.

Der Winkel der Kette veränderte sich, sie schlug in ihre Richtung aus. Wieder Bewegungen im Dunst, links von ihnen, so als presste etwas den Nebel wie Gischt auf sie zu.

Das Schreien wurde lauter, übertönte mühelos die brüllenden Triebwerke des Greifers. Kein Mensch stieß solch ein Kreischen aus und auch kein Tier, das sie kannte.

Im letzten Moment drosselte Shara die Geschwindigkeit und tauchte unter der Kette hinweg, zog den Greifer wieder nach oben, beschleunigte und vergewisserte sich, dass die Richtung noch stimmte. In gerader Linie jagte sie die fauchende Maschine durch den Dunst auf die Öffnung zu, die hoffentlich genau dort war, wo die Sensoren sie ausgemacht hatten.

Kranit legte ihr eine Hand auf die Schulter. »Du schaffst das.«

Der dichte Nebelwall überholte sie von hinten, wurde an ihnen vorübergeschoben. Was auch immer ihn vor sich hertrieb, hatte sie fast erreicht. Das Geschrei war ohrenbetäubend.

Die Ketten werden es festhalten, hämmerte sie sich ein. Doch sie befanden sich in *seinem* Reich, in *seinem* Kerker aus Hitze und Dampf und glühendem Tran. Und es zürnte dem Weltall, zürnte den Sternen, zürnte all jenen, die es eingesperrt hatten.

Der Greifer wurde von hinten getroffen. Etwas schien sie

zu packen und wieder zu verlieren. Shara schrie, und Kranit fiel mit ein, dann riss der Nebel vor ihnen auf, ein starker Sog ergriff sie und zerrte sie wie von Geisterhand hinauf in einen Lüftungsschacht.

20

Seit über einer Stunde klammerte sich der Greifer mit seinen Magnetarmen an die Wand des Schachts. Nur wenige Meter vor ihnen befand sich ein Ausgang ins All, zwanzig mal dreißig Meter groß, geschützt von einem feinen Energieschirm. Der kastenförmige Generator des Schirms war in die Wand auf der anderen Seite des Schachts eingelassen, Shara hatte eines der Geschütze darauf gerichtet. Sobald die Kathedrale ihren Hypersprung beendete und in den Normalraum zurückstürzte, würde Shara den Schirm zerstören und den Greifer hinaus in den Weltraum lenken.

»Und wenn das Ziel des Sprungs Tiamande ist?« Sie hatte die Thronwelt nie mit eigenen Augen gesehen.

»Umso besser«, sagte Kranit. »Dann wird es dort draußen so viele Ordensschiffe und Greifer geben, dass niemand bemerkt, wenn sich noch einer daruntermischt.«

»Wie lange ist es her, dass du dort warst?«

»Ein paar Jahre.« Er hatte nur ein einziges Mal darüber gesprochen, und sie respektierte, dass es Episoden in seinem Leben gab, die er lieber für sich behielt. In ihrem gab es eine ganze Menge davon.

Nach der Flucht aus der Totemzone hatten sie nur wenige Worte über das verloren, was ihnen dort begegnet war. Gesehen hatten sie kaum etwas, nur Ketten und Umrisse, aber sie hatten es beide gespürt. Die Anwesenheit von etwas, das nicht in dieses Universum gehörte. Was immer die Hexen getan hatten, um solch ein Wesen in Ketten zu legen und seiner Energie zu berauben, lag jenseits von Sharas Vorstellungskraft.

Wieder schwiegen sie minutenlang. In regelmäßigen Abständen drangen Schübe massiver Hitze und vergifteter Luft aus den Tiefen des Schachts herauf und wurden durch den Energieschirm abgelassen. Die Außenhülle des Greifers schützte sie, doch der Gedanke, was da an ihnen vorüberwehte und woher es kam, erhöhte Sharas Nervosität. Sie konnte es nicht erwarten, endlich auf etwas zu schießen, und sei es nur auf den verfluchten Generator an der Wand gegenüber.

Mehrere Anzeigen schlugen heftig aus.

»Es geht los«, sagte sie.

Die Schwärze vor der Schachtöffnung wurde schlagartig fortgewischt, das ganze Rechteck glühte weiß auf, dann füllte sich die Leere mit Sternen. Nie zuvor war Shara so erleichtert über eine Rückkehr in den Normalraum gewesen, und sie hatte mehr als einen Hypersprung mitgemacht, der sie fast das Leben gekostet hatte.

»Also dann«, flüsterte sie und legte den Daumen auf den Feuerknopf am rechten Steuerarm.

»Warte!«

Ein Planet schob sich vor die Öffnung, leicht getrübt von der Verzerrung des Energieschirms. Der Ausschnitt, den sie von hier aus sehen konnten, war nicht groß genug, um sich ein vollständiges Bild dieser Welt zu machen, aber er genügte, um eines mit absoluter Sicherheit zu erkennen.

»Das ist nicht Tiamande«, sagte Kranit.

Sie zuckte mit den Achseln. »Es gibt Tausende bewohnte

Welten im Reich, und auf jeder davon wäre ich lieber, als noch eine Minute länger in diesem Loch zu –«

Sie brach ab, als sie sah, was er meinte.

»Das da *ist* keine bewohnte Welt«, sagte Kranit.

Zumindest nicht der Teil, auf den sie von hier aus herabblickten. Eine Raumbarke passierte die Öffnung in einigem Abstand, auf ihrem Rumpf spiegelten sich gleißende Sonnenstrahlen. Demnach befanden sie sich auf der Tagseite des Planeten. Trotzdem war die Oberfläche tiefschwarz – nicht wolkenverhangen, nicht schattig, auch nicht von dunklen Gasen verhüllt. Was sie dort unten sahen, war pures, lichtloses Schwarz wie das All selbst, als hätte man eine ganze Welt in Pech getaucht. Nur an manchen Stellen zogen sich azurblaue Ströme durch die Dunkelheit wie vergossene, glühende Tinte.

Während all ihrer Jahre im Raum hatte Shara giftige Gasriesen, kahle Einödplaneten und Welten gesehen, die von den Maschinen in lebensfeindliche Schlachtfelder verwandelt worden waren. Aber niemals zuvor war sie auf etwas wie das hier gestoßen: einen Planeten, der das Sonnenlicht vollständig schluckte und auf dem gewaltige Ströme wie blaue Lava flossen.

Hastig schaltete sie das Kommunikationssystem des Greifers auf Empfang. Mehrere Funksprüche überlagerten sich, die üblichen Routinedurchsagen nach einem Rücksturz aus dem Hyperraum. Es dauerte nicht lange, da fiel der Name jener Welt, auf die sie aus ihrem Versteck herabblickten.

Empedeum.

Das äußerste System der Baronien, der absolute Rand der Galaxis. Ein einzelner Planet, der um die letzte Sonne vor dem intergalaktischen Leerraum kreiste.

Empedeum. Die Heimatwelt des Hexenordens. Von hier waren die Ordensmütter und ihre Anhängerinnen einst aufgebrochen, um den Maschinenherrscher auf Tiamande zu stürzen. Und hierher waren sie vor neunhundert Jahren zurückgekehrt, um einen Weltenbrand zu entfesseln, der ihren eigenen Planeten unbewohnbar machte. Was den Orden veranlasst hatte, alle Spuren seiner Herkunft auszulöschen, war nie bekanntgeworden. Gewiss, es gab Gerüchte. Vernichtung seiner wahren Wurzeln. Verschleierung aller Hinweise, die Rückschlüsse auf das Ausmaß der Hexenmacht hätten geben können. Sogar profane Rache an einer Bevölkerung, die dem Orden einst mit Ablehnung und Hass begegnet war. Die Zahl der Geschichten, die sich um das Ende Empedeums rankten, war Legion. Und die Wahrheit kannten nur die Hexen selbst.

Jenseits der schwarzen Horizontwölbung des Planeten war ein breites Band aus Sternen zu sehen, ein Fluss aus Lichtern, weiß und rot und aquamarin – der Katarakt, der Schweif des Schwarzen Lochs Kamastraka. Obwohl er auch von hier aus unerreichbar blieb, war Shara ihm nie zuvor so nahe gewesen. Man erkannte ihn am Himmel vieler Markenwelten, doch hier am Ende der Galaxis war seine Präsenz so atemberaubend, dass sie für einen Moment sogar den unheimlichen Planeten im Vordergrund vergaß und es kaum erwarten konnte, den Gleiter hinaus ins All zu lenken, um den Katarakt in seiner ganzen Pracht zu bewundern.

Kranit blieb unbeeindruckt von der Schönheit des flirrenden Sternenstroms, der Anblick Empedeums hielt ihn fest in seinem Bann. »Das da war kein Weltenbrand.«

»Wie kommst du darauf?«

»Ich hab mit angesehen, was der Orden einer Welt antun

kann. Als ich damals nach Amun zurückgekehrt bin, da waren die Hexen gerade abgerückt. Ich weiß, was nach einem Weltenbrand übrig bleibt. Das da unten war definitiv etwas anderes.«

Shara wusste so gut wie nichts über die Auswirkungen der Vernichtungstechnologie, mit der die Hexen ganze Planeten unbewohnbar machten. »Was sonst sollte so etwas anrichten können?«

»Ich hab nicht die leiseste Ahnung.«

Aus den Tiefen der Kathedrale fegte wieder ein Schwall glühend heißer Gase empor und rüttelte an den Magnetverankerungen des Greifers.

»Verschwinden wir«, entschied Shara und feuerte eine Lasergarbe auf den Generator. Im nächsten Augenblick erlosch das Energiefeld vor der Öffnung. Sie entkoppelte die Magnetarme des Greifers von der Schachtwand, drehte das kleine Schiff um neunzig Grad und startete durch. Ehe die Nachricht von der Zerstörung des Generators in der Zentrale ankommen und man dort die richtigen Schlüsse ziehen würde, mussten sie so weit wie möglich von hier fort sein.

Wie sich herausstellte, befanden sie sich an der Unterseite der Kathedrale, einer stählernen Ebene, nahezu rund, mit einem Durchmesser von sechzig Kilometern. Mehrere Greiferschwadronen waren ganz in der Nähe unterwegs, aber es ließ sich nicht erkennen, ob sie nach ihnen suchten oder ob es sich um Routinepatrouillen handelte, wie es sie nach jedem Rücksturz einer Kathedrale aus dem Hyperraum gab.

»Steuerbord«, sagte Kranit.

Dort entfernte sich ein schwarzes Schiff, geformt wie ein Dreizack. Mit einer Eskorte von zwei Dutzend Greifern nahm es Kurs auf eine Raumstation, die wie eine silberne Brosche über dem fernen Horizont von Empedeum hing. In ihrer Nähe schwebten drei weitere Kathedralen. Die Station übertraf die Ordensfestungen an Größe um ein Mehrfaches. Sie hatte den Umriss eines Diskus und war mit Tausenden von Lichtern überzogen, endlosen Reihen aus Fenstern und Signallampen. Auf ihrem Rand standen Statuen, ein Ring aus monumentalen Gestalten, die wie Wächter auf das verlorene Empedeum herabblickten.

Shara setzte Kurs auf den Konvoi. Während des ersten Stücks blieben sie dicht an der Unterseite der Kathedrale, mussten dann aber freien Raum durchqueren, um sich den Greifern anzuschließen.

»Was treiben die hier?«, fragte Kranit.

Sie wagte keine Spekulation. Das Empedeum-System war seit neunhundert Jahren Sperrgebiet, das wusste man in den Baronien so gut wie in der Marken und im Kernreich. Es hieß, eine einzelne Kathedrale des Ordens sorge dafür, dass sich kein fremdes Schiff diesem Planeten und seiner einsamen Sonne näherte. Wer es dennoch wagte, wurde ohne Warnung vernichtet. Allgemein nahm man an, dass die Hexen einen Mantel des Schweigens über den Untergang ihrer Heimatwelt legen wollten. Auch während ihrer Zeit im Sold des Ordens hatte Shara nie davon gehört, dass Empedeum mehr war als eine verbrannte Einöde am Rand des besiedelten Alls.

Bald drang das Funkfeuer des Konvois aus den Bordlautsprechern, und Shara setzte zwei Routinemeldungen ab, um keinen Verdacht zu erregen.

»Wenn dieses Schiff so schwer bewacht wird …«, begann Kranit.

»Dann heißt das, dass jemand an Bord ist, der äußerst wichtig ist für den Orden und diese Unternehmung.«

»Setembra?«

»Ich würde mal davon ausgehen.«

Shara hatte den Greifer unbemerkt an das Ende der Eskorte des Dreizackschiffes gesteuert. Sie kannte die Standardformationen und Befehlsroutinen, und weil sie sich an das übliche Prozedere hielt, schöpfte der Pilot vor ihr keinen Verdacht.

Die schwarze Oberfläche Empedeums mit den rätselhaften blauen Strömen rollte unter ihnen hinweg, während sie sich der Raumstation näherten. Sie hatten gut zwei Drittel der Strecke hinter sich gebracht und befanden sich an der Grenze zur Nachtseite, als sich das Muster dort unten veränderte. Aus den willkürlichen Verläufen der glühenden Flüsse wurden weite, geschwungene Kurven, bis Shara erkannte, dass es sich um Ausläufer eines mächtigen Strudels handelte, eines Mahlstroms aus blauglühenden Spiralarmen, groß wie ein Kontinent. Das apokalyptische Phänomen ähnelte auf den ersten Blick dem Spiegelbild einer Galaxis, das aus unerfindlichen Gründen von dem teerschwarzen Planeten reflektiert wurde. Dann aber begriff sie, dass es wahrhaftig ein Strudel war, der die azurblauen Ströme des Planeten anzog und verschlang. Aus so großer Höhe betrachtet schien das mit quälender Langsamkeit zu geschehen, doch in Wahrheit herrschten dort unten verheerende Gewalten.

Die Raumstation schwebte exakt über dem Zentrum des Mahlstroms, weit oberhalb der Atmosphäre.

»Kamastraka«, murmelte Kranit.

»Unsinn«, sagte Shara. »Das da kann kein Schwarzes Loch sein.«

»Das weiß ich. Aber es sieht aus wie die Holos in den Augenhöhlen der Hexen, überhaupt wie all die Bilder, die sie von Kamastraka in Umlauf gebracht haben.«

Damit hatte er recht. Dieses furchtbare Ding, das weite Teile Empedeums bedeckte, glich den symbolischen Darstellungen Kamastrakas. Nur dass dies dort unten kein Hologramm war. Der blaue Strudel prangte wie ein Geschwür auf der Oberfläche des Planeten und nährte sich von den gigantischen Energieströmen.

Das Dreizackschiff flog auf ein offenes Hangartor im Zentrum des Diskus zu. Shara hatte angenommen, dass die Eskorte beidrehen und zur Kathedrale zurückkehren würde. Stattdessen nahmen die Greifer in einer langen Kette Kurs auf einen zweiten, kleineren Hangar, der sich am äußeren Rand der Raumstation befand.

Man mochte Shara und Kranit für tot halten, aber spätestens nach der Landung im Inneren der Station würde die Kennung ihres Schiffes überprüft werden. Es würde nicht lange dauern, bis jemandem auffiel, dass es sich um den entführten Greifer handelte.

Trotzdem blieb ihnen keine Wahl. Es war unmöglich, in einem Einmannjäger aus diesem Sektor zu entkommen. Zu wenig Treibstoff, zu schwacher Antrieb. Ganz abgesehen davon, dass man sie abseits der Eskorte in kürzester Zeit aufspüren und aus dem All brennen würde.

Ihr Greifer war der letzte, der ins Innere der Station glitt. Shara folgte den Bändern aus Lichtsignalen und setzte wenig später in einer engen Landebucht auf.

Am anderen Ende des Hangars schloss sich das Tor.

Das Triebwerk des Greifers erstarb.

21

»Sieh mal, was er gemacht hat.« Die Muse jauchzte vergnügt, während sie den Rumpf des Kampfroboters mit einem Tuch reinigte. Die gröbsten Blutspuren hatte sie bereits abgewaschen, nun widmete sie sich getrockneten Rückständen in Öffnungen und Metallfugen.

Iniza ging vor dem Fenster des Festungssaals auf und ab. »Hm?«

»Komm her und sieh's dir an.«

Doch Iniza blieb zum hundertsten Mal vor dem Fenster stehen und blickte hinaus auf die Stadt. Der Platz vor dem Tor war geräumt worden. In den Mündungen der Gassen schienen sich mehr Menschen aufzuhalten als sonst, aber sie verschwendete kaum einen Gedanken daran. Über die Dächer hinweg blickte sie in den Nachthimmel. Das furchtbare Gefühl, von Tanys und Glanis getrennt zu sein, wurde stärker, weil sie die Sterne jenseits der dichten Wolkendecke nicht sehen konnte. Die beiden waren irgendwo dort oben, und Iniza war unter diesen Wolken gefangen, in dieser Festung, in einem Leben, das sie so nicht wollte. Glanis und sie hätten längst einen Weg finden müssen, um gemeinsam von hier zu verschwinden. Nun war es zu spät.

»Er hat jetzt Augen«, sagte die Muse hinter ihr, als spräche sie über ein Haustier, das sie mit einem Kunststück überrascht hatte.

»Wir müssen weg von hier.«

»Ich glaube, er hat sie für dich gemacht. Damit du dich nicht vor ihm fürchtest.«

Iniza drehte sich um. Der Kampfroboter hatte alle seine Klingen und Spitzen eingefahren; auch vier der acht Glieder waren in seinem Stahltorso verschwunden. Schon an Bord der *Nachtwärts* hatte er auf diese Weise versucht, eine humanoide Gestalt zu imitieren. Er besaß keinen Kopf, nur eine Halbkugel, die er ein Stück weit ausfahren konnte wie eine umgestülpte Schüssel. In dem Bereich darunter hatte bisher eine Reihe unterschiedlicher Lampen geleuchtet, jetzt waren es nur noch zwei. Beide waren rund und hatten ein gelbes Wabenmuster. Zudem hatte er sie neu angeordnet, damit sie mittig nebeneinandersaßen wie ein Augenpaar.

»Wann ist das denn passiert?«, fragte Iniza.

»Während wir oben in der Statue waren. Er will wie ein Mensch aussehen.«

»Er *will* etwas?« Das hätte sie früher beunruhigt, doch derzeit spukte ihr genug anderes im Kopf herum. »Ich dachte, du befiehlst ihm, was er zu tun hat.«

Die Muse errötete täuschend echt und lächelte verlegen. »Na ja, vielleicht hab ich ihm einen kleinen Tipp gegeben, wie er es am besten anstellt.«

Iniza ging auf die beiden zu. Der Roboter saß auf dem Steinboden des Saales, in dem Fael früher die Kapitäne seiner Schiffe empfangen hatte. Die Muse kniete mit ihrem blutigen Tuch in der Hand und zwei Wassereimern vor dem gewaltigen Maschinenwesen. Iniza ging vor ihr in die Hocke und packte sie an den Schultern. Blitzartig fuhr ihr durch den Kopf, dass der Roboter das als Aggression missverstehen könnte, doch er rührte sich nicht.

»Das hier ist kein Spiel!«, fuhr sie die Muse an.

Glatte rote Haarsträhnen waren vor die Augen der Androidin gefallen, aber das schien sie nicht zu stören. »Was für ein Spiel?«

»Dein Freund hier hat heute ein halbes Dutzend Menschen zerfleischt, und nicht jeder ist darüber so erleichtert wie Hephestus.«

»Sie fürchten dich jetzt«, entgegnete die Muse. »Ist das nicht gut?«

»Nein. Doch. Ach, ich weiß es auch nicht.« Iniza ließ sie los. Tatsache war, dass der Roboter sie vermutlich gerettet hatte. Die Anführer des Aufstands waren tot, alle Übrigen eingeschüchtert. Das Bild von Iniza oben auf den Zinnen und dem Roboter, der sich wie ein monströser Leibwächter hinter ihr aufgebaut hatte, würde den Menschen in der Stadt so schnell nicht aus dem Kopf gehen. Ein Blutbad, das keine Minute gedauert hatte. Faels Nichte, die an diesem Tag die Macht an sich gerissen hatte und jeden, der sich gegen sie stellte, zerfetzen ließ. Sie konnte sich die Geschichten ausmalen, die gerade in den Tavernen die Runde machten.

Vielleicht hatte die Muse recht, und es war gut so. Aber Iniza wollte weder Faels Macht noch irgendetwas anderes auf diesem verfluchten Planeten. Sie wollte nur in die *Nachtwärts* und sich auf die Suche nach Tanys und Glanis machen.

Es klopfte an der Tür.

»Was ist?«, rief sie barsch.

Draußen wechselte Hephestus dumpf ein paar Worte mit den Wachen, die er vor dem Saal platziert hatte – als könnten die sie besser vor Anschlägen schützen als die Kampfdrohne –, dann trat er ein.

Der Roboter drehte seine neuen Augen in die Richtung

des Piraten und streckte eines seiner verwinkelten Glieder aus. Aus dem Ende schoss ein eiserner Dorn hervor wie die Klinge eines Springmessers.

Hephestus hielt inne und betrachtete den Beschützer der beiden Frauen argwöhnisch. »Muss das sein?«

»Unbedingt«, sagte die Muse.

»Ist schon gut.« Iniza gab dem Roboter einen Wink. Er senkte den Arm und fuhr den Stahldorn wieder ein.

Hephestus' weitere Schritte waren weniger energisch, und er ließ die Drohne nicht mehr aus den Augen. »Die Kapitäne werden bald hier auftauchen.«

»Hat das nicht Zeit bis morgen früh?«

»Wir haben gerade einen Putsch vereitelt, da bleibt für keinen von uns Zeit auszuschlafen und –«

»*Er* hat das getan«, unterbrach ihn die Muse, stand auf und tätschelte den Rumpf des Roboters. »Das Vereiteln. Von dem Putsch.«

Hephestus blickte hilfesuchend zu Iniza, aber die hob nur eine Braue und nickte. »Von mir aus«, sagte er. »Jedenfalls wollen die Kapitäne mit dir sprechen. Sie fordern Sicherheiten.«

»Kannst du das nicht erledigen? Du kennst sie. Ich weiß nicht mal, wie sie alle heißen.«

»Du bist Faels Nachfolgerin.«

»Statthalterin. Freu dich nicht zu früh darauf, dass er nicht wiederkommt.«

Ungeachtet der beiden Maschinen machte Hephestus einen weiteren Schritt auf sie zu, und nun lag aufrichtiger Zorn in seiner Stimme. »Fael ist mein *Freund*. Der beste, den ich jemals hatte! Er und ich haben in den letzten sechzehn Jahren viel durchgemacht, um die Kapitäne und ihre Besatzungen bei Laune zu halten. Wage nicht, mir zu unterstellen, dass ich ihm in den Rücken falle! Mit all dem hier« – er deutete auf die Muse und den Roboter – »gebe ich mich nur für ihn ab. Um seine Macht zu sichern und zu erhalten. Und wenn er nicht zurückkehrt, dann tue ich all das hier in seinem Andenken.«

Iniza lag eine sarkastische Bemerkung auf der Zunge, aber sie hielt sich zurück, denn etwas Erstaunliches geschah: Sie begann, ihm zu glauben. Bislang hatte sie angenommen, dass Hephestus zu allem bereit war, um seinen Status zu sichern. Und vielleicht stimmte das sogar. Doch was er über Fael sagte, klang nach der Wahrheit. Die beiden Männer *waren* Freunde, und vielleicht bedeutete das an einem Ort wie Noa mehr als anderswo.

»Was ist mit der Schleuse?«, fragte sie, weil es das war, was sie wirklich wissen wollte.

»Die Daten sind ausgelesen und werden gerade rekonstruiert. In ein paar Stunden dürften wir das Ziel des Sprungs kennen.«

»Warum dauert das so lange?«

»Die Kultisten in der Schleuse haben versucht, die Spuren zu verwischen, bevor meine Männer dort waren. Sie hatten keine Zeit mehr, um allzu gründlich zu sein, aber die Zerstörung war groß genug, um den Technikern eine Menge Kopfzerbrechen zu bereiten. Trotzdem, die Daten sind da. Es muss nur ein wenig tiefer im Zentralcomputer gegraben werden, um an alle heranzukommen.«

»Sobald sie hier sind, breche ich auf.«

»Das wird nicht möglich sein.«

Sie senkte ihre Stimme, bis kein Zweifel daran bestehen konnte, dass sie ihm drohte. »Du wirst dich mir nicht in den Weg stellen, Hephestus.«

Der Roboter ließ den Stachel wieder hervorschnellen.

»Die Schleuse wurde deaktiviert«, sagte der Pirat. »Jetzt, da Hadrath die Koordinaten von Noa kennt, können wir nicht zulassen, dass sie jedermann offen steht. Er wird die Daten auf dem schnellsten Weg an die Gilde weitergeben, und die Caudors werden umgehend eine Flotte in Bewegung setzen. Wir können nicht zulassen, dass sie unsere eigene Schleuse für einen Angriff auf uns benutzen.« In schärferem Ton fügte er hinzu: »Außerdem hast du gerade heute verhindert, dass die Menschen von Noa fliehen und sich durch die Schleuse davonmachen. Es ist völlig ausgeschlossen, dass du selbst jetzt genau das tust, was du ihnen verwehrt hast.«

»Die Schleuse ist versiegelt?«, fragte sie leise.

»In beiden Richtungen.«

»Heißt das, Glanis und Fael können nicht zu uns zurückkommen?«

Da war etwas Lauerndes in ihrem Tonfall. Mit einem metallischen Knirschen erhob der Roboter sich auf seine zwei Standglieder. Nun war er fast anderthalb mal so groß wie Hephestus und hätte die Distanz zwischen ihnen innerhalb eines Herzschlags überwinden können.

»Beantworte meine Frage!«, befahl Iniza.

Hephestus war kaum merklich zusammengezuckt, als sich der Roboter aufgerichtet hatte, doch einschüchtern ließ er sich nicht – oder er war sehr geschickt darin, es zu verbergen. Vermutlich hatte er es als Königsmacher von Noa auch darin zur Meisterschaft gebracht.

»Im Augenblick können nicht einmal sie die Schleuse benutzen«, sagte er. »Wir dürfen das Risiko nicht eingehen, solange wir nicht wissen, ob Hadrath die Koordinaten an die Caudors weitergegeben hat.«

»Und wie sollen wir davon erfahren, wenn die Schleuse geschlossen ist?«

»Wir können nur abwarten. Es tut mir leid, Iniza. Ich wünsche mir genau wie du, sie alle wären wohlbehalten wieder bei uns. Aber erst einmal müssen wir dafür sorgen, dass Noa gefechtsbereit ist, sollte es zu einem Angriff kommen. All diese Menschen in der Stadt haben Priorität.«

»All diese Menschen«, wiederholte sie aufgebracht, »haben heute versucht, uns an den Zinnen aufzuknüpfen und Faels Schatzkammer zu plündern! Er war nicht mal einen Tag fort, da haben *all diese Menschen* schon den Aufstand geprobt. Meine Solidarität mit diesen Leuten hält sich in Grenzen.«

Hephestus machte einen letzten Schritt, dann war sein Gesicht ganz nah vor ihrem.

»Stopp«, flüsterte die Muse im Hintergrund. Beinahe lautlos hatte der Roboter die halbe Strecke bis zu Hephestus zurückgelegt, ehe ihn der Befehl innehalten ließ.

»Ich war sechzehn Jahre lang an Faels Seite«, sagte Hephestus. »Vorher habe ich acht Jahre seinen Vorgänger unterstützt. Du magst mich für einen eiskalten Opportunisten halten, aber eines lass dir gesagt sein: Man tut das, was ich getan habe, nicht fast ein Vierteljahrhundert lang, weil man an irgendeinem Posten klebt. Ich glaube an das, wofür Noa steht. An die Freiheit, mich nicht den Gesetzen des Ordens unterwerfen zu müssen. An den Willen zum Widerstand. Sogar an dieses verlauste, stinkende Pack da draußen, denn ein besseres haben wir hier nun mal nicht. Die Sache heute ist gut ausgegangen, und dabei wird es bleiben. Wir alle haben einen gemeinsamen Feind, der wahrscheinlich bald auftauchen wird. Der Hass auf das Haus Caudor wird alle vereinen, ganz gleich, was manche von diesen Idioten heute Nachmittag gedacht oder gewollt haben.« Er nickte zu dem Roboter hinüber. »Du hast deinen Metallfreund, der dich beschützt. Sie haben nur uns.« Iniza holte Luft für eine Erwiderung, aber Hephestus fuhr fort: »Dazu kommt unsere Verantwortung für die Tore von Tau. Noa bewacht den Pilgerkorridor, und wir bewachen Noa. Fael hat das schon vor langer Zeit akzeptiert, und das solltest du auch tun. Dein Flug zur Statue war unüberlegt und unverantwortlich. Jetzt sorg gefälligst mit mir dafür, dass die Caudors keine Möglichkeit bekommen, das Tor zum Korridor aufzustoßen.«

»Du weißt, was dann geschehen würde?«

Er schüttelte den Kopf. »Ich habe keine Ahnung. Und jeden Abend bete ich zu den Göttern von Agua, dass das so bleibt.«

Sie hatte nicht gewusst, dass er aus den Stelzenstädten stammte, den einzigen bewohnbaren Orten auf Agua. Im Grunde wusste sie überhaupt nichts über Hephestus. Oder über seine Motive.

»Wie lange werden wir warten müssen?«, fragte sie nach einer kurzen Pause, in der sie einander nicht aus den Augen gelassen hatten. »Wie lange, bis wir einigermaßen sicher sein können, dass keine Flotte auf dem Weg hierher ist und wir die Schleuse wieder öffnen können?«

»Ein paar Tage, denke ich. Die Deaktivierung der Schleuse ist eine Vorsichtsmaßnahme. Viel größere Sorgen machen mir die Berichte unserer Spione, dass die Gilde aller Wahrscheinlichkeit nach Angriffsschiffe mit eigenem Hyperantrieb entwickelt hat.«

Sie schloss für einen Moment die Augen, dann blickte sie zum Fenster und sah noch immer keine Sterne, wohl aber das Lichtermeer der Stadt am Fuß der Festung. »Dann sollte wohl jemand Befehl geben, alles für Noas Verteidigung vorzubereiten.«

»Ich habe schon alles in die Wege geleitet. Tatsächlich ist das der wichtigste Grund, warum du mit den Kapitänen reden solltest. Diese Männer und Frauen werden ihre Schiffe und ihre Besatzungen in die Schlacht führen. Aber vorher wollen sie sichergehen, dass diejenige, die die Führung auf Noa beansprucht, auch ihr eigenes Leben für diese verdammte Schlammkugel riskiert.«

Iniza sah ihn mit zusammengepressten Lippen an.

»Wenn deine Tochter gerettet werden kann«, sagte er, »dann wird Glanis das erledigen. Vertrau ihm. Aber du wirst jetzt hier bei uns gebraucht.«

Der Roboter stakste herüber und baute sich hinter Iniza auf.

Die Muse verschränkte die Arme vor der Brust. Über ihrer Nase erschien eine Sorgenfalte, und ihre Stimme klang sehr ernst, als sie sagte: »Das ist kein Spiel.«

22

Allmählich ließ die *Sternenlos* die Trümmer der Raumkathedrale hinter sich.

Zeitweise waren die Überreste derart verkeilt gewesen, dass selbst der Bordcomputer Mühe gehabt hatte, einen Weg hindurchzufinden. Auch war es nicht immer möglich gewesen, Hadraths Kurs zu folgen, da sich die Wrackteile laufend verschoben, miteinander kollidierten und wieder auseinanderdrifteten.

Mehr als einmal hatten sie das Signal des Spähschiffs verloren, und Glanis hatte trotz aller Risiken beschleunigt, bis der winzige Lichtpunkt wieder am oberen Rand des Monitors aufgetaucht war. Ria hatte versucht, Glanis zu beruhigen und dazu zu bringen, die Triebwerke zu drosseln, aber er war nicht bereit, Hadrath aus den Augen zu lassen. Faels Flüche und Warnungen hörte er schon gar nicht mehr, sie waren Teil des Getöses geworden, das aus der Antriebssektion ins Cockpit drang.

Die verbrannte Welt Madrigal hatte einen Durchmesser von gut achttausend Kilometern. Mittlerweile hatten sie fast die Hälfte dieser Strecke zurückgelegt und näherten sich dem Kern des Planeten – oder was immer heute seinen Platz einnahm.

Noch waren eine Handvoll Hindernisse auf dem Monitor zu sehen und bald darauf auch vor dem Cockpitfenster. Glanis wich einem Brocken aus zerfetzten Decksektionen aus, umtanzt von einem Reigen geborstener Statuen. Hadraths Schiff befand sich drei Kilometer vor ihnen. Der Bordcomputer errechnete bereits die nötige Durchschnittsgeschwindigkeit, um das Spähschiff innerhalb der nächsten sechzig Sekunden einzuholen, aber Glanis achtete kaum darauf. Er hatte während der Durchquerung des Trümmerfelds gelernt, die *Sternenlos* intuitiv zu steuern, und ließ sich weder vom Rechner noch von Fael davon abbringen.

»Du wirst uns alle umbringen«, sagte Fael, als Glanis in engen Kurven einige der verirrten Überreste umflog.

»Mein Vater hat recht«, redete Ria auf ihn ein. »Es hat keinen Zweck, wenn du auf den letzten paar Metern alles aufs Spiel setzt.«

Glanis schwieg.

»Ich weiß, wie man so ein Schiff manövrierunfähig schießt«, sagte Fael. »Vor allem, wenn es nicht mit uns rechnet.«

Glanis hoffte darauf, dass Hadrath bald irgendwo andocken und das Schiff mit dem Kind verlassen würde. Im Kampf Mann gegen Mann hatten sie vielleicht eine Chance, Tanys unversehrt zu befreien – anders als bei einem Raumgefecht, ganz gleich, wie gut Fael an den Geschützen war.

»Wenn wir nicht bald etwas unternehmen, werden wir sie verlieren«, sagte der Piratenführer.

Glanis beschleunigte weiter, achtete aber darauf, dem Spähschiff nicht so nah zu kommen, dass sie trotz des Tarnschirms auf Hadraths Monitoren auftauchten.

Sie flogen nah am Grund des Tunnels, als das verglaste Gestein unter ihnen schlagartig endete und sich vor dem Schiff ein schwarzer Abgrund auftat. Die Sensoren arbeiteten auf

Hochtouren, tasteten die Umgebung ab und erstellten auf dem Hauptbildschirm ein neues Gitterdiagramm, flankiert von leuchtenden Zahlenreihen. Demnach hatten sie eine Art Grotte im Zentrum Madrigals erreicht, einen annähernd kugelförmigen Hohlraum, dreihundertsechzig Kilometer im Durchmesser, mit Wänden aus glasiertem Lavagestein. Hier musste einst der Glutkern des Planeten gebrodelt haben, ehe der Energiestrahl ihn durchschlagen hatte. Die Ausläufer der flüssigen Lava waren erkaltet und hatten diese Blase im Mittelpunkt des Planeten gebildet. Die Sensoren zeigten zahllose Risse und Schründe in den Wänden an. Sie ließen erahnen, wie fragil die Kernhöhle war.

Die grünlichen Strukturen auf dem Cockpitfenster wichen vollkommener Schwärze – der Abstand zu den gewölbten Wänden der Grotte war zu groß, um sie visualisieren zu können. Nur vor ihnen glühte einsam das Triebwerk des Spähschiffs, das zielstrebig auf etwas Kurs nahm, das sich im Zentrum der Kernhöhle befinden musste. Derweil schlossen die Abtaster die Erkundung der äußeren Grenzen des Hohlraums ab und machten sich daran, Hindernisse im Inneren aufzuspüren.

»Wir sollten es hier beenden«, sagte Ria unvermittelt.

Im nächsten Augenblick flammten vor ihnen Hunderte Lichter auf, so hell, dass Glanis nach der langen Düsternis die Augen schließen musste. Als er sie wieder öffnete, schwebte vor ihnen ein gewaltiger Ring aus Stahl und Licht, größer als alle Schleusen, die er bislang gesehen hatte. Die Helligkeit wurde tausendfach von den glasierten Höhlenwänden reflektiert, als wäre ein Kronleuchter in einem Spiegelsaal eingeschaltet worden. Innerhalb eines Lidschlags war die gesamte Kerngrotte gleißend hell erleuchtet.

Entweder hatte das Näherkommen der beiden Schiffe die Schleuse aktiviert, oder Hadrath hatte sie mit Hilfe seines Schleusenschlüssels manuell aus ihrem Schlummer gerissen. Eines aber war viel wichtiger: Der Tarnschirm der *Sternenlos* hatte Radar und Sensoren des Spähschiffs überlisten können, ganz sicher jedoch nicht seine visuelle Ortung. Hadrath musste in diesem Moment bemerken, dass seine Verfolger unmittelbar hinter ihm waren.

Und vermutlich erkannte er noch etwas anderes: dass auf so kurze Distanz die Chancen gleich null standen, die Schleuse allein zu durchfliegen. Die *Sternenlos* würde ihm abermals in den Hyperraum folgen, und diesmal mochte der Sprung sie an einen Ort führen, an dem ihr Auftauchen für weit größeres Aufsehen sorgte als in diesem gottverlassenen Leichnam einer Welt.

»Er weiß, dass wir nicht auf ihn schießen werden«, rief Ria. »Wir müssen kehrtmachen und –«

»Kehrtmachen?« Glanis schüttelte den Kopf. »Ganz sicher nicht.«

Im Schein des gleißenden Lichterrings vollzog Hadrath eine Wende und ging frontal zum Angriff über.

»Schilde sind oben«, meldete Ria. »Was hast du jetzt vor?«

»Ich will versuchen, ihn zu –«

Die Frage hatte ihn nur ablenken sollen. Faels Arme schlossen sich von hinten um seinen Hals und zerrten ihn hoch. Gleichzeitig schoss Rias Hand vor und löste Glanis' Gurt. Brüllend vor Wut wurde er zwischen den Sitzen hindurchgerissen. Er versuchte noch, seinen Blaster zu erreichen, griff aber ins Leere. Fael schleuderte ihn zu Boden und geriet in der Enge selbst aus dem Gleichgewicht. Gleich darauf lagen sie inmitten des offenen Schotts und schlugen wild aufeinander ein.

Fael war ein hochdekorierter General Koryantums gewesen und hatte als Piratenführer Erfahrung in zahllosen Schlachten gesammelt. Doch sein letzter Faustkampf musste lange her sein. Als Leibgardist hatte Glanis bis zum Start von Koryantum täglich den Einsatz Mann gegen Mann trainiert, und er war halb so alt wie Fael. Trotzdem war das Cockpit zu schmal, um die eingeübten Routinen von Abwehr und Angriff abzurufen. Außerdem rannte ihm die Zeit davon. Das hier musste schnell gehen.

Die *Sternenlos* wurde von zwei frontalen Treffern erschüttert. Das Schiff bäumte sich auf. Glanis, der gerade halb auf die Beine gekommen war, stürzte rückwärts durch die Schleuse in den kurzen Korridor, der zu den Kabinen der Raumjacht führte. Fael fiel hinterher, und nach wenigen Metern prallten sie erneut aufeinander. Noch bevor beide Halt finden konnten, erbebte das Schiff unter einem dritten Treffer, und so blieb ihr Kampf ein chaotisches Hauen und Treten, während sie zugleich versuchten, sich irgendwo festzuhalten.

Der Antrieb heulte auf, und im nächsten Moment schien Ria das Schiff unter ihre Kontrolle zu bringen. Glanis konnte vom Gang aus nicht erkennen, was vor dem Cockpitfenster geschah und wo Hadrath sich gerade befand, aber ihm war klar, dass sie mehreren solcher Angriffe ohne Gegenwehr nicht standhalten würden.

»Schieß ihn ab!«, brüllte Fael nach vorn, während er die Korridorwand als Stütze nutzte. »Er wird sonst alles zunichtemachen!«

»Nein!«, rief Glanis und wollte zurück ins Cockpit stolpern.

Fael bekam ihn zu packen, und wieder rangen sie miteinander. Ein schnappender Laut erklang. Als beide innehielten und zum Cockpit blickten, war das Verbindungsschott geschlossen. Eine rote Lampe signalisierte, dass Ria es von innen versiegelt hatte.

Glanis spürte, dass das Schiff eine scharfe Kurve flog. »Sie kehrt um!«

Fael ächzte. »Wenn wir Hadrath jetzt nicht ausschalten, wird er die Gilde nach Noa führen.«

Perplex ließen sie voneinander ab. Jeder hatte sein eigenes Motiv, um Ria aufhalten zu wollen.

Fael rappelte sich auf und hämmerte gegen das Schott. »Ria!«, brüllte er. »Mach die verdammte Tür auf! Wenn wir uns jetzt zurückziehen, wird Noa untergehen!«

Sie gab keine Antwort.

Glanis betätigte das Mikrofon neben dem Schott. »Ria«, sagte er eindringlich, »gib Tanys jetzt nicht einfach auf.«

Im Inneren war dumpf Ria zu hören, aber sie schien nicht mit ihnen zu sprechen. Dann erklang leiser eine zweite Stimme.

»Ist das …«, entfuhr es Fael fassungslos. »Redet sie gerade mit Hadrath?«

Die beiden Männer wechselten einen Blick. Glanis glaubte, dass Fael gerade dasselbe dachte wie er. Hadraths Befreier hatten schon auf Noa geheime Unterstützer haben müssen, um bis in den Kerkertrakt der Festung vorzudringen. Dazu waren Codes nötig gewesen, die keiner außerhalb von Faels engstem Kreis kannte. Bislang war kaum Zeit gewesen, sich Gedanken darüber zu machen, wer sie weitergegeben haben könnte. *Dass* es einen Verräter gegeben hatte, lag auf der Hand. *Wer* es war, erschütterte sie beide bis ins Mark.

Fael war aschfahl. »Nicht Ria.«

»Wie bekommen wir die Scheißtür auf?«

Fael schien wie gelähmt.

Glanis packte ihn an den Schultern. »Gibt es einen Zentralcode für das ganze Schiff?«

»Ja ... ja, sicher.« Er drängte Glanis beiseite und gab eine Ziffernfolge in das Tastenfeld unterhalb des Mikrofons ein.

Das Schott glitt ein Stück weit auf – nach kaum zwei Handbreit explodierte im Inneren der Schließmechanismus unter einem Blasterschuss. Ein zweiter Laserbolzen schlug vor der Schwelle ein, ehe Glanis sich durch den Spalt zwängen konnte.

»Keinen Schritt weiter!«, sagte Ria.

Sie stand mit dem Rücken zur Steuerkonsole zwischen den beiden Sitzen und zielte beidhändig auf den Eingang. Der Autopilot lenkte das Schiff zurück in die Richtung, aus der sie gekommen waren. Ganz vage meinte Glanis, im Licht der Schleuse die Konturen der Tunnelöffnung zu erkennen. Spätestens in den Trümmern der Kathedrale würde ihr Flug enden, kein Autopilot der Galaxis konnte sie sicher durch die Wrackteile manövrieren.

»Was soll das?«, rief Fael. »Hast du den Verstand verloren?«

»Sie gehört zu ihnen«, sagte Glanis leise. »Schon seit einer ganzen Weile.«

»Unsinn!«, brüllte Fael. »Die STILLE ist ein Hirngespinst, und sie weiß das genau!«

Ria schüttelte langsam den Kopf. »Du weißt nichts über mich, *Vater*.« Die Art, in der sie das Wort aussprach, verriet mehr über ihre Gründe als jede wortreiche Erklärung. »Die STILLE ist real, sie ist hier und da draußen zwischen den

Sternen. Hadrath ist von ihr berührt worden, als du ihn verraten und allein im All zurückgelassen hast. Und er ist nicht der Einzige, den du allein gelassen hast.«

Während Ria redete, stemmte Glanis sich seitlich gegen das Schott und verbreiterte den Spalt um wenige Zentimeter. Ria feuerte zum dritten Mal, diesmal einen Fingerbreit vor seinen Stiefel.

»Zwing mich nicht dazu«, bat sie.

»Du bist meine Tochter!«, rief Fael. »Ich hab dir das Leben gerettet, damals auf dem Sklavenmarkt. Ich habe dich zu meiner Nachfolgerin auf Noa ernannt. Was willst du noch?«

»Ich hätte gewollt, dass du Mutter rettest! Aber du hast sie kaltblütig bei den Sklavenhändlern zurückgelassen, nur weil dein Bruder sie gezwungen hat, einen anderen zu heiraten.«

»Ich habe deine Mutter geliebt!«

»Verdammter Lügner! Erst hast du sie und mich im Stich gelassen, als du bei den Piraten geblieben bist. Und als du die Chance hattest, uns vor den Sklavenhändlern zu retten –«

»Ich musste eine Entscheidung treffen! Mehr Zeit war damals nicht. Sie – oder du.«

»Das ist Schwachsinn! Es war genug Zeit, um –«

»Apropos«, sagte Glanis. »Werft mal einen Blick nach draußen. Wir werden gleich *alle* keine Zeit mehr haben.« Er versuchte, ruhig zu klingen, obwohl er an kaum etwas anderes denken konnte als an Tanys, die sich gerade in Hadraths Schiff zur Schleuse bewegte – und er selbst in die entgegengesetzte Richtung.

Der Eingang zum Tunnel war jetzt als dunkler Punkt vor dem Fenster zu erkennen, bisher kaum größer als eine Faust, und die *Sternenlos* raste unaufhaltsam darauf zu.

»Wir werden da drinnen zerschellen«, sagte Glanis eindringlich.

Ria sah nur die beiden Männer im Türspalt an. »Dann werden wir eins mit der STILLE. Oder ihr verschwindet von der Tür und lasst mich jetzt dieses Schiff fliegen.«

Glanis erinnerte sich blitzartig an Kleinigkeiten aus den Monaten, die er mit Ria verbracht hatte. Bemerkungen, die erst jetzt einen Sinn ergaben. Scheinbar achtlos dahingesagte Sätze, die plötzlich in anderem Licht erschienen. Selbst ihr tödlicher Schuss auf Camina hatte vermutlich sicherstellen sollen, dass das Mädchen nicht mehr verhört werden konnte.

Die Tunnelöffnung kam näher. Rechts und links war bereits die schrundige Wand der Kernhöhle auszumachen, durchzogen von Spalten, in denen ein Schlachtkreuzer Platz gefunden hätte. Der Tunnel selbst würde bald das gesamte Sichtfeld einnehmen, schon zeichneten die Sensoren grüne Schlieren in das schwarze Rund. Weil Ria genau davorstand, sah es aus, als wäre sie von tastenden, hauchdünnen Blitzen umgeben.

Fael redete auf sie ein, während sie unablässig davon sprach, wie sehr sie ihn für den Tod ihrer Mutter verachtete. Glanis war nicht sicher, ob sie schon immer so empfunden hatte oder ob Hadrath ihr das bei heimlichen Besuchen in seiner Zelle gepredigt hatte. Fanatiker wie er verstanden sich bestens darauf, die Schwächen anderer Menschen in eigene Argumente zu verwandeln.

Iniza hatte Glanis erzählt, dass Hadrath etwas Ähnliches bei ihr versucht hatte, und Ria war viel anfälliger dafür. In ihrem Bemühen, in der von Mördern und Halsabschneidern geprägten Gesellschaft Noas zu bestehen, hatte sie sich nach außen hin stets den Anschein von Härte und Überlegenheit gegeben. Hadrath hatte vermutlich keine fünf Minuten gebraucht, um die verstörte junge Frau hinter dieses Maskerade zu entdecken.

»Ria«, sagte Glanis beschwörend. »Das hier hilft niemandem. Am wenigsten deiner Mutter. Egal, was du und Fael zu klären habt, lasst nicht Tanys den Preis dafür zahlen.«

Ria sah ihn traurig an. »Es tut mir leid. Ich hab Tanys sehr gerngehabt. Aber Hadrath braucht sie, um den großen Plan in die Wege —«

Fael lachte spöttisch auf. »Den großen Plan?«

»Wohin bringt er sie?«, wollte Glanis wissen. »Was hat er mit ihr vor?«

»Als ob du das nicht wüsstest.«

Der Tunnelschlund drängte die Helligkeit der gläsernen Wände immer weiter an den Rand der Cockpitscheibe.

»Ich will es von dir hören«, sagte Glanis hart.

»Erst führt er die Caudors nach Noa«, sagte sie. »Er wird den Angriff persönlich leiten. Danach bringt er Tanys nach Tiamande.«

»Und du nimmst das in Kauf?« Die Stimme ihres Vaters überschlug sich fast vor Zorn. »Auf Noa leben Menschen, mit denen du aufgewachsen bist! Deine Freunde, verdammt nochmal!«

»Ich bin in Sklavenkäfigen aufgewachsen«, sagte sie. »Ein Kind wird sehr schnell erwachsen, wenn es ein paar Wochen an Bord einer Fleischbarke in Ketten liegt. Das genügt, um die Welt mit neuen Augen zu sehen. Und ich bin sicher, dass sie Mutter nach meiner Befreiung sehr viel mehr Zeit zum Sterben gegeben haben.«

Wieder ging Glanis dazwischen. »Keine Schleuse ist stark genug, um von hier aus bis zu den Caudorwelten zu springen.

Ist das hier nur eine Zwischenstation, oder hat Hadrath ein anderes Ziel? Will er zum Versteck ihrer Flotte?«

Etwas regte sich außerhalb des Tunnels, rechts davon, im Halblicht eines breiten Spalts. Vielleicht Spiegelreflexe in der glasierten Lava.

»Ria, um Tanys' willen musst du jetzt das Steuer freigeben!«

»Die STILLE weiß, dass ich das Richtige tue.«

Glanis erwog, sich durch den Spalt zu zwängen, auch auf die Gefahr hin, dass sie ihn erschießen würde – als sein Blick wieder auf den zerfurchten Rand des Tunnels fiel. Unmittelbar daneben schob sich etwas aus dem Spalt, etwas sehr Großes, sehr Dunkles. Ein monströser Umriss. Gewaltige Ketten wogten wie Wasserpflanzen in der Schwerelosigkeit.

»Ria.« Er deutete in die Richtung des Fensters.

Sie verzog das Gesicht. »Echt jetzt? Mehr als ›Hinter dir!‹ fällt dir nicht ein?«

Fael schlug die Hand gegen das Schott, seine Stimme klang panisch. »Bei allen Göttern, Ria! Wir fliegen genau darauf zu!«

Sie zielte mit dem Blaster auf Glanis' Gesicht, dann riskierte sie einen Blick über die Schulter. »Was, bei ...«

Glanis warf sich nach vorn.

Sie feuerte nicht.

Er packte erst ihren Arm mit der Waffe, dann ihren Oberkörper, entrang ihr den Blaster, zerrte sie zwischen den Sitzen hindurch und schleuderte sie zu Fael. Noch während Ria schrie und Fael ihr den Arm auf den Rücken drehte, sprang Glanis in den Pilotensitz und riss den Steuerknüppel herum. Der Autopilot schaltete sich aus. Glanis zog die *Sternenlos* in einer Kurve zur Seite, aber das, was sich da aus dem Spalt in die Tunnelöffnung gezogen hatte, griff mit einer gigantischen Klaue nach ihnen, so groß wie das Schiff selbst, verlangsamt von der fehlenden Gravitation und der Kälte im Zentrum der toten Welt. Vielleicht hatte es in dem Spalt nach Hitze und Glut gesucht, und als das Lichtermeer der Schleuse entflammt war, war es zurückgekehrt, weil es hier zu finden glaubte, was es zum Überleben brauchte.

Die *Sternenlos* wurde von der Pranke gestreift und geriet ins Trudeln, aber Glanis fing sie auf und brachte sie auf ihren neuen Kurs. Zurück zur Schleuse, zu Hadrath und Tanys.

»Glanis!« Fael hielt seine Tochter fest, obwohl Ria sich nicht mehr wehrte und auch mit dem Geschrei aufgehört hatte. Beide starrten auf den Monitor, der ihnen zeigte, was hinter dem Schiff geschah.

Die Kreatur stieß sich mit grotesk langen Beinen vom Rand der Tunnelöffnung ab und folgte ihnen durch das Vakuum wie ein lebendes Geschoss. Sie war zehnmal so groß wie die *Sternenlos*, ein schwarzes, gewaltiges, vielarmiges Ding mit einem Schweif aus Ketten. Seine Haut sah aus wie verkohltes Holz, schrundig und verkrustet. Im Sprung streckte es erneut eine Pranke mit zu vielen Fingern nach ihnen aus. Berührte sie fast.

Glanis schaltete die Schilde ab und legte sämtliche Energie auf die Triebwerke. Vor ihnen tauchte der Schleusenring auf. In der Helligkeit war kaum zu erkennen, ob sich die Energiemembran in seiner Mitte schon aufgebaut hatte. Hadraths Schiff zumindest war noch da, schwebte mitten über dem Ring und wartete. Bemerkte er, dass die *Sternenlos* zurückkehrte? Dann musste er auch das Wesen sehen, das ihr folgte und mit seiner Schwärze das Licht verschlang.

Ria wollte sich beim Anblick des Schiffes, in dem ihr Herr

und Meister im Traum seines großen Plans schwelgte, von ihrem Vater befreien, doch der ließ nicht locker. Fael zwang sie hinab auf die Knie, stieß sie nach vorn auf den Bauch und stemmte ihr ein Knie in den Rücken. Vor Schmerz stöhnte sie auf, aber sie schrie nicht und sprach auch kein Wort mehr.

Die Pranke widerstand dem Plasmaausstoß der Triebwerke, als wäre sie aus Fels. Die riesenhaften Finger drohten sich um das Heck der *Sternenlos* zu schließen.

Hadraths Spähschiff setzte sich in Bewegung. Glanis sah das weißblaue Energiefeld, das im Zentrum des Rings entstanden war.

Die Raumjacht wurde durchgeschüttelt, als die Klauenfinger den Rumpf berührten. Die Triebwerke kreischten, und der Gestank von erhitztem Öl und Metall drang bis ins Cockpit.

Das Spähschiff wurde vom Hyperraum verschluckt.

Die *Sternenlos* stürzte hinterher.

Das Totem wurde mitgerissen, durch das Energiefeld in die Schwärze ohne Gestirne, geistlos wie ein wildes Tier im Blutrausch.

Das Sprungtor schloss sich und zerteilte das Wesen. Die überdimensionalen Kräfte des Hyperraums zerrten an den Überresten und zerquetschten sie zugleich, komprimierten und zerfetzten sie.

Zuletzt löste sich die gewaltige Klaue vom Rumpf der *Sternenlos* und wurde zwischen den Dimensionen zermahlen.

Glanis schloss die Augen und hörte, dass Ria leise weinte.

23

Die Piloten der Greiferstaffel, die Setembras Raumbarke zur Station über Empedeum eskortiert hatte, waren aus ihren Maschinen gestiegen. Die meisten versammelten sich in kleinen Gruppen am Rand des Hangars. Dass zwei von ihnen zielstrebig durch einen Seitenkorridor die Halle verließen, schien niemandem aufzufallen. Inspekteure der Hangarcrew würden in Kürze die Kennungen der einzelnen Greifer überprüfen, aber noch standen sie bei den Piloten und nutzten die Gelegenheit, um Neuigkeiten auszutauschen.

»Hätte nicht gedacht, dass es hier so formlos zugeht«, bemerkte Kranit, als er und Shara hinter einer Ecke außer Sichtweite des Hangars waren. Beide trugen graue Pilotenoveralls, die sie in der Staubox des Greifers gefunden hatten. Kranits Overall war zu klein. Noch vor Stunden hätte Shara es für undenkbar gehalten, ihn jemals über kneifende Hosen klagen zu hören.

»Was hast du erwartet?«, fragte sie. »Blutrünstige Verrückte, die es gar nicht erwarten können, Schiffe voller Frauen und Kinder in Fetzen zu schießen?«

Im Gehen zuckte er mit den Schultern. »Ich hatte nie Zeit, mich mit einem Greiferpiloten anzufreunden, bevor ich ihn aus dem All gebrannt habe.«

Sie warf ihm einen Seitenblick zu, um herauszufinden, ob das eine Spitze gegen sie war oder nur allgemeiner Sarkasmus. Wie üblich blieb seine Miene verschlossen. »Wenn keine Hexen in der Nähe sind«, sagte Shara, »reden Greiferpiloten den gleichen Unfug wie alle anderen, die zu viel Zeit allein im All verbringen.«

Er knurrte unzufrieden.

»Es gibt keine Gehirnwäsche oder so was in der Art«, fuhr sie fort. »Bei Paladinen sieht die Sache anders aus, weil es so viele davon gibt. Sie sind Material, das beliebig ausgetauscht werden kann, zur Not durch Zwangsrekrutierung. Natürlich können auch Piloten ersetzt werden, aber es braucht vor allem Talent, um einen Greifer zu fliegen, nicht nur blinden Gehorsam. Sie werden gut bezahlt und genießen ein paar Privilegien.«

»Wenn das Leben als Greiferpilot so wundervoll ist, warum gibt man es dann auf und wird Alleshändlerin?«

»Vielleicht Skrupel.«

»Sicher.« Er machte keinen Hehl daraus, dass er ihr nicht glaubte.

»Oder weil man lieber auf eigene Rechnung fliegt, wenn man schon sein Leben da draußen riskiert.«

»Wegen Geld also.« Er lachte leise. »Klingt schon plausibler.«

»Von einem Söldner verurteilt zu werden zerreißt mir mein zartes, empfindsames Herz.«

»Die Waffenmeister waren —«

»Söldner«, fiel sie ihm ins Wort. »Nur teurer als andere.«

Er war offenkundig anderer Meinung, ließ das Thema aber auf sich beruhen, weil sie in einen breiten, helleren Gang abbogen, der von Kameras überwacht wurde.

»So wie ich das sehe, kommen wir hier nur als blinde Passagiere wieder raus«, sagte er mit gesenktem Kopf.

»Hast du eine Schleuse gesehen? Ich nicht. Die einzigen Schiffe, die von hier aus in den Hyperraum springen, sind die Kathedralen. Da hätten wir gleich bleiben können, wo wir waren.« Sie zuckte die Achseln. »Machen wir das Beste draus.«

»Und töten jemanden?«

»Und befragen jemanden«, sagte sie. »Wir brauchen Informationen.«

»Wozu?«

»Willst du denn nicht wissen, was die hier treiben?«

»Nicht die Spur. Ich will nur weg von hier.«

Noch vor einem Jahr hätte sie genauso gedacht. Seither war etwas mit ihr geschehen, vielleicht weil sie auf Noa zu viel von dem Gesindel vor Augen hatte, zu dem sie selbst einst gezählt hatte. Auch heute blieb sie, was sie war – Ex-Ordenspilotin, Ex-Alleshändlerin, Ex-Zwangsarbeiterin –, aber sie hatte es in der Hand, ihrer Zukunft eine neue Richtung zu geben und sich nicht mit einem Leben unter den Piraten von Noa zufriedenzugeben. Ironie des Schicksals, dass ihr das bewusstwurde, während sie in der gleichen Pilotenkluft steckte wie am Beginn ihres Weges. Damals hatte sie geglaubt, dass der graue Overall sie formen würde und sie ihn irgendwann ausfüllen und seinen Anforderungen genügen würde. Heute wusste sie es besser.

»Was für Privilegien?«, fragte Kranit.

»Hm?«

»Du hast gesagt, Piloten genießen Privilegien. Was soll das sein? Gebetsstunden mit den Ordensmüttern? Ein Ablass ihrer Sünden, wenn Kamastraka zurückkehrt und die ganze Galaxis verschlingt?«

»Bier und panadischer Kautabak«, sagte Shara. Sie selbst

hatte nach einer eher unglücklichen Episode vor einigen Monaten fürs Erste die Lust am Tabak verloren. »Sie haben zwischen ihren Einsätzen lange Ruhephasen, deshalb gibt es in jeder Kathedrale und jeder Station einen Ort, an dem sie trinken und Tabak kauen dürfen. Alles streng überwacht und rationiert, natürlich.«

»Gehen wir da gerade hin?«

»Falls wir irgendwo erfahren können, was hier vorgeht, dann dort.«

»Das letzte Mal, als wir beide versucht haben, in einer Taverne etwas herauszufinden, waren danach fünf Männer tot. Und da haben wir nur nach dem *Weg* gefragt.«

»*Du* hast gefragt. Nicht sehr höflich. Und vier von ihnen gingen auf dein Konto. Ich hab nur den Fünften umgebracht, bevor er dir in den Rücken schießen konnte. Wenn Glanis uns nicht –«

»Schon gut. Diesmal fragst du nach dem Weg.«

Er wandte das Gesicht zur Seite, als ihnen zwei Sicherheitsmänner in schwarzen Uniformen entgegenkamen. Sie eilten zügig an Shara und Kranit vorbei, augenscheinlich auf dem Weg zu einem Einsatz. Möglicherweise im Hangar.

»Folgen wir einfach denen da.« Sie deutete auf drei Piloten, die etwa zwanzig Meter vor ihnen gingen. »Die gehörten auch zur Eskorte.«

»Vielleicht wollen die nur irgendwo duschen.«

»Hätten wir auch nötig.«

Kranit steckte prüfend die Nase unter seine Achsel. Er schien vergessen zu haben, dass unter seinem Overall noch immer das Blut des Roten Catbar und seiner Spießgesellen klebte. Falls die Kennung ihres Greifers sie nicht verriet, dann der Gestank im Cockpit.

»Da vorne dürfte es sein.« Shara zeigte auf einen offenen Durchgang, aus dem leises Stimmengewirr drang. Sie befanden sich jetzt in einem der technischen Versorgungstrakte. Rohre verliefen an den Wänden des Korridors, das Licht war schlechter als in den stärker frequentierten Gängen. Stets waren es abgelegene Sektionen wie diese, in denen sich die Bars der Greiferpiloten befanden. Ihre Vorgesetzten wollten verhindern, dass zufällig eine Hexenprozession daran vorüberzog.

»*Das* nennen die eine Taverne?«, fragte Kranit mit einem Stirnrunzeln.

»Niemand nennt es eine Taverne.«

»Keine Tänzerinnen? Keine Schlägereien? Nirgends kotzende Raumfahrer in den Ecken? Wo bleibt da der verdammte Spaß?«

»Glaub mir, das hier ist die Krönung dessen, was auf einem Ordensschiff als Spaß durchgeht.«

»Jetzt weiß ich, warum du dir was Besseres gesucht hast.«

»Ich hab die kotzenden Raumfahrer vermisst.«

»Wird Zeit, dass hier jemand gute Laune verbreitet.«

Nervös überlegte sie, ob er das ernst meinte und ob er heimlich Tabak gekaut hatte, während sie den Greifer gesteuert hatte. Prompt betrat er den Aufenthaltsraum der Piloten mit einer Selbstverständlichkeit, als ginge er hier täglich ein und aus.

»Taverne«, hörte sie ihn verächtlich murmeln.

Tatsächlich achtete niemand auf die beiden. Der Saal hatte graue Wände, war taghell erleuchtet und wurde von mindestens hundert Piloten bevölkert. Sie saßen in kleinen Gruppen an Vierer- und Sechsertischen, spielten Karten und unterhielten sich. Hinter einer kurzen Theke wurden unter den wachsamen Augen eines graugesichtigen Bürokraten gefüllte Becher ausgegeben. Folien mit Dienstplänen und Verlautbarungen hingen an der gegenüberliegenden Wand. Es gab weder Bildschirme noch Musik. Alles beim Alten, dachte Shara.

Kranit rümpfte die Nase. »Wenn das hier meine Freizeit wäre, käme ich auch auf die Idee, die Galaxis zu unterwerfen.«

Er steuerte auf die Theke zu, bog dann jedoch ab und ging zielstrebig zu einem Piloten, der am Rand des Saales allein an einem Tisch saß und in seinen Becher stierte. Shara schloss eilig auf.

»Ich habe einen Plan«, raunte Kranit in einem Tonfall, als wäre der Sturz von Tiamande bereits beschlossene Sache.

Shara schwante Übles. Erst recht, als sie sah, wie er seinen ledernen Tabakbeutel aus einem Reißverschluss des Overalls zog. Mit hektischen Blicken vergewisserte sie sich, dass niemand sonst es bemerkte. Falls ihn der Sicherheitsdienst mit unregistriertem panadischem Kautabak erwischte – erst recht in jenen Mengen, die er für gewöhnlich mit sich herumtrug –, würde man ihn standrechtlich erschießen.

»Steck das weg«, fauchte sie ihm zu.

»Schau dir die Augen von dem Kerl an. Jedes Kind sieht, dass er auf Entzug ist.«

»Du wirst nicht –«

Aber Kranit ließ sich neben dem Mann am Tisch nieder und redete mit vertraulichem Gestus auf ihn ein. Shara entfernte sich widerwillig und beobachtete das Gespräch aus ein paar Schritt Entfernung.

Es dauerte nur wenige Minuten, da hatte Kranit seinen neuen Freund davon überzeugt, dass es sicherer wäre, ihr Geschäft vor der Tür zu tätigen. Als sie den Aufenthaltsraum verließen, folgte Shara ihnen in angemessenem Abstand und behielt die Umgebung im Auge. Eine Pilotin blickte kurz auf, ein anderer flüsterte seinem Tischnachbarn etwas zu und lachte. Der illegale Handel mit panadischem Kautabak war unter Greiferpiloten schon immer an der Tagesordnung gewesen. Ab einer gewissen Menge ließ er einen die dunklen Gedanken der Hexen vergessen, die einem während des Fluges aufgezwungen wurden.

Nach zwei Ecken fand sie die beiden in einem Seitenkorridor mit Notbeleuchtung, zwischen Rohren und hängenden Kabelbäumen. Am Ende des Gangs, ein paar Meter entfernt, befand sich ein Gitter, hinter dem sich träge ein mannsgroßer Ventilator drehte. Staubfäden an den Gitterstreben zitterten waagerecht im Luftzug.

Kranit hatte den überrumpelten Piloten am Kragen gepackt und drohte ihm mit dem eigenen Blaster. Der Mann mochte Anfang dreißig sein, hatte einen rasierten Schädel und tiefe Augenringe. Kranit hatte ihn auf die Knie gezwungen und ihm die Gabelmündung der Waffe auf die Stirn gesetzt. Die Augen des Mannes zuckten zu Shara herüber, als sie aus dem Halbdunkel trat.

»Was wollt ihr von mir?«

»Nicht dein Leben. Nur Informationen.«

Fahrig wollte er sich Schweiß von der Stirn wischen, stieß dabei mit der Hand gegen den Blaster und zog sie hastig wieder zurück. »Mir ... mir geht es nicht gut. Zu viele Flüge, zu viele –«

»Spar dir das«, fiel Kranit ihm ins Wort. »Mir scheißegal, wie dreckig es dir geht.«

Shara seufzte. »Mein Freund gibt dir was von seinem Tabak ab, wenn du uns erzählst, was wir wissen wollen.«

Kranits Blick in ihre Richtung sagte: *Eher nicht.* Sie ignorierte ihn und ging neben dem Gefangenen in die Hocke. Kranit hatte die Rolle des schießwütigen Irren übernommen, nun blieb ihr nur, die Besonnene zu spielen. Nicht ihr übliches Naturell, aber sie gab sich Mühe.

»Einverstanden?«, fragte sie.

Der Mann versuchte zu nicken. Er war ein Drogenwrack, und das wunderte sie angesichts der unerbittlichen Strenge, mit der die Truppen des Ordens geführt wurden. Irgendetwas hatte ihm mächtig zugesetzt, und sie fragte sich, ob es dieser Planet war. Das gespenstische Inferno, das die Piloten bei jedem Flug zu sehen bekamen. Die Nähe von etwas, das den menschlichen Verstand überstieg. Empedeums Veränderung war mit keinem Naturgesetz zu erklären, von dem Shara je gehört hatte, und selbst in der kurzen Zeit seit ihrer Ankunft im Hangar meinte sie die Atmosphäre der Angst in der Station mit Händen greifen zu können.

»Wie heißt du?«, fragte sie. »Vorname reicht.«

»Yon«, brachte der Pilot hervor.

»Wo bist du geboren?«

»Atalbar. Im Mallustra-System.«

»Gut, Yon. Mach einfach weiter so.«

»Die werden mich da drinnen vermissen.«

»Unsinn«, sagte sie sanft. »Niemand vermisst dich. Du hast allein am Tisch gesessen, weil du die anderen nicht mehr erträgst, stimmt's?« Sie erinnerte sich gut daran, wie es ihr am Ende ihrer Dienstzeit gegangen war. Sie hatte niemanden mehr sehen oder hören wollen.

Der Pilot gab keine Antwort.

»Also«, sagte sie, »was genau ist da unten auf Empedeum los?«

Verwirrt sah er sie an. Offenbar verstand er nicht, dass sie hier waren und trotzdem nicht wussten, was in diesem System geschah.

»Erzähl's mir«, bat sie.

»Habt ihr es nicht gesehen?«

»Wir haben einen schwarzen Planeten gesehen, über den sich irgendwelche blauen Gase oder Lavaströme bewegen.«

Der Mann lachte ihr schwitzend ins Gesicht. »Gas und Lava«, wiederholte er spöttisch, als hätte sie einen Scherz gemacht. »Ja, vielleicht ist es das. Nur Gas und Lava und schwarze Wolken.«

»Was sonst?«

»Das wissen nur die Hexen.«

»Sie sagen euch nicht, warum ihr hier seid?«

Er schüttelte den Kopf. »Kein Sterbenswort.«

»Er lügt«, sagte Kranit.

Vielleicht. Aber Shara wusste, wie die Dinge innerhalb der Ordenstruppen gehandhabt wurden. »Dann erzähl mir alles, was du gehört hast. Es gibt unter den Piloten sicher Gerede. Ihr habt jeden Tag vor Augen, wie es da unten aussieht. Irgendwer wird was in Erfahrung gebracht haben.«

»Zu schwierig«, widersprach Yon. »Und zu gefährlich.«

Sie gab Kranit einen Wink. Der Waffenmeister riss den Mann herum, zerrte ihn ein paar Schritte den Gang hinunter und knallte ihn mit dem Rücken gegen das Ventilationsgitter. Das Mahlen des Ventilators war nicht laut genug, um ihre Stimmen zu übertönen, aber es machte den Piloten noch nervöser.

Shara trat neben ihn. »Empedeum«, sagte sie. »Alles, was du darüber weißt.«

»Das letzte System der Baronien«, antwortete er. »Der

einzige Planet ist die Heimatwelt des Ordens. Die Sonne trägt die Bezeichnung NK-479.«

Sie nickte zufrieden. »Was ist da unten passiert? Das war kein Weltenbrand.«

»Ich … ich glaube nicht.«

»Wie lange bist du hier schon stationiert?«

»Fast ein Jahr.«

»Unbefristeter Einsatz?«

»Ja. Die Leute erzählen sich, wer einmal hierher versetzt wird, darf nicht mehr zurück.« Ein panisches Flirren stand in seinen Augen. »Hier gibt es Piloten, die seit über zehn Jahren nicht weggekommen sind. Und Techniker, die auf dieser Station geboren wurden.«

Das überraschte sie nicht. Der einzige Weg, Stillschweigen über dieses System zu gewährleisten, war der, den Mannschaften die Rückkehr ins Reich zu verwehren. Gerüchteweise existierte eine ganze Reihe solcher Orte, von denen es kein Zurück gab. Shara hatte dort nicht enden wollen, auch das war ein Grund gewesen, um während der Aufstände auf den Aschenen Welten zu desertieren. Bevor sie sich von dort aus auf den Heimweg in die Drift gemacht hatte, hatte sie sich den Namen Shara Bitterstern gegeben und ihren alten nie wieder über die Lippen gebracht.

»Welche Ordensmutter führt das Kommando auf dieser Station?«

»Die Ehrenwerte Mutter Setembra.«

Shara und Kranit wechselten einen Blick. »Aber noch nicht lange, oder?«

»Seit fünf Monaten. Vorher hatte die Ordensmutter Merea den Oberbefehl. Die Leute erzählen sich, sie war schon immer hier, bis Setembra sie abgelöst hat.«

»Immer?«

»Seit es diese Station gibt.«

»Ist sie nach Tiamande zurückgerufen worden?«

Der Pilot schüttelte den Kopf. Trotz des Ventilators in seinem Rücken rann ihm der Schweiß in Strömen die Schläfen hinab. »Es heißt, Merea habe Setembra um ein Schiff gebeten. Danach hat sie keiner mehr gesehen. Angeblich ist sie hinunter auf den Planeten geflogen. Mitten ins Auge.«

»In den blauen Strudel?«

Er nickte. »Kamastrakas Auge.«

Shara holte tief Luft. »Das glauben die Hexen? Dass dieses Ding da unten das Auge Kamastrakas ist?«

»Sie nennen es so. Aber vielleicht ist es auch etwas anderes.«

»Und was?«

Sein Blick zuckte umher, als suchte er nach versteckten Spitzeln. Die Vorstellung schien ihm größere Furcht einzuflößen als der Blaster des Waffenmeisters.

»Raus mit der Sprache!« Kranit rammte den Mann erneut vor das Gitter.

Der Pilot schien den Schmerz gar nicht wahrzunehmen, sein Gesicht wurde einzig von Angst beherrscht. »Das Tor zum Chaos«, flüsterte er, und etwas, das Shara wie religiöser Eifer erschien, glänzte in seinem Blick. »Es gibt verschiedene Wege dorthin ... Den Pilgerkorridor. Kamastraka. Das Tor auf Empedeum.«

Shara schätzte seine Zurechnungsfähigkeit ab. »Der Tabak hilft dir, nicht wahr? Mein Freund hier hat jede Menge davon, und er kann überaus großzügig sein. Auch wenn man ihm das nicht ansieht.«

»Ihr werdet mich töten«, sagte Yon.

»Möglich«, sagte Kranit.

Shara schüttelte den Kopf. »Gib uns vernünftige Antworten, und du bekommst panadischen Tabak für einen Monat.«

Die Augen des Mannes leuchteten auf, die ewige Bereitschaft des Süchtigen, alle Gegenwehr aufzugeben. »Einen Monat ...«, wiederholte er.

»Das Chaos«, sagte Shara, »was meinst du damit?«

»Die Umkehrung aller Existenz. Das leere Spiegelbild. Die andere Seite. Das Gegenteil der Ordnung in unserem Universum.«

Kranit lachte humorlos. »Ordnung? Ich bin schon sehr lange hier draußen, Junge, und mir ist nur wenig begegnet, das sich an irgendeine Ordnung halten würde.«

»Gegen das, was dort drüben herrscht, *ist* das hier die Ordnung. Naturgesetze, Berechenbarkeit, Mathematik und Physik. Sogar die Sterne sterben nach gewissen Regeln. Aber hinter dem Tor? Am Ende des Korridors? Der Urschlamm der Schöpfung. Pures Chaos.«

Shara schüttelte ungeduldig den Kopf. »Das ist keine Hexendoktrin. Gibt es auf der Station noch mehr Menschen, die daran glauben?«

Yon nickte zögernd.

»Was seid ihr? So was wie eine Sekte?«

Der Blick des Piloten war für einen Moment vollkommen klar. »Wenn du jeden Tag da draußen bist und siehst, was wir gesehen haben, dann beginnst du zu beten. Zu was, spielt am Ende gar keine Rolle.«

Shara war das alles zu vage. »Was, glaubt ihr, ist das da unten wirklich?«

»Das wahre Kamastraka.«

»Was soll das heißen?«

»Dass sie vielleicht niemals dem Schwarzen Loch gehuldigt haben. Was sie in Wirklichkeit anbeten, die Holos in ihren Augen, die Symbole in ihren Tempeln, diese Spiralen überall – sie zeigen dieses Ding, das ihre Welt zerstört hat. Kamastraka ist nicht das ferne Licht im Katarakt. Kamastraka ist hier bei uns – unten auf Empedeum. Ein Fenster zum Chaos inmitten der Ordnung. Der gefräßige Gott der Anarchie.«

»Geschwätz«, sagte Kranit.

Shara war sich da nicht so sicher.

»Diese Station ist seit vielen Jahrhunderten hier verankert«, fuhr der Pilot fort, fast als wäre er erleichtert, endlich offen sprechen zu können. »Sie ist kurz nach dem Fall Empedeums hergebracht worden und schwebt seitdem über dem Auge. Seit damals versuchen sie, das Ding da unten mit ihren Beschwörungen im Zaum zu halten.«

»Hexenmagie«, murmelte Kranit.

Yon legte einen Finger an die Lippen. »Ihr könnt sie singen hören, überall in der Station. Ihre Stimmen sind in unseren Köpfen, immerfort. Sie verstummen nie.«

Shara hörte nichts außer dem Rauschen des riesigen Ventilators.

»Drüben in den verschlossenen Hexentrakten wirken sie ihre Magie. Die Ehrwürdige Mutter Merea hat darüber den Verstand verloren und wer weiß, wie viele noch. Vor ein paar Monaten hat sie befohlen, die Gesänge auszusetzen, nur für wenige Minuten. Seitdem dreht sich der Strudel schneller und ist fast auf das Doppelte angewachsen. Es heißt, er werde den ganzen Planeten verschlingen, danach die Sonne, die Baronien und schließlich …« Er ließ den Rest unausgesprochen.

»Ammenmärchen«, sagte Kranit. »Solche Geschichten

entstehen, wenn man Menschen zu lange in eine Station ohne vernünftige Taverne pfercht.«

Yon lachte ihm hysterisch ins Gesicht. »Ich war schon hier, als es losging. Es wird größer, jeden Tag ein wenig. Merea soll davon gesprochen haben, das Tor aufzustoßen. Und dann wird Setembra hergeschickt, um die Dinge zu regeln, aber auch sie ...« Er brach ab und ließ den Hinterkopf gegen das Gitter sinken.

»Was ist mit ihr?«, fragte Shara.

Der Pilot atmete scharf ein, dann fuhr er im Flüsterton fort: »Es heißt, sie habe mittlerweile denselben Traum. Den Sturz in Kamastrakas Auge. Als würde dieses ... dieses Ungeheuer da unten die Hexen hypnotisieren. Als wollte es sie *zwingen*, sich ihm zu opfern. Und uns alle gleich mit.«

Sharas Magen zog sich zusammen, während Kranits Gesichtsausdruck noch eisiger wurde. Bei ihr selbst griffen die alte Mechanismen, von denen sie angenommen hatte, sie längst überwunden zu haben. Eine tiefe Urangst, die ihr während der Zeit als Greiferpilotion eingeimpft worden war, stieg in ihr auf. Innerlich begann sie, entsetzlich zu frieren.

»Wie ist es entstanden?«, fragte sie mit belegter Stimme.

Yon sah sie auf eine Weise an, die sich von seiner bisherigen Nervosität unterschied. »Wer seid ihr beiden? Was wollt ihr hier?«

Kranit schleuderte ihn abermals gegen das Gitter. »Stellst du jetzt die Fragen?«

Der Mann schüttelte den Kopf. »Ihr könnt sie nicht aufhalten.«

»Aufhalten?« Kranits Augen blitzten gefährlich. »Von mir aus sollen sich die Hexen lieber heute als morgen in dieses Monster stürzen.«

Shara aber verstand, was Yon meinte. Ihm ging es nicht um Setembra und ihre Ordensschwestern, nicht einmal um sein Leben und das der Menschen auf dieser Station.

Den ganzen Planeten, danach die Sonne, die Baronien und schließlich ...

Er war nur ein einfacher Pilot, süchtig wie so viele von ihnen, und er mochte anfällig sein für schicksalsschwangere Beschwörungsformeln von Tod und Verdammnis. Dennoch sah sie es in seinem Blick, hörte etwas in seinem Tonfall, das sie an all jene unbestimmten Ängste erinnerte, die auch sie selbst einst heimgesucht hatten, schlaflos in ihrer Koje und in der Einsamkeit langer Greiferpatrouillen zwischen den Sternen.

Sie brachte ihren Mund nah an sein Ohr. »Wie konnte es so weit kommen?«

Sein Gesicht zuckte, als würde es im Inneren von Fingern bewegt, eine fremde Hand, die in seinem Schädel steckte. »Man erzählt sich, dass die Erste Ordensmutter Oratoria auf Empedeum eine Verbindung zum Schwarzen Loch herstellen wollte. Damals, vor neunhundert Jahren.«

»Ich dachte, die Gottkaiserin ist ihre Verbindung zum Schwarzen Loch«, sagte Kranit.

»Und was wissen wir über die Gottkaiserin?« Die Augen des Piloten tränten, weil er sie nicht mehr schloss. »Nichts. Du nicht und ich nicht. Oder sie.« Er nickte in Sharas Richtung. »Die Gottkaiserin spricht angeblich nur noch durch ihre Träume zu ihnen. Vielleicht haben sie nach einem besseren Weg gesucht, einem direkten Weg. Hier auf Empedeum hat die Erste Ordensmutter Kamastraka beschworen, hundert Jahre nach dem Sturz des Maschinenherrschers, weil keine Welt näher am Katarakt liegt als ihre eigene. Sie wollte Antworten, vielleicht Anweisungen. Aber irgendwas ist schiefgegangen.« Er lachte leise auf, als wäre das die finale Ironie seiner Geschichte. »Kamastraka hat nicht zu ihnen gesprochen. Kamastraka ist *zu ihnen gekommen*. Und es hat das Chaos mitgebracht.«

Sein Blick flackerte.

»*Er* hat es mit angesehen«, flüsterte er. »*Er* war dabei und hat Rache geschworen für den Untergang Empedeums.«

»Er?«

»Der Ikonoklast! Deshalb hassen ihn die Hexen so sehr. Er war Zeuge, als Oratoria die Kontrolle verloren und das Verderben über Empedeum gebracht hat. Sie sagen, er sei vor ihnen in den Katarakt geflohen und plane dort seine Rückkehr ins Reich. Was er *wirklich* plant, das ist Vergeltung für Empedeum.«

Shara und Kranit wechselten einen Blick. Der Mann begann, wirres Zeug zu reden. Es war an der Zeit, das hier zu beenden.

In der Ferne heulte ein Alarm auf.

Kranit fluchte. »Sie haben unseren Greifer entdeckt.«

»Lass ihn laufen. Sie wissen jetzt ohnehin, dass wir an Bord sind.«

Der Pilot riss die Hand hoch und klammerte sich an Kranit. »Ihr habt mir Tabak versprochen!«

»Gib ihm welchen«, sagte Shara.

Kranit drückte dem Mann den ganzen Beutel in die Hand. »Und kein Wort zu irgendwem.«

Yon nickte mit glänzenden Augen. Kranit ließ ihn los und trat zur Seite. Die zitternden Hände des Piloten umschlossen den Beutel, als könnte er sein Glück nicht fassen, dann rannte er los.

»Das ist nicht nötig«, flüsterte Shara.

Kranit ließ den Mann fünf Schritte weit kommen, dann feuerte er. Auf so kurze Entfernung brannte sich der Laserbolzen durch Yons Brustkorb und schlug an der nächsten Ecke in eine Rohrleitung.

»Männer wie er haben Amun zerstört.« Kranit ging zu dem Toten und nahm ihm den Beutel ab.

»Dafür sind die Hexen verantwortlich«, sagte sie, »nicht die Piloten.« Wäre sie ein, zwei Jahrzehnte früher für den Orden geflogen, wäre sie vielleicht selbst beim Angriff auf Amun dabei gewesen. Hätte er ihr dann ebenfalls in den Rücken geschossen wie diesem armen Teufel?

Sein Blick war sachlich und kühl. »Du weißt jetzt, was du wissen wolltest. Mehr wirst du aus Leuten wie ihm nicht herausbekommen.«

Schweigend starrte sie auf den Leichnam. Die Brandwunde blutete nicht und stank nach verkohltem Fleisch.

»Suchen wir uns ein Schiff«, sagte Kranit. »Was immer Setembra vorhat, ich will nicht in der Nähe sein, wenn es passiert.«

24

»Wo sind wir hier?«, fragte Gavanqe vom Copilotensitz aus, während sie das Kind behutsam in ihren Armen wippte. Nach dem Rücksturz in den Normalraum war sie ein wenig blass, aber erstaunlich gefasst angesichts des Anblicks, der sich ihnen bot.

Hadrath gab keine Antwort und starrte durch das Cockpitfenster ins All.

Noch vor kurzem musste hier eine Raumschlacht getobt haben. Die Schwärme aus Wrackteilen, die sich scheinbar endlos vor ihnen erstreckten, unterschieden sich beträchtlich von jenen, die sie im Inneren Madrigals gesehen hatten. Diese Trümmer stammten von Schiffen der Minengilde, blitzenden, funkelnden, brandneuen Schiffen, die ihren ersten Einsatz noch vor sich gehabt hatten.

Die Raumwerft des Hauses Caudor, eine sternförmige Station, an deren Spitzen die Schiffe einst wie Jungtiere an den Zitzen ihrer Mutter gehangen hatten, war vernichtet worden. Die Explosion, die sie zerrissen hatte, musste anderswo wie eine kleine Sonne wahrgenommen worden sein.

Auch bei der Zerstörung der Kreuzer waren die Schiffe des Ordens überaus gründlich vorgegangen. Allein im nahen Umfeld des Spähschiffs zählten die Sensoren über einhunderttausend treibende Objekte, Überreste von der Größe eines Menschen bis hin zu ganzen Schiffssektionen.

Mit Hilfe der Abtaster fand Hadrath die Trümmer jenes Objekts, das einst das Herzstück des Geheimprojekts im Corona-Sektor gewesen war. Im Orbit eines sterbenden Sterns hatte das Haus Caudor begonnen, eine Nachbildung der Tore von Tau zu errichten, basierend auf Dokumenten, die in einem verlassenen Kloster im Haitan-System entdeckt worden waren. Allerdings hatte es sich dabei nur um handgezeichnete Skizzen gehandelt, keine Baupläne der technischen Einrichtungen. Die Ingenieure der Caudors hatten in den Statuen eine hochgerüstete Hypersprungschleuse installiert, basierend auf dem Prototyp im Kern von Madrigal. Soweit Hadrath wusste, war sie nie vollendet worden.

Padrag Caudor, der greise Patriarch des Clans, hatte sich vor einigen Jahrzehnten in den Kopf gesetzt, eigene Tore von Tau zu besitzen, ein eitles Spielzeug ohne jeden Sinn. Padrags acht Söhne hatten das Projekt vehement in Frage gestellt, die sträfliche Verschwendung angeprangert und sich damit den Zorn des Alten zugezogen. Derweil hatte Hadrath ihn stets in seinen Plänen bestärkt und damit sein Vertrauen gewonnen. Zuletzt hatte Padrag Caudor keinen Hehl daraus gemacht, dass er ihn den eigenen Nachkommen vorzog, was Hadrath zu enormer Machtfülle verholfen hatte – und zu hasserfüllten Feinden.

Seit seiner Ankunft auf Noa hatte Hadrath gewusst, dass Padrags Nachbildung der Tore von Tau nur vage Ähnlichkeit mit dem Original besaß. Seine Figuren waren grobschlächtiger, die Rüstungen schlichter gewesen. Auch war aus den alten Aufzeichnungen nicht ersichtlich, wie ungeheuer groß die echten Statuen waren. Die Kopie, gleichwohl gewaltig, hatte nur ein Fünftel ihrer Höhe gemessen – gerade einmal zwanzig Kilometer vom Fuß der Throne bis zu den Helmen der Statuen. Selbst diese Größe hatte die Ingenieure an die Grenzen ihrer Fähigkeiten und die kostenbewussten Caudorerben zur Weißglut gebracht. Hadrath malte sich aus, wie er Padrag die wahren Ausmaße schildern würde, was den Alten über die Vernichtung seiner Replik hinwegtrösten mochte – zumal ihnen nun dank Hadraths Wissen der Weg nach Noa offenstand.

Die zerstörten Schiffe im Corona-Sektor waren als Nachschub für die geheime Flotte gedacht gewesen, die das Haus Caudor in einem anderen Sektor der Marken bereithielt. Die Vernichtung der neuen Modelle und einer mobilen Raumwerft war verdrießlich, aber keineswegs entscheidend. Die Caudors verfügten über vier weitere Werften, weit verteilt über die Marken. Wie auch immer der Orden von den Aktivitäten im Corona-Sektor erfahren haben mochte – Setembra hatte schon vor einem Jahr an Bord der Kathedrale mit ihrem Wissen darüber geprahlt. Aber der Angriff hatte nur eine Wunde geschlagen, die Pläne der Gilde jedoch keineswegs zunichtegemacht. Die Caudors waren mächtig genug, um eine begrenzte Niederlage zu verkraften.

In einer Sache allerdings machte Hadrath sich keine Illusionen: Man würde ihm die Schuld an diesem Angriff geben. Setembra hatte Rache genommen für seinen Verrat vor den Klöstern der STILLE. Umso wichtiger war es, bei den Caudors rasch mit den Koordinaten von Noa aufzutrumpfen und die Hexen durch die Übergabe des Kindes zu versöhnen.

Während er das Schiff allmählich Fahrt aufnehmen ließ, spürte er die Blicke des Mädchens auf sich. Tanys hatte in den vergangenen Stunden kein einziges Mal geschrien, was ihm sonderbar erschien. Gavanqe hatte sie im Mannschaftsraum hinter dem Cockpit gewindelt, dann aber gleich wieder neben ihm Platz genommen.

»Sie soll mich nicht so anstarren«, sagte er.

»Sie ist gerade mal ein halbes Jahr alt.«

»Und?«

»Sie tut, worauf sie gerade Lust hat.«

Es war nicht nur ihr Blick, der ihn wahnsinnig machte. Seit der kurzen Vision von Setembra, die ihn im Tunnel von Madrigal heimgesucht hatte, schienen ihn Bilder der Hexe zu verfolgen, so als fände sein Unterbewusstsein Gefallen daran, ihn mit seinen Ängsten zu martern. Er sah die Ordensmutter, groß und schlank und herrschaftsvoll, und konnte den Sog des Strudels in ihrer linken Augenhöhle spüren. Manchmal sah er blitzartig eine Flotte von Raumkathedralen im Anflug auf die Marken. Sah die Tore von Tau im Kreuzfeuer gewaltiger Lasergeschütze zu flüssigem Gold zerfließen. Sah seine Erforschung des Pilgerkorridors enden, ehe sie begonnen hatte.

Und da war eine Stimme, die ihm zuraunte, dass das Kind ihm diese Eindrücke eingab. Dass es seine Gedanken las und sich einen Spaß daraus machte, ihn zu peinigen.

»Hast du gewusst, dass es hier so aussehen würde?«, fragte die Amme.

Ihr respektloser Ton brachte ihn zur Weißglut. »Alles läuft nach Plan.«

»Ja. Den Eindruck hab ich auch.«

»Spar dir deine Ironie.«

»Was weiß ich schon«, sagte sie mit der Spur eines Lächelns. »Ich bin nur eine Amme.«

»Dann kümmer dich um Ammendinge.«

»Willst du wissen, wie es mich nach Noa verschlagen hat?«

»Nein.«

»Ich war an Bord einer Jacht, die von den Piraten geentert wurde. Meine Herrin und ihre Kinder sind bei dem Angriff umgekommen. Sie hat die Kleinen vergiftet, als die Schleuse gesprengt wurde.«

»Und da hast du flugs die Seiten gewechselt und bist eine von ihnen geworden?«

»Nein, das war vorher. Als ich die Steuerung der Jacht sabotiert habe.«

Hadrath blickte von den Instrumenten auf. »Du hast diese Familie ans Messer geliefert?«

»Als die Piraten aufgetaucht sind, wusste ich, dass sie uns früher oder später entern würden. Ich hatte von solchen Angriffen gehört ... jeder hat das. Und ich wusste, dass nur diejenigen eine Chance zu überleben haben, die sich nicht zur Wehr setzen. Meine Herrin wollte nichts davon wissen. Stattdessen gab sie Befehl zur Flucht. Aber es war aussichtslos. Darum hab ich die Sache selbst in die Hand genommen.« Sie machte eine kurze Pause, dann fügte sie leiser hinzu: »Ich hätte niemals damit gerechnet, dass sie die Mädchen töten würde. Die beiden waren noch so klein, und sie hat sie abgöttisch geliebt. Sie hat wohl geglaubt, sie könnte ihnen auf diese Weise Schlimmeres ersparen. Aber wer weiß das schon.«

»Dann trägst auch du Schuld an ihrem Tod.« Er wollte nicht, dass es gehässig klang, er war kein Unmensch, aber für ihn war die Lage eindeutig.

Sie strich Tanys über den Kopf. »Ich werde nie wieder zulassen, dass einem Kind etwas zustößt, für das ich die Verantwortung trage.«

»Damit machst du die Dinge nicht ungeschehen.«

»Ich würde es wieder tun.«

»Gerade hast du gesagt –«

»Ich würde die Kinder beschützen *und* die Steuerung lahmlegen. Wir hätten alle überleben können. Mein Fehler war nicht, dass ich eine Entscheidung getroffen habe, sondern dass ich dachte, alle anderen würden erkennen, dass es die richtige ist. Ich hätte die beiden mit in den Maschinenraum nehmen müssen, damit sie nicht mit ihrer Mutter allein sind. Ich habe nicht alle Möglichkeiten durchdacht. Das ist die Schuld, die ich auf mich geladen habe.« Sie wippte Tanys sachte auf ihren Knien.

»Die Kinder wären gewiss gerührt von deiner tiefen Trauer um sie.«

»Ich war ihre Sklavin. Ich wollte nur ihr Bestes. Für meine Kinder hätte ich dasselbe getan.«

»Du hast eigene Kinder?«

»Zwei Söhne. Ich hab sie seit zwölf Jahren nicht gesehen.«

Er deutete auf Tanys. »Und statt um sie kümmerst du dich nun schon wieder um ein fremdes Kind.«

»Tanys braucht mich. Und ich habe die Hoffnung nicht aufgegeben, meine Söhne eines Tages wiederzusehen. Damals waren sie drei und vier, jetzt müssten sie fast erwachsen sein.«

»Auf welchem Planeten leben sie?«

»Corwin. Im –«

»Im Punt-System, ich weiß.« Er hätte ihr erzählen können, dass es dort vor einigen Jahren eine Rostbrand-Epidemie gegeben hatte, die achtzig Prozent der Bevölkerung ausgelöscht hatte. Aber vorerst behielt er diese Spitze für sich.

Die Abtaster erkundeten in immer weiterem Radius die Umgebung. Ab und an warnten sie vor Kollisionen mit größeren Trümmerteilen.

Die meisten seiner Begegnungen mit Padrag Caudor hatten hier im Corona-Sektor stattgefunden, vor einer Panoramascheibe in Padrags privater Station mit Blick auf die goldene Tau-Replik. Das Licht der sterbenden Sonne hatte blutrote Aureolen um die Statuen gelegt. Padrag hatte stundenlang am Fenster stehen und das Schauspiel beobachten können, und Hadrath war stets geduldig an seiner Seite geblieben. Sie hatten lange Gespräche geführt, über ihren tiefen Glauben an die STILLE, über familiäre Enttäuschungen und die Tücken der Macht. Über den Pilgerkorridor und was an seinem Ende zu finden sein mochte.

Hadrath hatte gehofft, Padrag auch heute hier anzutreffen, um mit dem Patriarchen das weitere Vorgehen zu besprechen und ihn um das Kommando über die Invasionsflotte zu bitten. Er hatte es sich verdient, nach allem, was er auf Noa durchgemacht hatte. Padrag, der Vergeltung zu schätzen wusste, würde ihn verstehen.

Dass der alte Mann beim Untergang der Raumwerft ums Leben gekommen sein könnte, glaubte er nicht. Die Hexen hatten angegriffen, um die Caudors in ihre Schranken zu weisen und an die Grenzen der Freiheit zu erinnern, die ihnen Tiamande gewährte. Doch Setembra wäre nicht so weit gegangen, das Oberhaupt der Familie zu töten, denn die Marken waren unberechenbar und nur die Gilde hielt sie im Zaum. Einen der Söhne, vielleicht, oder auch zwei – und wie erfreulich das wäre, dachte Hadrath –, aber nie und nimmer den Alten selbst.

Doch je länger er auf die Instrumente und hinaus in das Trümmerfeld blickte, desto größer wurden seine Zweifel. Er fürchtete schon, Setembras Rachsucht unterschätzt zu haben, als er endlich entdeckte, wonach er gesucht hatte.

Padrags Station hing jenseits des Schlachtfelds im Raum, näher als sonst an der roten Sonne, deren Strahlung die Abtaster in die Irre geführt haben mochte. Vor langer Zeit hatte der alte Caudor, Herr über Millionen Minen, einen Asteroiden der G-Klasse aushöhlen lassen. Drei Viertel der Station befanden sich im Inneren des Felsbrockens, nur ein kleiner Teil ragte aus dem zerfurchten Gestein wie eine eiserne Krone. Das gesamte Gebilde war etwa halb so groß wie eine Raumkathedrale und mit der Technik eines Großkreuzers ausgestattet. Wenn Padrag nicht gerade auf den Caudorwelten weilte, führte er die Geschäfte der Minengilde von hier aus, empfing seine Söhne – die brauchbaren wie auch die überflüssigen – und schwelgte im Anblick seiner ganz persönlichen Tore von Tau.

Die Setembra pulverisiert hatte. Vermutlich vor seinen Augen. Padrags Laune würde nicht die beste sein.

Nahe der Station entdeckte Hadrath Dutzende Bergungsschiffe, deren Mannschaften das Schlachtfeld absuchten. Sie hatten an den großen Wrackteilen angedockt oder kleinere Überreste mit Hilfe von Fangstrahlen und mechanischen Armen an sich gezogen. Gleich drei klammerten sich an eine abgebrochene Sternspitze der Raumwerft, ein schimmerndes Dreieck, das verloren vor dem Feuerball der Sonne schwebte.

Erleichtert setzte Hadrath einen neuen Kurs und meldete über Funk seine Ankunft. »Teilen Sie Padrag Caudor mit, dass ich ihm die Koordinaten von Noa bringe«, fügte er hinzu, ein Triumph, den er sich nicht verkneifen konnte.

Kurz darauf wurde das Spähschiff von zwei Gildejägern zum Asteroiden eskortiert. Aus der Nähe erkannte er, dass auch die Station beim Angriff des Ordens in Mitleidenschaft gezogen worden war. Auf einer Fläche von mehreren Quadratkilometern war die Gesteinshülle aufgeplatzt. Stählerne Innereien ragten heraus wie Teile eines geborstenen Uhrwerks.

Setembra hatte tatsächlich das Feuer auf Padrag Caudor eröffnet. Im ewig schwelenden Konflikt zwischen Orden und Gilde war das eine neue Eskalationsstufe. Selbst wenn es nur gutgezielte Warnschüsse gewesen sein sollten, ein genüssliches Ausrufezeichen hinter all der Zerstörung ringsum, war das ein Affront, den ein Mann wie Padrag niemals vergessen würde. Hadrath war nicht sicher, ob die Ordensmutter einschätzen konnte, wen sie sich da zum Feind gemacht hatte.

»Werden die Caudors dich für das hier nicht zur Rechenschaft ziehen?«, fragte Gavanqe, während das Schiff an der Felswand des Asteroiden vorbei zum Hangartor schwebte. Sie wusste Bescheid, natürlich. Iniza musste ihr alles erzählt haben.

»Unwahrscheinlich«, entgegnete er und versuchte, überzeugt zu klingen.

»Aber das alles ist wegen dir geschehen. Wo wir doch gerade von Schuld sprachen.«

Er lehnte sich zurück, als das Spähschiff von einem Leitstrahl erfasst und durch den Energieschirm ins Innere manövriert wurde. »Nun, es könnte zweierlei passieren. Erstens: Padrag Caudor lässt mich standrechtlich erschießen, sobald ich das Schiff verlasse. Er ist kein geduldiger Mann und neigt zu Überreaktionen. Das wünschst du dir vermutlich, und ich könnte es dir nicht verübeln.« Er lächelte ihr freundlich zu. »Zum zweiten besteht allerdings die Möglichkeit, dass er mir überaus dankbar sein wird, weil ich ihm Noa auf einem Goldteller präsentiere. Dann wird er mich zum Kommandanten der Angriffsflotte ernennen, und ich werde mit einigen Dutzend Schiffen nach Noa zurückkehren und jeden einzelnen deiner Freunde mit Stahlbolzen an die Rümpfe ihrer Schiffe nageln lassen.« Stirnrunzelnd fügte er hinzu: »Falls Fael selbst an Bord seines Schiffs war, dann müsste ihn das Totem erwischt haben, und er verpasst ein grandioses Spektakel. Was schade wäre, da er ja wie kein anderer eine Kreuzigung zu schätzen weiß.«

»Die Hinrichtung deiner Mannschaft war abscheulich«, sagte sie.

»Wusstest du, dass er mich an jedem Einzelnen vorbeigeführt hat, während sie noch gelebt und sich die Lunge aus dem Hals geschrien haben?«

Sie senkte den Blick und hielt Tanys ein wenig fester. »Ich habe davon gehört.«

Er klatschte in die Hände. »Das also ist mein Bruder. Oder das war er. Dieses Ding im Inneren von Madrigal dürfte sein Schiff zerfetzt haben. Wahrscheinlich ging es viel zu schnell.«

»Ob Iniza mit an Bord war?«

Der Gedanke war ihm auch schon gekommen, und er war nicht sicher, was er dabei empfand. Nach all ihren Besuchen in seiner Zelle, den stundenlangen Gesprächen, den Blicken voller Hass und Verachtung, waren die Fronten zwischen ihnen geklärt. Aber sie war seine Tochter. Hätte er da nicht etwas empfinden müssen? Irgendetwas?

Das Schiff erreichte den ihm zugewiesenen Platz im Hangar, und für einen Augenblick lenkte Hadrath sich ab, indem er die Landung manuell durchführte.

»Das Angreifen und Kreuzigen«, fragte Gavanqe, »passiert das bevor oder nachdem du Tanys an die Hexen ausgeliefert hast?«

»Herrje, kannst du noch an irgendwas anderes denken als an dieses vermaledeite Kind?«

»Ich trage die Verantwortung für sie.«

»Erst einmal trägst du da draußen ihre Windeltasche. Und du bleibst mit ihr an meiner Seite, bis ich etwas Gegenteiliges sage.«

Falls ihre Geschichte stimmte, dann war sie in der Lage, unangenehme Entscheidungen zu fällen. Er würde sie im Auge behalten müssen.

Ein paar Minuten später ging er die Rampe hinunter. Gavanqe hatte sich Tanys vor die Brust gebunden, stützte sie mit einer Hand und trug mit der anderen die Tasche.

»Du wirst die ganze Zeit über in meiner Nähe bleiben«, wiederholte er seinen Befehl. »Die Kleine ist zu kostbar, um sie aufs Spiel zu setzen.«

Gavanqe blickte den drei Bewaffneten in lackschwarzen Kampfanzügen entgegen, die durch den Hangar auf sie zukamen. An ihrer Spitze ging ein dicklicher Mann in weißer Kleidung. Ein blutroter Umhang lag um seine Schultern und reichte fast bis zum Boden. Er hatte lockiges, dunkelblondes Haar und trug einen implantierten Indigostein zwischen den Augenbrauen.

Hadrath blieb am Ende der Rampe stehen. Sein Magen fühlte sich an wie nach einem kräftigen Tritt.

»Ist *das* Padrag Caudor?«, flüsterte Gavanqe hinter ihm.

»Nein«, antwortete er. »Das ist Torkon Caudor, der jüngste und nutzloseste seiner acht Söhne.«

»Und das ist nicht gut?«

Er verzichtete auf eine Antwort. Der Mann breitete im

Näherkommen die Arme aus. Hadrath roch süßliches Parfüm, das durch den Ölgestank des Hangars zu ihnen herüberwehte.

»Hadrath, alter Krieger!«

»Torkon.« Spontan entschied er, ahnungslos zu tun. »Was ist hier passiert?«

Torkon Caudor gab einem seiner Männer einen Wink. Der Soldat klopfte erst Hadrath, dann Gavanqe auf versteckte Waffen ab, trat zurück und nickte Torkon zu. Der kam herbei und umarmte Hadrath. Als er sich wieder von ihm löste, blieb der süße Duft zu Hadraths Verdruss an ihm haften.

»Ungemach«, sagte Torkon. »Allerlei Ungemach.«

»Der Orden?«

»Deine alte Freundin Setembra«, bestätigte Torkon mit falschem Lächeln. »Die *Ehrenwerte* Setembra. Es heißt, sie hatte eine gehörige Wut im Bauch, als sie mit ihrer Kathedrale ein gutes Zehntel des Caudor'schen Familienvermögens verbrannt hat.«

Torkon hatte einiges an Gewicht zugelegt, seit Hadrath ihm zuletzt begegnet war. Seine feisten Wangen wölbten sich über dem Stehkragen seines Anzugs, und die Zeigefinger würden bald zu breit sein, um einen Blaster zu betätigen.

»Was hast du uns mitgebracht?« Immerhin kam er gleich zur Sache.

»Die Koordinaten von Noa«, sagte Hadrath. »Wir müssen sie so schnell wie möglich an deinen Vater weitergeben.«

Torkon winkte ab, als interessierte ihn das nur am Rande. »Nein, ich meine die Dame in deiner Begleitung und das bezaubernde Kind.« Er trat an Hadrath vorbei und wollte Tanys die Wange tätscheln. Tatsächlich lächelte sie, aber Gavanqe drehte sich mit der Kleinen von ihm weg.

»Wo ist dein Vater?«, fragte Hadrath.

Torkon musterte die Frau und das Kind einen Augenblick länger, dann wandte er sich wieder Hadrath zu. »Ein Unglück«, sagte er. »Noch eines, neben dem ganzen Schlamassel hier.«

»Was für ein Unglück?«, fragte Hadrath mit trockenem Mund.

»Als Vaters geliebtes Spielzeug da draußen im All verglüht ist, da hat ihn sein Herz im Stich gelassen. Er ist gestorben, ganz allein vor seinem beschissenen Panoramafenster.« Torkon zeigte sein fleischiges Grinsen. »Willkommen daheim.«

25

»Stell dir unsere Überraschung vor, als Setembra und die Technojäger des Ordens hier aufgetaucht sind«, sagte Torkon. »Wer hätte gedacht, dass es je so weit kommen könnte.«

Drei seiner Leibwächter eskortierten die Gruppe durch das Innere der Station. Torkon hatte eigene Söldner mitgebracht, obwohl es auf der Station genug Gildesoldaten gab. Vermutlich hatten seine älteren Brüder ihn hergeschickt, um die Bergungsarbeiten zu überwachen – und damit er nicht im Weg stand, während anderswo über die Zukunft der Gilde entschieden wurde.

Sie nahmen den Weg zur Suite des alten Caudor. Es wunderte Hadrath nicht, dass Torkon sich umgehend dort einquartiert hatte. Wahrscheinlich hatte er sich schon hinter dem Schreibtisch seines Vaters breitgemacht, ehe der Leichnam kalt gewesen war. Auf den Caudorwelten mochten ihn seine Brüder belächeln, aber hier war er der unumschränkte Herrscher eines Systems voller Schrott und Weltraummüll. Offenbar hatte er sich vorgenommen, das Beste daraus zu machen.

Als sie einen Trupp uniformierter Soldaten passierten, erkannten die Männer Hadrath und salutierten. Er erwiderte die Geste. Also war er auch jetzt noch Kommandant der Gilde. Militärisch hatte er damit einen höheren Rang inne als Torkon, der in erster Linie den Posten Missratener Sohn bekleidete.

»Sie haben dich nicht vergessen«, sagte Torkon, während sie weitergingen.

»Das sind gute Männer. Treue Soldaten.«

»Es sind Söldner, die heute für uns kämpfen und morgen für einen anderen, wenn er ihnen eine bessere Bezahlung bietet.«

»An was für einen anderen denkst du? Der Orden hat keinen Bedarf an Söldnern.«

»Es wird immer Emporkömmlinge geben, die versuchen, den Caudors etwas wegzunehmen.«

Hadrath registrierte den Seitenhieb und deutete auf die drei Leibwächter. »Hast du deshalb deine eigenen Männer dabei? Aus Sorge, dass dir jemand in den Rücken fällt? Deine eigene Familie, womöglich?«

»Mein Vater hatte drei Brüder und eine Schwester«, sagte Torkon. »Sie hätten gut daran getan, sich mit hochbezahlten Vertrauten zu umgeben, statt sich auf die Wächter zu verlassen, die mein Großvater ihnen zugeteilt hatte.«

Hadrath kannte die Geschichte, aber er sah, dass Gavanqe aufhorchte. Der Amme entging kein Wort, das gesprochen wurde, und vermutlich auch keines von denen, die zwischen den Zeilen unausgesprochen blieben.

Torkon fuhr fort: »Mein Großvater befürchtete, dass es die Gilde spalten könnte, wenn er die Macht gleichberechtigt auf seine fünf Kinder verteilte. Ich weiß, du hältst nicht viel von mir, Hadrath, aber ich bin kein Dummkopf. Ich habe Geschichtsbücher gelesen, und es gibt genug Beispiele, die seine Ansicht untermauern. Von den alten Königsdynastien der Eisenfaust bis hin zu den frühen Clans der Baronien sind

Reiche daran zerbrochen, dass Väter nicht den Mumm hatten, einen einzelnen Erben auszuwählen und mit der Macht auszustatten, sein Recht zu verteidigen. Mein Großvater war aus anderem Holz geschnitzt. Er hat sie alle von Kind an genau beobachtet und dann, als sie erwachsen waren, eine Entscheidung getroffen.«

»Die Nacht der Schwarzen Garden«, sagte Hadrath.

Tanys rülpste in Gavanqes Armen. Einer der Söldner grinste, die Amme klopfte sanft auf den Rücken des Kindes.

»Die berüchtigte Nacht der Schwarzen Garden«, sagte Torkon zustimmend. »Großvater gab den Befehl, alle seine Kinder zur selben Uhrzeit zu exekutieren – alle bis auf meinen Vater. Die eigenen Leibgarden töteten die ahnungslosen Narren in ihren Betten, während mein Großvater und mein Vater gemeinsam ein paar Flaschen Wein leerten und die Zukunft besprachen. Großvater hat zweifellos die beste Wahl getroffen. Unter meinem Vater florierte die Gilde und konnte es sich sogar leisten, den verfluchten Hexen die Stirn zu bieten. Bis zu einem gewissen Punkt jedenfalls, wie wir schmerzlich erfahren mussten.«

»Machst du Padrag zum Vorwurf, dass er nicht genauso skrupellos war wie dein Großvater?«

Torkon lachte laut auf. »Skrupel waren sicher keine von Vaters Schwächen. Und ich gebe mich keinen Illusionen hin, wer ganz sicher *nicht* der Alleinerbe geworden wäre. Er hat nie viel von mir gehalten, und ich wäre der Erste auf seiner Abschussliste gewesen. Er hat mir einmal ins Gesicht gesagt, dass er einen Sohn zu viel gezeugt habe und dass für den Jüngsten wohl nicht mehr genug seiner großartigen Erbanlagen übrig waren. Das hat wehgetan, damals.« Er schüttelte bei der Erinnerung den Kopf, dann lächelte er wieder. »Aber das ist lange her, und die Zeiten sind heute andere. Günstigere Zeiten, könnte man sagen.«

»Und doch ist er nun tot, und seine acht Söhne werden sich um die Macht in den Marken streiten.«

Torkon öffnete die Doppeltür zur Suite. Dahinter lag ein enormer Raum, von dem rechts und links weitere Durchgänge abzweigten. Die gegenüberliegende Wand bestand zur Gänze aus glasklarem Transparentplast, zwanzig Meter breit und sechs hoch. Das Weltraumpanorama hatte durch die Zerstörungsorgie des Ordens durchaus an ästhetischem Wert gewonnen, das dunkelrote Licht der Corona-Sonne brach sich auf Tausenden Metalltrümmern. Sie leuchteten wie Blutstropfen jener halbvergessenen Götter, die sich einst zwischen den Sternen bekämpft hatten.

»Mag sein, dass es Streit geben wird.« Torkon ging an einem Wasserbecken vorüber, in dem sein Vater Fische vom Kantaurus gezüchtet hatte. Offenbar waren sie gemeinsam mit ihrem Herren verschwunden. »Aber ich habe das Gefühl, dass deine glückliche Heimkehr den Dingen eine gewisse Ordnung geben wird.«

Hinter Hadrath betrat Gavanqe die Suite, während die drei Wächter an der Tür blieben.

»Die Koordinaten, die du mitgebracht hast, sind verlässlich?«, fragte Torkon, schlug den Umhang beiseite und nahm hinter dem Schreibtisch seines Vaters Platz.

»Selbstverständlich.«

Padrag hatte die Angewohnheit gehabt, wichtige Dinge stets im Stehen zu besprechen, vor dem Fenster, nur einen Schritt vom Abgrund des Alls entfernt. Hadrath vermisste nicht nur seinen Sinn für Dramatik, sondern auch den Mann selbst. Padrag war weder weise noch gerecht gewesen und am

Ende womöglich ein wenig kindisch, und doch hatte er sich in den Jahrzehnten zuvor als Bändiger der Marken erwiesen. In Hadrath hatte er etwas gesehen, das er bei den eigenen Söhnen vermisste. Hadrath war vom traumatisierten Schiffbrüchigen zum Begünstigten des Schicksals geworden, und das hatte er Padrag Caudor zu verdanken.

Auch deshalb verabscheute er, wie Torkon jetzt die Stiefel auf den Schreibtisch seines Vaters legte und die Finger über dem Wanst verschränkte. Hadrath hasste den siegesgewissen Blick und sogar die Art und Weise, wie er Gavanqe und seine Enkelin ansah.

»Wir werden Freunde sein, du und ich«, sagte Torkon.

»Wer weiß.«

»Du musst mich nicht mögen, um einzusehen, dass ich dir eine Chance biete.«

»Und welche wäre das?«

»Mit meinem geliebten Vater ist auch dein Gönner von uns gegangen. Manch einer, den deine Einflüsterungen und deine Arroganz verärgert haben, könnte das zum Anlass nehmen, Hadrath Talantis in einen Raumanzug zu stecken und hinaus ins All zu werfen. Du hast Erfahrung damit, wie es ist, tagelang dort draußen im Nichts zu treiben, und tatsächlich sind unsere Anzüge heute noch ein wenig langlebiger. Ein, zwei Wochen könntest du überstehen, und, wer weiß, vielleicht führt das zu einer neuen Begegnung mit der STILLE und allerhand göttlichen Eingebungen, so wie damals.«

Wenn es eines gab, das auch von Padrags Söhnen niemals in Frage gestellt worden war, dann war das die Allmacht der STILLE und die Huldigung, die ihr gebührte.

Hadraths Tonfall wurde eiskalt. »Ich bin nicht nur Kommandant der Gilde, Torkon, ich bin auch ein Priester mit den höchsten Weihen und ein Erwählter der STILLE. Du kannst mich verhöhnen, wenn es dir beliebt, aber verspotte niemals die STILLE. Niemals, Torkon, denn sie ist allgegenwärtig und weit weniger gnädig als ich.«

»Gnädig?« Torkon nahm die Füße vom Tisch und setzte sich aufrecht. »Warum müssen wir solche Wörter benutzen? Warum diese Feindseligkeit? Lass mich ausreden, und du wirst sehen, dass eine Zusammenarbeit auch zu deinem Besten ist.«

»Ich höre dir zu.«

Mit einem Ächzen stand Torkon auf und ging zur Scheibe hinüber. »Komm, Hadrath. Lass uns wie zwei Freunde reden.«

Tanys gab ein leises Schluchzen von sich. Gavanqe besänftigte sie mit ein paar geflüsterten Worten und etwas, das wie Handauflegen aussah.

»Soldaten!«, rief Torkon durch den Raum zur Tür. Er klang wie ein prahlender Milizenführer, nicht wie einer der acht reichsten Männer der Galaxis. »Lasst uns allein. Hadrath ist ein treuer Freund der Familie und wird zu schätzen wissen, was ich ihm vorschlage.«

Die Leibwächter wollten die Tür schließen, als Torkon Gavanqe einen Wink gab. »Du auch. Geh mit ihnen.«

»Sie bleibt mit dem Kind hier«, widersprach Hadrath.

»Wir wollen unter vier Augen sprechen«, entgegnete Torkon.

»Die beiden gehören zu mir und bleiben.«

»Deine Frau und dein Kind?«

»Meine Enkelin. Und ihre Amme.« Hadrath winkte Gavanqe heran und kreuzte kurz den Blick des Babys, das sich beinahe den Kopf verrenkte, um zu ihm herüberzuschauen. Er unterdrückte ein leichtes Frösteln und sah wieder Torkon an.

Der hob resignierend beide Hände. »Wie du magst.« Er nickte den Wächtern zu, und gleich darauf fiel die Tür ins Schloss. Es war kein Gleitschott, wie man sie normalerweise in Raumstationen und Schiffen verbaute, sondern eine herkömmliche Doppeltür mit schwerer Klinke. Padrag hatte es gemocht, sich mit Althergebrachtem zu umgeben.

»Du weißt, dass du keine drei Schritte weit kommen würdest, wenn in diesem Raum etwas Unüberlegtes geschieht, nicht wahr?« Torkon klopfte auf den Blaster, den er im Gürtel trug wie ein Halbstarker die erste eigene Waffe. Sein Vater war niemals bewaffnet gewesen; Padrags Feinde waren beseitigt worden, ehe sie in Schussweite kommen konnten.

Hadrath trat zu Torkon ans Fenster. Einen Atemzug lang fühlte es sich fast an wie früher. »Reden wir.«

Torkons Gesicht erglühte zufrieden, weil die Dinge nun so liefen, wie er sie sich vorgestellt hatte. »Du hast also die Koordinaten dabei.«

Hadrath berührte seine Schläfe. »Hier drinnen.«

»Natürlich. Alles andere wäre unklug. Aber nun, da du zurück im Schoß der Familie bist, möchte ich, dass du sie niederschreibst. Dann werde ich – selbstverständlich in deiner Anwesenheit – meine Brüder darüber informieren, und wir alle werden übereinkommen, dass die Kriegsflotte umgehend nach Noa aufbrechen sollte.«

»Ich werde die Flotte kommandieren«, sagte Hadrath.

Torkon überspielte sein Zögern mit einem Räuspern. »Einverstanden.«

Hadrath hatte angenommen, dass Torkon ganz versessen

darauf wäre, den Ruhm für den Angriff für sich zu beanspruchen. Aber dieser Narr dachte immer nur einen Schritt weit.

»Außerdem«, fuhr Hadrath fort, »brauche ich einen repräsentablen Kreuzer, der das Kind nach Tiamande bringt.«

»Nach Tiamande?«

»Allerdings.«

»Warum sollten die Hexen –« Torkon ging ein Licht auf. »*Das* ist die Kleine, die sie suchen? Das Kind dieser Baroness, die ihnen durch die Finger geschlüpft ist?«

Die Gilde war also informiert. Hadrath hatte nichts anderes erwartet. Padrags Spione waren überall, sogar an Bord der Kathedralen.

»Das Kind ist meine Angelegenheit«, sagte er bestimmt.

Gavanqe mischte sich ein. »Ist es nicht.«

»Halt den Mund.«

Sie fluchte.

Torkon horchte auf. »Und sie ist wirklich eine Amme?«

»Ja«, sagte Hadrath seufzend.

»Sie redet nicht wie eine.« Torkon trat hinter den Schreibtisch und öffnete mit einem Zahlencode eine Stahltür in der Wand. Dahinter befand sich die abgesicherte Kommunikationseinheit, die Padrag benutzt hatte, um Kontakt zu seinen Söhnen aufzunehmen. Jeder der acht trug am Arm einen Kommunikator, der auf eine Verbindung mit diesem Gerät programmiert war. Es hätte einfachere Mittel gegeben und solche, die sicherer waren, aber Padrag hatte diese antiken Spielzeuge geliebt.

Während Torkon die Einheit aktivierte, blickte Hadrath durch die Scheibe ins All. Die Bergungsschiffe gingen ihrer Arbeit nach wie emsige Insekten, die ihre Beute in den Stock trugen. Aus dem Blickwinkel der Station, die unmittelbar vor der Sonne schwebte, blieb alles in glühendes Rot getaucht. Im Hintergrund flossen blaue Nebel und weiße Sternhaufen ineinander. Auch der Katarakt war von hier aus zu sehen, ein zerfasernder Arm aus Gestirnen, der hinaus in den Leerraum zwischen den Galaxien reichte und sich am einen Ende zu einem hellen Wabern verdichtete, einer Ballung aus Sternen, in deren Zentrum – von hier aus unsichtbar – das gefräßige Schwarze Loch Kamastraka eine Mahlzeit aus Raum und Zeit verschlang.

Torkon schaltete das Gerät ein und begann die langwierige Prozedur des Verbindungsaufbaus, was weniger an der altersschwachen Apparatur lag als an der Entfernung zu den Caudorwelten. Das Signal passierte mehrere Markensysteme und wurde dort umgeleitet.

Unterdessen beobachtete Hadrath weiter die Bergungsschiffe draußen im Trümmerfeld. Die Verluste waren bedauerlich, aber die Schiffe, die er zur Eroberung Noas benötigte, warteten anderswo auf ihren Einsatz. Alles Weitere interessierte ihn nicht. Erst Noa, dann der Pilgerkorridor. Und diese lästige Angelegenheit mit Tanys und dem Orden.

Im Spiegelbild des Fensters warf er einen Blick hinüber zu dem Kind in den Armen der Amme. Sie hatte eine Hand in das Bündel geschoben und kraulte der Kleinen den Rücken. Tanys lächelte vergnügt.

»Es geht los«, sagte Torkon.

Hadrath trat zu ihm. Auf dem Monitor erschien ein Gesicht, dessen Ähnlichkeit zu Torkon sich im Graublau der Augen erschöpfte. Granwill Caudor, der älteste der acht Brüder, hatte schulterlanges, feuerrotes Haar und einen kurzgeschnittenen Bart. Er war der Einzige von ihnen, der

Hadrath nie mit offener Missachtung oder gar Feindschaft begegnet war, und gerade deshalb hielt Hadrath ihn für den durchtriebensten der Caudorerben. Zweifellos war seit dem Tod des Vaters keine Minute vergangen, in der Granwill nicht darüber nachgedacht hatte, wie er das althergebrachte Recht des Ältesten auf die Macht durchsetzen könnte. Dumm nur, dass Padrag ausdrücklich alle acht Söhne als Nachfolger eingesetzt hatte – wohl in der Hoffnung, dass sie sich so lange gegenseitig zerfleischten, bis der Stärkste übrig blieb. Anders als sein eigener Vater hatte Padrag nicht geglaubt, die Qualitäten seiner Söhne vollständig zu kennen. Er hatte sich nicht vor der Wahl eines einzelnen Nachfolgers gedrückt, wie Torkon angedeutet hatte – vielmehr hatte Padrag die endgültige Entscheidung zur Bewährungsprobe gemacht. Einer der acht würde die anderen besiegen, und die Chancen standen gut, dass es der Beste unter ihnen sein würde.

»Gibt es Probleme?«, fragte Granwill mit einem Unterton, der keinen Zweifel daran ließ, dass er von seinem jüngsten Bruder nichts anderes erwartete.

»Ich habe gute Nachrichten.«

Hadrath fand, dass es an der Zeit war, sich zu zeigen. Er drängte sich neben Torkon vor die Kamera oberhalb des Bildschirms. »Granwill.«

Die Miene des ältesten Caudors blieb unbewegt. »Du lebst noch. Eine gute Nachricht, in der Tat.«

»Hadrath hat uns die Koordinaten von Noa mitgebracht«, rief Torkon eilfertig. »Wir werden die Piraten ein für alle Mal aus dem All brennen.«

»Ist das so?« Granwill schien nur noch Hadrath anzusehen.

Der nickte. »Wir müssen schnell handeln, ehe sie den Planeten evakuieren können.«

Im Hintergrund lachte Tanys ihr Babylachen.

Granwill hob eine rote Augenbraue.

»Nur ein Kind«, sagte Torkon.

Sein Bruder warf ihm einen eisigen Blick zu. »Ich weiß, wie ein Kind klingt. Ich habe sechs davon.«

»Und wie bezaubernd doch ihre sechs Mütter sind.« Eine Spitze, die Torkon sich offenbar nicht verkneifen konnte.

Granwill strafte ihn mit Missachtung und wandte sich Hadrath zu. »Du warst all die Zeit über ihr Gefangener?«

»Ja.«

»Wie konntest du ihnen entkommen?«

»Die STILLE war mit mir.«

»Natürlich.«

»Auch unter den Piraten gibt es Gläubige.«

»Und sind sie noch bei dir und können die Geschichte bestätigen?«

Hadrath erwiderte den eisigen Blick des Caudors. »Wenn du die Piraten loswerden willst, wirst du mir vertrauen müssen.«

»Gewiss doch.«

»Granwill«, mischte Torkon sich wieder ein, »was Hadrath sagt, klingt doch sehr überzeugend. Uns könnte endlich gelingen, was Vater nie —«

»Du bist mein Bruder«, fiel Granwill ihm ins Wort, »und deshalb liebe ich dich trotz deiner Defizite. Sicherlich geht es Hadrath mit *seinem* Bruder ganz ähnlich, nicht wahr?«

Hadrath holte tief Luft. »Wirfst du mir ernsthaft vor, das Haus Caudor zu verraten? An Fael?«

»Er *ist* dein Bruder. In einem Jahr kann man viele Streitigkeiten beilegen. Und ist es nicht ein wundersamer Zufall, dass dir als Erstem überhaupt die Flucht von Noa gelungen ist?«

»Er wollte mich im All verrecken lassen! Glaubst du allen Ernstes, ich könnte mich mit ihm versöhnen? Er ist mir bis Madrigal gefolgt, und ich bete zur STILLE, dass er dort –«

»Du hast ihn nach Madrigal geführt? Zur Schleuse von Madrigal?«

»Ich hatte keine verdammte Wahl, Granwill! Euer Vater hätte das verstanden.«

»Mag sein. Und doch wirst *du* verstehen, dass ich das Schicksal unserer Kriegsflotte nicht in die Hände eines Mannes lege, der zufällig auch der Bruder des Piratenführers ist. Eines Mannes, der im Alleingang den Orden gegen die Gilde aufgebracht hat und die Schuld an der Zerstörung einer Raumwerft und zwei Dutzend brandneuer Schiffe trägt. Eines Mannes, der demnach verantwortlich ist für den Tod unseres Vaters – des Oberhaupts des Hauses Caudor.«

Torkon wollte Hadrath zu Hilfe kommen. »Ich glaube nicht, dass du Hadrath dafür –«

»Dieser Mann«, fuhr Granwill unbeirrt fort, »könnte mit seinem Bruder einen Plan geschmiedet haben, das Haus Caudor, die Gilde und die Ordnung in den Marken zu stürzen.«

»Ich habe ein Jahr im *Kerker* meines Bruders verbracht!«, fuhr Hadrath ihn an.

»Und vielleicht ist dir dabei eine Idee gekommen. Vielleicht hast du ihm angeboten, das Vertrauen unseres Vaters auszunutzen, um unsere Flotte in eine Falle zu locken. Ein abgelegener Sektor, irgendwo im Nichts. Ein paar Koordinaten, die sich auf die Schnelle nicht überprüfen lassen. Und vielleicht eine Piratenflotte, die nur darauf wartet, dass unsere Schiffe aus dem Hyperraum stürzen, um sie im selben Augenblick unter Beschuss zu nehmen.«

»Das ist infam!«, brüllte Hadrath ihn an. »Ich habe dieses Misstrauen nicht verdient. Nicht nach allem, was ich für deine Familie getan habe. Ich würde alles für die STILLE und für das Haus Caudor tun!«

Granwill nickte langsam. »Dann gib mir die Koordinaten. Ich werde einen Späher vorausschicken, der deine Angaben überprüft. Falls alles so ist, wie du sagst, wirst du an Bord unseres Flaggschiffs sein und die Vernichtung Noas aus nächster Nähe miterleben – darauf gebe ich dir mein Wort. Falls aber unser Späher von etwas anderem erwartet wird, nun, das wäre unerfreulich.«

Torkon sah Hadrath an. »Klingt nach einem Kompromiss.«

Für Hadrath klang es nach einer schreienden Ungerechtigkeit. Sein Hass auf Padrags Söhne war wie ein saurer Geschmack in seinem Mund. Aber er erkannte, wann ihm die Alternativen ausgingen und wann eine Niederlage nicht abzuwenden war. Es galt jetzt, das Beste für sich herauszuholen – und auf die Gelegenheit zu warten, Granwill die Erniedrigung heimzuzahlen. Er hatte schon einmal verloren, gegen Iniza und Fael, und am Ende hatten sich die Dinge zum Guten gewendet. Ironischerweise war es Padrag Caudor gewesen, der ihn an diesem Ort, in dieser Station, in diesem Raum gelehrt hatte, dass das Erdulden einer Demütigung der erste Schritt zum Triumph sein konnte.

»Einverstanden.« Ohne weitere Worte darüber zu verlieren, schob er Torkon beiseite, trat an die Tastatur des Kommunikators und gab die lange Zahlenreihe ein, die er seit der Zerstörung der *Caudor Terminus* im Kopf behalten hatte.

Trotz der Umstände tat es gut zu wissen, dass es ihn nur Sekunden kostete, alles zu zerstören, was Fael in sechzehn Jahren aufgebaut hatte.

»Warte«, sagte Torkon, als Hadrath die Koordinaten abschicken wollte. Sein Finger schwebte über der Taste.

Granwill runzelte die Stirn. »Was, Bruder?«

»Ihr beiden habt womöglich vergessen, wer diese glückliche Fügung des Schicksals erst ermöglicht hat.«

Sein älterer Bruder machte keinen Hehl aus seiner Abneigung. »Was willst du?«

»Meinen Sitz im Familienrat zurück«, sagte Torkon. »Einen Posten als Gouverneur auf einer der reichen Minenwelten, vergleichbar mit denen von Ban und Ilius.« Zwei seiner Brüder, von denen Padrag seltener schlecht gesprochen hatte als von Torkon und einigen anderen. »Außerdem eine Erwähnung in den Chroniken als der Verantwortliche ... nun, einer der *drei* Verantwortlichen für den Sieg über Noa.«

Granwill verzog keine Miene, doch Hadrath sah in seinen Augen, dass er gerade ein Mordkomplott gegen den jüngsten Bruder schmiedete. Er hoffte inständig, dass sie sich alle gegenseitig die Kehlen durchschnitten.

»Dann soll es so sein«, sagte Granwill. »Ich werde mich bei den anderen dafür einsetzen. Genügt dir das?«

Torkon grinste. »Ich weiß, dass ich mich auf dein Wort verlassen kann, Bruder. Auf das Wort eines Caudors.«

Hadrath legte erneut die Fingerspitze auf die Taste.

»Eines noch«, sagte Torkon und drängte Hadrath beiseite, so dass sein feistes Gesicht die Kamera verdeckte. Sein Finger tastete nach dem Knopf. »Ich will derjenige sein, der die Daten abschickt. Es ist nur eine symbolische Geste für die Geschichtsbücher, aber ihr müsst verstehen, dass —«

Sein Schädel verdampfte in einer Wolke aus Feuer und Knochenfragmenten.

Hadrath taumelte zwei Schritte zurück, atmete den Gestank von geschmolzenem Fleisch ein und war für einen Augenblick zu benommen, um die Tragweite dessen zu begreifen, was gerade geschehen war. Torkon hatte unmittelbar vor ihm gestanden, als ihn der Kopfschuss getötet hatte, und nun fiel er mit dem gesamten Gewicht seines Körpers auf die Tastatur. Ein Balken auf dem Monitor zeigte an, dass die Koordinaten unterwegs zu den Caudorwelten waren.

»Was, bei der STILLE, geht da vor?«, fragte Granwill.

Hadrath drehte sich um.

Gavanqe stand außerhalb des Kamerasichtfelds. Der kleine Blaster, den sie mit beiden Händen hielt, zitterte leicht. Sie musste ihn die ganze Zeit über in dem Bündel vor ihrem Oberkörper versteckt haben, unmittelbar am Körper des Babys. Erstaunlich, dass sie Torkon mit dem ersten Schuss getroffen hatte. Falls sie nicht auf Hadrath gezielt hatte.

»Verdammtes Weib!«, schrie er und wollte sich auf sie stürzen, als sie ausholte und den Blaster in seine Richtung warf. Er prallte gegen die Wand mit dem Bildschirm und fiel hinter dem Schreibtisch genau zwischen Hadrath und den Leichnam.

Die Tür der Suite flog auf, und die drei Söldner stürmten herein. Rotes Sonnenlicht glänzte auf ihren schwarzen Kampfmonturen.

»Er hat ihn erschossen«, stammelte Gavanqe. »Er wollte nicht, dass … die Koordinaten … und da hat er ihn …«

»Sie lügt!«, brüllte Hadrath, setzte sich in Bewegung und wurde auf halber Strecke zu Gavanqe von zwei Söldnern gepackt. Brutal schmetterten sie ihn zu Boden, während der dritte den Toten hinter dem Schreibtisch entdeckte. Und die Waffe, die danebenlag.

»Könnte mir auf der Stelle jemand erklären, was passiert ist?«, erklang Granwills Stimme aus dem Lautsprecher des Kommunikators.

Hadrath wollte antworten, aber einer der Söldner schlug ihm die Faust ins Gesicht.

»Hadrath Talantis hat Ihren Bruder getötet«, meldete der Mann am Schreibtisch. »Er hat ihm aus nächster Nähe in den Kopf geschossen.«

»Das ist nicht wahr!«, brüllte Hadrath und wurde erneut geschlagen, diesmal so hart, dass ihm Blut in die Kehle lief.

»Überaus bedauerlich«, sagte Granwill ohne jede Regung, »und ein Fall von Hochverrat. Sperren Sie ihn ein, bis einer meiner Brüder eintrifft und sich seiner annimmt.«

»Die Koordinaten!«, keuchte Hadrath. »Das war keine Lüge! Und ich habe ihn nicht —«

Ein dritter Schlag. Diesmal verlor er fast das Bewusstsein.

»Tötet ihn nicht!«, befahl Granwill. »Er wird uns noch viele Informationen über seinen Bruder und die Piraten liefern.«

Hadrath zwang sich, die Augen zu öffnen. Die beiden Söldner nagelten ihn mit ihrem ganzen Gewicht am Boden fest. Sein Blick war verschwommen, als er an den Männern vorbei zur offenen Tür sah. Dann dorthin, wo die Amme gestanden hatte.

Gavanqe und Tanys waren fort.

26

Die *Sternenlos* lag unter ihrem Tarnschirm am Rand der Öffnung, die beim Angriff des Ordens in die Felskruste der Asteroidenstation gesprengt worden war.

Glanis hatte das Schiff seitlich an die geborstene Stahlhülle manövriert und mit den Greifankern stabilisiert. Die ausgefahrene Rampe reichte bis auf eines der quergeschnittenen Decks. Das Leck in Fels und Rumpf war mit einem Energieschirm versiegelt, der auch im zerstörten Teil der Station eine künstliche Atmosphäre mit Atemluft und Gravitation aufrechterhielt. Lose Trümmerteile und Einrichtungsstücke waren zuvor ins All getrieben, verbogene Stahlböden und eingedrückte Wände blockierten die Gänge.

Glanis und Fael eilten mit schweren Blastergewehren die Rampe hinunter und blickten sich auf dem verwüsteten Deck um. In ihrem Rücken stand das Energiefeld als schemenhafte blaue Wand zwischen ihnen und dem offenen Weltraum – es verlief mitten durch den Rumpf der *Sternenlos*.

Der Tarnschirm hatte das Schiff beim Anflug unsichtbar für die Sensoren und Abtaster gemacht, doch mit bloßem Augen war es zu sehen, lediglich ein wenig unscharf wie durch Milchglas. Sie waren nicht sicher, wie gründlich der Weltraum rund um die Station von Kameras beobachtet wurde. Wenn die *Sternenlos* beim Anflug auf einem der Überwachungsmonitore aufgetaucht wäre, wäre sie wohl längst von Jägern unter Beschuss genommen worden. Die Chancen standen also gut, dass bislang niemand von ihnen wusste.

Sie hatten Ria fest mit Kabeln verschnürt an Bord zurückgelassen. Faels Tochter hatte die entwürdigende Prozedur ohne Widerspruch über sich ergehen lassen und stumm zur STILLE gebetet.

»Sie hatte so viele Gelegenheiten, mich zu töten«, sagte Glanis nachdenklich zu Fael, während sie sich einen Weg durch die Überreste eines rußschwarzen Korridors suchten. »Und doch hat sie es nie getan. Dabei wusste sie, dass ich ihren Leuten auf der Spur war.«

Faels Gesicht blieb verschlossen. Erst als sie Minuten später durch ein Gewirr aus verzogenen Stahlträgern kletterten, sagte er unvermittelt: »Sie hat recht.«

Glanis zwängte sich zwischen den letzten Trägern hindurch und ließ die gröbsten Verwüstungen hinter sich. Der Korridor vor ihnen war von der Explosion geschwärzt. Bei jedem Auftreten stoben dunkle Partikel auf wie feiner Nebel.

»Es war falsch, ihre Mutter zurückzulassen«, fuhr Fael fort. »Und ich war ein Narr, als ich angenommen habe, Ria könnte mir das verzeihen.«

»Hat sie nie etwas dazu gesagt?«

»Nur während der ersten Wochen. Danach nicht mehr.«

»Weißt du, ob deine Frau noch lebt?«

»Nein. Das alles ist so viele Jahre her. Hängt davon ab, an wen sie verkauft wurde. Und zu was man sie gezwungen hat. Sie war eine stolze Frau, die lieber in den Tod gegangen wäre, als sich erniedrigen zu lassen. Erst recht, nachdem sie wusste, dass Ria in Sicherheit ist.«

»Vielleicht hat Ria die Hoffnung nicht aufgegeben. Oder sie hat etwas herausgefunden.«

»Von Noa aus? Hinter meinem Rücken?« Fael schüttelte den Kopf. »Das ist unwahrscheinlich.«

»Allein im letzten Jahr hat Ria die Hälfte der Kapitäne unter die Tische irgendwelcher Tavernen gesoffen. Gegen den Rest ist sie Rennen auf Raketenschlitten geflogen oder hat sonst wie Zeit mit ihnen verbracht. Vielleicht hatte sie mehr Möglichkeiten, an Informationen von außen zu kommen, als du denkst.«

»Wer weiß. Aber das ändert nichts. Sie hat uns verraten.«

Sie erreichten ein geschlossenes Schott. Glanis lehnte sein Gewehr gegen die Wand und befestigte eine Druckgranate mit ihrer Magnetseite an der Verriegelung. Fael und er hatten sich in der Waffenkammer der *Sternenlos* ausgerüstet, neben den Lasergewehren trugen sie leichte Handblaster in ihren Gürtelholstern, lange Stilette und mehrere Granaten. Glanis regulierte die Detonationskraft der Granate auf mittlere Stärke, drückte den zeitversetzten Auslöser und ging mit Fael in einigen Metern Entfernung in Deckung. Sekunden später zerbarst der Mechanismus des Schotts mit einem dumpfen Laut. Es gab weder Feuer noch Rauch, ein konzentrierter Druckluftstrahl hatte die Mechanik wie ein Stahlbolzen zerschmettert. Während Glanis das Schott mit bloßen Händen beiseiteschob, zielte Fael durch den Spalt auf die andere Seite.

Der Korridor war leer, nur in weiter Ferne hörten sie Stimmen und Schritte. Bevor sie das Schiff verlassen hatten, waren sie übereingekommen, dass Hadrath wohl auf schnellstem Weg Torkon Caudor aufsuchen würde. Fael hatte vor einiger Zeit von einem Vorfall im Corona-Sektor und dem Tod des Patriarchen erfahren. Er schien seine Informanten überall zu haben, auf den Schiffen der Hexen ebenso wie auf Koryantum und in anderen Baronien. Sein wertvollster Spion aber saß auf einer der hohen Befehlsebenen des Hauses Caudor und spielte ihm die wechselnden Routen der Gildentransporte zu. Padrags Tod hatte sich auf den Caudorwelten nicht verheimlichen lassen, und dass Torkon Caudor von seinen Brüdern hierher abgeschoben worden war, hatte rasch die Runde gemacht. Offenbar hatte Fael selbst einmal mit einem Angriff auf die verborgene Raumwerft geliebäugelt, dann jedoch eingesehen, dass solch ein Vorhaben für seine Piratenflotte eine Nummer zu groß war. Überfälle auf Gildeschiffe waren eine Sache, ein offener Krieg aber hätte seine Möglichkeiten bei weitem überstiegen.

Doch der Krieg würde nach Noa kommen, falls sie Hadrath nicht aufhielten. Glanis sorgte sich um Iniza, versuchte aber, sich vorerst auf Tanys' Rettung zu konzentrieren.

Es war nur eine Frage der Zeit gewesen, wann sie auf ihrem Weg durch die Station den ersten Feinden begegnen würden. Der Moment kam früher als erhofft. Rufe ertönten, dann schnelle Stiefelschritte. Laserbolzen zuckten durch den grauen Korridor und stanzten Schmelzkrater in die Stahlwände. Fael und Glanis verschanzten sich hinter einer Ecke und erwiderten das Feuer. Fael entsicherte eine seiner Granaten und schleuderte sie zwischen die Männer. Während sie am Boden rotierte wie ein Kreisel, trat der Druckstrahl sekundenlang an beiden Enden aus und schnitt durch die Knöchel der schreienden Gildesoldaten. Fael stürmte aus der Deckung und erlöste die vier mit gezielten Schüssen.

»Woher habt ihr diese Dinger?«, fragte Glanis angewidert.

Fael machte eine Geste, die die ganze Station umfasste. »Von der Gilde erbeutet. Wir setzen ihre eigenen Waffen gegen sie ein.«

»Wir werden nicht weit kommen, wenn sie so was gegen *uns* einsetzen.«

Sie rannten los und erwarteten ein Alarmsignal, das nicht kam. Trotzdem wollte sich bei Glanis keine Erleichterung einstellen. Der Schusswechsel konnte nicht unbemerkt geblieben sein, vermutlich wurden irgendwo gerade Truppen in Gang gesetzt.

Der Wohntrakt befand sich auf der höchsten Ebene der Station. Im Antigravschacht gab es keine Deckung, also benutzten sie eine Nottreppe, schlechtbeleuchtete Gitterstufen in einem engen Metallschacht. Sie hatten die Hälfte der zehn Decks bewältigt, als von oben Lärm erklang. Mehrere Menschen stürmten ihnen auf der Treppe entgegen.

Hierher!, meinte Glanis eine Stimme zu hören.

Er warf Fael einen Blick zu, aber der hatte nicht gesprochen.

Hierher! Erneut ein stummer Ruf in Glanis' Kopf.

Gleichzeitig erreichten sie das sechste Deck. Die Tür, die aus dem Treppenhaus führte, war geöffnet. Die Männer auf der Treppe weiter oben hatten Glanis und Fael noch nicht entdeckt.

»Dort entlang«, flüsterte Glanis.

»Wir müssen so oder so gegen sie kämpfen.« Fael richtete das Blastergewehr in die Höhe, um auf die herankommenden Gegner zu feuern.

»Tanys ist hier«, sagte Glanis.

»Was?«

»Glaub mir einfach.« Ohne auf Fael zu warten, lief er durch die Tür und betrat einen Korridor, bei dem es sich offenkundig um einen Teil des Versorgungsnetzwerks handelte. Hier waren Rohre nicht verkleidet, Kabel kurzerhand zu Bündeln zusammengezogen und auf den Wänden verlegt worden. Der Boden bestand aus Gitterwerk, darunter verliefen weitere Leitungen. Ohrenbetäubender Lärm drang ihnen entgegen, ein gleichförmiges Scheppern und Mahlen.

Hierher!

Iniza hatte ihm erzählt, dass sie in den Klöstern der STILLE etwas Ähnliches gespürt hatte. Sie hatte Stein und Bein geschworen, dass es Tanys gewesen war, die sie damals vor Shara gewarnt hatte. Die *ungeborene* Tanys. Genau wie Iniza hörte auch Glanis nicht das Wort selbst, vielmehr schien es ihm, als empfange er einen Gedanken, der diese Bedeutung hatte. Einen fremden Gedanken und doch so vertraut, als wäre es sein eigener.

Hierher!

Nun verstand er, wie Iniza sich gefühlt haben musste. So, wie er seine Tochter unter Tausenden von Kindern erkannt hätte, erkannte er auch den Klang ihres stummen Rufes. Ein Gefühl ungeheurer Vertrautheit erfüllte ihn, die Gewissheit, dass sie ein Teil von ihm war und immer bleiben würde. Sie hatte *ihn* gefunden, nicht umgekehrt.

Sie war tatsächlich das Medium, das die Hexen in ihr vermuteten: das Mädchen, das zum Sprachrohr der Gottkaiserin werden sollte, um darüber ebenso unweigerlich den Verstand zu verlieren wie all ihre Vorgängerinnen im Palast von Tiamande.

Fael und Glanis waren erst einige Schritte den Gang hinabgelaufen, als Fael ihn nach rechts in eine Nische zwischen den Rohren stieß und sich selbst in einen Spalt auf der linken Seite zwängte. Er hob den Finger an die Lippen. Der Rest seines vernarbten Gesichts lag in tiefem Schatten.

Die Schritte im Treppenschacht waren aufgrund des infernalischen Lärms nicht mehr zu hören, aber Glanis konnte zwischen den Rohren hindurch sehen, dass das Gros des Trupps weiter nach unten lief. Nur zwei Männer blieben mit gezogenen Blastern zurück und betraten den Gang.

Fael bedeutete ihm mit einer Geste, die Männer passieren zu lassen, um sie dann von hinten zu erledigen. Doch wieder traf ihn Tanys' Ruf, drängender diesmal, und Glanis sprang aus dem Versteck und feuerte zwei Lasergarben ab. Beide Soldaten wurden in die Brust getroffen; zwei weitere Schüsse trafen ihre Köpfe und schleuderten sie meterweit zurück, fast bis zum Treppenschacht. Keinem war genug Zeit geblieben, um selbst abzudrücken.

»Herrje, Junge, du hast es wirklich eilig.« Fael trat vor ihn und setzte ihm den Zeigefinger auf die Brust. »Aber ich werde nicht für dich draufgehen.« Er ging zu den beiden Leichen hinüber, um sie vom Gang zwischen die Rohre zu ziehen. »Komm schon und hilf mir!«

Aber Glanis drehte sich um und rannte weiter den Korridor hinab. Das Getöse wurde lauter. Tanys war hier, ganz nah. Er zog in Erwägung, dass es eine Falle sein könnte, und blieb wachsam, um ihretwillen, weil er der Einzige war, der sie um jeden Preis hier herausbringen würde.

Er kam an eine T-Kreuzung, wandte sich nach links und lief zwischen mannshohen Rohren weiter. Der Korridor mündete in einen vertikalen Schacht, zehn Meter breit. Sechs Etagen tiefer drehte sich an seinem Grund ein riesiger Ventilator. Der stählerne Rotor musste sich beim Angriff des Ordens verzogen haben, er knirschte und schmirgelte lautstark an der stählernen Einfassung entlang.

Auf Höhe eines jeden Decks liefen schmale Simse um den Schacht. Der, auf den Glanis nun hinaustrat, befand sich rund vierzig Meter über der gewaltigen Sense. Von unten trieben Staub und andere Partikel auf dem kräftigen Luftzug steil nach oben.

Hier!

Als er sich umschaute, sah er mehrere Nischen auf Höhe des Decks in den runden Wänden. Er wusste jetzt genau, in welcher Tanys sich befand. Abermals setzte er sich in Bewegung und lief um den Schacht.

»Gavanqe?« Angesichts des Krachs waren Rufe zwecklos. Sie konnte ihn nicht hören und wahrscheinlich auch nicht sehen, falls sie sich tief in die Nische zurückgezogen hatte.

Er nahm eine Bewegung hinter sich wahr, fuhr mit dem Lasergewehr im Anschlag herum und entdeckte Fael, der aus der Gangmündung auf den Sims trat. Er sah wütend aus und rief etwas Unverständliches. Ungeachtet dessen setzte Glanis seinen Weg fort.

Hier!

Die Amme kauerte weit hinten in der Nische, halb verborgen von Kabelsträngen. Tanys saß in ihrem Schoß. Gavanqe hatte die Hände auf die Ohren des Kindes gelegt, um es vor dem Lärm zu schützen.

Er stellte das Gewehr ab und schob sich in den Spalt. Tanys' niedliches Gesicht verzog sich zu einem Lächeln, das ihren ersten Zahn entblößte. Gavanqe starrte Glanis mit einem wilden Blick an, als könnte sie nicht glauben, dass wirklich er es war. Sie musste einiges durchgemacht haben.

Er ging in die Hocke und streckte die Hände aus. Bat sie mit dieser Geste, die Kleine loszulassen und ihm anzuvertrauen, wenigstens für einen Moment. Erst schüttelte sie den Kopf, dann nickte sie langsam. So tief im Schatten konnte er ihre Mimik kaum erkennen.

Vorsichtig nahm er Tanys auf den Arm, drückte sie an sich und küsste sie auf die Stirn und die Wangen. Sie roch nach Schmieröl und Schweiß, und wahrscheinlich musste ihre Windel gewechselt werden. Vor allem aber nahm er ihren vertrauten Babygeruch wahr. Und sie strahlte, als wollte sie sagen: Siehst du, ich hab dich hergeholt.

Hinter ihm verdunkelte Fael den Eingang der Nische. Er klopfte Glanis mit dem Kolben des Gewehrs gegen den Rücken. Sie mussten umgehend zurück zur *Sternenlos*.

Oder zu Hadrath, wenn es nach Fael ging.

Glanis hielt Tanys mit einer Hand fest, die andere streckte er der Amme entgegen. Zögernd folgte sie ihm aus dem Spalt auf den Sims. Wenig später befanden sie sich wieder in dem Korridor, der zur Treppe führte. Allmählich blieb der schleifende Lärm der Ventilationsanlage hinter ihnen zurück

»Danke«, sagte er zu Gavanqe. »Danke für alles, was du für Tanys getan hast.«

Sie lächelte nervös und schien zu erwarten, dass er ihr Tanys zurückreichte. Er drückte die Kleine noch einmal an sich, dann gab er sie wieder in Gavanqes Obhut. Außerdem zog er den Handblaster und reichte ihn ihr.

»Wo ist Hadrath?«, fragte Fael die Amme.

»Sie haben ihn weggebracht.«

»Weggebracht?«

Sie nickte und war vollauf damit beschäftigt, Tanys in das Tragetuch vor ihrer Brust zu wickeln.

Fael packte ihren Arm. »Was ist mit den Koordinaten?«, fuhr er sie an. »Hat er sie schon an Torkon Caudor weitergegeben?«

Glanis wollte dazwischengehen, doch Gavanqe schüttelte Faels Hand bereits zornig ab.

»An Torkons Bruder«, sagte sie. »Torkon ist tot. Ich habe ihn erschossen.«

»Du?«, fragte Fael.

»Ich hatte keine Wahl.« Sie war jetzt wieder ganz die Gavanqe, die Glanis kannte und der er seine Tochter jederzeit anvertrauen würde.

»Wie viele Caudors sind an Bord der Station?«, wollte Fael wissen.

»Im Augenblick keiner. Hadrath und Torkon haben die Koordinaten an Granwill Caudor geschickt. Ich wollte es noch verhindern, aber es war zu spät. Torkons Leibwächter glauben, dass Hadrath ihn erschossen hat. In all dem Durcheinander bin ich geflohen.«

»Deshalb waren sie nur zu zweit.« Fael blickte in die Richtung der beiden versteckten Leichen. »Die haben nicht nach uns gesucht, sondern nach einer Frau und einem Baby.«

»Kehren wir um zur *Sternenlos*«, sagte Glanis.

»Erst muss ich Hadrath finden.«

»Wir haben keine Zeit für Rache, Fael. Es ist zu spät. Vielleicht können wir wenigstens Noa noch warnen.«

»Granwill wird seine Flotte gerade in Marsch setzen.«

»So schnell?«

»Sie steht seit einer Ewigkeit bereit. Zur Verteidigung gegen den Orden, falls Kathedralen über den Caudorwelten auftauchen. Oder eben zur Vernichtung von Noa.«

»Umso schneller sollten wir von hier verschwinden.« Wieder fing Glanis einen Blick seiner Tochter auf. Sie sah aus wie ein gewöhnliches Kind, erstaunlich unbeeindruckt von allem, was um sie herum geschah. Zu Fael sagte er: »Wenn du bleiben und Hadrath suchen willst, dann tu das. Ich bringe Tanys und Gavanqe in Sicherheit.«

Einen Moment lang sah es aus, als wollte Fael ihn attackieren, so hilflos machte ihn sein Zorn. In gewisser Weise konnte Glanis ihn verstehen. Hadrath erneut am Leben zu lassen widersprach allen Überzeugungen Faels.

»Ich glaube nicht, dass Hadrath lange ein Gefangener bleiben wird«, sagte Gavanqe. »Er ist kein Mann, der aufgibt. Und er hat Vertraute auf der Station.«

»Vertraute?«, fragte Fael.

»Soldaten. Sie scheinen ihm noch immer treu ergeben zu sein.« Sie streichelte über Tanys' Köpfchen. »Wir sollten wirklich schleunigst verschwinden.«

Glanis hatte genug gehört. Er bugsierte Gavanqe an Fael vorbei und sah sich noch einmal zu ihm um: »Wenn du Noa helfen willst, dann ist das hier nicht mehr der Ort dafür.«

Fael zögerte kurz, dann stieß er einen grollenden Fluch aus und packte sein Gewehr.

27

Acht Soldaten verstellten Torkons Leibwächtern den Weg, als sie Hadrath zu einer Zelle eskortieren wollten. Erst fielen wütende Worte, dann mehrere Schüsse.

Keine zehn Minuten nach Torkons Ermordung war Hadrath wieder auf freiem Fuß, und die drei Söldner lagen tot am Boden.

»Wie viele von denen gibt es in der Station?«, fragte Hadrath.

»Jetzt noch siebzehn«, sagte ein Soldat mit grauen Schläfen. »Der junge Caudor hat sie mitgebracht, als er das Kommando übernommen hat.« Wie die übrigen Männer trug er die senffarbene Uniform des Sicherheitsdienstes. In seinem rechten Ohr befand sich ein Kommunikationsstecker, der ihn mit der zentralen Sicherheitskoordination der Station verband. Falls er von dort die Order erhalten hatte, Hadrath zu befreien, musste an Bord große Unzufriedenheit über die Entwicklungen im Hause Caudor herrschen.

Viele dieser Männer waren vor langer Zeit als Söldner in die Dienste der Gilde getreten. Seither hatten sie sich zu einer fähigen Armee entwickelt. Ein Bruderkrieg zwischen Padrags Erben setzte ihrer aller Existenz aufs Spiel. Da schien es sinnvoller, für Hadrath Partei zu ergreifen, der sie erfolgreich gegen aufbegehrende Arbeiter, rebellische Sklaven und Geheimkommandos des Ordens geführt hatte. Im

Gegensatz zu Wichtigtuern wie Torkon Caudor versprach er Kontinuität und Verlässlichkeit. Und er war ein Priester ihres Glaubens.

»Torkon war wohl nicht sehr beliebt«, sagte Hadrath.

»Sie sind unser Kommandant und Führer auf den Wegen der STILLE.« Der Soldat legte sich eine Hand auf die Brust. Die Übrigen taten es ihm gleich.

Hadrath nickte den Männern zu. »Ich bin Ihnen allen sehr dankbar.« Er hob den Blaster eines Toten auf. »Die Frau und das Kind, die mit mir gekommen sind – wo sind sie jetzt?«

»Die Zentrale hat Befehl gegeben, sie zu suchen.«

»Unter gar keinen Umständen darf ihnen ein Haar gekrümmt werden. Die Sicherheit des Kindes hat oberste Priorität.«

»Selbstverständlich.« Der Mann wiederholte den Befehl in das Mikrofon an seinem Kragen. Zu Hadrath sagte er: »Es gibt in dieser Station viele versteckte Winkel. Aber früher oder später finden wir sie. Verlassen Sie sich darauf, Kommandant.«

»Gut, dann sollten wir jetzt –« Er brach ab, als der Soldat über Funk eine Nachricht erhielt und überrascht die Augenbrauen hob. »Was gibt's?«

Der Mann wartete das Ende des Berichts ab, dann räusperte er sich. »Wir wissen, wo sie sind. Es gibt Gegenwehr. Und Tote.«

»Eine Amme und ein Baby bringen Soldaten um?«

»Sie sind nicht mehr allein. Zwei Männer sind bei ihnen. Und sie schießen auf alles, was sich bewegt.«

28

Die Besprechung mit Noas wichtigsten Kapitänen verlief reibungsloser, als Iniza erwartet hatte.

Den meisten der vierzehn Männer und Frauen schien es gleichgültig zu sein, wer auf Noa das Sagen hatte, solange sie selbst die Autorität an Bord ihrer Schiffe behielten, keine höheren Abgaben leisten mussten und der Alkohol in den Tavernen nicht höher besteuert wurde.

Iniza, die am Hof eines Barons erzogen worden war und eine Menge über Regierungsgeschäfte wusste, kannte sich mit herrschaftlicher Rhetorik aus. Sie zerstreute sachlich alle Befürchtungen, machte Zugeständnisse, wo sie ihr nötig erschienen, und schwor die Kapitäne auf die Möglichkeit einer bevorstehenden Invasion ein. Alle wussten bereits davon, denn die Wände dieser Festung hatten Ohren, und jeder war bereit, für Noas Freiheit zu kämpfen.

Niemand erwähnte den Vorfall am Tor. Und doch behielten die Kapitäne während der gesamten Unterredung den Roboter im Auge, der starr wie eine Stahlskulptur in einer Ecke des Saales stand, nicht allzu weit von Iniza entfernt. Sein glühendes Augenpaar rührte sich nicht, dennoch war sie sicher, dass er jede Bewegung im Raum registrierte.

Die Muse saß auf einem schweren Stuhl mit Schnitzarbeiten, hatte ein Knie angezogen und hörte schweigend zu. In ihrem hochgeschlossenen, dunkelblauen Overall zog sie weniger Blicke auf sich als üblich – vermutlich weil alle noch die Bilder des Massakers vor Augen hatten und wussten, dass die schönste Frau des Planeten zugleich die tödlichste war. Ihre Macht über die Kampfdrohne war kein Geheimnis, und so ging keiner der erfahrenen Piraten das Risiko ein, sie länger als nötig anzusehen.

Eine Weile wurde darüber diskutiert, ob es weise sei, die Schleuse zu versiegeln, wenn doch davon auszugehen war, dass die Gildenflotte über eigene Hyperantriebe verfügte. Man nehme sich, so meinten einige, damit selbst die Möglichkeit zum Rückzug. Hephestus stritt leidenschaftlich dafür, die Schließung der Schleuse aufrechtzuerhalten. Zum einen würde sie ohnehin das erste Ziel eines Angriffs sein, und es sei noch zu erörtern, wie viele Schiffe man zu ihrer Verteidigung abstellen müsse. Zum Zweiten könne eine Öffnung zu Meutereien und einem Massenexodus führen. Die Kapitäne reagierten mit erbostem Widerspruch. Selbstverständlich hätten sie ihre Mannschaften unter Kontrolle, und Feigheit gebe es vielleicht auf den Schiffen der anderen, aber nicht auf ihren eigenen. Geschrei und Pöbeleien waren die Folge, bis Iniza heftig dazwischenging und einen Kompromiss vorschlug. Die Schleuse bleibe geschlossen, werde jedoch mit zuverlässigen Leuten aus den Mannschaften aller Anwesenden bemannt; sollte eine Niederlage nicht mehr abzuwenden sein, würden sie umgehend die Aktivierung einleiten. Außerdem setzte Iniza die drei aufgebrachtesten Kapitäne als Bewacher ein: Mit ihren Kreuzern sollten sie rund um die Hypersprungschleuse Stellung beziehen und sie verteidigen. Heldenmut und erfahrene Befehlshaber würden nötig sein, der Gildenstreitmacht standzuhalten. Mit dieser Mischung aus Vehemenz und Schmeichelei kam sie ans Ziel, und selbst

Hephestus warf ihr einen Blick zu, in dem eine Ahnung zustimmenden Respekts lag.

Nachdem alle strategischen Positionen und technischen Details besprochen worden waren, zogen sich die Kapitäne zurück. Zuletzt verließ Hephestus den Saal, um weitere Vorbereitungen in die Wege zu leiten. Iniza war zu müde, um sich nach Einzelheiten zu erkundigen, und neigte dazu, ihn einfach machen zu lassen. Er war Faels bester Freund, nicht ihrer, aber sie glaubte ihm, wenn er sagte, dass Noas Rettung seine oberste Priorität sei. Im Grunde unterschied er sich nicht allzu sehr von den Beratern ihres Vaters, doch am Ende gab sie Hephestus den Vorzug, weil sie bei ihm zu wissen glaubte, woran sie war. Der Pulk aus Höflingen am Hof von Koryantum war ein Raubtiernest, getarnt unter Puder und feinen Stoffen.

Im Saal wurde es unwirklich ruhig. Der Roboter rührte sich noch immer nicht, und Iniza trat mit der Muse an eines der Fenster. Am Nachthimmel leuchtete einer von Noas Monden matt durch die dünne Wolkendecke, der zweite war weiter südlich kaum zu erahnen.

»Das lief besser als befürchtet.« Nachdenklich blickte Iniza über die Lichter der Stadt hinweg zum Raumhafen. Mehrere Gleiter jagten über das nächtliche Landefeld und brachten die Kapitäne zurück zu ihren Schiffen. Die Mannschaften warteten auf Neuigkeiten von der größenwahnsinnigen Baroness und ihrem Stahlungeheuer.

Die Muse sagte feierlich: »Das erinnert mich an eine vergleichbare Situation in den Atmosphärechorälen von Mermot III, als die junge Herrscherin von Pau mit ihren –«

»Nicht jetzt«, fiel Iniza ihr ins Wort. »Bitte.«

»Entschuldige«, sagte die Muse.

»Nein, mir tut es leid. Es fühlte sich nur gerade an, als würde nichts mehr in meinen Schädel passen.« Sie lächelte erschöpft. »Ich fürchte, mein Speicher ist nicht so groß wie deiner.«

»Dinge zu wissen ist so ziemlich das Einzige, was ich tun muss. Du dagegen sollst einen ganzen Planeten retten.«

»Heute hast *du* den Planeten gerettet, so wie es aussieht.« Sie sah zum Roboter hinüber. »Und er.«

»Ich hab das für dich getan«, sagte die Muse.

»Ich weiß.«

»Weil du auf Hymnia gesagt hast, dass wir Freundinnen sein können.«

»Das sind wir auch.«

Die Muse umarmte sie linkisch. Tatsächlich fühlte es sich gut an, jemanden wie sie an ihrer Seite zu haben, ganz gleich, ob Mensch oder Maschine.

Dann dachte sie an Tanys und Glanis und begann, wieder zu frösteln.

»Dir ist kalt.«

»Ich bin nur müde.« Sie wollte etwas hinzufügen, als es an der Tür klopfte.

Im Körper des Roboters klickte es, und mit einem Mal befand sich am Ende eines seiner Arme etwas, das aussah wie ein Morgenstern mit sehr langen Stacheln.

Hephestus trat ein, gefolgt von einem kleinen, unscheinbaren Mann, den sie nicht kannte. Er wurde ihr als Sarius Rinkling vorgestellt, einer jener Gefolgsleute von Fael, die dessen Spione im Ordensreich, bei den Caudors und in den Baronien koordinierten. Letztere fielen offenbar in Sarius' Zuständigkeit. Kurz vor Schließung der Schleuse hatte er eine Nachricht erhalten.

»Verzeihen Sie, wenn ich so spät störe«, sagte er, »aber Fael hat immer verlangt, dass ihm Neuigkeiten aus den Baronien unverzüglich mitgeteilt werden. Ich bin davon ausgegangen, dass das auch heute noch gilt.« Er warf Hephestus einen vorwurfsvollen Blick zu. »Mir wurde untersagt, Sie früher zu stören, aber jetzt habe ich darauf bestanden, dass –«

»Um was geht es?«, fragte sie.

Die Muse flüsterte: »Er redet nicht wie ein Pirat.«

»Weil ich keiner bin«, sagte Sarius. »Ich war Kommunikationsoffizier auf Tern. Ich bin schon lange genug auf Noa, um beinahe zu vergessen, dass ich ursprünglich nur widerwillig geblieben bin.«

Tern war die größte der Äußeren Baronien. In grauer Vorzeit hatten seine Herrscher große Macht innegehabt, doch seit sich die einzelnen Systeme selbst verwalteten, war seine Bedeutung geschwunden. Wie auf allen Baroniewelten kämpften seine Feudalherren heutzutage vor allem um ihren Machterhalt und die kleinlichen Belange der Palastpolitik.

»Daheim tut sich etwas Erstaunliches«, sagte Sarius. »Meine Informanten melden mir, dass ein Treffen aller Barone bevorsteht, das erste seit einhundertzweiundachtzig Jahren?«

»Einhundertvierundachtzig«, sagte Iniza ohne großes Interesse. »Ich weiß, die Barone haben einen neuen Rat gegründet.«

»Einhundertvierundachtzig, natürlich. Die Versammlung soll auf Tern stattfinden, genau wie in alten Zeiten, und zwar schon sehr bald. Wie gesagt, alle werden teilnehmen – mit einer Ausnahme. Ihr Vater, Baron Seffren, hat mitteilen lassen, dass er keinerlei Interesse an einer Zusammenkunft habe.«

»Auch davon habe ich schon gehört.«

»Mir ist nicht ganz klar«, mischte Hephestus sich ungeduldig ein, »warum uns das ausgerechnet heute interessieren sollte.«

»Ich will das hören«, sagte Iniza. »Fahr bitte fort, Sarius.«

Er deutete eine Verbeugung an. »Baron Seffren galt schon lange als schwermütig und unzuverlässig. Jetzt sagen manche, er verliere den Verstand, erst recht, seit er Sie an den Orden ausliefern musste.«

Sie nahm es mit regloser Miene zur Kenntnis, bemüht, den Gedanken nicht zu nah an sich heranzulassen.

Sarius fuhr fort: »Natürlich gibt es einen guten Grund, warum die Barone mit einem Mal solch ein Interesse daran haben, die alte Versammlungssitte wiederaufleben zu lassen. Offenbar glaubt man an eine Gefahr, die alle gleichermaßen bedroht.«

»Fürchten sie, es könnte allen so ergehen wie Virikaan?«

»Tantor von Virikaan war ein Narr, der selbst das Verderben über sein Volk gebracht hat«, sagte Sarius. »Nein, es geht um Empedeum. Irgendwas tut sich dort.«

Die Muse horchte auf und holte zu einer ihrer enzyklopädischen Vorträge aus. »Die Ursprungswelt des Kamastraka-Ordens. Unbewohnbar gemacht durch den Weltenbrand vor neunhundertundacht Jahren. Seither ist der gesamte Sektor kosmische Sperrzone. Die Einhaltung des Verbots wird von einer Kathedrale überwacht, stationiert auf halbem Weg zwischen Empedeum und dem benachbarten Koryantum-System.«

»Eine einzelne Kathedrale«, sagte Sarius, »das war einmal. Es heißt, mittlerweile seien mehrere aufgetaucht, in unmittelbarer Nähe des Planeten, und niemand weiß, was sie dort treiben. Offenbar hat man auf Tern und wohl auch anderswo darüber nachgedacht, Späher nach Empedeum zu schicken. Aber nach allem, was auf Virikaan geschehen ist, fürchtet man, den Zorn des Ordens auf sich zu ziehen. Deshalb die Versammlung der Barone. Man will über das weitere Vorgehen nachdenken und sich miteinander abstimmen, selbst wenn am Ende doch nur alle stillhalten und in die andere Richtung schauen.«

»Das passt zu etwas, das wir aus dem Reich gehört haben«, sagte Hephestus. »Angeblich wurde die Kathedrale der Ordensmutter Setembra mehrfach in den Baronien geortet, seit sie der Gilde einen Denkzettel für Hadraths Verrat verpasst hat.«

»Was für einen Denkzettel?«, fragte Iniza.

»Der Orden hat eine Raumwerft der Caudors zerstört. Ihr Standort ist vor einer Weile durchgesickert. Wir wussten davon, weil die Hexen davon wussten. Vor ein paar Wochen ist Setembras Kathedrale im Corona-Sektor aufgetaucht und hat die Werft und einen ganzen Haufen Schiffe vernichtet. Padrag Caudor ist dabei ums Leben gekommen, und jetzt schlagen sich seine Söhne um die Macht in der Gilde.«

Iniza fragte sich, was Fael noch vor ihr verheimlicht hatte. Virikaan. Corona. Wie viele Menschen mussten noch sterben, nur weil sie sich nicht in ihr Schicksal auf Tiamande hatte fügen wollen?

»Ich weiß, was du denkst«, sagte die Muse. »Und es ist falsch.«

Inizas Gesicht fühlte sich hart und kalt an, als sie langsam nickte. An Sarius gewandt sagte sie: »Wenn Setembra in den Baronien ist, dann bedeutet das aller Wahrscheinlichkeit nach, dass Noas Koordinaten noch nicht beim Orden angekommen sind.«

»Ganz recht«, bestätigte Sarius. »Falls Hadrath es bis zur Gilde geschafft hat, haben die Caudors es offenbar nicht eilig damit, den Orden zu involvieren. Vermutlich werden sich die acht Brüder darum streiten, wem von ihnen die Ehre unserer Vernichtung gebührt. Nach dem Tod des alten Padrag Caudor werden sie alle ganz versessen darauf sein, sich zu profilieren. Die Hexen würden ihnen das nur verderben, indem sie uns ihre eigene Flotte auf den Hals hetzen.«

»Die Frage ist also, was auf Empedeum geschieht, das Setembra persönlich dort eingreifen lässt.« Koryantum war Empedeum von allen Baronien am nächsten. Was immer auf der Hexenwelt vor sich ging, mochte früher oder später auch Inizas Heimat in Mitleidenschaft ziehen.

»Nichts von alldem betrifft uns im Augenblick«, sagte Hephestus. »Die Baronien sind weit entfernt, und Setembra hat offenbar Besseres zu tun, als nach uns zu suchen. Bleibt unser eigentliches Problem – die Gilde.«

»Danke, Sarius«, sagte Iniza.

Der Mann verbeugte sich und ging. Hephestus blieb noch einen Moment stehen und wartete darauf, dass Iniza etwas sagte, doch als sie gedankenverloren schwieg, verließ er den Saal mit düsterer Miene.

Der Roboter fuhr seine Stacheln ein.

29

Das graue Labyrinth der Asteroidenstation war erfüllt von Alarmsignalen.

Glanis hätte Gavanqe gern das Kind abgenommen, aber er konnte nicht mit Tanys im Arm kämpfen. Also lief er vor der Amme, schützte sie und Tanys und behielt den Korridor vor ihnen im Auge. Fael bildete humpelnd den Abschluss und schirmte sie nach hinten ab.

Den letzten Trupp, dem sie begegnet waren, hatten sie überrumpeln können, und Fael hatte eine Brandwunde am Oberschenkel davongetragen, als ihn ein Laserbolzen gestreift hatte. Aber ihre Gegner hatten nicht mehr melden können, wo sie auf die Flüchtenden getroffen waren.

Die ganze Station musste jetzt nach ihnen suchen. Ihr Glück war, dass offenbar die meisten Soldaten nach Padrags Tod abgezogen worden waren. Zur Rumpfbesatzung kamen Torkons Leibwächter, doch Glanis bezweifelte, dass sie es alles in allem mit mehr als vierzig Gegnern zu tun hatten. Acht hatten sie bereits ausgeschaltet. Und diese Station war ein Irrgarten ohne flächendeckende Kameraüberwachung.

»Hier ist es!«, rief Glanis erleichtert, als vor ihnen das Schott auftauchte, das in den verwüsteten Teil der Station führte. Er hoffte, dass der Tarnschirm der *Sternenlos* intakt und das Schiff von außen unentdeckt geblieben war. Spätestens wenn Einmannjäger zur visuellen Überprüfung der Außenhülle eingesetzt wurden, würden sie die Jacht finden. Weder die Tarnvorrichtung noch das Stahlgewirr des zerstörten Stationstrakts konnten das Schiff aus nächster Nähe vor den Blicken der Piloten schützen.

Glanis drückte Gavanqe den Blaster in die Hand und machte sich daran, das Schott beiseitezuschieben. Von irgendwoher erklangen Schritte, aber in den hallenden Korridoren ließ sich die Entfernung nur erahnen.

Einer nach dem anderen zwängte sich durch den Spalt, Fael als Letzter. Glanis half ihm dabei, das Schott wieder zu schließen. Das verletzte Bein musste wehtun, aber Fael wollte davon nichts wissen. Auch beim anschließenden Klettern zwischen verbogenen Stahlträgern, die ihren Weg blockierten, verzichtete er auf Unterstützung. Tanys gab kurze Schreie von sich. Gavanqe hatte unterwegs wahre Wunder vollbracht, indem sie die Kleine wieder und wieder beruhigt hatte, aber jetzt schien Tanys allmählich die Geduld zu verlieren. Immer öfter wurde aus ihrem fröhlichen Gequietsche quengelnder Protest.

Bald darauf erreichten sie das Trümmerfeld der zerstörten Sektion. Die gewaltige Öffnung zum All war nach wie vor durch den Energieschirm versiegelt, der die Atmosphäre im Inneren sicherte. Er schnitt noch immer mitten durch die *Sternenlos*, die sich mit ihren Greifankern an das aufgerissene Deck klammerte.

Glanis betrat als Erster die Zentrale, schaute kurz auf die festverschnürte, geknebelte Ria am Boden und ignorierte ihre giftigen Blicke. Gavanqe schnallte sich auf einem der hinteren Sitze an, Fael sank mit einem schmerzerfüllten Ächzen in den Sessel des Copiloten. Sekunden später löste

Glanis die Verankerungen, und im Schutz ihres Tarnschirms startete die *Sternenlos* aus dem Loch im Stationsrumpf hinaus ins All.

»Schaffen wir es bis zur Hypersprungschleuse?« Fael versuchte, sein zerrissenes Hosenbein von der Brandwunde zu lösen. Der Wabenelast war krustig mit der Haut verschmolzen.

Glanis überflog die Anzeigen, die der Reihe nach hochfuhren. »Noch keine Jäger im Anflug. Vielleicht haben sie uns wirklich nicht bemerkt. Wie gut ist der Tarnschirm?«

»Der beste, den die Gilde zusammenflicken konnte. Das alles hier ist Caudortechnik. Wenn wir Glück haben, ist sie solide genug, um die eigenen Abtaster zu täuschen.«

Glanis nahm quer durch das Trümmerfeld Kurs auf die Hypersprungschleuse. Das Schlimmste stand ihnen noch bevor. Sie hatten unterwegs kurz darüber gesprochen, und jeder wusste, was zu tun war. Es gab nur den einen Weg nach Noa, um Iniza und die anderen zu warnen.

»Ich glaube, sie will etwas sagen«, rief Gavanqe von hinten, um den Lärm der Triebwerke zu übertönen.

Glanis warf einen Blick über die Schulter auf Ria, die sich in ihren Fesseln wand und in ihren Knebel brüllte.

»Sie wird sich wieder beruhigen«, sagte er.

Fael löste seinen Gurt und kletterte mit verbissenem Ausdruck nach hinten. Er riss Ria den Knebel herunter, rührte aber ihre Fesseln nicht an.

»Was?«, fragte er barsch.

Ria ignorierte ihn. »Glanis!«

Er nickte, ohne sich noch einmal umzusehen.

»Ist Hadrath tot?«, fragte sie.

Ihr Vater schnaubte abfällig. »Dafür bin ich mit meiner

Scheißverletzung aufgestanden?« Er machte sich daran, ihr den Knebel wieder vom Hals übers Kinn zu ziehen.

»Warte!«, flehte sie ihn an. »Habt ihr Hadrath getötet, bevor er die Koordinaten weitergeben konnte?«

»Mach dir keine Sorgen um ihn«, erwiderte Glanis kalt, während er die *Sternenlos* um Trümmerstücke manövrierte und zugleich auf den Monitoren nach möglichen Verfolgern suchte. »Hadrath lebt noch. So leid mir das tut.«

»Und die Koordinaten?«

»Das reicht«, entschied Fael und schob den Knebel über ihren Mund. Sie wehrte sich mit heftigem Gezappel und bekam die Lippen wieder frei.

»Sagt es mir!«

Gavanqe hatte augenscheinlich Mitleid mit der gefesselten Frau. »Ich war dabei, als er sie übermittelt hat. Granwill Caudor hat sie empfangen.«

Fael schenkte der Amme einen missbilligenden Blick, sagte aber nichts.

»Dann ist Noa verloren«, sagte Ria. »Ihr könnt dort niemandem mehr helfen.«

Ihr Vater fluchte. »Diese Menschen dort waren jahrelang deine Freunde. Was hat Hadrath nur mit dir angestellt, um —«

»Er hat mir von der Flotte erzählt, die seit Jahren für Fälle wie diesen bereitsteht. Noa. Der Orden. Das Gerede von der Rückkehr des Ikonoklasten. Die Caudors sind paranoid.«

»Wir wissen längst, dass es so eine Flotte gibt. Das ist nichts Neues.«

»Aber ihr habt keine Ahnung, wie stark sie ist!« Ria wirkte aufrichtig verzweifelt. »Ihr dürft nicht nach Noa zurückkehren!«

»Du willst nur deine Haut retten«, rief Glanis nach hinten.

»Ich bin ohnehin tot«, entgegnete sie. »Vater wird mich hinrichten lassen. Ich habe Hochverrat begangen. Er hat gar keine andere Wahl.« Sie redete über Fael, als säße der nicht unmittelbar neben ihr.

Tatsächlich sagte er dazu kein Wort.

Glanis wich erneut einem großen Wrackteil aus, an dem sich eines der Bergungsschiffe zu schaffen machte. Er blieb, so gut es ging, außerhalb ihres Sichtbereichs, aber das gelang ihm nicht immer.

Ria fuhr fort: »Ihr ahnt gar nicht, was die Caudors über Noa entfesseln werden. Niemand wird das überleben. Schwere Kampfkreuzer, zig Angriffsschiffe, dazu Bodentruppen. Sobald wir aus dieser verdammten Schleuse auftauchen, brennen sie uns aus dem All. Wahrscheinlich ist dann eh schon nichts mehr von Noa übrig.«

»Ich gebe Iniza nicht auf«, sagte Glanis.

»Sie würde nicht wollen, dass du das Leben eures Kindes aufs Spiel setzt!«

Zornig fuhr er herum. »Was sie nicht gewollt hätte, ist, dass du ihr Kind an die Gilde auslieferst!«

Fael hatte genug gehört und fixierte den Knebel unsanft über Rias Mund. Sie protestierte noch einmal, gab es dann aber auf. Gavanqe beobachtete das Ganze aus dem Augenwinkel, während sie sich um Tanys kümmerte.

Fael kehrte nach vorn zurück und hob sein verletztes Bein über die Armlehne. »Das ist alles Wahnsinn.«

»Willst du davonlaufen?«, fragte Glanis.

»Natürlich nicht!« Fael starrte ihn wütend an. »Aber sie hat recht. Von Noa wird nichts übrig bleiben. Gründlicher wäre nur ein Weltenbrand, und wir sollten beten, dass sie den nicht auch noch irgendwie hinbekommen.«

»Wie konnten die Caudors so eine Flotte bauen?«

»Der Orden hat genügend Probleme im Reich. Es gibt immer wieder Aufstände und Rebellionen, bis weit ins Kernreich hinein. Die Hexen mögen es nicht offen zugeben, aber sie sind heilfroh, dass die Gilde die Marken unter Kontrolle hält. Im Gegenzug haben sie wohl weniger genau hingesehen, als gut für sie wäre.«

»Glaubst du, die Caudors würden es wagen, gegen Raumkathedralen in den Krieg zu ziehen?«

Fael schüttelte den Kopf. »So dumm sind sie nicht.« Er überlegte kurz. »Zumindest Padrag war es nicht. Seine Söhne kann ich nicht einschätzen, aber selbst sie dürften keine Selbstmörder sein. Uns mögen sie im Handstreich besiegen können, aber gegen den Orden haben sie keine Chance. Die Caudorwelten wären verwüstet, ehe die ersten Kreuzer Tiamande erreichen.« Er zupfte an der Wunde, fluchte und ließ es bleiben. »Aber wenn die Caudors ihre Macht in den Marken mit einer solchen Flotte festigen, kontrollieren sie bald allein die wichtigsten Rohstoffquellen im Reich. Und sie beweisen allen Unzufriedenen da draußen, dass es eine Alternative zur Kapitulation gibt. Die Schwierigkeiten des Ordens dürften dann selbst auf den Kernwelten zunehmen.«

Glanis sah nach hinten zu Tanys. Ria hatte recht. Iniza würde nie und nimmer wollen, dass er die Kleine mitten in einen Krieg brachte. Seine Hand zog sich um den Steuerknüppel zusammen, bis seine Finger schmerzten.

»Du musst langsamer werden, Junge«, sagte Fael besänftigend. »Wir sind gleich an der Schleuse.«

Der silberne Ring war vor ihnen aufgetaucht, ein Bullauge inmitten des Kosmos, eingefasst von zahllosen Sternbildern. In dieser Richtung lag, viele Lichtjahre entfernt, Tiamande.

Die Gestirne, die sie jetzt sahen, waren die Sonnen all jener Welten, auf denen die Hexen mit Magie und brutaler Gewalt regierten.

»Was ist mit den Musen?«, fragte Glanis, kontrollierte den Tarnschirm und setzte Kurs auf jenen Teil der Schleuse, in dem sich die Kommandozentrale befand.

Fael schwieg.

»Wie viele von ihnen hast du bisher ins Reich bringen lassen?«

»Vielleicht genug, aber wer weiß das schon.«

»Und das Wecksignal wird von Noa aus gesendet?«

Fael nickte, während er dem schimmernden Stahlring entgegensah.

»Was, wenn der Auslöser den Caudors in die Hände fällt?«

»Nur Hephestus und ich wissen, wie das Signal aktiviert werden kann. Wir haben alle Aufzeichnungen darüber vernichtet. Die Caudors werden nicht mal ahnen, was sie da vor sich haben.«

»Und wenn doch, erreichst du trotzdem dein Ziel. Die Maschinen kehren zurück.«

»Mein Ziel, Junge, ist es, die Baronien zu vereinen und aus dem Einflussbereich des Ordens zu lösen. Ich wollte diesen Krieg nie aus Rache oder sonst einem dummen Grund. Aber wenn die Maschinen auferstehen und den Hexen in den Rücken fallen, dann werden die Baronien frei sein.«

»Das glaubst du wirklich?«

»Die Hexen werden für Jahrzehnte, vielleicht Jahrhunderte damit beschäftigt sein, Schlachten innerhalb des Reiches zu schlagen. Sie haben keinen Grund, auch noch um die Baronien Krieg zu führen. Dort gibt es kaum etwas, das für sie von Interesse ist. Empedeum haben sie eigenhändig verbrannt, und wir anderen spielen für sie nur eine Rolle, wenn sie ihre Bräute für die verfluchte Gottkaiserin einsammeln. Der Orden wird ums Überleben kämpfen, und vielleicht wird er besiegt, oder aber er bezwingt die Maschinen. Wer weiß. Du und ich, wir werden es jedenfalls nicht mehr erleben.«

»Und in der Zwischenzeit kehrst du nach Koryantum zurück und regierst weise und gerecht«, sagte Glanis mit bitterem Spott.

»Im Augenblick«, erwiderte Fael, »kehren wir erst mal nach Noa zurück. Wie beide gemeinsam. Alle unsere Meinungsverschiedenheiten sollten warten, bis wir wissen, ob wir den nächsten Tag überleben. Danach sehen wir weiter.«

Glanis kontrollierte erneut die Instrumente und Bildschirme. Keine Verfolger. Offenbar glaubten ihre Gegner, dass sie sich noch immer an Bord der Station befanden. Bislang hatten sie nicht einmal Schiffe ausgesandt, um die Hypersprungschleuse zu bewachen, den einzigen Weg aus dem Corona-System.

Im Schutz der Tarnvorrichtung schwebte die *Sternenlos* in den kleinen Hangar der Schleuse, eine offenen Halle in der Kontrollsektion des Rings. Die Zentrale musste bemerken, dass gerade etwas dort aufsetzte. Bemannte Schleusen waren in der Regel nur mit drei Crewmitgliedern besetzt, die im Wechsel Dienst taten. Im Hangar selbst war niemand zu sehen.

Ria randalierte am Boden und nuschelte etwas in den Knebel, das wie »Was habt ihr jetzt vor?« klang.

Glanis erhob sich und nahm das Blastergewehr auf. Einen Moment lang sah er ihre Augen erschrocken aufblitzen. Vor Gavanqe blieb er stehen, um Tanys zu küssen. Die Kleine strahlte nicht mehr so oft. Sie spürte wohl, wie angespannt alle waren.

Fael schob sich an ihm vorbei und humpelte zur Waffenkammer im rückwärtigen Teil des Schiffs. Ria trat Glanis von hinten gegen die Ferse und wiederholte ihre kaum verständliche Frage.

»Ich lasse nicht zu, dass Hadrath uns nach Noa folgt«, sagte Glanis, während er den Ladestand des Gewehrs kontrollierte. »Nicht auf diesem Weg. Ich programmiere die Schleuse manuell und –« Er wurde unterbrochen, als Fael zurückkehrte und ihm zwei faustgroße Plasmagranaten mit Zeitzünder in die Jackentaschen steckte. »Und ich sorge dafür, dass sie keine Spuren von unserem Ziel finden, sobald wir im Hyperraum sind.«

Ria starrte ihn mit weit aufgerissenen Augen an und schüttelte heftig den Kopf.

»Ich weiß«, sagte Glanis. »Wir werden uns beeilen müssen. Mit etwas Glück taucht Hadrath gerade dann hier auf, wenn die Granaten hochgehen. Aber übertreiben wir's mal nicht mit den frommen Wünschen.« Er sah Fael an. »Und vielleicht wird dein Vater sogar auf mich warten, ehe er das Schiff wieder startet. Falls nicht, solltest du ihm ernsthaft ins Gewissen reden.«

Fael schien etwas entgegnen zu wollen, doch erst als Glanis auf dem Weg zum Ausstieg bereits an ihm vorbei war, rief er ihm nach: »Hey, Junge! Viel Glück da draußen!«

Glanis war noch nicht außer Hörweite, als Tanys zu weinen begann.

30

Mit dem Blaster im Anschlag erreichte Glanis den ehemaligen Antigravschacht. Ähnlich wie an Bord der *Nachtwärts* war er augenscheinlich seit langer Zeit defekt. Auch hier hatte man eine Stahlleiter an die Wand geschweißt, mit Sicherungsringen alle paar Meter.

Die meisten Hypersprungschleusen, Relikte aus der Ära der Hegemonie, waren identisch aufgebaut. Der Kontrollraum lag zwei Decks über dem Hangar; weiter oben befand sich nur noch die Ebene mit den Quartieren der Crew. Auf Noa war Kranit mit Glanis Pläne durchgegangen – von Schleusen, Schiffstypen und standardisierten Raumstationen – und hatte ihm einiges über das Universum beigebracht. Theoretisch wusste Glanis, wie man ein Sprungziel manuell programmierte. In der Praxis aber waren viele Schleusen im Lauf der Jahrhunderte manipuliert und mehr schlecht als recht repariert worden, und so mochte es auch in dieser hier Abweichungen vom üblichen Prozedere geben.

Er hängte sich das Gewehr am Riemen über die Schulter, zog den Blaster aus seinem Holster und behielt ihn in der Hand, während er sich an den Aufstieg machte. Die Leiter führte an den Zugängen der oberen Decks vorbei. Unter Glanis gähnte der Abgrund des Schachts sechs Etagen tief.

Er passierte gerade den Zugang des nächsten Decks, als er über sich eine Bewegung bemerkte. Eine Hand schob sich mit einem Blaster über die Kante der Öffnung. Glanis hielt sich mit links fest und ließ sich zur Seite schwingen. Zwei glutheiße Laserstrahlen fauchten an ihm vorüber in die Tiefe, der Schütze hatte blind in den Schacht gefeuert. Glanis zielte und drückte ab. Sein Laserbolzen traf die Waffe. Die Energiezelle des Blasters explodierte und kostete seinen Gegner womöglich den Unterarm. Ein gellender Aufschrei hallte durch den Schacht.

Glanis kletterte schneller, setzte seine Füße, ohne hinzusehen, und behielt den Zugang zum Kontrolldeck im Auge. Er hatte drei Viertel des Weges zurückgelegt, als ein langgezogenes Schleifen und Quietschen ertönte, das schnell näher kam. Im nächsten Moment wurde ein Stuhl auf Rädern über die Kante geschoben, schlecht gezielt, weil die Leiter rechts von den Öffnungen verlief. Trotzdem verfehlte er Glanis nur um eine Handbreit. Sicherheitshalber feuerte er eine ganze Salve unter die Decke des Korridors. Funken regneten herab, und wieder schrie und fluchte jemand.

Die Besatzungen der Hypersprungschleusen wurden in der Regel aus Veteranen rekrutiert, von denen viele in der Isolation verwahrlosten. Allen machte die massive Strahlung zu schaffen. Glanis konnte nicht sicher sein, dass es hier genauso war – immerhin war dies eine Schleuse, die bis vor kurzem regelmäßig vom Patriarchen der Caudors benutzt worden war –, aber die unbeholfenen Versuche, den Eindringling abzuwehren, ließen darauf schließen, dass es an Bord keinen Sicherheitsdienst gab.

Auf den letzten Metern feuerte Glanis ununterbrochen in den offenen Gang und hoffte, seine Gegner so auf Abstand zu halten. Oben angekommen schoss er einige Male um die Ecke und schwang sich von der Leiter in den Korridor.

Ein Mann lag wimmernd inmitten der Trümmer, die von der zerschossenen Decke herabgefallen waren, und hielt sich den zerfetzten Arm. Er hatte langes graues Haar und einen ungepflegten Bart, aus dem stinkender Rauch aufstieg. Seine Haut war mit Rötungen und dunklen Flecken übersät. Glanis zielte auf den Kopf des Mannes. »Wie viele sind noch hier?«

Ein vernuscheltes Stöhnen.

»Wie viele?«

»Zwei«, brachte der Mann hervor.

»Alle bewaffnet?«

»Ja. Schwerbewaffnet.«

Vermutlich war der Blaster die einzige Waffe in der Kommandozentrale gewesen; dafür sprach, dass niemand vom Ende des Gangs aus das Feuer auf ihn eröffnete. Dort befand sich hinter einem geschlossenen Schott die Zentrale.

»Sie haben dich einfach hier liegen lassen«, sagte Glanis. »Wenn du überleben willst, musst du jetzt mit mir da rein und von dort aus in eure Rettungskapsel.«

»Was ... hast du vor?«, ächzte der Verletzte.

»Ich brauche den Code. Wenn du mir hilfst, sorge ich dafür, dass du in der Kapsel sitzt, bevor hier alles in die Luft fliegt.« Er hätte eine der Granaten für das Schott verwenden können, aber die würde er noch brauchen.

»Du willst die Schleuse zerstören? Warum?«

»Der Code!« Glanis drückte ab. Nur wenige Fingerbreit neben dem Ohr des Verwundeten sprengte der Laserbolzen ein faustgroßes Loch in den Metallboden.

Unter Gejammer nannte der Mann eine Reihe von Ziffern. Glanis rannte den Gang hinunter und tippte sie in das Zahlenfeld neben dem Schott. Knirschend glitt es zur Seite.

»Was ist mit mir?«, brüllte der Mann hinter ihm.

Der halbrunde Raum wurde von Schaltpulten und einem breiten Fenster beherrscht, vor dem sich das Schlachtfeld bis zum blutroten Ball der Corona-Sonne erstreckte. Mit bloßem Auge waren keine näher kommenden Schiffe zu erkennen, auch die Asteroidenstation war viel zu weit weg. In der Zentrale roch es nach Schweiß und panadischem Kautabak.

Ein zweiter Mann, haarlos und mit Hautrötungen wie nach einem Unfall mit kochendem Wasser, saß an einem der Schaltpulte und brüllte einen Notruf in ein Mikrofon – sicherlich nicht der erste, seit die *Sternenlos* gelandet war. Bald würden Abfangjäger und Soldaten eintreffen.

Glanis feuerte ohne Vorwarnung auf die Funkanlage. Eine Feuerkaskade stieg auf, der Mann wurde zu Boden geschleudert.

Im selben Moment warf sich jemand von hinten auf Glanis. Es war eine unbeholfene Attacke, doch der Angreifer wog so viel wie seine beiden Kameraden zusammen. Allein sein Gewicht hätte Glanis fast von den Füßen geholt. Er riss sich los und wirbelte herum. Der Mann schrie wie am Spieß und schlug mit den Fäusten auf ihn ein. Glanis fing einen Hieb mit dem Unterarm ab, dann schoss er dem anderen in die Brust. Das Geschrei verstummte, als der Angreifer zusammenbrach.

»Du!«, brüllte Glanis den Mann vom Schaltpult an. »Hol deinen Freund und bring ihn in die Rettungskapsel.«

»Ich hasse den Scheißkerl.«

»Du holst ihn und setzt dich mit ihm in die Kapsel! Ansonsten sterbt ihr beide.«

Glanis wandte sich den Kontrollen zu, suchte nach vertrauten Schalterkonstellationen. Falls er allein nicht weiterkam, würde er einen der beiden zwingen müssen, die Programmierung vorzunehmen.

Schließlich fand er, was er gesucht hatte. Die Instrumente waren dieselben wie in allen Schleusen, nicht einmal die abgenutzten Tasten waren erneuert worden. Womöglich hatte es Pläne gegeben, auch diese Schleuse bald gegen eine brandneue auszutauschen wie die im Kern von Madrigal. Oder aber die Caudors hatten wirklich verdammt großes Vertrauen in den Beistand der STILLE.

Im Hintergrund zerrte der unverletzte Mann den mit dem verwundeten Arm in die Zentrale, dann hinüber zu einem Schott, hinter dem sich der Einstieg zur Rettungskapsel befand.

»Beeilt euch!«, rief Glanis ihnen zu.

»Man wird uns dafür zur Verantwortung ziehen. Man wird jemanden deswegen —«

»Rein da!« Glanis zielte auf sie, ohne von den Instrumenten aufzublicken. Mit der anderen Hand wischte er Verpackungen von Proteinriegeln vom Pult. Vor nicht allzu langer Zeit war ein klebriges Getränk über den Schaltern verschüttet worden.

Das Schott wurde geöffnet, dann der Zugang zur Kapsel entriegelt. Der Verletzte wimmerte, wohl auch, weil der andere wenig rücksichtsvoll mit ihm umging. Endlich waren beide in der Kapsel verschwunden.

Glanis gab die Koordinaten der Noa-Schleuse ein, als sich das Schott von innen schloss. Ein scharfes Zischen erklang, dann das metallische Poltern abgesprengter Halterungen. Die Kapsel würde einige Meter ins All trudeln und dann automatisch ihr Triebwerk zünden. Tatsächlich sah er sie Sekunden später als hellen Punkt am Rand des Fensters kleiner werden.

Er tippte die letzten Ziffern und wartete darauf, dass sich die Schleuse aktivierte.

Nichts geschah.

Nach einigen Sekunden ertönte ein brummendes Signal. Auf einer Anzeige erschien eine Warnung in roten Symbolen. *Keine Verbindung zum Ziel.*

Er gab die Koordinaten erneut ein. Dasselbe Resultat. *Keine Verbindung zum Ziel.*

Er war sicher, dass er alles richtig gemacht hatte. Hastig forderte er ein Fehlerprotokoll an und bekam nach wenigen Augenblicken das Ergebnis. Die angepeilte Schleuse sendete kein Antwortsignal. Noa war vom Rest der Galaxis abgeschnitten.

Mit einem zornigen Aufschrei schlug er die Faust auf die Konsole. Die Technik blieb unbeeindruckt, und er selbst fühlte sich auch nicht besser.

Entweder war die Schleuse zerstört worden, dann wäre der Angriff bereits im Gange. Oder aber sie war von Noa aus abgeschaltet worden – was bedeutete, dass man sich dort auf die anrückende Invasionsflotte vorbereitete.

Sie mussten von hier weg, so schnell wie möglich. Schweren Herzens ließ er sich eine Liste aller erreichbaren Hypersprungschleusen geben und tippte einen Namen ins Suchfeld. Die Liste rollte nach oben weg, dann war eine Zeile mit einem roten Balken unterlegt. Glanis tippte sie an.

Ziel verfügbar, meldete der Computer.

Er zögerte kurz, dann legte er seinen Finger auf das Aktivierungsfeld. Im Inneren des Rings musste sich jetzt langsam das energetische Sprungfeld aufbauen. Mehrere Leuchtbalken erschienen auf einem Bildschirm und zeigten den Fortschritt an. Es würde einige Minuten dauern, ehe die Schleuse bereit war.

Zuletzt haftete Glanis eine Granate an das zentrale Kontrollpult und aktivierte den Zeitzünder. Die zweite befestigte er am Speicherkomplex des Hauptcomputers. Ihre Sprengkraft reichte aus, um den Kommandotrakt und die angrenzenden Decks zu zerstören. Wahrscheinlich würde der Hangar in Mitleidenschaft gezogen werden. Womöglich vernichtete eine Kettenreaktion die gesamte Schleuse.

Er hastete durch den verwüsteten Gang zum Antigravschacht und kletterte die Leiter hinab zum Hangardeck. Ein Korridor, breit genug für Transportgleiter, führte von der Mündung zum Tor der Halle.

Glanis hatte die halbe Strecke zurückgelegt, als am Rand des Durchgangs die *Sternenlos* in sein Blickfeld geriet. Im nächsten Moment hörte er Stimmen und sah, wie Fael, Ria und Gavanqe mit Tanys im Arm von Gildesoldaten die Rampe herabgetrieben wurden. Fael und Ria hatten die Hände am Hinterkopf verschränkt. Ria schwankte leicht, hielt sich aber erstaunlich gut auf den Beinen angesichts der Tatsache, dass sie die letzten Stunden gefesselt auf dem harten Boden verbracht hatte.

Gavanqe redete leise auf Tanys ein und ignorierte den Soldaten, der mit einem Blastergewehr auf sie zielte. Die Kleine stieß ein paar aufgeregte Rufe aus. Der Mann brüllte sie an. Tanys brüllte umso lauter zurück.

Schließlich standen die drei Erwachsenen nebeneinander am Fuß der Rampe, bewacht von sechs Soldaten und mit dem Rücken zu Glanis, der am Tor zur Halle in Deckung ging. Tanys weinte. Jetzt sah er, dass neben der *Sternenlos* ein zweites Schiff gelandet war. Von dort ging Hadrath Talantis auf die drei Gefangenen zu. Er trug eine helle Hose, Stiefel und eine lange Jacke – die Uniform eines Gildeoffiziers.

Hadrath lächelte, als er vor seinem Bruder stehen blieb, einen Blaster hob und damit auf Faels Gesicht zielte. Er sagte etwas zu ihm, dass Glanis auf die Distanz nicht verstand.

Ria nahm die Hände herunter und begann, auf Hadrath einzureden, doch ein Soldat rammte ihr sein Gewehr so hart in den Rücken, dass sie fast vornüberfiel. Hadrath signalisierte dem Mann, sich zurückzuhalten, schien aber darauf zu bestehen, dass Ria die Hände wieder hochnahm. Seine Dankbarkeit für ihre Beteiligung an seiner Befreiung hielt sich offenbar in Grenzen.

Hadrath trat vor Gavanqe und schüttelte langsam den Kopf. Glanis legte mit dem Gewehr auf ihn an, wagte aber nicht zu schießen, aus Sorge, er könnte Tanys und die Amme treffen. Gavanqe wiegte die Kleine, und tatsächlich hörte das Mädchen auf zu weinen. Hadrath nickte der Amme zu. Dann schickte er mit einem Wink drei seiner Männer los, um Glanis zu finden. Im Laufschritt kamen sie auf die Korridormündung zu.

Glanis presste sich hinter der Ecke an die Wand. Er zählte die Schritte der Männer, während sie näher kamen. Sie klangen wie ein Countdown.

31

In der Hexenstation über Empedeum kauerten Shara und Kranit hinter einer Brüstung und blickten hinab in einen kleinen Hangar, in dem nur ein einziges Schiff stand. Beide trugen rote Paladinrüstungen. Die Männer, denen sie gehört hatten, lagen tot in einem Lagerraum, weit weg von hier.

Das Schiff dort unten war so schwarz wie die Gewänder der Hexen, die es in einer geisterhaften Prozession umkreisten: der Dreizackraumer, den die Greiferstaffel zur Station eskortiert hatte. Die mittlere Spitze war länger als die beiden äußeren, dort befand sich das Cockpit. Sie zeigte zum geschlossenen Hangartor.

Shara ließ sich mit dem Rücken gegen die Brüstung sinken und schloss kurz die Augen. Obwohl ihr unter dem Helm zu warm war, zitterte sie. Am liebsten hätte sie die Umgebung für einen Augenblick ausgeblendet, sogar Kranit. Dabei war sie heilfroh, dass er an ihrer Seite war. Auf den Sternenstraßen war sie so lange allein unterwegs gewesen, dass sie es zu schätzen wusste, mit einem Partner in der Patsche zu sitzen. Erst recht mit einem Waffenmeister von Amun.

»Eine dumme Idee«, flüsterte sie und hoffte, dass der Helmlautsprecher die Worte ebenso leise wiedergab. Sie war drauf und dran, das Ding abzunehmen, nur für ein paar Atemzüge. Die Luft, die durch den Filter eindrang, roch wie das Innere eines Pilotenspins.

»Was tun die da unten?«, murmelte Kranit. Er bemerkte, dass Shara nicht mehr neben ihm über die Brüstung blickte, und sah zu ihr herab. »Jetzt nicht schlappmachen.«

»Natürlich nicht.« Sie gab sich einen Ruck und drehte sich wieder um. Vorsichtig hob sie den Kopf, gerade weit genug, um das Schiff und die Hexen sehen zu können, die es mit gleitenden, fast schwebenden Schritten umkreisten. Ein leises Summen lag in der Luft. Paladine, die die äußeren Ränder des Hangars bewachten, standen mit dem Rücken zu den Frauen.

Die Brüstung befand sich eine Etage über dem Hangarboden, gut hundert Meter lagen zwischen dem Schiff und dem Versteck der beiden. Trotzdem erkannte Shara, dass jede der Hexen einen rotierenden Lichtstrudel in ihrer linken Augenhöhle trug, das Symbol der oberen Ränge des Ordens. Offenbar waren nur die fähigsten Ordensschwestern nach Empedeum gebracht worden.

Der gesamte Hexentrakt der Station schien von dem unheimlichen Summen erfüllt zu sein, ein Auf und Ab fremdartiger Harmonien, die einander überlagerten und durchdrangen, manchmal ineinanderflossen. Die Beschwörungsgesänge der Hexen hallten durch die Korridore und Hallen, schienen den Stahl der Station kaum merklich zum Beben zu bringen, so als wäre alles hier elektrisiert.

Der geschlossene Kreis, den die Hexen um das Schiff bildeten, bewegte sich in gleichmäßiger Monotonie. Jede schien ihren Platz zu kennen.

»Sie weihen das Schiff«, sagte Shara leise. »Ich hab so was schon mal gesehen, vor langer Zeit. Das ist ein Ritual beim Abschied von Ordensmüttern, die die Reise nach Tiamande antreten.«

»Jedes Ziel ist besser als das hier«, sagte er. »Wir müssen an Bord.«

»Da durch?«, fragte sie ungläubig. Die Hexen im Kreis berührten sich fast, immer drei oder vier gingen nebeneinander. Selbst ein Unsichtbarer hätte diesen Wall nicht unbemerkt durchqueren können.

»Irgendwann müssen sie ja damit aufhören, oder? Spätestens, wenn Setembra an Bord geht.«

»Vielleicht ist sie schon im Schiff.«

Sein Helm scharrte leise am Brustpanzer, als er den Kopf schüttelte. »Ich denke, nicht. Da drüben.«

Sie folgte seinem Blick und musste sich dabei hinter der Brüstung ein wenig strecken. Die Paladine, die zuvor die Eingänge bewachte hatten, versammelten sich jetzt am Haupttor und bildeten ein Spalier.

»Komm«, sagte Kranit, und ehe Shara darüber nachdenken konnte, folgte sie ihm schon in ein Treppenschacht, in dem sich kaltweißes Licht auf polierten Stufen brach. Wenig später erreichten sie einen der Seiteneingänge des Hangars.

»Ich weiß nicht, ob das –«, begann sie, doch Kranit marschierte schon hinaus in die Halle und näherte sich mit größter Selbstverständlichkeit den Paladinen, die sich gerade zu zwei Reihen formierten. Keiner von ihnen sah zu den Hexen hinüber. Nur Shara, die sich Kranit mit stummen Flüchen anschloss, riskierte einen Blick.

Von oben hatte es ausgesehen, als würden die Hexen schweben, so gleichmäßig bewegten sie sich, doch nun sah Shara, dass die Säume ihrer Gewänder durchaus den Boden berührten. Es war, als hätten sich all diese Frauen einem kollektiven Willen untergeordnet. Auch dieser Kreis war ein Symbol Kamastrakas, ein Abbild des kosmischen Strudelschlunds, ungezählte Lichtjahre von hier entfernt und aus unbegreiflichen Gründen vielleicht zugleich dort unten auf Empedeum. Bei diesem Gedanken überkam Shara eine tiefe Beklemmung.

Ein Paladin stieß sie an und bedeutete ihr stumm, sich zu beeilen. Einen Moment lang glaubte sie, es wäre Kranit, aber dann wurde ihr klar, dass sie nicht mehr wusste, unter welcher der roten Rüstungen der Waffenmeister steckte. Etwa vierzig Paladine bildeten das Spalier am Eingang, zwanzig auf jeder Seite, und als sie ihren Platz zwischen ihnen einnahm – drei Mann vor dem Ende der Reihe –, da hatte sie keine Ahnung, ob der Soldat neben ihr Kranit war oder ein Fremder.

Alle starrten sich stur über die Gasse hinweg an. Sharas Blick traf den ihres Gegenübers, das Rot ihrer Rüstung reflektierte in seinen Facettenaugen. Die Linsen erweiterten ihr Sichtfeld nach rechts und links, ohne dass sie den Kopf drehen musste, und so konnte sie unauffällig bis zum Ende der anderen Reihe sehen. Keiner der Paladine verriet durch die kleinste Geste, dass er in Wahrheit der Waffenmeister war. Shara verfluchte sich, weil sie ihn aus den Augen gelassen hatte, und vielleicht war auch das dem Einfluss der Hexen geschuldet, eine List, um sie zu trennen, weil sie längst wussten, dass Eindringlinge unter ihnen waren.

Sie stand vollkommen starr und rührte sich nicht.

Auch dann nicht, als rechts von ihr am Schiff das Summen abbrach und links das Stahltor nach oben glitt.

Die Hexenprozession glitt lautlos an ihr vorüber zum Ausgang, eine Schlange aus wallendem Schwarz und bleichen Gesichtern. Die leuchtenden Strudelhologramme vereinten sich auf Augenhöhe zu einem weißblauen, flackernden Streifen, so als würden sie alle im Vorbeigehen Shara ansehen und sich vergewissern, dass sie die Gesuchte war, die Unverfrorene, die Todgeweihte.

Der finstere Strom nahm kein Ende. Shara lief der Schweiß übers Gesicht. Sie kämpfte gegen das Beben ihrer Beine an und gegen den unbändigen Wunsch, sich die Augen zuzuhalten wie ein Kind, das nicht entdeckt werden will. Ängste aus ihrer Jugend in der Taragantum-Drift stiegen aus ihrer Erinnerung auf, Ängste, die sie längst vergessen hatte. Angst vor sich selbst.

Es ist die Aura der Hexen, sagte sie sich, die alles Schlechte zum Vorschein bringt: ein Schatten, der wabernd zwischen ihr und dem rauschenden Wall hing. Und als sie dann doch nach rechts und links blickte, meinte sie, vor den Paladinen ein vages, dunkles Flackern zu sehen wie schwarze Flammen. Sie loderten seitwärts von den Soldaten zu den Hexen hinüber, die all diese Ängste verzehrten und sich von ihren Energien nährten.

Irgendwann endete der Hexenzug. Das flirrende Schwarz vor ihren Augen verging, das Ziehen in ihrem Inneren erlahmte. Sie schwankte leicht in ihrer Rüstung und hoffte, dass es niemandem auffiel. Da war ein Rest jener alten Verunsicherung in ihr, die Furcht eines Mädchens, das vor Entscheidungen stand, die ihre Welt erschüttern würden. Eine Ausbildung zur Pilotin, der Eintritt ins Ordensheer, ihr Jungfernflug in einem Greifer, der erste Gedankenkontakt zu einer Hexe. Allein im Cockpit mit einer kalten, fremden Stimme, die durch ihre Gedanken tastete wie eine Spinne durch ihr Netz. Sie kannte den Unterschied nicht mehr zwischen damals und heute, zwischen der Shara von einst und der völlig anderen Frau, die sie heute war. Alles war eins, alles war Angst.

Und wieder glitt eine schwarze Gestalt in ihr Blickfeld, diesmal von links, hochgewachsen und hager wie der Leichnam einer gestrengen, schönen Königin.
Setembra hatte den Hangar betreten.
Setembra blieb stehen.

32

Glanis presste sich in eine Nische neben dem Tor und ließ Hadraths Männer vorüberlaufen. Im Schatten bemerkte ihn niemand. Kurz überlegte er, ihnen in den Rücken zu fallen. Er hätte zwei oder drei auf einmal ausschalten können, vielleicht alle vier, aber das hätte die anderen vor den beiden Schiffen alarmiert. Wenn er Tanys retten wollte, musste er umsichtiger vorgehen.

Die Männer erreichten den Antigravschacht am Ende des Gangs und begannen ihren Aufstieg an der Leiter.

Er wartete, bis sie weit genug weg waren, dann löste er sich aus der Deckung und wagte einen erneuten Blick hinüber zur *Sternenlos*. Die Hangarbeleuchtung der Hypersprungschleuse reflektierte silbrig auf ihrem Rumpf.

Hadrath stand vor Fael, der Glanis den Rücken zuwandte. Die beiden sprachen miteinander. Nein, Hadrath sprach, während Fael sich nicht rührte. Hadrath genoss den Triumph, sprach Drohungen aus, prahlte mit dem unaufhaltsamen Untergang Noas.

Der Countdown in Glanis' Kopf tickte. In wenigen Minuten würden die beiden Granaten in der Zentrale explodieren. Eher unwahrscheinlich, dass die Soldaten sie sofort entdecken und entschärfen würden.

Glanis zielte mit dem Gewehr auf Hadrath, doch Fael verdeckte seinen Bruder mal halb, dann ganz, dann wieder teilweise. Glanis zwang sich zur Geduld. Antrainierte Reflexe bestimmten jede seiner Bewegungen. Seine Sinne waren geschärft, er hörte die Stiefel der Soldaten auf der Eisenleiter, die fernen Worte Hadraths, sogar Tanys' leise Stimme, diesmal nicht in seinem Kopf und doch so viel näher als jeder andere Laut der Umgebung.

Hadrath ging zur Amme. »Gib mir das Kind.«

Sie schüttelte den Kopf. Tapfere Gavanqe. Glanis zielte haarscharf an ihr vorbei, doch Hadrath stand nie völlig still.

»Das Kind!«, verlangte er lauter.

Vielleicht ahnte er, dass Glanis in der Nähe war. Er wollte Tanys als Schutzschild.

»Nein«, sagte Gavanqe.

Hadrath riss seinen Blaster hoch und setzte der Amme die Mündung auf die Stirn. Tanys begann zu weinen. Gleichzeitig eilten zwei der Soldaten heran, packten Gavanqe von hinten an den Oberarmen und hielten sie fest.

Glanis senkte das Gewehr und wollte für alle sichtbar in die Halle treten.

Da nahm Hadrath die Waffe herunter und entriss Gavanqe das Kind. Die Amme schrie auf, Tanys ebenfalls, und selbst Ria beschwor Hadrath, der Kleinen nichts anzutun.

»Ihr geschieht nichts, wenn alle hier vernünftig bleiben«, sagte er.

Erneut trat er vor Fael. Mit links hielt er Tanys, in der Rechten den Blaster. »Auf die Knie«, sagte er zu seinem Bruder.

Glanis setzte das Gewehr wieder an die Schulter. Es fiel ihm schwer, nicht sofort zu schießen. Tanys war in Lebensgefahr. Und die Zeit drängte.

»Runter auf die Knie!«, befahl Hadrath und zielte auf Fael.

Rias Stimme klang gequält. »Hadrath, du hast versprochen, ihn nicht –«

»Runter!«, schrie Hadrath.

Fael gehorchte.

Glanis konnte die Granaten förmlich spüren, irgendwo jenseits der Hangardecke. Unhörbar tickten sie der Detonation entgegen.

Fael kniete vor Hadrath, hob den Kopf und sah seinen Bruder an. »Was nun?«, fragte er. »Noch mehr Belehrungen? Noch mehr Selbstgerechtigkeit?«

»Ich habe gebetet, dass es so kommen würde.« Lächelnd setzte Hadrath die Mündung zwischen Faels Augen. »Die STILLE war gnadenvoll.«

Ria riss sich los. »Das ist nicht das, was du versprochen hast. Die STILLE –«

Hadrath gab den Soldaten einen Wink mit der Waffe. Einer wollte Ria ins Gesicht schlagen, aber die tauchte blitzschnell unter dem Hieb weg und warf sich auf Hadrath. Fael griff nach oben und fing das Kind auf. Gleichzeitig brüllte er Rias Namen, als sie Hadrath rückwärts zu Boden stieß und versuchte, ihm den Blaster zu entreißen.

Glanis drückte viermal ab. Vier Soldaten brachen zusammen. Die beiden übrigen eröffneten das Feuer in seine Richtung. Statt in Deckung zu gehen, rannte er los, im Zickzack durch ein Geflecht aus Laserstrahlen, feuerte im Laufen aus der Hüfte, traf einen Mann in die Brust, verfehlte den letzten. Der suchte Deckung hinter den Landepylonen von Hadraths Schiff und nahm Glanis gleich wieder unter Feuer.

Ria schrie gellend auf.

Sie lag auf Hadrath, ihre linke Schulter brannte, die Flammen griffen auf ihr Haar über. Der Schuss aus Hadraths Waffe war im Lärm des Gefechts untergegangen.

Hadrath stieß sie beiseite und stand auf. Ria lag brennend auf dem Bauch, ihre Arme und Beinen zuckten. Hadrath blickte auf sie hinab, klopfte mit links eine Flamme an seiner Jacke aus und strich sein wirres Haar zurück. Dann schoss er ihr in den Hinterkopf.

Fael packte brüllend den Blaster eines Toten. Als er ihn in die Richtung seines Bruders herumriss, war der bereits unterwegs zu seinem Gefolgsmann. Faels Schuss traf die Landestelze des Schiffs, während Hadrath dahinter Schutz suchte.

Glanis hatte gesehen, wie Gavanqe mit dem Kind die Rampe der *Sternenlos* hinaufgerannt war. Er lief in dieselbe Richtung und setzte Hadrath und den Soldaten unter Dauerfeuer.

»Fael!«, brüllte er. »Ins Schiff!«

Aber Fael schoss noch immer ohne jede Deckung auf die beiden Männer unter dem zweiten Schiff. In einer Wolke aus Qualm und Funkenflug konnten sie das Feuer nur ungezielt erwidern.

Glanis erreichte Fael und packte ihn am Arm. »Komm schon!«

»Wir müssen Ria —«

»Ria ist tot.«

Ihr Oberkörper brannte lichterloh. Während Glanis auf Hadrath und den Soldaten schoss, machte Fael Anstalten, sich zu seiner Tochter hinabzubeugen.

Glanis zerrte ihn kurzerhand weiter zum Schiff. Fael wehrte sich, und beinahe hätten beide darüber das Gleichgewicht verloren.

»Wie du meinst!« Glanis ließ ihn los und lief die Rampe

hinauf. Hinter ihm schlugen weitere Laserbolzen ein, diesmal aus einer anderen Richtung. Als er zum Ausgang der Halle sah, waren dort die Soldaten aus dem Schacht aufgetaucht. Alle vier feuerten im Laufen.

»Glanis!« Endlich humpelte Fael durch das Inferno der zuckenden Lichtstrahlen auf ihn zu. Sein Gesicht war eine Grimasse aus Trauer und Wut.

Glanis nahm die Männer am Eingang unter Feuer. Er lief ein Stück höher, halb ins Schiff hinein, schoss abwechselnd auf die vier Soldaten und auf Hadrath. Gelbe und weiße Strahlen irrlichterten durch die Rauchschwaden.

Gavanqe stand im Inneren, Tanys im Arm, das Gesicht rußgeschwärzt, eine Hand auf dem faustgroßen roten Knopf, mit dem die Rampe geschlossen wurde.

»Jetzt!«, brüllte Glanis und spürte, wie sich das Metall unter ihm hob. Er stürmte an Gavanqe und dem Kind vorbei ins Cockpit, während er Fael hinter sich fluchen und stolpern hörte. Die Rampe schlug gegen den Rand der Öffnung.

Augenblicke später heulten die Antriebe auf. Lasereinschläge prallten von den Schilden ab. Die *Sternenlos* hob ab und jagte viel zu schnell aus dem Hangar. Ihre Schleppe aus Qualm und Flammen wurde vom Energieschirm abgeschnitten.

Glanis presste den Steuerknüppel nach links, das Schiff kippte abrupt zur Seite, dann lag das Sprungfeld im Inneren des Schleusenrings vor ihnen wie ein kreisrunder See. In flachem Winkel tauchte die *Sternenlos* durch die Membran und stürzte in den Hyperraum.

33

An diesem Morgen ähnelte der Himmel über Noa geschmolzenem Stahl, ein feuriges Orange, das innerhalb weniger Minuten über den Marschen aufstieg und bis zum gegenüberliegenden Horizont loderte. Noas Sonne hatte auf Iniza immer einen kränklichen Eindruck gemacht, zu fern, um zu wärmen, zu klein, um mehr als trübe Helligkeit zu verbreiten. Doch an diesem Tag schien sie beweisen zu wollen, was in ihr steckte, und verkündete laut und deutlich, dass auch diese Welt wunderschön sein konnte. Dass sie es wert war, verteidigt zu werden.

Iniza stand mit Hephestus und der Muse auf den Zinnen, der Roboter eine stumme, eiserne Präsenz in ihrem Rücken. Zahlreiche Männer und Frauen eilten hier oben umher, noch mehr waren unten im Hof. Alle bereiteten sich auf den Angriff der Bodentruppen vor.

Eine weitere Armada von Kampfschiffen stieg vom Raumhafen auf, um jenen beizustehen, die oberhalb der Atmosphäre um den Planeten kämpften.

Die Flotte der Gilde war vor einer halben Stunde wie aus dem Nichts aufgetaucht, so nah an Noa, dass die schweren Kampfkreuzer mit bloßem Augen zu erkennen waren, winzige Silberfische inmitten eines Ozeans aus Feuer. Der erste Verteidigungswall der Piratenschiffe hatte sie in Empfang genommen, und nun mischte sich in das Trugbild von Flammenschein am Himmel eine Unzahl weißer Punkte, echte Glut inmitten der Illusion.

»Das ging zu schnell«, sagte Hephestus.

»Was hast du erwartet?«, fragte Iniza. »Dass sie es erst mal mit gepflegter Diplomatie versuchen?«

Er schüttelte den Kopf. »Zumindest ein Anzeichen irgendeiner Taktik. Prahlerei mit ihrer Stärke. Ein Aufmarsch wie in alten Zeiten.«

Sie fragte sich, welche alten Zeiten das gewesen sein sollten. Sprach er vom legendären Streit der Stelzenstädte auf Agua? Oder von Schlachten, die er nur aus Gerüchten kannte, aus der Ära der tausend Kriege, lange vor der Hegemonie? Die großen Konflikte, die danach über das Reich hereingebrochen waren, waren alle so abgelaufen wie dieser hier: Die Maschinen hatten die Welten der Hegemonie ohne Warnung überrannt, und genauso hatten es die Hexen mit Tiamande gemacht, als sie den Maschinenherrscher stürzten. Kein Schaulaufen der Streitkräfte, kein Abwägen der Verhältnisse, sondern ein brutales Zuschlagen mit aller verfügbaren Kraft.

»Die alten Zeiten«, sagte die Muse gewichtig, »waren die alten Zeiten, weil die neuen wussten, dass sie auf jeden Fall gewinnen würden – sie mussten nur auftauchen, alles andere hat sich ganz von selbst ergeben. Das stammt nicht von mir, sondern aus den –«

Der Rest des Satzes ging im Hämmern der Festungsgeschütze unter, schweren Laserkanonen, die mannsgroße Lichtbolzen in den Himmel spien. Eine Schwadron von Angriffsschiffen war in die Atmosphäre eingetaucht und näherte sich der Stadt.

»Die sollen den Weg für die Truppentransporter bahnen«, sagte Hephestus, wandte sich um und schrie Befehle hinab in den Hof und über die Wehrgänge. Weitere Kanonen schwenkten in die Richtung der Angreifer und spien weiße Bahnen in den Himmel.

Die ersten Schiffe wurden getroffen und zerplatzten in Glutbällen hoch über den Marschen. Einige erwiderten das Feuer, schossen jedoch nur auf die Stadt, nicht auf die Festungsanlage.

»Du hattest recht«, sagte Hephestus zu Iniza. »Sie schonen die Archive.«

»Natürlich. Hadrath war ganz versessen darauf, die Tore von Tau zu erforschen. Er wird nicht zulassen, dass all diese Aufzeichnungen einfach verbrennen.«

»Trotzdem sollten wir jetzt runtergehen. Hier oben wird es bald sehr ungemütlich.« Er legte Iniza eine Hand auf die Schulter und wollte sie zur Treppe geleiten, als hinter ihm ein feines Schleifen erklang, das im Lärm der Geschütze fast unterging. Ein Dutzend Stahlklingen endete eine Handbreit hinter seinem Rücken.

Sehr langsam nahm Hephestus die Hand wieder herunter. »Muss das jedes Mal sein?«

Die Muse lächelte. »Niemals anfassen.«

»Schon gut«, sagte Iniza.

Die Klingen glitten zurück in den Torso der Kampfdrohne. Explosionen spiegelten sich auf dem Metall. Die Schlacht rückte näher.

Hephestus ging voraus, Iniza folgte ihm mit der Muse und dem Roboter. Im Inneren der Festung rieselte Staub von den Decken, immer wieder wurde das Gemäuer von fernen Detonationen erschüttert. Die Zentrale befand sich im ersten Untergeschoss, eine Gewölbehalle voller Bildschirme und Holoanlagen. Zehn von Hephestus' Leuten kommandierten die Kampfeinsätze, beobachteten die Truppenbewegung und Schiffsformationen und brüllten Befehle in ihre Headsets. Die meisten von ihnen waren mit Fael aus den Baronien nach Noa gekommen, ehemalige Militärs, die wussten, wie man eine Schlacht führte. Vermutlich konnten sie sehr genau einschätzen, wie miserabel ihre Chancen standen.

Ebenso wenig Freude schien ihnen die Anwesenheit des Stahlgiganten in Inizas Gefolge zu machen.

Sie blieb vor einer dreidimensionalen Projektion des Planeten stehen. Wie Ameisenheere wimmelten die Symbole der Schiffe über der einen Seite der Kugel. Ein weiterer, sehr viel kleinerer Schwarm wogte rund um die Hypersprungschleuse, die in optisch verkürzter Distanz abseits von Noa schwebte. Auch dort tobte die Schlacht.

Hephestus bemerkte ihren Blick. »Sie hätten die Schleuse längst aus der Ferne sprengen können, aber es sieht so aus, als wollten sie sie entern. Unsere drei Kreuzer halten sie vorerst auf Abstand.«

»Wie lange wird das gutgehen?«

»Bis die Gilde beschließt, mehr Schiffe dorthin zu schicken. Erst einmal konzentrieren sie sich auf Noa. Die beiden, die jetzt an der Schleuse kämpfen, sollen wohl nur verhindern, dass keiner von uns in den Hyperraum entkommt.«

»Haben sie sich mittlerweile gemeldet?«

Einer der Kommandanten schüttelte den Kopf. »Nichts. Kein Funkspruch, gar nichts. Bisher wissen wir nicht mal, wer da oben den Oberbefehl führt. Vielleicht Hadrath selbst.«

Iniza schüttelte den Kopf. »Hadrath hätte sich die Gelegenheit nicht entgehen lassen, persönlich mit seinem Triumph zu prahlen. Wenn er dort oben wäre, dann wüssten wir es schon.« Aber wo war er stattdessen? Mit Tanys unterwegs nach Tiamande? Ihr wurde schlagartig so übel, dass sie nur mit Mühe verhindern konnte, sich zu krümmen.

»Möglicherweise leitet einer der Söhne des alten Caudor den Angriff«, sagte Hephestus. »Granwill Caudor gilt als aussichtsreichster Kandidat, um seinen Vater zu beerben. Aber ebenso gut kann ihm einer der anderen ein Messer in den Rücken rammen. Wäre in diesem Clan nicht das erste Mal.«

»Dann sollte derjenige sich besser beeilen.« Damit er nicht bemerkte, wie bleich sie geworden war, blickte sie zur anderen Seite des Planeten, wo zwei Piratenkreuzer nahe der Tore von Tau schwebten. Stygis und die Wissenschaftler waren bereits evakuiert worden. Nun warteten die Schiffe auf den Befehl, das Feuer auf die beiden Statuen zu eröffnen, ein letztes Druckmittel, um die Gilde zu Verhandlungen zu zwingen. Iniza war nicht sicher, ob die Caudors ebenso versessen auf den Pilgerkorridor waren wie Hadrath und wie weit sie gehen würden, um die Tore zu retten.

Ein Mann rief: »Die ersten Schiffe sind jetzt gelandet, drei Kilometer nördlich der Stadt.«

Hephestus nickte. Rund um Noa gab es mehrere Minengürtel, die in der Nacht scharf geschaltet worden waren. Die Soldaten der Gilde würden beim Marsch durch das Moor große Verluste erleiden.

Mehrere Schiffe mit Frauen, Kindern und Alten waren noch im Dunkeln gestartet. Die Schleuse bot keine Fluchtmöglichkeit mehr, und ein Entkommen unterhalb der Lichtgeschwindigkeit war aufgrund von Noas abgelegener Position unmöglich. Die Schiffe hatten sich aus dem System zurückgezogen und würden erst heimkehren, wenn der Angriff abgewehrt war. Andernfalls lag es im Ermessen der Kapitäne zu kapitulieren.

Wieder kam es zu heftigen Erschütterungen, begleitet von ohrenbetäubendem Lärm. Staub rieselte durch die Projektion des Planeten und wurde zu glitzerndem Dunst. Anderswo erloschen mehrere Holos und Bildschirme.

»Das war verdammt nah«, sagte Hephestus. »Vielleicht ist ihnen die Festung doch nicht so wichtig, wie wir dachten.«

»Genau darauf spekulieren sie«, sagte Iniza. »Uns sollen Zweifel daran kommen, damit wir aufgeben.«

Die Muse berührte Inizas Hand. »Ich muss dich unter vier Augen sprechen«, flüsterte sie ihr ins Ohr.

»Jetzt?«

»Ja, sofort.«

Hephestus war mit Berichten aus dem Umland beschäftigt, wo gerade die ersten Bodentruppen in die Minenfelder gerieten. Jene, die es hindurchschafften, würden in Reichweite der Geschütze kommen, die rund um die Stadt installiert worden waren. Mehr als die Hälfte davon war schon ausgefallen, weil die Caudors sie aus der Luft unter Beschuss nahmen. Umso erstaunlicher war, dass die Soldaten bereits anrückten. Derjenige, der dort oben das Kommando führte, schien einzig auf einen schnellen Sieg bedacht zu sein. Ein Hinweis mehr darauf, dass es hier vor allem darum ging, sich durch die Zerschlagung der Piraten zu profilieren und als Nachfolger von Padrag Caudor zu empfehlen. Noa war zum Spielball der Gildepolitik geworden, das Zünglein an der Waage im Streit um die Macht in den Marken.

Iniza folgte der Muse aus der Zentrale. Einige der Frauen und Männern atmeten auf, als der Roboter mit ihnen den Raum verließ.

Zu Inizas Erstaunen blieb die Muse draußen auf dem Korridor nicht stehen, sondern eilte zu einem Treppenhaus, das tiefer in die Festung führte. Als sie sich an den Abstieg machte, hielt Iniza inne.

»Warte! Wo willst du hin?«

»Ich muss dir was zeigen. Ich wollte das schon früher tun, aber seit Hadraths Befreiung schien es dafür keinen richtigen Zeitpunkt zu geben.«

»*Das* hier ist er bestimmt nicht. Da draußen geht gerade die Welt unter.« Wie zur Bestätigung erklang eine ganze Kette von Explosionen, dumpf und fern, aber deshalb nicht weniger beunruhigend.

»Doch, ist er«, widersprach die Muse und ging weiter. »Du solltest das sehen. Und dann musst du eine Entscheidung treffen, die das alles hier beenden könnte.« Sie drehte sich noch einmal zu Iniza um. »Die andere Möglichkeit ist die, dass wir dich zur *Nachtwärts* bringen und uns aus dem Staub machen.«

Natürlich hatte Iniza mit diesem Gedanken gespielt. Sie mochte zur Galionsfigur der Piraten geworden sein, was auch immer das wert war, aber sie fühlte sich ihnen gegenüber nicht in der Verantwortung. Nur gab es ohne die Schleuse keine realistische Chance zu fliehen – und erst recht keine Aussicht auf die Koordinaten von Glanis' Sprung.

»Komm mit«, sagte die Muse. »Ich erklär dir unten alles.«

Der Roboter stieß mit einem metallischen Laut gegen die Wand, als die Festung abermals erbebte. Iniza fluchte leise und folgte der Muse die Stufen hinab. Sie passierten die Zugänge zu mehreren Etagen. Im Antigravschacht hätten sie dafür nur Sekunden benötigt, aber der war längst abgeschaltet.

Anfangs begegneten sie anderen Menschen, die ihnen schweigend nachblickten, dann waren sie allein. Zuletzt blieben sie vor einem doppelflügeligen Stahltor stehen, hoch genug für einen Panzergleiter. Jemand hatte den aufwendigen Schließmechanismus mit roher Gewalt aufgebrochen.

Iniza sah den Roboter an. »Warst du das?«

»Ich hab's ihm befohlen«, sagte die Muse.

»Wann?«

»Gleich nach Hadraths Flucht. Nachdem Fael fort war. Ihm hätte das nicht gefallen.«

»Ich bin nicht sicher, ob es mir gefällt.«

»Nein, wird es nicht.« Die Muse schob den Torflügel auf, als wäre er aus Sperrholz. Manchmal vergaß Iniza, wie stark die Androidin war.

Gleich darauf standen sie in einer gewaltigen Halle. Lampen schalteten sich automatisch ein.

Vor ihnen befanden sich lange Reihen von Containern, quadratisch, aus milchigem Panzerplast und einen guten Meter hoch. Mindestens dreißig, schätzte sie. Unvollständige Reihen ließen darauf schließen, dass es einmal mehr gewesen waren. Sie alle schienen versiegelt zu sein, doch der Roboter hatte zwei der vorderen aufgebrochen und die Deckel heruntergehoben.

»Ist das Faels geheime Schatzkammer?« Langsam ging sie auf die geöffneten Kisten zu.

»Vermutlich«, sagte die Muse. »Ich bin Hephestus gefolgt. Kurz nach Faels Start ist er hier gewesen. Später sind dann der Roboter und ich reingegangen.«

Iniza erreichte den ersten Container. Die Explosionen waren hier unten nicht mehr zu hören. Die Stille erschien ihr plötzlich bedrohlicher als der näher rückende Kampflärm.

Sie beugte sich vor und sah hinab in die Box.

Dann in die zweite.

Langsam richtete sie sich wieder auf. »Fael hat mir gesagt, dass du die erste Muse bist, die er mit eigenen Augen sieht.«

»Er hat gelogen. Auch noch über andere Dinge.«

Iniza blickte wieder auf den gekrümmten Körper in der Kiste. Sie schob die langen Haare beiseite und betrachtete das makellose Mädchengesicht. »Sind das alles die Gleichen?«

»Es gab immer nur das eine Modell«, sagte die Muse. »Sie sehen alle aus wie ich.«

»Das müssen die Priesterinnen der STILLE sein. Warum haben die Pilger sie nicht mitgenommen, als sie in den Korridor geflogen sind?«

»Das weiß ich nicht«, sagte die Muse. »Aber ich kann sie aufwecken. Sie können meinen Ruf hören, wenn ich das will.«

Iniza drehte sich zu ihr um. »Warum, bei allen Sternen, solltest du sie wecken?«

»Wir können kämpfen. Wir sind stark.«

»Ich will nicht, dass du kämpfst!« Iniza ging zu ihr zurück und packte sie an den Schultern. »Du magst stärker sein als jeder andere hier, aber du kannst es nicht mit einer Armee aufnehmen. Sie würden dich töten.« Ganz bewusst sagte sie nicht *zerstören*.

Auf den perfekten Zügen der Muse erschien ein Lächeln. Dasselbe warme Lächeln, mit dem ihresgleichen so viele Menschen in den Kult der STILLE getrieben hatte. Darin lagen Liebreiz, Charme und ein Versprechen von Aufrichtigkeit. Iniza wusste, dass es einst programmiert worden war, durchgerechnet bis in den letzten Zug des Mundwinkels, aber das hinderte sie nicht daran, in der Muse und ihrer Mimik mehr zu sehen als die Algorithmen einer Maschine.

»Wir sind Freundinnen, nicht wahr?«, fragte sie.
Die Muse nickte.
»Dann verrat mir, was das alles soll.« Sie blickte über die Schulter auf die Kisten. »Sind das die Container, die Fael ins Reich bringen lässt?« Kurz dachte sie an Shara und Kranit, die hoffentlich irgendwo in Sicherheit waren. Sicherer als auf Noa war es derzeit fast überall.
»Ja«, sagte die Muse, »das sind die Kisten. Und es waren noch viel mehr. Man kann es sehen, am Boden, wo sie all die Jahrhunderte gestanden haben. Wahrscheinlich würde ich es spüren, wenn die anderen schon erwacht wären, aber ich glaube, dass sie noch schlafen. Sie sind zu weit entfernt, um ganz sicher zu sein. Denen hier kann ich ein Signal senden, und wir werden sehen, was es bewirkt.«
»Was würde geschehen, wenn sie erwachen?«
»Ich könnte sie bitten, für uns in den Krieg zu ziehen.«
»Sie bitten?«
»Ich kann ihnen keine Befehle geben. Wir sind einander gleichgestellt, sie und ich. Aber ich könnte sie vielleicht überzeugen.«
»Auf keinen Fall. Das ist viel zu gefährlich.«
Die Muse senkte den Blick. »Ich habe mir gedacht, dass du das sagen würdest.«
»Wir können nicht riskieren, dass wir einen zweiten Feind im Inneren der Festung haben.«
»Nein. Natürlich nicht.«
»Aber ich wüsste zu gern, was Fael mit ihnen vorhat.« Sie hatte eine Befürchtung, aber sie konnte das jetzt nicht bis zum Ende durchdenken, weil ihr Schädel randvoll war mit apokalyptischen Bildern.
»Es gibt noch etwas anderes, das ich tun könnte, um zu

helfen«, sagte die Muse. »Die anderen dort oben würden es nicht gutheißen, deshalb wollte ich allein mit dir darüber sprechen.«

Iniza musterte sie. »Was meinst du?«

»Du hast gesehen, was ich in den Klöstern der STILLE getan habe.«

»Du hast die Roboter geweckt und –« Sie unterbrach sich selbst. »Moment. Hier gibt es noch mehr davon? Auf Noa?«

»Tausende«, sagte die Muse. »Sie wurden draußen in den Marschen versenkt, vor sehr langer Zeit. Manche waren zerstört, aber nicht alle. Sie sind erbaut worden, um in jeder denkbaren Umgebung eingesetzt zu werden. In Sauerstoffatmosphären genauso wie im Vakuum –«

»Auf dem Trockenen wie auch im Wasser«, murmelte Iniza. »Du meinst, die Nässe da draußen hat ihnen nichts anhaben können? Nicht mal in tausend Jahren?«

»Kommt darauf an, wie beschädigt sie waren. Einigen sicher schon, aber viele dürften noch einsatzbereit sein. Sie haben sich selbst abgeschaltet, als der Maschinenherrscher vernichtet wurde.«

»Heißt das, sie waren schon vorher hier? Als die Kultisten diese Festung erbaut haben?«

»*Sie* haben diese Festung für die Kultisten erbaut. Und sie sind hier, um den Planeten zu verteidigen, wenn die Priesterinnen es ihnen befehlen. Oder, na ja, eine Priesterin.«

Womöglich würde Iniza nie erfahren, was genau damals auf Noa geschehen war. Selbst in den Archiven hatte sie nie alle Antworten gefunden. Im Gegenteil, aus jeder Information hatten sich neue Fragen ergeben.

Mörtel rieselte von der Decke, ohne dass Detonationen zu hören waren.

»Ich kann die Roboter aus den Mooren aufsteigen lassen und in den Kampf gegen die Gilde schicken«, sagte die Muse. »Jetzt sofort, wenn du das wünschst. Sie werden etwas angeschlagen sein, nicht so gut erhalten wie die in den Klöstern, aber sie werden kämpfen.«

»Was wird aus unseren Leuten?«

»Sie sollen sich zurückziehen. Die Drohnen müssen unterscheiden können, wer Angreifer und wer Verteidiger ist. Solange das eindeutig bleibt, wird es keine Verwechslungen geben.«

Iniza beobachtete sie genau, folgte jeder ihrer Regungen. »Aber die Musen hier unten werden davon nicht erwachen?«

»Nein. Sie sind ... komplizierter.« Sie lachte leise auf. »Wie ich.«

Iniza atmete tief durch, dann sagte sie: »Lass uns nach oben gehen. Ich sollte das nicht entscheiden, ohne mit Hephestus darüber zu sprechen.«

»Er wird dagegen sein.«

»Er will Noa retten. Koste es, was es wolle.«

»Diese Menschen da oben hassen alle Maschinen«, sagte die Muse.

»Wir können diese Schlacht nur verlieren. Sie wissen das. Viele von diesen Leuten haben ihre Familien in Schiffen davonfliegen sehen, die kein Ziel haben außer der Leere zwischen den Sternen. Das hier ist kein Tag für Prinzipien und Ängste. Wenn es eine Chance gibt, werden sie sie nutzen.«

Zu dritt verließen sie die Halle und eilten die Stufen hinauf. Die Erschütterungen ließen das Gemäuer jetzt im Minutentakt erbeben. Oben angekommen liefen Iniza und die Muse voran, der Roboter stakste auf zwei Gliedern hinterher – selbst in all dem Chaos schien er bemüht, möglichst menschlich zu erscheinen. Dabei nahm er fast die gesamte Breite der Korridore ein. Alle, die ihn sahen, kehrten um oder wichen in Räume und Nebengänge zurück. Iniza hatte den Eindruck, dass er nicht abschätzen konnte, wie groß er war. Einige Male versuchte er, Platz zu machen, prallte in der Enge aber nur gegen die Wände.

Die Explosionen waren näher gekommen, ganz sicher wurde schon in der Stadt gekämpft. Das Dauerfeuer der Geschütze brachte die Mauern zum Vibrieren. Triebwerke heulten über die Festung hinweg, einmal schien ein abgeschossener Jäger gegen die Außenmauer zu prallen. Iniza hoffte inständig, dass nichts in den Hof stürzte, in dem die *Nachtwärts* stand. Ihre Schilde waren hochgefahren, aber einer Kollision mit einem anderen Schiff würden sie nicht standhalten.

Vor der Zentrale drängten sich zahllose Männer und Frauen. Sobald die Leute Iniza und ihre Begleiter entdeckten, strömten sie auseinander. Der Roboter sah mit seinen gelben Augen nach rechts und links auf die Menschen hinab. Niemand wagte es, seinen Blick zu erwidern.

»Wo ist Hephestus?«, fragte sie den erstbesten Mann am Eingang des Saales.

»Keine Ahnung. Eben war er noch hier.«

Sie lief weiter. Einer Frau vom technischen Stab stellte sie dieselbe Frage.

»Er ist eben rausgegangen. Ziemlich eilig. Hat wohl irgendeine Nachricht bekommen.«

»Was für eine Nachricht?«

Die Frau zuckte mit den Schultern, ohne den Blick von ihren Zahlenkolonnen zu heben. Sie hatte Staub im Haar und

Ringe unter den Augen, vertieft vom blauweißen Licht der Monitore.

»Iniza«, sagte die Muse. »Wir haben keine Zeit mehr.«

Das erkannte sie selbst, als ihr Blick auf die dreidimensionale Holokarte der Stadt fiel. Hunderte roter Punkte schoben sich durch die Gassen, zusammengeballt, wo sie von Verteidigern aufgehalten wurden, in schnellem Fluss, wenn ihnen der Weg zur Festung offen stand. Auf einem Bildschirm war zu sehen, wie einige der letzten Schiffe vom hart umkämpften Raumhafen abhoben. Eines explodierte keine hundert Meter über dem Boden und ließ einen Flammenregen auf das Landefeld und die Menschen niedergehen, die dort in Gefechte verwickelt waren. Das Gelände wurde vom All aus mit Großlasern beschossen; offenbar gelang es den Piratenkapitänen nicht mehr, alle gegnerischen Kreuzer in die Schlacht einzubinden. Es ging zu Ende, jeder hier wusste das.

»Ich kann sie von hier aus rufen«, sagte die Muse.

Iniza zögerte. »Es ist zu spät, um irgendwen zum Rückzug aufzufordern. Da draußen in den Gassen ist ein einziges Getümmel. Wie sollen sie zwischen unseren Leuten und den Gildesoldaten unterscheiden?«

Die Muse blickte auf den Holoplan der Stadt. »Sie werden keinen Unterschied machen können.«

»Aber ich kann sie doch nicht —«

»Die Roboter werden die Stadt befrieden.«

»Befrieden!«

»Und danach werden sie aufsteigen und gegen die Gleiter und Jäger kämpfen. Andere werden die Atmosphäre verlassen und sich auf die Kreuzer stürzen. Du hast in den Klöstern der STILLE gesehen, wozu sie fähig sind. Und es sind viele. Viel mehr als dort.«

Iniza schüttelte den Kopf. »Ich kann nicht Noa verteidigen und zugleich alle Menschen massakrieren lassen.«

»Was ist mit denen im All? Den Schiffen voller Frauen und Kinder? Wenn alles vorbei ist, können sie zurückkehren und –«

»Sie würden in ein verdammtes Schlachthaus zurückkehren!«

Die Muse blickte sie verständnislos an. Bei allen Emotionen, die man ihr verliehen hatte, schien sie es nicht zu begreifen. Sie wog nur ab, welches Übel das größere war. Ihr Elektronenhirn hatte die Risiken und Alternativen berechnet und eine eindeutige Präferenz entwickelt.

»Es geht nicht«, sagte Iniza. »Nicht auf diese Weise.« Erneut blickte sie sich nach Hephestus um. Keine Spur von ihm. An einem der Kommandotische nahmen seine Unterführer letzte Berichte entgegen, die wohl nur noch sporadisch aus der umkämpften Stadt in die Festung gelangten.

»Du denkst, dass er geflohen ist«, stellte die Muse fest.

»Ist er das?«

»Ich könnte sein Persönlichkeitsprofil analysieren. Anhand dessen würde sich eine Wahrscheinlichkeitsberechnung ergeben, mit deren Hilfe –«

»*Glaubst* du, dass er fort ist?«

»Nein. Womöglich hat er einen anderen Plan.«

Iniza starrte sie an, während sie sich an das erinnerte, was ihr beim Anblick der Androidinnen in den Panzerplastcontainern durch den Kopf gegangen war. »Er weiß, was Fael vorhatte. Und er wird es zu Ende bringen, bevor es zu spät ist.«

»Ja«, sagte die Muse, »das ist denkbar.«

»Wir müssen ihn finden.«

Der Kopf der Muse ruckte in den Nacken, ihre Augen blickten starr zur Decke. Sie schien auf etwas zu lauschen.

»Ich fürchte«, sagte sie, »dafür ist es zu spät.«

Eine Sirene jaulte auf.

Sekunden später erfolgte der Einschlag.

Eine Explosion, lauter und größer als alle vorangegangenen, erschütterte die Festung. Betonplatten lösten sich aus der Decke und begruben ganze Menschenpulks an den Computerplätzen und Kommandotischen. Stahlträger barsten und bohrten sich wie Lanzen in den Raum. Sofort versank alles in dichten Staubschwaden. Die Stromversorgung brach zusammen, die Notbeleuchtung ging an, flackerte und fiel wieder aus. Menschen trampelten schreiend übereinander. Etwas traf erst Inizas Rücken, dann ihren Kopf, und für einen Moment verlor sie das Bewusstsein.

Als sie wieder etwas spürte – Schmerzen vor allem – und atmen konnte, wurde sie von Stahlklauen durch die Dunkelheit getragen. Qualmwolken umgaben sie, eine Symphonie aus Schreien und Explosionsketten. Eine graue, staubige Gestalt saß neben ihr auf einem der Roboterarme und presste ihr eine Atemmaske über Mund und Nase.

Dann ein schwacher Schimmer, vielleicht das, was noch an Tageslicht durch das Inferno drang. Hitze peitschte über ihre Haut, Flammen loderten ganz in der Nähe.

Die Rauchschwaden rissen auf und enthüllten ein gewaltiges Gesicht, bronzefarben und zehnmal so hoch wie Iniza selbst.

»Alles wird gut«, sagte die Muse, als der offene Mund sie verschluckte.

34

Die Ordensmutter Setembra stand reglos am Ende des Spaliers, das die Paladine für sie bildeten. Ihr schmales Gesicht war dem Dreizackschiff im Zentrum des Hangars zugewandt. Die verzweigte Hexenkrone auf ihrem Kopf war beinahe so hoch wie ihr Oberkörper, asymmetrische Spitzen zeigten zur Decke wie bizarre Auswüchse ihres Schädelknochens.

Shara schwitzte in ihrer Paladinrüstung und kämpfte darum, nicht die Verbindung zur Gegenwart zu verlieren. Die Nähe der Hexen hatte Ängste aus ihrer Vergangenheit ans Licht geholt, ein Strom aus längst vergessenen Sorgen und Befürchtungen, die ein ums andere Mal ihr Handeln bestimmt hatten. Sie hatte sich viel zu oft davon beeinflussen lassen, hatte die falschen Entscheidungen getroffen und ihr Leben gründlich verbockt. Und nun war sie hier, an einem Ort, an dem sie nicht mehr hätte sein dürfen, an Bord der Hexenstation über dem Strudelschlund von Empedeum. All diese Ängste verklebten ihr Denken, und sie glaubte, dass Setembra sie spüren konnte und sie mit ihren Geistfingern aus den Verzweigungen von Sharas Verstand pflückte wie schmackhafte Früchte.

Shara hatte schon früher gehört, dass Hexen die Ängste gewöhnlicher Menschen verzehrten, aber sie hatte es für sinnbildliches Gerede gehalten, nicht für einen konkreten

Vorgang. Nun aber befand sie sich mitten in einer solchen Angstspeisung, hielt sich mit Müh und Not auf den Beinen und fragte sich, was von ihr übrig sein würde, wenn Setembra mit ihnen allen fertig war.

Noch immer wusste sie nicht, in welcher der anderen Rüstungen Kranit steckte, ob er neben ihr stand, gegenüber oder am anderen Ende der Gasse aus Paladinen.

Setembra setzte sich in Bewegung, glitt hochaufgerichtet zur Rampe des Schiffs. Der Saum ihres schwarzen Gewandes strich über graues Metall. Die senkrechten Spitzen des Kopfschmucks blieben auch im Gehen vollkommen unbewegt, so als wäre die Hexe aus Obsidian gehauen.

Wenig später verschwand die Ordensmutter im Inneren des Dreizackschiffs, und endlich erwachten die Paladine aus ihrer Starre. Jemand rief Befehle, und prompt wandten sich die beiden hinteren Drittel des Spaliers zum Ausgang, das vordere zum Schiff. Shara drehte sich notgedrungen mit und marschierte los, durch die weite Halle hinüber zur Rampe. Ihr Herz schlug schnell und laut. Mit den Facettenaugen ihres Helms hielt sie Ausschau nach Kranit. Der Trupp, in dessen Mitte sie zum Schiff ging, bestand aus zehn Paladinen. Der Waffenmeister mochte unter ihnen sein oder auch nicht. Vielleicht blieb ihm gerade keine andere Wahl, als durch das Tor die Halle zu verlassen, während sie allein unter Feinden das schwarze Raumschiff der Hexe betrat.

Die Rampe führte in die längere der drei großen Spitzen. Aus Lautsprechern im Inneren erklangen die Stimmen der beiden Piloten beim Systemcheck, ein vertrautes Kauderwelsch aus technischen Begriffen, das Shara beruhigte und ein Stück weit zurück in die Wirklichkeit holte. Die übrigen Paladine schienen weit besser mit dem zurechtzukommen, was eben geschehen war, wahrscheinlich hatten sie Ähnliches schon viele Male erlebt. Shara, die zwar als Pilotin an Bord einer Kathedrale gelebt hatte, aber nie Fußsoldat des Ordens gewesen war, kannte den geistigen Kontakt mit den Hexen nur aus ihrem Greifer. Doch das war eine andere Art von Einflussnahme gewesen, kein Raub ihrer verdrängten Ängste, stattdessen ein bewusstes Schüren von neuen. Sie hatte nicht geahnt, dass die Paladine Schlimmeres durchmachten.

Kurz bevor sie das Schiff betrat, änderte sich die Geräuschkulisse der Station. Neben den Stiefelschritten der Paladine und dem Wummern der Generatoren war da zuletzt noch etwas anderes gewesen: ein unterschwelliges Tosen, fast wie ein ferner, vielstimmiger Choral in den Tiefen des Hexentrakts.

Jetzt herrschte schlagartig Stille.

Falls dies die Beschwörungsgesänge der Hexen gewesen waren, mit denen sie das kosmische Strudelbiest in der Hölle Empedeums gezähmt hatten, so waren sie verstummt. Ganz sicher besaß nur eine Einzige an Bord die Autorität, eine solche Anordnung zu geben.

Shara betrat das Schiff. In der langgestreckten Crewkabine gab es zwei gegenüberliegende Reihen von Sitzen, auf denen die Paladine Platz nahmen. Setembra war nirgends zu sehen, sie musste sich in ihre Räumlichkeiten zurückgezogen haben. Womöglich gab sie auch den Piloten im Cockpit letzte Befehle.

Am Ende des Paladintrupps kam es zu Unordnung, als zwei von ihnen denselben Sitz einnehmen wollten. Sharas Kopf ruckte herum, und der Soldat am Ende der gegenüberliegenden Reihe kreuzte ihren Blick.

Bis du das?, dachte sie und war mit einem Mal fast sicher.

Aus den Lautsprechern drang nur verrauschtes Schweigen, die gespenstische Stille des Hangars hatte auf das Schiff übergegriffen. Shara fragte sich, wie sie es früher in den Kathedralen ausgehalten hatte. War sie weniger anfällig für die Präsenz der Hexen und ihre Magie gewesen? Sie stand kurz vor einer Panik und fühlte sich wie eine jener Statuen am äußeren Rand der Station, die hinab in den Abgrund blickten, auf die tote Hexenwelt vor den Sternhaufen und Gasnebeln des Katarakts.

Die übrigen Paladine mochten informiert worden sein, wohin dieser Flug sie führen würde, oder sie waren so unwissend wie Shara und ließen alles auf sich zukommen. Manche mochten ihre Ängste mit panadischem Tabak besänftigt haben, andere waren schlichte Befehlsempfänger.

Draußen erklang das metallische Kreischen des Hangartors. Das Eingangsschott glitt zu, der Lärm des Tors wurde durch den der Triebwerke ersetzt. Das Schiff hob ab, die Landepylonen wurden eingefahren, ihre Schächte versiegelt. Durch winzige Bullaugen sah Shara die Wände des Hangars vorübergleiten, das Aufblitzen des Energieschirms, dann die sternenreiche Schwärze des Alls.

Keiner der Paladine sprach, obwohl sie in der Mannschaftskabine unter sich waren. Kein Wort über ihr Ziel oder die Station, die sie hinter sich ließen. Erst recht keines über Empedeum.

Sie waren kaum fünf Minuten unterwegs, als sich der Paladin am Ende der gegenüberliegenden Reihe erhob und durch eines der Bullaugen schaute.

Ein anderer mit dem Symbol eines Hauptmanns am Brustpanzer hob den Kopf. »Setz dich hin!«

Shara packte ihren Blaster fester und presste den Rücken

gegen die Kabinenwand, während sich die übrigen Paladine vorbeugten, um einen Blick auf den Mann zu werfen, der aufgestanden war.

»Du sollst dich hinsetzen!«, drang es aus dem Helm des Hauptmanns. Auch er richtete sich auf.

Der Paladin am Bullauge sah weiter hinaus. »Wir haben keine Greifereskorte«, sagte er. »Und wir fliegen nicht zur Kathedrale der Ordensmutter.« Seine Stimme war verzerrt, aber nicht so sehr, dass Shara sie nicht erkannte.

Leises Raunen setzte ein. Offenbar hatten alle angenommen, dass ihr Ziel die Kathedrale sei.

Shara schob den Zeigefinger an ihren Abzug und änderte unauffällig den Winkel der Waffe auf ihrem Schoß. Die Mündung deutete in die Richtung des Hauptmanns.

Sie würden dieses Schiff nicht lebend verlassen, selbst wenn sie ein Feuergefecht auf so engem Raum überständen. Acht schwerbewaffnete Gegner, dazu die Ordensmutter persönlich an Bord. Shara hatte den Gedanken kaum gefasst, als ihr klarwurde, was Kranit vorhatte. Hatte er es die ganze Zeit über geplant, schon als sie die Rüstungen erbeutet und den Hangar betreten hatten? Und wie hätte sie reagiert, wenn er es ihr gesagt hätte?

Der Hauptmann zielte mit seinem Blaster auf Kranit. »Zum letzten Mal – setzen!«

Der Waffenmeister rührte sich nicht. Blauer Lichtschein fiel durch das Bullauge auf seinen Helm.

Mehrere Paladine brachten ihre Waffen in Anschlag.

Schwanz der Krone, dachte Shara, und weil sie es in Inizas Stimme hörte, musste sie unweigerlich lächeln. Dann drückte sie ab.

Der Hauptmann wurde gegen die Kabinenwand geschleudert. Winzige Flammen schlugen knisternd aus dem Spalt zwischen Helm und Brustpanzer, wo Sharas Schuss ihn getroffen hatte.

Die Paladine sprangen auseinander, blickten hektisch von einem zum anderen. Einer wollte auf Shara schießen, und so war er der Erste, den Kranits Lasersalve tötete. Der Waffenmeister feuerte so schnell und gezielt, dass die Hälfte der Soldaten tot war, ehe die anderen erfassen konnten, was um sie herum geschah. Die Überlebenden machten den Fehler, ihre Waffen auf Kranit zu richten. Shara erschoss drei von ihnen, Kranit den letzten.

Shara wollte sich den Helm herunterreißen, ließ es aber lieber bleiben. Die Kabine war voller Rauch. Kleine Flammennester brannten in aufgerissenen Panzerplastrüstungen. Ein Alarm heulte auf, dann sprühte Löschflüssigkeit von der Decke. Innerhalb von Sekunden würde sich der ganze Raum in eine Rutschbahn verwandeln.

»Raus hier!«, rief Kranit. Shara war bereits unterwegs zur einzigen Tür. Sie führte weiter nach vorn Richtung Cockpit.

Das Schiff hatte in etwa die Größe der *Nachtwärts*, es gab eine Menge Platz und möglicherweise mehr Menschen an Bord als nur Setembra und die Piloten. Shara und Kranit hatten den Mannschaftsraum kaum verlassen, als das Schott hinter ihnen automatisch versiegelt wurde. Im Korridor sprangen Absaugvorrichtungen an und pumpten den wenigen Rauch ab, der ihnen gefolgt war. Jetzt endlich konnte Shara den Helm abnehmen. Auch Kranit schleuderte seinen zu Boden und stürmte an ihr vorbei den Gang hinunter.

»Hey!«, rief sie.

»Nicht jetzt.«

»Du Hurensohn hättest mir sagen können, was du vorhast!«

»Tut mir leid.« Er blickte sich nicht einmal um.

Der Alarm heulte noch immer. Warnleuchten übergossen die stahlgetäfelten Wände des Korridors mit rotem Licht, aber sie kamen nicht gegen das eisige Blau an, das durch ein breites Fenster hereinfiel. Die Scheibe erstreckte sich rechts von ihnen über das mittlere Drittel des Gangs. Die Steuerbordspitze des Dreizacks schob sich vor die schwarzblaue Kuppel Empedeums.

Wie gelähmt blieb sie stehen und stützte sich mit der linken Hand am Fenster ab. Sie spürte ihre Beine nicht mehr.

Der Strudel dort unten war größer geworden. So viel größer, dass sie den Unterschied mit bloßem Auge sehen konnte. Er schien nun ein Viertel der sichtbaren Planetenoberfläche einzunehmen, seine Spiralarme kreisten schneller. In seinem Inneren ballte sich undurchdringliche Schwärze.

»Du hast gesagt, wir fliegen nicht zur Kathedrale.«

Kranit blieb stehen. »Ich wollte nur sehen, wie sie reagieren. Danach kannten wir unser Ziel.«

»Was hat sie vor? Als wir losgeflogen sind, da haben die Hexen ihre Gesänge abgebrochen. Heißt das, sie hebt diesen … diesen Bann auf?« Sie hörte sich sprechen, konnte aber selbst kaum glauben, dass sie das ernst meinte. Gesänge, um dieses Ding dort unten zu bändigen? Sie musste den Verstand verloren haben. Vielleicht war es das, was Empedeum einem antat, wenn man sich mit seinen Geheimnissen befasste. So wie die wahnsinnige Oratoria.

So wie Setembra.

»*Waffenmeister!*« Die schneidende Stimme kam vom anderen Ende des Korridors.

Warnleuchten tauchten die Ordensmutter in blutdunkles Rot. Mehr denn je erschien sie wie eine der Statuen, mit denen der Orden seine Schiffe schmückte. Das münzgroße Abbild des Schwarzen Lochs rotierte schimmernd in ihrer linken Augenhöhle und pulsierte im Rhythmus ihres Herzschlags. Sie hatte ihre Hexenkrone abgenommen, darunter trug sie eine enge Haube. Die Blässe ihres schmalen Gesichts verstärkte die Anmutung einer mumifizierten Frau, deren einstige Schönheit sich nicht verleugnen ließ.

»Ordensmutter«, sagte Kranit mit einem Nicken.

Shara wollte neben ihn treten, aber er presste sie mit einer Hand halb hinter sich. Später würde er ihre Hilfe noch brauchen. Falls das Schiff seinen Kurs beibehielt, würden sie in zehn Minuten die Kathedrale erreichen.

Hinter der Hexe schloss sich ein Schott. Kurz hatte Shara zwei Piloten in ihren Sitzen gesehen.

»Ich weiß, warum du hier bist, Waffenmeister.«

Wann genau hatte Kranit geplant, die Konfrontation mit der Ordensmutter zu suchen? Auf Noa hatte Shara genug Zeit mit ihm verbracht. Sie kannte ihn, und sie hätte ahnen müssen, worauf das alles hinauslief.

»Du wirst sterben, Hexe.« Er sprach ruhig und so gar nicht wie jemand, der den Verstand verloren hatte. Die Ordensmutter gebot über die Sternenmagie des Kamastraka-Ordens. Er hatte nur einen Paladinblaster.

Shara wollte an seine Seite treten.

»Nein«, sagte er. »Geh zurück.«

»Du hast keine Chance gegen sie.«

»Eine größere als irgendwer sonst.«

Er ging auf Setembra zu, ganz langsam am Fenster vorbei. Zuletzt trennten sie noch fünf Meter. Shara rührte sich nicht von der Stelle und legte auf die Hexe an, haarscharf am Kopf des Waffenmeisters vorbei.

Zum ersten Mal richtete sich Setembras unversehrtes rechtes Auge auf sie. »Du bist die Alleshändlerin. Sag mir, wo soll er liegen, dieser Bitterstern, den du suchst? Bist du dir bewusst, dass er nichts weiter ist als ein Hirngespinst? Ein Trugbild, das deine vernarbte Seele zusammenhält?«

Shara drückte ab. Der Laserbolzen fauchte eine Handbreit über Kranits Schulterpanzer hinweg, kam aber nie bei der Hexe an. Auf halbem Weg verblasste er wie eine ausgeblasene Kerzenflamme.

»Es ist nur Licht«, sagte Setembra. »Licht kann man löschen.«

Ein zweiter Schuss. Wieder vergebens.

»Hör auf damit«, sagte Kranit, ohne sich umzudrehen.

Shara behielt den Blaster im Anschlag, schoss aber kein drittes Mal. Ihre Hände zitterten.

»Der letzte Waffenmeister von Amun«, sagte Setembra betont. »Du weißt, dass viele da draußen dich für einen Hochstapler halten. Für einen Betrüger, der niemals das war, was er zu sein vorgibt.«

»Du weißt es besser.«

Die Hexe nickte. »Ich bin froh, dass wir es hier zu Ende bringen.«

Kranit deutete durchs Fenster ins All. »Was ist das da unten?«

»Das Auge Kamastrakas.«

»Das ist nur ein Name.«

»Etwas blickt in unser Universum. Und wir in das seine.«

»Dann ist es ein Tor.«

»In gewisser Weise ja.«

»Wohin? Zu eurem Schwarzen Loch?«

»Erst einmal wohl an jenen Ort, den manche den Pilgerkorridor nennen. Kamastraka hat nicht nur etwas mitgenommen, als es unsere Galaxis berührte – es hat auch etwas zurückgelassen für jene, die bereit dafür sind. Fußspuren in der Unendlichkeit, einen Pfad, auf dem wir ihm folgen können. Die Erste Ordensmutter hat das erkannt und einen Zugang zu diesem Pfad geschaffen, einen Riss im Gefüge des Seins. Eine Öffnung, vor der sich mein Orden all die Jahrhunderte über gefürchtet hat, statt sich ihrer zu bedienen. Jemand musste die Entscheidung treffen, etwas Neues zu wagen.«

»Du willst dort hineingehen? Wie Oratoria?«

»Oratoria war eine Närrin, die in der Einsamkeit den Verstand verloren hat. Sie wusste, dass es einen Wächter gibt, drüben auf der anderen Seite. Und sie hat ihn ignoriert, weil sie in ihrem Wahn der Überzeugung war, stärker zu sein als er. Bis sie ihm womöglich begegnet ist.«

Die uralte Legende vom König der Gnade, dem Hüter des Pilgerkorridors. Shara konnte nicht anders, als hinab auf den furchtbaren Strudel zu blicken. Der Blaster in ihren Händen fühlte sich mit einem Mal albern an. Selbst die Stärke des Ordens, die sich über Empedeum ballte, war ein Witz angesichts dieser kosmischen Monstrosität. Wenn dies ein Zugang zum Pilgerkorridor war – ganz gleich, ob er nun zu Kamastraka führte oder anderswohin – und dahinter der König der Gnade lauerte, dann war nicht nur Oratoria wahnsinnig geworden. Dann stand die Gefährlichste von allen am Ende dieses Gangs, in rotes Alarmlicht getaucht, umrahmt vom blauen Schimmer Empedeums.

»Und du willst es besser machen als Oratoria?«, fragte Kranit. »Du willst dieses Tor aufstoßen und – was tun? Den

König der Gnade bekämpfen?« Er lachte bitter bei diesen letzten Worten. Kranit schien weder die Hexe zu fürchten noch die Ausweglosigkeit der Situation. Doch die Legende vom Wächter des Pilgerkorridors flößte offenbar auch ihm Respekt ein.

»Was ist er?«, fragte Shara. »Der König der Gnade – was ist er wirklich?«

»Ich weiß es nicht«, sagte Setembra. »Aber wir werden es bald herausfinden.«

»Dann willst du in Kamastrakas Auge fliegen.« Kranit blickte kurz zum Fenster hinaus, und es gab keinen Zweifel, dass dieser Kurs sie nicht nach Empedeum führen würde. »Aber nicht mit diesem Schiff, nicht wahr?«

Setembra schüttelte kaum merklich den Kopf, was eher wie ein Flirren erschien, das über ihre Züge huschte. Vielleicht war es auch ihre Art eines Lächelns. Shara war nie zuvor so überzeugt gewesen, dass die Hexen keine gewöhnlichen Menschen waren. Vielleicht überhaupt keine Menschen. Nicht *mehr*.

»Ich habe nicht vor, Oratorias Fehler zu wiederholen«, sagte Setembra und fügte fast wehmütig hinzu: »Es ist schade, dass die Waffenmeister von Amun nicht mehr an unserer Seite sind, wenn wir das größte aller Rätsel lösen.«

Shara starrte Kranits zerzausten grauen Hinterkopf an. Sie hätte zu gern seine Gedanken gelesen, teilgehabt an seinem Wissen über eine Vergangenheit, von der sie nichts wusste.

»Die Zeiten, in denen Hexen und Waffenmeister gemeinsam nach Wahrheiten gesucht haben, sind lange vorüber«, sagte er, und Shara bekam eine Gänsehaut.

Waren die Waffenmeister von Amun also doch mehr als nur eine Gemeinschaft perfekter Söldner gewesen? Es gab unzählige Geschichten über Kranit und jene, die wie er den Titel eines Waffenmeisters getragen hatten. Aber in keiner war von mehr als einer reinen Geschäftsbeziehung zu den Hexen die Rede gewesen. Die Waffenmeister hatten gelegentlich für den Orden gekämpft, manchmal auch für die Gegenseite, und sie waren dafür entlohnt worden – bis zuletzt, als die Mächtigsten von ihnen in einer Schlacht aufseiten der Hexen gefallen waren und der Orden ihre Schwäche genutzt hatte, um Amun aus dem All zu brennen. Einzig Kranit hatte das Inferno auf dem Heimatmond der Waffenmeister überlebt.

»Nicht wir haben diese Entscheidung getroffen«, sagte Setembra. »Das seid ihr gewesen. Das Bündnis zwischen dem Orden und den Waffenmeistern war schon lange vor dem Fall von Amun brüchig. Zwischen uns und euch gab es keine Gemeinsamkeit mehr. Eure Macht war vergangen, ihr selbst dem Untergang geweiht.«

»Und trotzdem bin ich hier«, sagte Kranit. »Jemand hat mich daran erinnert, dass es Ziele gibt, die über den nächsten Sold hinausgehen.«

»Sieh dort hinaus.« Setembra deutete zum Fenster. »Gleich wird etwas geschehen, das bedeutsamer ist als jeder von uns. Bedeutsamer als dein lächerlicher Wunsch nach Rache. Bedeutsamer als das Phantom des Bittersterns. Bedeutsamer als meine Wissbegier. Wir werden Zeugen sein von einem Wunder kosmischen Ausmaßes.«

Kranit wandte den Blick nicht von der Hexe. »Vielleicht wird einer von uns das nicht mehr erleben.«

Shara jedoch sah hinab auf Empedeum. Kamastrakas Auge war weitergewachsen und drehte sich nun so schnell, dass es zu einem perfekten Kreis geworden war, groß wie ein Ozean.

Zuvor hatte die Spirale zerfaserte Arme gehabt, die sich wie Wolkenmassen an einem Sturmhimmel bewegten. Nun aber schien es scharf umgrenzt und ähnelte einer Pupille, die Schwärze im Inneren war zum bodenlosen Abgrund geworden.

Ein zorniger Aufschrei ertönte, dann stürmte Kranit auf die Hexe zu. Der Strudel in Setembras Augenhöhle blähte sich auf und bedeckte ihr Gesicht. Ihre Hände vollführten eine kurze Geste, dann stieg vor ihr eine Wand aus Unschärfe auf, füllte die Breite des Korridors und raste Kranit entgegen. Der erbebte nur kurz, als Setembras Magie ihn traf, und lief einfach hindurch. Der wabernde Wall fegte weiter den Gang herab, prallte gegen Shara und schleuderte sie meterweit nach hinten, fort von den Kontrahenten. Sie krachte auf den Rücken und war für einen Moment fast blind vor Schmerz.

Als sie benommen den Kopf hob, erkannte sie am Ende des Korridors verschwommen die Umrisse der beiden. Kranit hatte Setembra ungehindert erreicht, augenscheinlich immun gegen ihre Sternenmagie. Hatten die Hexen die Waffenmeister vernichtet, weil sie einen Weg gefunden hatten, sich ihrer Macht zu widersetzen?

Weißes Feuer loderte auf und blendete Shara. Sie riss den Kopf herum und konnte sekundenlang nichts sehen. Dabei versuchte sie, auf die Beine zu kommen, suchte nach Halt an der Wand und am Fenster. Es gelang ihr fast, sich hochzuziehen, dann knickte ihr rechtes Knie ein. Sie hatte den Blaster verloren, er lag zwei Meter entfernt den Gang hinauf. Auf allen vieren kroch sie vorwärts, bis sie ihn erreichte und sein vertrautes Gewicht ihr neuen Mut gab.

Wieder raste Magie wie eine Welle den Gang herab, und diesmal wurde das gesamte Schiff erschüttert. Die Piloten verloren die Kontrolle, Empedeum drehte sich vor dem Fenster, verschwand und tauchte wieder auf. Als Shara nach vorn sah, stand hinter Kranit und Setembra das Schott zum Cockpit offen. Ob die Stahltür aus ihrem Rahmen gesprengt worden oder beiseitegeglitten war, konnte sie nicht erkennen. Jemand schrie, es klang dumpf wie durch Wasser.

Die Hexe und der Waffenmeister waren noch immer von einem Wirbel aus Unschärfe umgeben und rangen miteinander. Kranit hatte die Hände um Setembras Kehle gelegt, sie hüllte ihn in weißes Feuer. Ihre Magie loderte durch ihn hindurch, schlug wie Flammen aus seinen Augen. Jetzt erst wurde Shara bewusst, dass die Schreie seine waren. Zugleich taumelte im Hintergrund einer der Piloten heran, sichtlich angeschlagen, und legte mit dem Blaster auf Kranit an.

Shara feuerte auf ihn. Der Laserbolzen durchschlug die Ausläufer der wogenden Unschärfe um die beiden Gegner, traf den Mann im Cockpit und riss ihn von den Füßen.

Langsam schleppte Shara sich vorwärts und erwartete bei jedem Schritt, dass ihre Beine abermals nachgaben. Sie kam den beiden näher, konnte aber kaum erkennen, was inmitten des Wogens und Wirbelns vor sich ging. Der Waffenmeister schien in Flammen zu stehen, hielt sich irgendwie aufrecht, die Hände am Hals der Ordensmutter, die nun langsam, ganz langsam in die Knie ging.

Shara war noch zwei Schritt entfernt, dann einen. Die wabernde Unschärfe schien sie fortzustoßen und brannte auf ihrer Haut wie Säurenebel. Sie glaubte, nur einen Arm ausstrecken zu müssen, um Setembra oder Kranit zu berühren, aber die Distanz zu den beiden schien keine räumliche mehr zu sein. Sie rief Kranits Namen. Das weiße Feuer loderte aus den Augen des Waffenmeisters, zwei gleißende Säulen, die schnurgerade zur Decke aufstiegen wie Schnüre, an denen er aufgehängt war.

Shara war sich stets bewusst gewesen, dass sich hinter der Fassade des bitteren, knurrigen Mannes weit mehr verbarg, als die meisten ahnten. Sie erinnerte sich an ihr erstes Gespräch unter vier Augen im Laderaum der *Nachtwärts*, an das, was sie einander damals erzählt hatten, zwei Feinde, die persönliche Geheimnisse miteinander teilten. Später waren sie Freunde geworden, spätestens in Noas Spelunken, wo sie mehr Zeit miteinander verbracht hatten als mit irgendwem sonst. Sie hatte gewusst, dass er mehr Arten des Tötens beherrschte, als sie aufzählen konnte, und dass es Dinge in seinem Leben gab, über die er selbst im schlimmsten Rausch nicht sprach. Aber das hier war etwas anderes. Die Verbissenheit, mit der er der Hexenmagie widerstand, ließ auf Fähigkeiten schließen, die nichts mit Körperkraft und Willensstärke zu tun hatten.

Setembras Kopf war hinter dem Strudel aus ihrem Auge verschwunden, als wäre er davon verschlungen worden. Sie hockte jetzt am Boden, auch Kranit brach in die Knie. Ihre Hände drückten gegen seinen Oberkörper. Licht wanderte an ihren Armen entlang und verschwand in seinem Brustkorb, um aus seinem Schädel wieder hervorzubrechen.

Shara riss sich von dem Anblick los. Sie passierte die Ausläufer des schmerzhaften Waberns und stolperte durch das offene Schott ins Cockpit. Der Mann, auf den sie geschossen hatte, lag tot am Boden, während der Pilot darum kämpfte, das Schiff unter seine Kontrolle zu bringen. Vor der Scheibe tanzte Setembras Kathedrale im All, nahm die Hälfte des Blickfelds ein. All die Statuen schienen in Sharas Richtung zu blicken. Selbst das kilometerhohe Antlitz der Gottkaiserin, oben an der Spitze der pyramidenförmigen Raumfestung, starrte mit pupillenlosen Augen auf sie herab, als ahnte es, dass sich in dem trudelnden Dreizackschiff gerade mehr entschied als das Schicksal zweier Erzfeinde.

Der Pilot ließ den Steuerknüppel los, hob einen Blaster von seinem Schoß und wollte auf Shara feuern, doch sie war schneller. Sie tötete ihn mit dem ersten Schuss und zerrte ihn vom Sitz. Als sie sich selbst hineinfallen ließ, strömte eine Woge neuer Kraft durch ihren Körper. Sie war nicht dafür geschaffen, sich mit Hexen, Magie und kosmischen Rätseln herumzuschlagen, sie gehörte an den Steuerknüppel eines Raumschiffs. Glühende Triebwerke und die Weite des Alls – dafür lebte sie, und dafür würde sie sterben, wenn es nötig war.

Hinter ihr verstummten die Schreie des Waffenmeisters. Als sie über die Schulter auf den Korridor blickte, lag Setembra verdreht am Boden, Kranit kauerte über ihr. Das Strudelhologramm war erloschen, auch die Unschärfe verdichtete sich zu klaren Konturen. Das gesunde Auge der Hexe stand offen und blickte zu Kranit empor. Der schien sich kaum noch aufrecht halten zu können, doch Shara konnte ihm jetzt nicht zu Hilfe kommen. Allmählich bekam sie das Schiff unter Kontrolle, das Schlingern ließ nach. Nicht mehr weit bis zur Kathedrale, sie sah schon das offene Hangartor inmitten des Statuendschungels.

Eine weibliche Stimme meldete sich über Funk und wollte wissen, was es für Probleme gebe, ob der Zeitplan eingehalten werde und man das Schiff mit einem Fangstrahl an Bord bringen solle. Shara antwortete, dass das nicht nötig sei, hörte aber selbst kaum, was sie sagte, denn hinter ihr brach Kranit mit einem Poltern über der Hexe zusammen. Sein ehemals graues Haar war schneeweiß geworden. Sein Gesicht war zur anderen Seite gewandt, und Shara befürchtete das Schlimmste.

Kurzentschlossen drückte sie den Steuerknüppel nach unten und brach aus dem bisherigen Kurs aus. Wieder drang die Stimme aus dem Lautsprecher, und Shara hörte deutlich die unterdrückte Furcht, die in den Worten mitschwang: »Die Brücke bittet respektvoll um Bestätigung der bisherigen Befehle. Ich wiederhole, bitte bestätigen Sie die Befehle der Ehrwürdigen Mutter.«

Shara hatte keine Ahnung, um was für Befehle es sich handeln mochte. »Jaja«, murmelte sie fahrig, »Bestätigung.«

»Identifizieren Sie sich.«

»Pilotin Bitterstern.« Shara schob den Beschleunigungsregler bis zum Anschlag nach oben. Das Dreizackschiff tauchte unter der Kathedrale hinweg und jagte in den offenen Raum. Der Computer berechnete bereits, wie lange das Schiff bis zum nächsten System brauchen würde.

»Shara ...«

Sie wirbelte herum. Kranit hatte sich von Setembras Leiche gelöst und aufgerichtet. Er schwankte, machte ein paar stolpernde Schritte vom Cockpit fort und fiel gegen das Fenster im Korridor.

»Sieh dir ... das an«, rief er stoßweise.

Sie brachte vor Erleichterung keinen Ton heraus, stellte den Funk ab und warf einen letzten Blick auf die Abtaster. Kein Fangstrahl, auch kein Anzeichen von Greifern. Das war ungewöhnlich. Sie hatten die Ordensmutter persönlich an Bord – und niemand versuchte, sie aufzuhalten?

»Scheiße«, stammelte Kranit, »wir müssen weg ... sofort!«

Sie legte die Bilder der Heck- und Steuerbordkameras auf den Hauptmonitor. Störungen zuckten über den Schirm,

Interferenzen der Raumstation, blitzartig aufleuchtende Gesichter, die panisch etwas brüllten, das in Rauschen und Fauchen unterging. Dazwischen erkannte Shara vage, was Kranit durch das Fenster klar und deutlich sehen musste.

Sie waren jetzt so weit von Empedeum entfernt, dass der Planet vollständig auf den Monitor passte. Kamastrakas Auge saß im oberen Teil der Kugel, ein kreisrunder schwarzer Fleck, um den die blauschwarzen Schlieren rotierten. Er schien sich nach außen zu wölben wie ein Furunkel, immer weiter, bis Shara begriff, dass es nicht der Fleck selbst war, sondern etwas, das daraus hervorbrach wie eine schwarze Wolke, aber scharf umrissen. Fast wie eine titanische Hand mit zu vielen Fingern.

Wieder Störungen in der Übertragung. Panische Gesichter in der Zentrale der Station, vielleicht auch auf anderen Schiffen rundum. Da lagen immer noch drei weitere Kathedralen bei der Station und als vierte die von Setembra, viel weiter abseits, jedoch keineswegs auf der Flucht, sondern gleichbleibend nah am Planeten.

»Was, bei allen Sternen, ist das?«, brüllte Shara nach hinten.

Der Waffenmeister gab keine Antwort.

»Kranit?«

Er hatte die Arme gespreizt und sich mit beiden Händen an der Scheibe abgestützt, während er wie gelähmt nach draußen starrte, eine müde Gestalt vor der flirrenden Kugel Empedeums und den schimmernden Punkten der Hexenflotte.

Shara steuerte das Dreizackschiff in die entgegengesetzte Richtung, fort von all dem, aber die Kameras am Heck zoomten das Geschehen automatisch heran, zunehmend verschwommener. Zwischen den aufflackernden Gesichtern mit weiten Augen und schreienden Mündern war das kolossale schwarze Ding zu sehen, tausendmal größer als das Totem, vielleicht eine zerfasernde Aschewolke aus dem Inneren Empedeums, ins All hinausgeschleudert wie eine Sonneneruption, oder doch etwas Lebendiges mit Armen, die sich nach der Station und den Kathedralen ausstreckten, sie packten und aus dem Orbit rissen.

Und immer wieder die Fratzen der panischen Männer und Frauen, blitzartige Erscheinungen wie Gespenster, derart verzerrt, dass sie von Mal zu Mal weniger menschlich wirkten, bis Shara begriff, dass es nicht nur die Störungen und der schnelle Wechsel der Bilder waren, die ihr etwas vorgaukelten. Die Gesichter veränderten sich tatsächlich, wucherten oder zerflossen, verschmolzen mit den Hintergründen oder miteinander, Fleisch und Metall zerkocht zu einer albtraumhaften Masse.

Als sie wieder in den Korridor sah, hatte Kranit den toten Körper Setembras am Genick gepackt wie eine Puppe. Er presste ihr Gesicht ans Fenster und schrie: »Ist es das, was du wolltest? Hast du sie alle geopfert, um dieses Ding abzulenken? Um dich mit deiner Kathedrale daran vorbei in Kamastrakas Auge zu stehlen?«

Shara schaltete den Autopiloten ein. Nach wie vor keine Greifer auf ihrer Fährte. Die letzte Kathedrale hielt ihre Position weit abseits der Flotte. Schwankend stemmte Shara sich aus dem Sessel, stieg über die beiden toten Piloten und lief zu Kranit hinaus auf den Gang.

Er drückte Setembras Leichengesicht so hart gegen die Scheibe, dass das Blut aus ihrer Nase und dem rechten Auge rote Schlieren auf dem Transparentplast hinterließ.

»Bist du jetzt zufrieden?«, schrie er die Tote an. Sein langes, schlohweißes Haar hing ihm wirr ins Gesicht, und in seinen Bartzöpfen perlte Speichel. Shara wagte nicht, ihn zu berühren, als sie neben ihn ans Fenster trat.

»Was hat sie getan?«, flüsterte sie so nah an der Scheibe, dass sie von ihrem Atem beschlug.

»Sie hat den Bann gebrochen«, sagte Kranit, in einer Hand noch immer den Hals der Hexe, die andere am Fenster zur Faust geballt. »Sie hat ihre Station und die Flotte geopfert, damit er sich darauf stürzt. Damit für kurze Zeit der Weg offen ist und sie mit ihrer Kathedrale hineinfliegen kann. Das alles sollte ein gigantisches Ablenkungsmanöver sein, und es war ihr völlig egal, dass sie ihn damit aus seiner Höhle lockt, herüber aus dem Pilgerkorridor in unser Universum.«

»Sie hat ihn befreit? Den König der Gnade?«

Kranit wirkte stark gealtert, und das lag nicht nur am weißen Haar. So bleich und eingefallen hatte sie ihn noch nie gesehen. Er öffnete den Mund, hielt inne, als wüsste er nicht mehr, was es dazu noch zu sagen gäbe, und schloss ihn wieder. Schließlich nickte er, langsam und zerschlagen. Achtlos ließ er Setembra fallen, die wie ein Haufen Knochen zu Boden fiel und von ihrem schwarzen Gewand bedeckt wurde.

Das Schiff war jetzt fast zu weit entfernt, um Einzelheiten auszumachen. Die Station war nicht mehr zu sehen, verschlungen von dem Ding dort draußen, ebenso wie drei der Kathedralen und all die kleineren Schiffe. Nur Setembras Ordensfestung war noch als schimmernder Punkt zu erkennen, der sich jetzt von Empedeum entfernte, den letzten Befehl der Ehrwürdigen Mutter ignorierte und im nächsten Augenblick verblasste. Die Kathedrale stürzte in den Hyperraum, sprang vermutlich weit fort von hier, vielleicht zurück nach Tiamande, um Bericht zu erstatten über das, was sich am Rand der Galaxis ereignet hatte.

Shara und Kranit blieben am Fenster stehen, den Blick ins All gerichtet, und sie sahen, wie sich der König der Gnade auf der Wölbung des Planeten niederließ, sahen die einsame Sonne Empedeums kleiner werden, und sie sprachen selbst dann noch kein Wort, als da nur noch die Unendlichkeit war, Millionen Sterne, und irgendwo zwischen ihnen ein fremdes, unbekanntes Grauen.

35

Hadrath erreichte Noa gerade noch rechtzeitig, um das Ende der Piratenstadt mitzuerleben.

Nur um Haaresbreite waren er und seine Männer aus der verminten Hypersprungschleuse entkommen. Mit ihr hatten sich die Sprungdaten der *Sternenlos* in Wohlgefallen aufgelöst. Hadrath war umgehend an Bord eines hypersprungtauglichen Gildekreuzers nach Noa gereist, demselben Schiff, in dem Torkon Caudor vor Monaten nach Corona aufgebrochen war, um dort die Aufräumarbeiten zu leiten.

»Du hast das Kind also wieder verloren«, sagte Granwill Caudor, nachdem Hadrath ihm erhobenen Hauptes Bericht erstattet hatte.

Sie standen sich an Bord von Granwills Flaggschiff gegenüber, das hoch über der brennenden Stadt am Rand der Atmosphäre schwebte. Auf der Brücke war Ruhe eingekehrt, von der Hektik der Schlacht war kaum noch etwas zu spüren.

»Der Vater hat sich die Kleine zurückgeholt«, sagte Hadrath. »Trotzdem haben wir heute einen Sieg errungen.« Es war ihm wichtig, das zu betonen. Die Zerschlagung von Faels Piratenreich war sein Werk. Er hatte die Koordinaten geliefert, ohne die es diesen Angriff nicht gegeben hätte.

»Man kann es einem Vater schwerlich verübeln.« Granwill trug die weiße Uniform eines Priesterkommandanten der

STILLE, auch wenn Hadrath Zweifel hatte, dass sein Glaube gefestigt war. Granwill hatte sich stets mehr für die Geschäfte als für die religiösen Überzeugungen seines Hauses interessiert. Sein langes rotes Haar und der Vollbart waren geölt, er trug mehrere Ringe und eine Kette, die einmal seinem Vater gehört hatten. Granwill war kein Gockel wie Torkon, aber auch ihm war Eitelkeit nicht fremd.

»Das bedeutet dann wohl, keine Aussöhnung mit dem Orden«, sagte er.

Hadrath nickte. »Wenn der Orden von der Schlagkraft dieser Flotte erfährt, wird es ohnehin Ärger geben. Größeren womöglich als im Corona-System.«

»Apropos«, sagte Granwill scheinheilig. »Bleibt noch immer die Kleinigkeit, dass mein Bruder ermordet wurde und du der Hauptverdächtige bist. Wie wollen wir beide damit umgehen, Hadrath?«

»Ich habe dir gesagt, wer Torkon erschossen hat. Dir sollte eigentlich klar sein, dass ich nicht so dumm bin, deinen Bruder vor deinen Augen zu töten. Diese ganze Unterstellung ist eine Farce, und die Tatsache, dass ich freiwillig hier bin, sollte dir beweisen, dass mich keine Schuld trifft. Ich bin gekommen, um dem Haus Caudor zu dienen. Ich hoffe, das zählt auch nach Padrags Tod noch etwas. Außerdem wissen wir beide, dass die Familie ohne Torkon besser dasteht. Du solltest diese Amme dafür belohnen, wenn sie dir in die Hände fällt.«

»Torkon war mein geliebter Bruder.«

»Torkon war ein Idiot, der seine Hände nicht von seinen Füßen unterscheiden konnte.«

»Nun, auch das.«

»Dann sollten wir uns jetzt, da wir seiner respektvoll gedacht haben, mit Wichtigerem beschäftigen«, sagte Hadrath. »Etwa damit, wie wir mit dem Zorn des Ordens umgehen, wenn er von all dem hier erfährt.«

»Die Hexen werden uns endlich mit gebührendem Respekt begegnen. Im Reich halten sie uns für barbarische Wilde, gerade gut genug, um die Marken für sie auszubeuten. Mein Vater hat zugelassen, dass sie über uns lachen. Ich werde das ändern.«

Demnach stand für Granwill bereits fest, dass die Kontrolle der Gilde nun in seiner Hand lag. Einst, als es sich bei der Gilde noch um einen Zusammenschluss aus gleichberechtigten Mitgliedern gehandelt hatte, wäre das undenkbar gewesen. Selbst als das Haus Caudor die Macht an sich gerissen hatte, waren die Herrschaftsverhältnisse in den Marken nicht so eindeutig gewesen wie zuletzt unter Padrag. Sein ältester Sohn verschwendete keine Zeit, wenn es darum ging, allen zu beweisen, wer das Sagen hatte. Er schien ganz besessen von der Idee, es sogar mit Tiamande aufzunehmen.

Verdammter Narr, dachte Hadrath. Torkon war ein Dummkopf gewesen, der es nicht besser gewusst hatte. Granwill hingegen besaß Intelligenz und Voraussicht, und es machte ihn umso gefährlicher, dass er beides bei der Festigung seiner Position ignorierte. Den Hexen die Stirn zu bieten war Wahnsinn, wenn er nicht mehr vorzuweisen hatte als eine Flotte, die es vielleicht mit zwei Kathedralen aufnehmen konnte, aber keinesfalls mit zwanzig.

Es sei denn, überlegte Hadrath, Granwill hätte dem Orden etwas zu bieten, das dessen Zorn für eine Weile beschwichtigen würde. Ein Faustpfand, so wie Hadrath selbst es vorgehabt hatte. Unwillkürlich fragte er sich, ob er selbst dieser Trumpf in Granwills Hinterhand war. Der Schuldige an der

Schmach vor den Klöstern der STILLE. Womöglich war es ein Fehler gewesen, nach Noa zurückzukehren.

Granwill überraschte ihn, als er sagte: »Ich möchte, dass du dort hinuntergehst und das Archiv der Festung für uns sicherst. Die Brände im Inneren wurden bereits gelöscht, offenbar hält sich in den unteren Etagen die Zerstörung in überschaubarem Rahmen.«

Hadrath blieb argwöhnisch. »Es könnte Sprengfallen geben. Allerhand Sicherheitsvorkehrungen, die erst geräumt werden müssen.«

Granwill lächelte. »Das ist deine Aufgabe. Wenn ich dir einen Rat geben darf, schick ein paar entbehrliche Männer vorneweg. Den Rest erledigst du schon. Du hast mein vollstes Vertrauen.« Er klopfte Hadrath auf die Schulter. Der hätte ihm das gönnerhafte Grinsen am liebsten mit einem Messer vom Gesicht geschält. »Und mein Vertrauen ist jetzt das des Hauses Caudor. So wie mein Befehl der des Hauses Caudor ist.«

Hadrath nickte steif. Seine Tage im Dienst des Clans waren gezählt. Aber er würde diese letzte Order ausführen müssen, wollte er nicht Gefahr laufen, auf der Stelle nach Tiamande verschifft zu werden.

Wenige Minuten nach seinem Gespräch mit Granwill Caudor befand er sich an Bord eines Transporters auf dem Weg zur Planetenoberfläche. Die Männer, die ihn begleiteten, waren erstaunt, dass ein Gildekommandant persönlich das Risiko einging, die Ruinen der Festung zu durchsuchen. Bis zu Hadraths Ankunft hatte ein anderer den Befehl geführt, doch auf Anordnung der Brücke war er durch Hadrath ersetzt worden. Manche der Männer machten keinen Hehl aus ihrer Befürchtung, Teil eines Selbstmordkommandos zu sein.

Das Schiff umflog Dutzende Rauchsäulen, die aus den Trümmern der Stadt aufstiegen. Viele Bewohner waren zu Beginn der Kämpfe in Piratenkreuzern evakuiert worden – derzeit waren Gildeschiffe unterwegs, um sie draußen im All zu stellen –, trotzdem waren in der Stadt wohl Tausende ums Leben gekommen, die es nicht rechtzeitig zum Raumhafen geschafft hatten. Laut Granwill Caudor gab es auf Noa keine Zivilisten, die es verdient hätten, geschont zu werden. Vermutlich die einzige Ansicht, die Hadrath und er teilten.

Die Festung war beim Zusammenstoß eines Piratenschiffs mit einem Gildejäger stark in Mitleidenschaft gezogen worden. Die brennenden Trümmer hatten sich über die vorderen Innenhöfe verteilt, ein Turm war vollständig eingestürzt, ein zweiter stark angeschlagen. Weite Teile der Wehrgänge waren verwüstet. Wo die Bodenabwehrgeschütze gestanden hatten, klafften tiefe Löcher in den meterdicken Befestigungen. Alles war übersät mit Leichen, um die sich bereits Schwärme hässlicher Reptilvögel stritten. An manchen Stellen bewegten sich Trupps der Gildestreitkräfte durch die rauchenden Überreste, gelegentlich blitzte Laserfeuer.

»Gibt es da unten noch Widerstandsnester?«, fragte Hadrath einen der schwerbewaffneten Männer im Transporter. Alle blickten durch die Bullaugen hinab auf ihr Zielgebiet.

Der Soldat schüttelte den Kopf. »Das sind Gnadenschüsse. Das Oberkommando hat verfügt, keine verletzten Gefangenen an Bord der Schiffe zu bringen.«

»Jeder, der das da unten überstanden hat, dürfte auf die eine oder andere Weise verletzt sein.«

»Umso weniger Gefangene.«

Kurz darauf landeten sie in einem Innenhof im hinteren Teil der Feste. Hier hatte zu Beginn der Kämpfe das Schiff der Alleshändlerin gestanden, hatte man Hadrath mitgeteilt. Auch die *Nachtwärts* befand sich noch im Noa-System, möglicherweise mit Iniza an Bord. Weil es keinen Fluchtweg von hier gab, würde sie früher oder später geentert werden.

Ein Mann mit rußgeschwärztem Gesicht kam Hadrath entgegen, als er mit seinem Trupp das Schiff verließ, und unterrichtete ihn mit knappen Worten darüber, dass das unterirdische Archiv den Angriff wie durch ein Wunder überstanden hatte. Er riet, die Dokumente so schnell wie möglich abzutransportieren, damit Papiere und Folien keinen Schaden nahmen. Hadrath befahl ihm, keine Meldung an das Oberkommando zu machen – er selbst werde das tun, sobald er sicher sei, dass in den Archivgängen keine Feinde lauerten oder Sprengkörper versteckt seien.

Der Mann, der dort unten zweifellos nichts dergleichen entdeckt hatte, verneigte sich ergeben. »Außerdem haben wir noch etwas anderes gefunden, das Sie sich ansehen sollten, Kommandant.«

Hadrath folgte ihm mit zwei Soldaten endlose Treppen hinab in die Tiefe. Im oberen Bereich waren die Stufen mit Schutt bedeckt, der Abstieg war ein einziges Schlittern und Rutschen. Weiter unten gab es weniger Schäden. Diese Festung war äußerst solide, erst recht wenn man ihr Alter und die allgegenwärtige Feuchtigkeit in Betracht zog.

Sie erreichten eine Halle, in der graue Panzerplastcontainer aufgereiht standen. Mehrere waren geöffnet worden, in ihrem Inneren lagen perfekte Kopien der Muse, die er an Inizas Seite gesehen hatte. Hadrath begriff sofort, was er vor sich hatte, erwähnte es aber den anderen gegenüber mit keinem Wort. Er schickte den Mann, der dies alles entdeckt hatte, zurück nach oben und gab ihm einen der Soldaten mit.

Den anderen ließ er am Eingang Stellung beziehen, während er selbst die Musen in den offenen Kisten inspizierte. Keine rührte sich, trotzdem hatte er das Gefühl, dass Leben in ihnen war. Als liefe sich ein Teil ihrer Elektronenhirne warm für ihre Auferstehung.

Rasch eilte er zurück zum Ausgang und stieg mit dem Soldaten ans Tageslicht. Dort gab er Befehl, die Ruinen umgehend zu räumen. Er habe den Verdacht, dass sich in den unteren Etagen eine ganze Armee von Gegnern versteckt hielte, die nur darauf warte, dass Mitglieder des Hauses Caudor die Festung betraten. Als der Mann, der ihm die Kisten gezeigt hatte, protestierte, nannte Hadrath ihn einen Verräter und erschoss ihn aus nächster Nähe.

Wenige Minuten später fauchten alle Transporter und Kampfschiffe aus der Festung und ihrer unmittelbaren Umgebung hinauf in den Himmel. Aus sicherer Entfernung befahl Hadrath die sofortige Bombardierung des Festungskomplexes mit panzerbrechenden Geschossen. Es sei wichtig, auch die tieferen Ebenen zu sprengen, vor allem die Archivetage.

Im Stillen lächelte er bei der Vorstellung, wie Granwill Caudor zu spät von all dem erfahren und an Bord seines Kreuzers toben würde. Sein kostbares Archiv würde dann längst in Flammen stehen.

Die ersten Feuerpilze erblühten in den Trümmern und schleuderten das Gestein Hunderte Meter hoch. Der Boden tat sich auf und verschlang Türme und Innenhöfe. Inmitten der Feuersbrunst war bald nichts mehr zu erkennen, und die Hitze ließ auch die letzten Gebäude der angrenzenden Stadt in Flammen aufgehen.

Hadrath hatte diesen Plan bereits gefasst, als er aus seinem

Kerker befreit worden war. Die Geheimnisse der STILLE, der Plan der Maschinen und die Manipulation der ersten Gläubigen würden mit Noa untergehen. Kein anderer sollte je davon erfahren, wie die Religion der STILLE wirklich entstanden war. Hadrath hatte all den Zweifeln widerstanden, die Iniza im Laufe seiner Gefangenschaft in ihm gesät hatte, und gab sich nun ganz seinem Glauben hin.

Was nicht wahr sein darf, dachte er, wird nicht länger wahr sein.

Er huldigte der STILLE für all ihre Gnaden und betete im Flammenschein der Monitore, während die Hitze die Marschen zu Wüste verbrannte.

36

Als Iniza zu sich kam, lag die *Nachtwärts* angedockt an den Toren von Tau.

»Hallo?« Sie saß angeschnallt im Copilotensitz und hielt sich den schmerzenden Kopf. »Jemand hier?«

Das Schiff hing an der Unterseite jener Statue, die sie bereits mit der Muse besucht hatte. Durch das Cockpitfenster sah sie in einiger Entfernung die Reste der Piratenflotte, mehrere Transporter, Raumbarken und vier schwere Schlachtkreuzer, mit denen Faels Leute bis vor kurzem noch die Handelsfrachter der Caudors gekapert hatten. Zwei der Kreuzer waren schwer beschädigt, beide hatten Lecks in den Triebwerkssektionen. Ein Wunder, dass sie noch manövrierfähig waren.

Sie löste den Gurt und aktivierte den Kommunikator auf einem der Kanäle, die Faels Schiffe für gewöhnlich benutzten. »Hier ist Iniza Talantis. Hört mich jemand da draußen? Irgendwer?«

Es knisterte und knackte, mehrere Stimmen überlagerten einander, dann meldete sich Hephestus. »Wie lange brauchst du da drüben noch?«

»Was genau ist passiert?«

Ein langes Schweigen, dann: »Iniza?«

»Ja, verdammt. Könnte mir jemand erklären, wie unsere Lage ist?«

»Ich schalte auf einen sicheren Kanal um.« Knacken, Rauschen, dann erneut seine Stimme, aber sie klang weiter entfernt. Hephestus ließ sie durch mehrere Verzerrer laufen. »So eine Scheiße, Iniza! Was ist los mit dir?«

»Ich ... ich war wohl bewusstlos. Ich bin allein im Cockpit. Was genau ist passiert?«

»Bewusstlos? Du und ich haben vor ein paar Minuten noch miteinander gesprochen!«

»Ganz sicher nicht.«

Kurze Pause. »Es war deine Stimme.«

Sie fluchte, als ihr klarwurde, was das zu bedeuten hatte. »Ich wusste nicht, dass sie das kann. Was hat sie gesagt?«

Er murmelte etwas, das sie nicht verstand. Schimpfworte aus den Stelzenstädten, vermutlich. »Dass wir alle hier warten sollen. Weil du ... weil sie einen Plan hat. Dass wir auf jeden Fall diese Stellung halten müssen, koste es, was es wolle.« Er atmete scharf ein. »Ich hab die Gilde wissen lassen, dass wir die Tore von Tau zu Schlacke zerschießen, wenn sie näher kommen. Aber ich bin nicht sicher, wie lange sie das abhalten wird. Noa ist gefallen, drei Viertel unserer Schiffe wurden vernichtet. Alle, die sich haben retten können, sind hier bei uns. Wenn die Caudors es darauf anlegen, können sie uns ohne große Mühe auslöschen.«

»Die Muse weiß, was sie tut.« Es klang hoffentlich so, als glaubte sie selbst daran. »Geben wir ihr noch ein paar Minuten.«

»Als hätten wir eine andere Wahl!« Hephestus tobte. »Sobald wir uns von hier wegbewegen, vernichten sie uns. Im Augenblick sind die Tore das Einzige, das uns schützt.«

Iniza stand auf, noch nicht ganz sicher auf den Beinen. »Ich gehe zu ihr und finde heraus, was sie plant.«

»Beeil dich!«

Sie wollte die Verbindung unterbrechen, als ihr noch etwas einfiel. »Hephestus?« Sie ließ den Finger auf dem Schalter. »Als die Zentrale zerstört wurde, warst du nicht da. Wo bist du gewesen?«

Einen Moment lang schien es, als hätte er den Funkkontakt bereits gekappt. Dann: »Ich hatte zu tun.«

»Die Wahrheit, Hephestus.«

»Fael und ich haben hundertmal besprochen, was zu tun wäre, falls Noa angegriffen wird. Diese eine Sache, die unbedingt in die Wege geleitet werden musste.«

»Was hast du getan?«

»Ich habe das Signal losgeschickt. Das Signal, das die Musen weckt.«

»Überallhin? Ins ganze Reich?«

»Es dürfte eine Weile dauern, bis es alle von ihnen erreicht.«

Sie ahnte, was das bedeutete, aber sie durfte die Gewissheit nicht an sich heranlassen. Nicht jetzt. Es gab vieles, dass gegen ein Gelingen von Faels Plan sprach. Die irrwitzigen Entfernungen. Das Alter der Androidinnen. Faels Plan mochte aus hundert technischen Gründen scheitern. Möglicherweise hatte das Signal nicht einmal dieses System verlassen.

Oder aber es kam alles genau so, wie Fael und Hephestus es sich ausgemalt hatten.

»Hast du das für ihn getan?«, fragte sie leise. »Oder weil du an diesen Wahnsinn glaubst?«

»Fael war mein Freund. Falls er tot ist, dann war das sein letzter Wunsch.«

»Und deswegen müssen Millionen Menschen sterben? Milliarden, vielleicht?«

»Lass es«, sagte er tonlos. »Such du die Muse und sorg dafür, dass das, was sie vorhat, funktioniert. Sonst müssen wir beide uns um überhaupt niemanden mehr Sorgen machen.«

Fröstelnd trennte sie die Verbindung, nahm einen Blaster und verließ das Cockpit. Kurz darauf stand sie in der Kabine des Aufzugs, der sie durch die Mittelachse der Statue hinauf zur Zentrale trug. Hephestus' Worte hallten in ihren Ohren nach, und sie sah Bilder, die ihr Unterbewusstsein für sie in Szene setzte: Dutzende von Musen, die in abgelegenen Regionen der Reichswelten aus ihren Containersärgen stiegen, blasse, wunderschöne junge Frauen, die einsam über Felsgrate, durch Wüsten und Moore streiften, während um sie die Heerscharen des Maschinenherrschers zu neuem Leben erwachten.

Glanis und ihre Tochter waren da draußen. Vielleicht in den Marken, vielleicht tiefer im Reich. Falls es zu einem neuen Krieg mit den Maschinen kam, würde er auch sie treffen.

Das Schott der Zentrale glitt beiseite.

Die Muse stand vor der weiten Panoramascheibe, mit dem Rücken zum Eingang. Der Roboter befand sich vor der Tür eines Nebenraums und blickte mit seinen leuchtenden Augen zu Iniza herüber. Die Lichtbahnen, mit deren Hilfe die Muse die Tore von Tau kontrollierte, waren erneut als Spiegelbilder in der Scheibe zu sehen, nicht aber im Raum selbst. Es war gerade einen Tag her, seit Iniza die Muse schon einmal an dieser Stelle hatte stehen sehen, aber es kam ihr so viel länger vor.

Die zweite Statue schien über den Sternenabgrund hinweg zu ihnen hereinzublicken, als spürte sie, dass hier etwas vorging, das auch sie betraf. Als ob da eine Art Kommunikation stattfände zwischen den beiden Wächterinnen des Pilgerkorridors.

»Was soll das werden?«, fragte Iniza, während sie mit dem Blaster im Anschlag durch die menschenleere Zentrale auf die Muse zulief. »Du hast doch nicht vor, den verdammten Korridor zu öffnen, oder?«

»Nein.«

»Ich weiß nicht mehr, ob ich dir glauben kann. Du hast Hephestus weisgemacht, du wärest ich.«

In einer perfekten Imitation von Inizas Stimme sagte die Muse: »Weil ich Zeit brauchte. Auch jetzt noch.«

»Wofür?«

»Um uns alle zu retten.« Nun klang sie wieder wie sie selbst. »Um diese Schiffe von hier fortzubringen.«

»Wie?«

»Du musst mir vertrauen.« In der Scheibe wanden sich die Lichtbänder enger um den Körper der Muse. Sie breitete die Arme aus, legte den Kopf leicht in den Nacken und rührte sich nicht mehr.

Zögernd senkte Iniza die Waffe und trat um sie herum, damit sie ihr ins Gesicht blicken konnte. Die Augen der Muse standen weit offen, aber sie sah Iniza nicht an. Ihre Miene war völlig ausdruckslos.

Im Hintergrund glitt der Roboter hinüber zur Hauptkonsole.

»Was bei allen ...«

Silberne Kabel schlängelten sich aus der Drohne und verbanden sich mit Öffnungen in der Konsole.

Iniza blickte hinaus ins All. Rechts von ihr, unmittelbar vor den beiden Statuen, schwebte die Flotte der Piraten. An Bord eines der Kreuzer überlegte Hephestus wahrscheinlich gerade fieberhaft, welche Alternativen ihm blieben. Die Schiffe der Gilde waren zu weit entfernt, um sie mit bloßem Auge zu erkennen.

Mit dem Ärmel wischte sie sich Schweiß von der Stirn und wandte sich an die Muse. »Du musst mir jetzt sagen, was du da tust.«

Sie erhielt keine Antwort. Die Muse hatte sich mit den Rechnern der Tore von Tau verknüpft. An der Hauptkonsole leuchteten reihenweise Lampen auf. Schieber glitten wie von Geisterhand in neue Positionen, und Schalter legten sich um. Der Roboter griff auf die Kontrollen zu, ohne sie zu berühren. Mehr denn je war er ein Werkzeug der Muse und folgte ihren wortlosen Weisungen.

Ein Zittern lief durch die Zentrale, für einen Moment erbebte die gesamte Statue auf ihrem Thron.

Die Muse drückte ihre Brust heraus, bildete ein Hohlkreuz, bis Iniza fürchtete, sie könnte entzweibrechen wie eine Puppe. Die Lichterstränge im Spiegelbild glühten heller. Das Beben wiederholte sich.

In den Tiefen der Statue setzte ein sanftes Brummen ein.

Auf der Scheibe erloschen die Lichtbahnen.

Die Muse senkte ihre Arme. Einen Moment lang schien es, als habe sie sich abgeschaltet. Dann drehte sie sich langsam zu Iniza um.

Draußen vor der Scheibe entstand zwischen den beiden Statuen ein blauweißes Flirren, ein senkrechter Wall aus Energie – ein Sprungfeld wie im Inneren der Hypersprungschleusen.

Die Lider der Muse flatterten, sie hatte Mühe, sich auf den Beinen zu halten. Iniza packte sie unter den Achseln und hielt sie aufrecht, bis sie wieder bei Kräften war. Sie hatte beinahe vergessen, wie schwer das Maschinenmädchen war.

»Wir müssen sofort zum Schiff«, brachte die Muse hervor. »Der Pilgerkorridor ist ein Teil des Hyperraums, und die Tore von Tau ... sie sind eine Hypersprungschleuse. Man kann sie umprogrammieren, so wie jede andere Schleuse auch ... wenn man weiß, wie.«

»Das heißt, die Flotte kann durch sie in den Hyperraum springen?«

»Wenn wir uns beeilen. Bevor die Gilde hier ist und uns folgt ... sonst war alles umsonst.«

»Auf welches Ziel hast du sie programmiert?«

»Bisher ... kein Ziel.« Sie nahm Iniza bei der Hand und führte sie mit steifen Schritten zum Roboter an der Hauptkonsole. »Das entscheidest du.«

Falls sie die Wahrheit sagte, hatte sie ihnen zu einer letzten Chance verholfen. Eine Hypersprungschleuse in den Marken schied aus, weil die Außenposten der Gilde eine Schiffsflotte dieser Größe sofort orten und melden würden. Sie musste ein Ziel wählen, an dem Glanis sie finden würde, sobald er bemerkte, dass der Weg nach Noa versperrt war. Und ihr fiel nur ein Ort ein, der dafür in Frage kam.

»Die Baronien«, flüsterte sie. »Die Schleuse zwischen Koryantum und Tern.«

Aus dem Rumpf des Roboters erklang ein Summen. Die Muse lächelte, aber es sah traurig aus.

»Was ist mit ihm?«, fragte Iniza.

Seine Kopfhalbkugel drehte sich. Die beiden glühenden Augen richteten sich auf sie.

»Er bleibt hier«, sagte die Muse. »Jemand muss unser Ziel löschen, damit sie uns nicht folgen können.«

»Wir können ihn nicht einfach zurücklassen.«

Die Muse senkte den Blick. »Er ist nur eine Maschine.«

»Nein, wir werden ihn nicht –«

»Dann sterben wir alle. Jeder Einzelne da draußen.«

Die Muse trat vor den Roboter und legte eine Hand auf seinen stählernen Körper. Einen Augenblick lang schien zwischen ihnen wieder dieselbe Verbindung zu bestehen wie während all der Monate in der Arena von Noa. Das Gelb seiner Lampen verdunkelte sich, das Summen klang tiefer. Schließlich löste die Muse sich von ihm und lief Richtung Aufzug.

Iniza legte ihre Hand auf dieselbe Stelle und spürte ein warmes Pulsieren im Inneren der Maschine, keinen Herzschlag, aber etwas, das sie in diesem Moment dafür halten konnte.

»Danke«, flüsterte sie. »Für alles, was du für mich getan hast.«

Seine Augen schienen kurz aufzublitzen, aber vielleicht bildete sie sich das nur ein. Lautlos drehte er sich wieder zur Konsole um.

Schweren Herzens rannte sie los und holte die Muse am Ausgang ein. Sie betraten die Aufzugskabine und blickten ein letztes Mal zurück. Dann rasten sie durch die titanische Halle abwärts, hinab in den Sockel und zur *Nachtwärts*.

Keine drei Minuten, nachdem sie die Zentrale verlassen hatten, lösten sich die Ankerkrallen des Schiffes von der Statue. Iniza flog eine enge Wende und erläuterte Hephestus über Funk ihren Plan.

Er erklärte sie für verrückt, er wütete und fluchte, aber dann war sein Schiff das Erste, das in das Sprungfeld raste, und alle übrigen folgten ihm. Die *Nachtwärts* blieb bis zuletzt, während die Gildenflotte im Schein von Noas Sonne näher kam und die Piraten doch nicht mehr einholen würde.

Schließlich lenkte Iniza die *Nachtwärts* durch die Tore von Tau. Das Letzte, was sie von ihnen sah, war eine gewaltige Explosion, die aus dem Gesicht der linken Statue erblühte, wolkige Feuerblasen, die den Schädel samt der Zentrale verschlangen.

Fassungslos fuhr sie zur Muse herum. »Hast *du* ihm das befohlen?«

Im Schein der Kabinenbeleuchtung glänzten die Augen des Mädchens, und die Schwärze des Hyperraums umfing das Schiff wie tiefer Schlaf.

37

In der Zentrale eines Kreuzers musste Hadrath auf den Monitoren mit ansehen, wie der Kopf der Statue explodierte. Das Energiefeld erlosch, als die Trümmer in alle Richtungen stoben. Die Stabilisatoren der Riesin versagten, der Thron geriet ins Trudeln und drehte sich behäbig um sich selbst. Das Gravitationsfeld, mit dem sich die stählernen Zwillinge gegenseitig in Position gehalten hatten, erlosch, auch der zweite Thron kippte langsam nach hinten. Während die Enthauptete hinaus ins All trieb, schwebte ihre Schwester in steilem Winkel der Atmosphäre von Noa entgegen.

Hadrath presste die Zähne aufeinander, bis sie schmerzten, als die unversehrte Statue zu glühen begann. Ein Schweif aus brennenden Partikeln folgte ihr bei ihrem Sturz zur Planetenoberfläche. Falls dort unten überhaupt etwas aufschlagen würde, dann nur ein Knäuel aus verklumpter Metallschlacke.

»Kommandant Talantis!«

Er konnte den Blick nicht vom Untergang seines Traumes abwenden, und er zweifelte keinen Moment daran, wer dafür verantwortlich war. Die *Nachtwärts* war als letztes Schiff durch das Energiefeld gerast, und er hätte sein Leben darauf verwettet, dass Iniza an Bord war. Erneut hatte sie seine Pläne durchkreuzt. Trotz des großen Triumphs auf Noa spürte er nichts als Hass. Seine Tochter hatte den Zugang zum Pilgerkorridor für ihn versperrt – und sie selbst hatte die Tore passiert. Was immer sie auf der anderen Seite erwarten mochte, konnte nicht schlimmer sein als das, was er ihr wünschte.

»Kommandant Talantis! Granwill Caudor möchte Sie sprechen.«

Natürlich. Granwill würde Aufklärung verlangen über das Bombardement der Festung und die Vernichtung der Archive. Wahrscheinlich heckte er gerade eine Möglichkeit aus, um die Schuld am Entkommen der Piraten und die Zerstörung der Statuen auf Hadrath abzuwälzen. Wer das Haus Caudor beherrschen wollte, konnte sich ein solches Versagen nicht leisten. Und Hadrath war der perfekte Sündenbock. Erst Corona, dann Torkon, die Festung und nun die Tore von Tau.

»Kommandant!« Zum dritten Mal sprach ihn der Funkoffizier an, und Hadrath wartete nur darauf, dass der Mann es wagte, ihn zu berühren. Hadrath würde ihn schlagen, sehr hart schlagen, und er würde nicht damit aufhören, bis der andere am Boden lag und an seinem Blut erstickte. »Er besteht darauf, Sie umgehend zu sprechen.«

»Jetzt nicht.«

»Aber, Kommandant, er ist –«

»*Jetzt nicht!*«

Der Funker deutete kreidebleich eine Verbeugung an und machte sich daran, die Nachricht weiterzugeben. Hadrath wollte sich abwenden, als ihm ein Gedanke kam.

»Warten Sie! Legen Sie das Gespräch in den Navigationsraum.«

Erleichtert darüber, die Auflehnung seines Vorgesetzten nicht an das Oberkommando weitergeben zu müssen, kam der Mann der Aufforderung nach. Hadrath trat durch eine Nebentür der Brücke und befahl den drei Navigatoren, den

Raum zu verlassen. Kurz darauf erschien Granwill Caudor auf einem mannsgroßen Bildschirm. Diesmal war nicht nur sein Haar feuerrot.

»Granwill«, sagte Hadrath mit einem Nicken. »Deine Flotte hat sich von den Piraten an der Nase herumführen lassen. Was denkst du, wie viele sind entkommen? Ein Drittel? Die Hälfte?«

»Wie kann das möglich sein?«, fragte Granwill aufgebracht. »Warum konnten sie den Korridor öffnen wie irgendeine verdammte Schleuse?«

»Sie hatten eine Menge Zeit, diese Statuen zu erforschen. Wir wissen nicht, was aus ihnen geworden ist. Möglich, dass das Ganze eine Verzweiflungstat war und sie selbst keine Ahnung haben, was sie erwartet. Vielleicht der König der Gnade. Vielleicht etwas anderes.«

»Es war deine Aufgabe, den Korridor für uns zu erschließen!«

»Wie du weißt, wurde ich aufgehalten.« Hadraths Tonfall wurde kühler. »Ich habe ein Jahr meines Lebens dafür gegeben, um dir die Koordinaten zu bringen. Es ist nicht meine Schuld, wenn deine Flotte nicht in der Lage ist, diese Sache zu Ende zu bringen.«

»Dein Leben«, sagte Granwill, »ist Eigentum des Hauses Caudor. Hätten wir dich nicht aufgelesen, als du halb verrückt durchs All getrieben bist, hättest du weit mehr als nur ein Jahr verloren. Wenn mein Vater dich nicht zu dem gemacht hätte, was du heute bist, sondern dich in eine Fleischbarke gesteckt hätte, dann wärest du heute nicht hier. Also wage es nicht, mir mit kleinlichen Rechnungen zu kommen! Du hast deine Pflicht gegenüber dem Haus Caudor erfüllt. Du hast einen Teil deiner Schuld abgetragen, das ist alles.«

»Meiner Schuld.« Hadrath blieb ruhig. »Was willst du von mir, Granwill? Du hast Noa bekommen. Die Piraten sind geschlagen, ihr Hauptquartier zerstört. Wer von ihnen überhaupt noch am Leben ist, weiß nur die STILLE. Es dürfte dir nicht schwerfallen, dieses Fiasko daheim als großartigen Sieg zu verkaufen.«

»Das Archiv, Hadrath. Ich wollte ihr Archiv! Und du hast es niedergebrannt!«

»Mir war nicht bewusst, dass in dir die Ambitionen eines Gelehrten stecken. Aber natürlich, Geschichtsbewusstsein und Bildung stehen einem Herrscher des Hauses Caudor gut zu Gesicht.«

Granwill leckte sich die Lippen, die Ränder seines roten Vollbarts glänzten. »Dein Versagen auf Noa wird Folgen haben.«

»Sicher. Aber lass uns lieber darüber sprechen, wie wir die beschädigte Statue bergen. Ich nehme an, du hast bereits Schiffe damit beauftragt, sie einzufangen.«

»Sie ist nur noch ein Wrack.«

»Sie ist das verdammte Wrack der *Tore von Tau*!«, platzte es aus Hadrath heraus. »Ganz gleich, wie viel davon übrig ist, sie wird uns enorme Erkenntnisse bringen!«

»Erkenntnisse hatte ich mir von diesem Archiv erhofft, Hadrath. Ich frage mich, ob du womöglich andere Gründe hattest, die Aufzeichnungen zu vernichten. Vielleicht hast du in deinem Jahr auf Noa Dinge erfahren, die du lieber für dich behalten möchtest. Wir hatten Wärmesensoren dort unten. Es gab keinen Hinterhalt, keine versteckte Armee. Nur kalten Stein und Papier. Nichts, das panzerbrechende Geschosse gerechtfertigt hätte.«

»Du hast mich ertappt, mein Freund«, sagte Hadrath in

ätzendem Tonfall. »Nach einem Jahr Kerkerhaft war es fürwahr mein größter Wunsch, den *Papierkram* der Piraten zu verbrennen. Das schien mir angemessen nach allem, was ich erleiden musste. Es ist eine wahre Freude, an deiner Menschenkenntnis und Weisheit teilzuhaben, Granwill.«

»Vorsicht, mein Vater ist –«

»Dein Vater ist tot, und das ist gut so, denn er würde seinen Söhnen lebendig die Haut abziehen lassen, wenn er mit ansehen müsste, wie ihr auf seinen Knochen herumstolpert.«

Granwills Augen verengten sich, aber er erwiderte nichts.

»Du brauchst Schuldige?«, fragte Hadrath. »Such dir ein paar von deinen Kapitänen aus. Es dürfte nicht schwer sein, ihnen irgendeine Fehleinschätzung anzuhängen. Aber verschone mich mit deinen albernen Intrigen. Du wirst jemanden brauchen, der dir hilft, wenn es zum Schlagabtausch mit deinen Brüdern kommt. Jemand, der weiß, wie dein Vater in solch einem Fall gehandelt hätte. Jemand, der dich berät. Und du musst mich nicht mögen, um meine Ratschläge gutzuheißen.«

Es war ein Spiel mit dem Feuer, und womöglich hatte er sich mit Granwill Caudor den falschen Gegner ausgesucht. Wenn er ihn jedoch zu seinem Verbündeten machen konnte, war es nicht nötig, ihn zu besiegen. Dann genügte es, ihn zu kontrollieren. Und Granwill war kein Mann, den man mit Zuspruch und Lobgesängen für sich einnahm. Ihm gefielen Härte und Durchsetzungskraft. Die Frage war nur, ob Hadrath zu weit gegangen war.

»Wir werden die Statue bergen«, sagte Granwill, nachdem er Hadrath eine Weile lang stumm gemustert hatte. »Was immer du auf Noa erfahren hast und vor mir verbergen willst, wird dir hoffentlich helfen, diesem Ding seine Geheimnisse zu entreißen. Die Piraten sind zerschlagen, belassen wir es vorerst dabei. Aber ich will dich hier bei mir an Bord haben, Hadrath, nicht auf der Brücke eines anderen Kreuzers, wo ich nicht sehen kann, was du treibst. Du steigst umgehend in eine Fähre und kommst hierher. In Zukunft wirst du mich vorab über jeden deiner Schritte in Kenntnis setzen. Und vielleicht, nur vielleicht, werde ich dann erkennen, dass du von Wert bist für mich und die Zukunft des Hauses Caudor.«

Granwill kappte abrupt die Verbindung. Hadrath sah noch eine Weile den leeren Bildschirm an und versuchte, seine Wut unter Kontrolle zu bringen. Er traute Granwill nicht über den Weg, und das Risiko, dass man ihn gleich nach seiner Ankunft an Bord des Schlachtkreuzers festnehmen und nach Tiamande bringen würde, war beträchtlich.

Er kehrte auf die Brücke zurück, wo ihn einer der Offiziere erwartete. »Kommandant Caudor! Da ist etwas, das Sie sich ansehen sollten. Unten auf Noa.«

Hadrath folgte ihm mit gerunzelter Stirn zu einem der Holotische. Darauf war eine dreidimensionale Miniaturlandschaft aus Licht zu sehen, eine Darstellung der zerstörten Festung, ein unförmiger Berg aus Betonschutt und verbogenem Stahl. Dort unten mussten noch immer verheerende Brände toben, aber das Feuer war im Hologramm nicht zu sehen.

»Näher ran!«, befahl der Offizier einem Untergebenen.

Der Maßstab veränderte sich, die Trümmerwüste der Festung gewann an Größe und Kontur.

»Sehen Sie da«, sagte er. »Dort, in dem Krater.«

Hadrath beugte sich vor. Gleichzeitig wurde der Krater

herangezoomt, bis er den gesamten Holotisch ausfüllte.

»Wir haben keine Leute mehr dort unten, oder?«

»Nein, Kommandant. Bis zum Abklingen der Brände wurde Noa vollständig geräumt. Unser Befehl lautet, abzuwarten und die Ruinen erst zu durchsuchen, wenn das gefahrlos möglich ist.«

Winzige Gestalten bewegten sich in den Trümmern, krochen aus Spalten im Boden hervor, die meisten auf allen vieren wie Tiere.

»Sind die nur dort oder noch anderswo in der Stadt?«

»Nur an dieser Stelle. Dort müsste sich der zentrale Antigravschacht der Festung befunden haben. Er sollte verschüttet sein, aber möglicherweise gibt es Hohlräume unterhalb der Trümmer.«

»Sie klettern also durch den Schacht nach oben.«

»Danach sieht es aus.«

»Wie heiß ist es dort?«

»Ich habe das überprüfen lassen«, sagte der Offizier. »An der Oberfläche herrschen Temperaturen im hohen dreistelligen Bereich. Nur die STILLE weiß, wie es weiter unten aussieht. Aber selbst da, wo es nicht mehr brennt, glüht der Stahl noch nach. Diese Menschen stehen auf einer Ofenplatte.«

Hadrath war versucht, die Finger nach einer der kleinen Gestalten auszustrecken. »Weil ihr gar keine Menschen seid, nicht wahr?«, flüsterte er.

»Kommandant?«

Hadrath winkte ab. »Wie nah können Sie rangehen?«

Der Techniker bediente seine Instrumente, die Oberfläche rückte näher, und kurz sah es aus, als bräche die Darstellung in einem Durcheinander aus zuckenden Lichtartefakten in sich zusammen.

Als das Bild sich wieder festigte, standen drei der Gestalten isoliert auf dem Tisch, jede so groß wie eine Hand.

Sie besaßen menschliche Gestalt, aber die Hitze hatte alles von ihren Körpern gefressen, das ihnen einst den Anschein von Frauen gegeben hatte. Ihre Körper waren aus Metall, überzogen von einem Netzwerk, das in seiner Struktur an archaische Kettenhemden erinnerte – feinziseliertes Gewebe aus Stahl, durchwirkt mit Platten und Streben, verschlungen ornamentiert wie Geschmeide. Vor ihrem Weg durch die Flammen, ehe die scharfkantigen Trümmer ihnen die geschmolzenen Hautfetzen heruntergerissen hatten, waren diese Kreaturen wunderschön gewesen. Ohne das Blendwerk aus synthetischem Fleisch wurden sie nun als das enthüllt, was sie im Inneren stets gewesen waren: atemberaubende Kunstwerke.

»Näher an die Gesichter können wir nicht ran?«, fragte Hadrath.

»Leider nein, Kommandant. Das ist die höchste Auflösung.«

Hadrath beugte sich über eine der drei, betrachtete sie von allen Seiten. Sie bewegte sich wie in Zeitlupe, schien noch die Kapazitäten ihres Körpers auszuloten. Streckte sich, drehte sich ganz leicht in den Hüften, öffnete und schloss ihre eisernen Kiefer. Sie hatte mit einem grobschlächtigen Roboter so viel gemein wie dieser Kreuzer mit einem Schubkarren. Hätte Hadrath etwas so Phantastisches wie sie in einer Galerie auf den Caudorwelten entdeckt, leblos, eine Figur auf einem Podest, er hätte sie ohne Zögern gekauft und sich Tag für Tag von ihrem Anblick bezaubern lassen.

Das Innenleben einer Muse war so viel wunderbarer als ihr Äußeres und ihre entblößten Wirbelsäulen ein perfektes

Ebenbild jenes eisernen Rückgrats, das einst dem Maschinenherrscher gehört hatte und aus dem der Orden die Krone der Gottkaiserin geschmiedet hatte.

»Wünschen Sie ein erneutes Bombardement, Kommandant?«, fragte der Offizier. Der Techniker nickte zustimmend.

Sie sehen nur den uralten Feind der Menschheit, dachte Hadrath abschätzig. Sie erkennen nicht die Hohepriesterinnen der STILLE, die Begründer ihrer Religion. Sie begreifen nicht, dass diese Wunder die *wahre* STILLE sind.

»Machen Sie ein Schiff fertig«, sagte er. »Schutzanzüge gegen die Hitze, portable Schilde, was immer nötig ist. Ich fliege dort runter.«

Die drei Wesen auf dem Holotisch hoben gleichzeitig die Köpfe und blickten zu ihm auf. Blickten genau in seine Augen, und nun konnte er auch die ihren sehen.

38

Die Allee der Siege führte von Koryantums größtem Raumhafen durch sieben Triumphbögen bis zum Herrscherpalast des Hauses Talantis.

Glanis hätte es vorgezogen, die Strecke inkognito zurückzulegen. Ohnehin würde es schwierig genug werden, Baron Seffren – Inizas Vater – zu erklären, warum Glanis nach einem Jahr hier auftauchte, mit einem Kind, von dem er behauptete, es sei Inizas Tochter.

Fael jedoch hatte mit Geheimhaltung nichts im Sinn. Er hatte sich bereits vor der Landung über Funk zu erkennen gegeben, seine Rückkehr nach Koryantum verkündet und gefordert, dass ein offener Gleiter für sie bereitgestellt werde. Zudem sollte der Baron unverzüglich informiert werden, ebenso wie alle Nachrichtenkanäle. In seinem Exil in den Marken habe Fael vernommen, dass sein geliebter Bruder auf Koryantum erkrankt sei, was ihn veranlasst habe, unter Gefahr für Leib und Leben den Heimflug anzutreten. Tatsächlich hatte er die Chuzpe, von einem Exil zu sprechen, ungeachtet der Tatsache, dass die Piraten unter seiner Führung Dutzende Schiffe der Baronien ausgeraubt und zahllose Besatzungsmitglieder ermordet hatten.

Glanis hatte versucht, Fael klarzumachen, dass ihn auf Koryantum aller Wahrscheinlichkeit nach ein rasches Gerichtsverfahren und die Todesstrafe erwarteten. Fael hatte die Einwände mit nonchalantem Lächeln von sich abprallen lassen und ihm erklärt, dass sich die Bevölkerung der Hauptstadt Paionidis schon lange nach seiner Rückkehr sehne, in der Hoffnung, er werde den melancholischen Seffren ablösen und die verkrusteten Strukturen des Hauses Talantis aufbrechen.

Offenbar hatten Faels Spione schon vor Jahren damit begonnen, die Wiederkehr des verlorenen Sohnes vorzubereiten. Geschickt hatten sie Gerüchte gestreut und die Hoffnung geschürt, unter dem einst so beliebten Fael Talantis würden sich die Dinge auf Koryantum endlich wieder zum Guten wenden.

Somit kam Faels Heimkehr zwar früher als erwartet, aber keineswegs überraschend. Und er behielt recht: Zu beiden Seiten der Allee, sogar oben auf den Triumphbögen, hatten sich die Menschen versammelt, um den ältesten der drei Talantis-Brüder willkommen zu heißen. Nur hier und da schüttelten einige die Fäuste und riefen Beschimpfungen. Sie wurden niedergebrüllt und gingen in der Euphorie der Massen unter.

»Das ist absurd«, sagte Glanis, der neben Gavanqe im Gleiter saß und Tanys auf seinem Schoß hielt. Er hätte die Kleine bis zur Ankunft im Palast wieder in die Obhut der Amme geben können, aber seit er Tanys zurückhatte, ließ er sie ungern los. Das alles hier hätte ihn stärker beunruhigen müssen – die Blindheit der Menge, die Leichtfertigkeit, mit der sie einem Mann wie Fael ihr Vertrauen schenkte, nur weil er sich selbst zur Legende erklärt hatte –, aber er konnte gerade an kaum etwas anderes denken als an Iniza, die ihm entsetzlich fehlte.

In der Sitzreihe vor ihnen erhob sich Fael und winkte den

Menschen am Straßenrand huldvoll zu, fast vergnügt, als hätte er nicht gerade erst seine Tochter bei lebendigem Leib verbrennen sehen.

»Das alles fühlt sich auf so viele Arten falsch an«, sagte Glanis leise, so dass nur Gavanqe ihn hören konnte. »Zurück auf Koryantum, ohne Iniza, aber mit unserer Tochter – das ist irreal genug. Aber Fael ...« Er schüttelte den Kopf. »Er ist ein Verbrecher, und die Leute feiern ihn als Heilsbringer.«

»Was versprechen sie sich von ihm?«, fragte die Amme, die zum ersten Mal eine Welt außerhalb der Marken betreten hatte. »Hat er nicht viele ihrer Eltern und Geschwister auf dem Gewissen?«

»Daran mögen sich diejenigen erinnern, die Eltern und Geschwister da draußen im All hatten. Aber der Rest sieht nur, was Fael sie hat glauben lassen: dass da einer zu ihnen zurückkehrt, der stark genug ist, sechzehn Jahre lang die Piraten der Marken zu regieren – da wird ihm das wohl mit Koryantum erst recht gelingen. Sie sind Seffrens Lethargie satt und glauben, hier kommt jemand, der zupackt und härter durchgreift.«

»Wenn alle wissen, dass er Anspruch auf den Thron erhebt, warum hat ihn sein Bruder dann nicht gleich auf dem Raumhafen hinrichten lassen?« Gavanqe kannte nur die gewalttätige Politik der Markenwelten, wo ein Zwist in der Regel durch Mord gelöst wurde. Allerdings war auch Glanis erstaunt, dass Baron Seffren diese Inszenierung von Faels Heimkehr zuließ. Und er fragte sich allmählich, ob das Ziel, das er in der Schleusenzentrale von Corona ausgewählt hatte, das richtige gewesen war. Das hier hatte er weder beabsichtigt noch vorhersehen können. Auch in den zivilisierten Baronien konnte Faels Anmaßung nicht folgenlos bleiben, und falls es zu Blutvergießen käme, trug Glanis zumindest eine Mitschuld daran, weil er Fael überhaupt erst hergebracht hatte. Bestenfalls war er mit Tanys in einen Staatsstreich geraten, schlimmstenfalls in einen Bürgerkrieg.

Sie passierten die letzten Triumphbögen, Relikte früherer Jahrhunderte, als das Haus Talantis voller Stolz auf seine Siege und Errungenschaften gewesen war, und glitten durch die Altstadt von Paionidis mit ihren Kuppeln und Zinnenkränzen. Am Palasttor ließen sie den Jubel der Menge schließlich hinter sich. In einem weiten Innenhof, beherrscht von marmornen Springbrunnen, kam der Gleiter zum Stehen.

Seffren war nicht gekommen, um seinen Bruder zu begrüßen, doch einige hochgestellte Höflinge bildeten ein Spalier. Glanis vertraute das Kind Gavanqe an und bat sie leise, sich für einen überstürzten Aufbruch bereitzuhalten.

»Verlass dich auf mich«, sagte sie abgeklärt. »Falls es Ärger gibt, bringen wir Tanys in Sicherheit. Bisher haben wir das ganz gut hinbekommen.«

Er dachte, was für eine tapfere Frau sie doch war. Er kannte ihre Vorgeschichte, wusste, dass sie ihre eigenen Kinder auf Corwin hatte zurücklassen müssen, und rechnete ihr gerade deshalb umso höher an, was sie für Tanys tat.

»Wir können dir gar nicht genug danken«, sagte er.

Gavanqe sah müde aus, aber sie lächelte. »Ich hab die Kleine sehr lieb. Jeder an meiner Stelle hätte dasselbe getan.«

»Da bin ich nicht so sicher.« Er strich Tanys über den Kopf und schloss sich mit einem unguten Gefühl Fael an, der darauf bestanden hatte, dass Glanis im Palast an seiner Seite blieb. Da Glanis ihm weniger denn je über den Weg traute, zog er es vor, Fael im Auge zu behalten, als später von unguten Entwicklungen überrascht zu werden.

Einige Minuten später betraten sie den alten Thronsaal der Barone Talantis, eine prunkvolle Halle mit türkisfarbenen Säulenreihen, haushohen Fenstern und Fliesen aus einem Stein, der nur auf Koryantums unbesiedeltem zweiten Kontinent zu finden war. Der monumentale Thron stand erhöht, ein monströses Überbleibsel jener Tage, in denen auch die Triumphbögen an der Allee der Siege errichtet worden waren.

Daneben befand sich ein Marmorsockel. Jahrhundertelang hatte hier ein Replikat der Krone der Gottkaiserin gelegen, ein Geschenk des Ordens, wie es jede Baronie einst erhalten hatte. Das Original auf dem fernen Tiamande hatte hier noch niemand mit eigenen Augen gesehen, aber selbst die Kopie wurde von jenen verehrt, die sich dem Orden zugeneigt fühlten, und von anderen verabscheut als Symbol der verhassten Usurpatoren.

Heute war der Sockel leer. Auch Seffren war nirgends zu sehen.

»Euer Bruder erwartet euch im Mausoleum«, erklärte einer der Höflinge.

»Komm«, sagte Glanis, »ich bring dich hin.«

»Meint er *das* Mausoleum?«, fragte Fael.

»Er hat es für dich und Hadrath erbauen lassen. Für ihn seid ihr beide seit sechzehn Jahren tot. Von Jahr zu Jahr hat er dort mehr Zeit verbracht. Iniza hat ihn zuletzt fast nur noch dort angetroffen.«

»Ich hab davon gehört«, sagte Fael. »In der Halle der Monde, nicht wahr?«

Glanis nickte und ging voraus, obwohl Fael den Weg kannte. Als der Pulk aus Höflingen ihnen folgen wollte, schickte Glanis sie mit grimmiger Miene fort. Weder er noch Fael waren bewaffnet, und er hatte nicht übel Lust, diesen

Speichelleckern mit bloßen Fäusten Anstand beizubringen. Sie waren ihm niemals geheuer gewesen, und heute fand er ihre unverhohlene Anbiederei besonders abscheulich.

Die Halle der Monde war der größte Saal des Palastes, einer der zahllosen Anbauten, mit denen die Herrscher des Hauses Talantis im Laufe der Jahrhunderte das Gemäuer erweitert hatten. Hundert Meter lang und fast ebenso breit, dazu fast fünfzig hoch, hatte die Halle einst als Austragungsort von Schaukämpfen und Wettbewerben gedient. Heute beherbergte sie ein Gebäude im Gebäude, einen haushohen schwarzen Quader, den Seffren in ihrem Zentrum hatte errichten lassen.

Decke und Wände der Halle waren mit kunstvollen Fresken bedeckt, Szenen aus den alten Mythen um Koryantums drei Monde. Einstmals, so hieß es, seien die Monde bewohnt gewesen. Nahezu alle großen Sagen und Legenden dieser Welt waren dort angesiedelt, nicht auf dem Planeten selbst. In den Mondgebirgen hatten die Götter gelebt, in den üppigen Wäldern Heroen ihre Prüfungen bestanden, und auf den Ebenen waren gewaltige Schlachten geschlagen worden. Natürlich hatte man schon lange vor Beginn der Raumfahrt auf Koryantum erkannt, dass es auf den drei Monden weder Wälder noch Götter gab, doch den Geschichten hatte das nichts von ihrem Reiz genommen. Seffrens und Faels Vorfahr, der die Halle hatte errichten lassen, war von den Mondmythen besessen gewesen und hatte sie in den Wandmalereien verewigen lassen.

Zwischen dem Eingang des Saals und dem schwarzen, fensterlosen Würfel in seiner Mitte lag eine Distanz von vierzig Metern. Auf halber Strecke blieb Glanis stehen und vertrat dem humpelnden Fael den Weg. »Warte.«

Sie waren allein in der Halle der Monde, das Portal hatten sie hinter sich geschlossen. Ganz sicher gab es verborgene Augen und Ohren inmitten der üppigen Malereien, aber das war Glanis im Moment gleichgültig.

Faels Augen verengten sich. Er wirkte eher ungeduldig als verärgert.

»Seit wann hast du das alles geplant?«, fragte Glanis.

»Du hast gewusst, dass ich früher oder später in die Baronien zurückkehren wollte.«

»Ja, aber seit wann so konkret? Die Menschen draußen auf den Straßen hätten dich hassen und deine Hinrichtung fordern müssen. Stattdessen feiern sie dich wie einen Befreier. Deine Informanten und Mittelsmänner auf Koryantum haben das von langer Hand vorbereitet. Diese Geschichten, die sie über dich gestreut haben, wirken doch nicht innerhalb von ein paar Tagen oder Wochen. So was muss von Mund zu Mund weitererzählt werden, es muss offizielle Berichte geben, Holonachrichten, wer weiß was noch.«

Fael lächelte. »Es war nicht einfach. Wir mussten erst die Unzufriedenen auf unsere Seite ziehen, dann die Wankelmütigen, schließlich die Masse der Gleichgültigen. Die Gegner des Hauses Talantis und die Feinde des Adels hätte ich nie von mir überzeugen können, das war klar, aber bei allen anderen hatte ich eine Chance. Tatsächlich hat Seffren es mir mit seiner Gleichgültigkeit leichtgemacht. Verdammt, Glanis, du weißt selbst, dass er ein schwacher Regent ist, der seit Jahren in Selbstmitleid versinkt. Noa mag ein Stützpunkt von Piraten gewesen sein, aber du kannst mir nicht vorwerfen, ich hätte ihn schlecht geführt. Was also willst du von mir? Glaubst du, mir fehlt die Befähigung? Fürchtest du Gewalt? Die meisten entscheidenden Positionen sind seit langem mit

Männern und Frauen besetzt, die mir gegenüber loyal sind. Viele kennen mich von früher, und sie haben schon damals gehofft, dass ich der Nachfolger meines Vaters würde. Und dieser Wunsch ist eher größer geworden, nachdem sie mit ansehen mussten, wie unfähig mein Bruder ist.«

»Du hast die Schiffe der Baronien geentert und ihre Besatzungen abgeschlachtet.«

»Einige wenige von über einer Milliarde Menschen auf Koryantum. Und doch gibt es einen Feind, den sie weit mehr fürchten als einen einfachen Piraten. Diese Menschen leben in heilloser Angst vor den Hexen, und sie wissen, dass nur ein starker Herrscher den Orden auf Distanz halten kann. Niemand hier will enden wie die Bewohner der Reichswelten, in steter Furcht vor dem Weltenbrand, vor den Kathedralen, vor ihrer verfluchten Magie. Mag sein, dass meine Leute diese Ängste geschürt haben, dass sie Berichte verbreitet haben über all das Schreckliche, das tief im Kernreich vor sich geht. Mag durchaus sein, dass das Volk deshalb bereit ist, einen Mann als seinen Retter willkommen zu heißen, der ihnen früher hier und da Schaden zugefügt hat. Die meisten können sich bereits kaum noch daran erinnern, wann zum letzten Mal ein koryantisches Schiff überfallen wurde, und die anderen werden es bald vergessen haben. Die Menschen wollen sich an das Gute erinnern, an das, was ihnen Hoffnung auf eine bessere Zukunft macht – nicht an ein paar Raubzüge irgendwo in den Marken. Dieses Volk dort draußen hat in seiner langen Geschichte wahnsinnigen Massenmördern, Kinderschändern und Potentaten zugejubelt, sobald sie auf dem Thron dieses Palastes saßen. Denkst du allen Ernstes, ich wäre schlimmer? Ich will das Beste für Koryantum.«

»Das Beste für dich«, sagte Glanis.

»Gerade du wirfst mir Eigennutz vor? Was noch? Pflichtvergessenheit? Du hast die Tochter des Barons geschwängert, *Hauptmann* Glanis, obwohl sie dir als Schutzbefohlene anvertraut war.« Er sah, dass Glanis auffahren wollte, und wurde lauter: »Du hast gegen mehr Befehle verstoßen als irgendein anderer Offizier der Leibgarde. Du hast Iniza aus der Hand des Ordens entführt und damit womöglich die Rache der Hexen heraufbeschworen – das Risiko für deine Heimat war dir dabei völlig bewusst, Vergeltungsmaßnahmen bis hin zum Weltenbrand. Während ihr Vater, oder meinetwegen Stiefvater, hier auf Koryantum in Selbstmitleid zerflossen ist, hast du sie mit Hilfe einer Bande Krimineller an uns Piraten ausgeliefert. Du selbst bist einer von uns geworden, als du die Verantwortung für die Sicherheit auf Noa übernommen hast.« Er verzog die Mundwinkel zu einem Lächeln. »Du, Glanis, bist keinen Deut besser als ich, ganz gleich, was du dir einreden magst über deinen aufrechten Charakter. Liebe mag eine Erklärung sein, aber gewiss keine Rechtfertigung. Versuch, diesen Menschen da draußen zu erklären, dass es Verliebtheit war, die dich dazu bewogen hat, den Zorn der Hexen über Koryantum zu bringen. Ich bezweifle, dass du damit auf großes Verständnis stoßen wirst. Glaub mir, sie werden eher deinen Kopf fordern als meinen.«

»Seit wann hast du auf das alles hier hingearbeitet?«, fragte Glanis erneut. »Schon bevor du Iniza überreden wolltest, dich zu heiraten und mit dir nach Koryantum zurückzukehren?«

»Komm schon, Glanis, erspar mir deine Eifersucht. Darüber sollten wir beide nach allem nun wirklich hinweg sein.«

Glanis packte ihn am Kragen. Auch ohne Faels Verletzungen wäre er ihm körperlich überlegen gewesen, und er hätte ihn ohne große Mühe töten können. »Vielleicht wäre ich eifersüchtig, wenn es dir tatsächlich um Iniza gegangen wäre. Aber du wolltest nicht sie, du wolltest Koryantum. Sie war nur eine Rückversicherung, falls nicht alles so glattlaufen würde, wie du es geplant hast. Du hättest mich auf Noa ohne Zögern ermorden lassen, wenn du dadurch Iniza nicht endgültig verloren hättest. Und eine Ehefrau, die dir gegenüber gleichgültig ist, ist gewiss einfacher zu handhaben als eine, die dich hasst.«

Fael versuchte, Glanis' Hände abzustreifen, aber es gelang ihm nicht. Für einen Augenblick huschte Besorgnis über seine Züge, doch gleich darauf wirkte er wieder so überheblich wie zuvor. »Es gab Pläne, Glanis – und es gab *Teile* von Plänen, die aufgegeben wurden. Wir beide sollten einander keine Vorwürfe machen, sondern zusammenarbeiten. Ich biete dir an, die Garde von Paionidis zu kommandieren. Später, wenn du deine Treue unter Beweis gestellt hast, ernenne ich dich zum Befehlshaber aller koryantischen Streitkräfte. Überleg dir, was du wirklich willst. Einen Ort, an dem deine Tochter sicher aufwachsen kann – oder eine ungewisse Zukunft draußen im All? Willst du das einem Kind ohne Mutter zumuten?«

»Iniza ist nicht –«

»*Glanis!*«, erklang eine scharfe Stimme. »Lass ihn los!«

Im Eingang des Mausoleums, einem unscheinbaren Rechteck am Fuß des schwarzen Quaders, war ein Mann aufgetaucht. Er besaß nur noch wenig Ähnlichkeit mit jenem Seffren Talantis, der Glanis einst zum Hauptmann ernannt und ihm Iniza anvertraut hatte. Sein langes schwarzes Haar war innerhalb eines Jahres grau geworden, und er trug einen wolligen Vollbart. Um seine Schultern lag eine bodenlange

Samtrobe, die aussah, als hätte sie vor vielen Jahren einem seiner Ahnen gehört, zu Zeiten, als man sich mit derlei auf dem Thron von Koryantum geschmückt hatte. An Seffren wirkte sie wie eine Kostümierung.

Dazu trug er die Krone der Gottkaiserin. Das asymmetrische, scheußliche Ding aus gebogenen Silberspitzen, die sich über dem Kopf beinahe berührten, ging im Nacken in eine metallene Wirbelsäule über. Sie war in eine gewundene Form gebracht worden und lag als glitzernde Schlinge um Seffrens Hals und Schultern, um dann über seinem eigenen Rückgrat in einer vielgliedrigen Spitze zu enden. Es sah aus, als hätte er sich den knöchernen Schwanz eines Tiergerippes aus Stahl schmieden lassen. Die Krone war das zentrale Symbol der Hexenmacht, und selbst ihre Kopie flößte Ehrfurcht ein. Dass ein Herrscher der Äußeren Baronien dieses Geschenk des Ordens aufsetzte, war ein Akt von so unerhörter Blasphemie, dass Inizas Befreiung dagegen in den Augen der Hexen wohl nur eine Bagatelle wäre. Zweifellos gaben Spione der Hexen diesen Affront längst nach Tiamande weiter.

»Lass meinen Bruder los!«, rief Seffren erneut.

So dominant war die Krone auf seinem Schädel, dass Glanis den Blaster in Seffrens Händen fast übersehen hätte. Er zielte mit ausgestreckten Armen, und Glanis wusste, dass er gut genug damit umgehen konnte, um ihn über die Distanz von zwanzig Metern zu treffen.

»Baron.« Er ließ los und verbeugte sich in Seffrens Richtung.

Fael stolperte einen Schritt zurück, sammelte sich kurz und humpelte dann freudestrahlend auf seinen Bruder zu.

»Nicht näher kommen«, sagte Seffren. »Bleib stehen!«

»Bruder! Ich bin so froh, dich nach all der Zeit –«

»Ich habe gerade an deinem Sarkophag gebetet.«

»Nun, ich lebe, wie du siehst.«

»Ich dachte, ich wäre stark genug«, sagte Seffren. »Ich wollte nie etwas anderes, als mein Volk beschützen. Meine *Tochter* beschützen. Aber ich habe versagt.«

Glanis gab sich keine Mühe, seine Erschütterung zu verbergen. Dies war nicht mehr der Baron, dem er gedient hatte. Er hatte Seffren die Treue geschworen; selbst als er und Iniza begonnen hatten, sich heimlich zu treffen, hatte er seine Pflichten als Hauptmann der Garde nie in Frage gestellt. Er hätte für Seffren sein Leben gegeben, weil es das war, was von einem Soldaten erwartet wurde, und nicht einmal heute konnte er die anerzogenen Ideale gänzlich abstreifen: Unter seiner Jacke trug er noch immer das Bündel mit den Abschiedsbriefen, die er den Familien der toten Gardisten überbringen wollte. Allerdings hatte er sich nie zuvor fragen müssen, was seine Ideale wert waren, wenn sein Befehlshaber eines Tages den Verstand verlor.

»Seffren, ich bitte dich«, sagte Fael versöhnlich. »Leg die Waffe weg.«

»Du und Hadrath, ihr habt mich verraten.«

»Ich habe nicht –«

»Ihr seid fortgegangen und habt mich mit all dem hier allein gelassen. Ich musste die ganze Bürde tragen, die ganze Verantwortung. Dabei wäre das deine Aufgabe gewesen. Du warst der Älteste. Und du hattest kein Recht, einfach zu verschwinden.«

»Jetzt bin ich hier, um dir die Bürde abzunehmen.« Fael machte ganz vorsichtig Schritt um Schritt auf ihn zu. Sein Bruder hatte die Waffe gesenkt, aber er schien unberechenbar in seiner Verwirrung.

»Ich musste Iniza an die Hexen ausliefern. Meine eigene Tochter, Fael! Wenn du Baron gewesen wärst, dann hätten sie stattdessen dein Kind mitgenommen, und meines wäre noch hier bei mir.«

»Iniza geht es gut«, mischte Glanis sich ein. Tatsächlich wusste er nicht, wie es Iniza gerade ging, aber die Worte fühlten sich richtig an. »Sie hat eine Tochter, ihr Name ist Tanys. Sie ist sechs Monate alt. Und sie ist hier im Palast.«

Seffren blickte ihn verständnislos an. »Iniza ist eine Braut der Gottkaiserin. Sie dient jetzt am Hof von Tiamande. Sie ist glücklich dort, sehr glücklich.« Plötzlich lachte er. »Das ist eine Lüge, wisst ihr? Ich behaupte das nur, weil die Wahrheit kaum zu ertragen ist. Dass Iniza tot ist. Vielleicht Schlimmeres als tot. Keiner weiß, was die Gottkaiserin von ihren Bräuten verlangt.«

»Iniza ist nie auf Tiamande angekommen«, sagte Fael. Er war jetzt keine fünf Meter von Seffren entfernt. »Und Glanis sagt die Wahrheit. Iniza lebt noch. Deiner Tochter geht es bestens. Genau wie deiner Enkelin. Und nun gib mir die Waffe, Seffren.«

In seinem Rücken vernahm Glanis ein Poltern, draußen vorm Portal.

»Ich habe gehört, was du vorhin zu Glanis gesagt hast.« Seffren sah Fael mit einem sanften Lächeln an, das unter der schrecklichen Krone deplatziert wirkte. »Und du hast recht. Koryantum braucht einen starken Herrscher, der den Menschen die Angst raubt. Die Angst macht uns alle krank. Du kannst sie riechen, wenn du durch die Gassen von Paionidis gehst, vor allem nachts. Dann kannst du hören, wie sich die Menschen schlaflos in ihren Betten wälzen, so als wäre es ihre Verantwortung, nicht deine. Und dann denkst du: Ich habe nicht darum gebeten, für euch verantwortlich zu sein. Ich habe nicht darum gebeten, meine Tochter um euretwillen zu opfern. Ich wollte überhaupt nichts von alldem.« Jetzt wirkte das Lächeln gequält. »Genau das denkst du, immer und immer wieder.«

»Du musst die Verantwortung nicht mehr tragen, Seffren. Ich werde das tun, so wie es mir vorherbestimmt ist. Vater hat Hadrath und mich in diesen Krieg geschickt, weil er nicht wollte, dass einer von uns sein Nachfolger wird. Aber er wusste nicht, was er dir damit antut. Du hast dieses Leid nicht verdient. Und jetzt ist es vorüber. Du kannst wieder glücklich werden, mit deiner Enkelin und mit Iniza.«

Seffren schüttelte den Kopf, und weil Fael in diesem Augenblick einen weiteren Schritt auf ihn zumachte, riss er die Waffe hoch und legte auf seinen Bruder an. »Du bist kein guter Mensch, Fael. Ich weiß, was du getan hast. Und Hadrath ist sogar noch schlimmer.«

Glanis überlegte fieberhaft, wie er die Lage entschärfen könnte, hörte wieder das Rumoren vor dem Portal und fragte sich, warum die Garde den Saal nicht stürmte. Hatten sie Befehl bekommen, abzuwarten? Waren Faels Gefolgsleute so einflussreich, dass sie selbst die Leibgarde des Barons kontrollierten? Wenn Glanis jetzt versuchte, Seffren zu überwältigen, bot er sich Fael als Sündenbock geradezu an. Dann würde Fael womöglich seinen eigenen Bruder töten und Glanis die Schuld zuschieben.

»Iniza ist verloren«, sagte Seffren. »Wir alle sind verloren. Koryantum ist dem Untergang geweiht.«

»Unsinn«, entgegnete Fael. »Nichts und niemand wird untergehen. Ich werde —«

»Du könntest es versuchen«, sagte Seffren leise. »Alles

wiedergutzumachen. Die Hexen versöhnlich zu stimmen. Vielleicht ist es ja gut, dass du wieder hier bist.«

Fael lächelte. »Schon bald werden die Hexen anderes zu tun haben, als ihren Blick auf die Baronien zu richten.«

Seffren hörte ihm nicht zu. Unentschlossen deutete er mit dem Blaster in Glanis' Richtung. Der rührte sich nicht und erwiderte fest den Blick des Barons. Fael spannte sich. Er würde drei Schritte benötigen. Oder einen weiten Sprung. Schwierig mit dem verletzten Bein.

Der Blaster schwenkte auf Faels Gesicht.

»Seffren, bitte«, sagte Fael.

Der Baron schloss kurz die Augen, und nun sah Glanis, dass er weinte.

»Seffren«, flüsterte Fael erneut. »Nimm die verfluchte Waffe herunter!«

Seffren nickte. Dann drehte er den Blaster herum, steckte sich den Lauf in den Mund und drückte ab.

39

»Du musst dich beeilen, Iniza!« Hephestus' Gesicht glänzte auf dem Monitor im Cockpit der *Nachtwärts*. »Du bist die Einzige, auf die man hier hören wird. Die Einzige, die dafür sorgen kann, dass uns nicht in ein paar Minuten die nächste Flotte angreift. Noch eine Schlacht hält keines unserer Schiffe aus.«

Iniza nickte nur, während sie Koryantums Position in den Bordcomputer tippte. Dann blickte sie auf das, was von der Piratenarmada übrig geblieben war. Sie boten einen kläglichen Anblick, und niemand wusste das besser als Hephestus.

»Die werden unsere Schiffe abtasten und sofort erkennen, wer wir sind«, sagte er. »Dass du uns ausgerechnet hierhergebracht hast, könnte unser aller Todesurteil sein.«

»Wenn du lieber verschwinden willst, hält dich keiner auf.« Iniza war zu erschöpft und erschüttert von den Ereignissen auf Noa, um mit ihm zu streiten. »Die Schleuse ist direkt vor euch. Springt woandershin, wenn du glaubst, dass es euch dort besser ergeht.«

Sie wussten beide, dass die Treibstoffvorräte der Piratenschiffe nach der Schlacht so gut wie aufgebraucht waren. Zwei der vier Kreuzer hatten Lecks und würden einen weiteren Sprung nicht überstehen. Die kleineren Transporter und Barken waren ohne die Kreuzer so gut wie schutzlos. Hier in den Baronien hatten sie zumindest die Tochter eines

Barons als Fürsprecherin. Anderswo wären sie auf sich allein gestellt und ein gefundenes Fressen für Gildeschiffe oder die Fleischbarken der Sklavenhändler, die in den Marken allzeit auf der Suche nach havarierten Raumern und hilfloser Beute waren.

Vom Copilotensitz der *Nachtwärts* starrte die Muse reglos ins All hinaus, auf den schimmernden Schleusenring in der Ferne und die Reste von Noas Flotte im Vordergrund. Seit der Selbstzerstörung des Roboters hatte sie kein Wort mehr gesagt.

Gleich nachdem die *Nachtwärts* durch die Schleuse der Baronien zurück in den Normalraum gestürzt war, hatte Iniza sich der Besatzung zu erkennen gegeben und erklärt, dass sie mehrere Schiffe mit befreiten Gefangenen der Piraten nach Koryantum bringen wolle. Dass es so einfach nicht werden würde, war ihr klar, und natürlich informierte der blassgesichtige Mann in der Schleusenzentrale in diesem Augenblick die Sicherheitskräfte auf Koryantum und Tern. Bald würde es hier von Kampfraumern der beiden nächstgelegenen Baronien nur so wimmeln.

»Ich weiß, dass ich viel von dir verlange«, sagte Hephestus beschwörend, »aber tu es für die Menschen in diesen Schiffen. Dir wird man auf Koryantum vielleicht glauben, aber mir würden sie nicht mal zuhören.«

»Dann wünsch mir besser Glück«, sagte sie und entschied, das Schiff manuell nach Hause zu steuern.

»Wir bleiben in der Nähe der Schleuse«, sagte Hephestus. »Falls es zu brenzlig wird, benutzen wir unsere Schleusenschlüssel. Vielleicht können wenigstens ein paar von uns entkommen.«

Sie war nicht sicher, in wie vielen Piratenschiffen es

Schlüssel gab. Gewiss nicht an Bord der einfachen Transporter, die nie Kampfeinsätze geflogen waren und auf denen sich vor allem Frauen und Kinder befanden. Dass Hephestus sie im Stich lassen würde, glaubte sie nicht. Eher würde er die Schleuse entern und die Zentrale übernehmen – dann aber wäre Inizas Mission vergebens, denn das würden die Baronien den Piraten niemals vergeben.

Die Flotte verschwand aus dem Sichtfeld des Cockpitfensters, als die *Nachtwärts* den Kurs nach Koryantum einschlug. Nur Hephestus' Gesicht verharrte unverändert auf dem Bildschirm.

»Alles Gute«, sagte er und sah sie dabei erstaunlich sanftmütig an. »Ich möchte, dass du weißt –« Er hielt kurz inne, suchte nach besseren Worten und setzte neu an. »Du hast dich bei all dem fantastisch geschlagen, Iniza.«

Sie wollte keinen Zuspruch von ihm, erst recht keine Komplimente. Sie konnte nicht vergessen, was er und Fael geplant hatten. Aber sie würde auch nicht tatenlos zuschauen, wie eine koryantische Armada die Schiffe vernichtete. Schon auf Noa hatte sie sich gesträubt, Verantwortung für diese Menschen zu übernehmen, und hier wollte sie es noch viel weniger. Aber diesmal hatte sie sich selbst in diese Lage manövriert.

Als sie keine Antwort gab, nickte Hephestus ihr noch einmal zu, dann erlosch sein Bild auf dem Monitor.

Während die Schiffe und die Schleuse hinter ihnen zurückblieben, wandte sie sich der Muse zu. »Es tut mir leid, dass wir den Roboter verloren haben.«

»Er war nur eine Drohne«, sagte die Muse mit ungewohnt dünner Stimme. »Drohnen können ersetzt werden.«

»Ich weiß, dass es so einfach nicht ist. Ihr habt ein Jahr zusammen in dieser Arena verbracht.«

»Das war nur ein Datenaustausch. Nichts Emotionales.« Dafür, dass sie sonst so geradeheraus sprach, blieb sie jetzt erstaunlich vage.

»Du klingst traurig«, sagte Iniza.

Die Muse schien den Kopf schütteln zu wollen, brachte aber nur eine halbe Bewegung zustande und blickte in die andere Richtung. Es schien sie Kraft zu kosten, ihr Gesicht wieder Iniza zuzudrehen. »Ich werde schwächer.«

»Deine Energiezellen?«

»Nein. Etwas anderes.«

»Was meinst du?«

»Die Nähe des Katarakts … Er raubt mir Kraft.«

Iniza blickte sie zweifelnd an. »Der Katarakt ist Lichtjahre von hier entfernt.«

»Und doch reicht seine Aura aus, um einigen von euch gewisse Fähigkeiten zu schenken. Wie Tanys und den Bräuten der Gottkaiserin.« Sie hielt kurz inne, als müsste sie nachdenken. »Etwas strahlt vom Katarakt aus. Von Kamastraka selbst, vielleicht. Und hier am äußeren Rand der Galaxis ist es viel stärker zu spüren als im Reich oder in den Marken. Die Hexen haben das immer gewusst. Sie tragen etwas davon in sich.«

Iniza griff hinüber und nahm ihre Hand. Die Muse brachte ein schwaches Lächeln zustande.

»Es ist wahr«, sagte das Mädchen. »Es gibt einen guten Grund, warum die Maschinen nie in den Baronien eingefallen sind.«

»Die meisten von uns dachten, es läge an der Entfernung. Dass sie genug mit den Reichswelten und den Marken zu tun hatten.«

»Nein. Die Aura des Katarakts hat sie ferngehalten. Es gibt

technische Erklärungen dafür, Magnetfelder, die ihr nicht spüren könnt, Strahlungen, kosmische Wellen, eine Kombination von energetischen Ursachen. Wir sind für diese Region des Raums nicht geschaffen. Vielleicht weil unsere Schöpfer –« Sie brach mitten im Satz ab, als wäre da eine Sperre, die verhinderte, dass sie über die Herkunft der Maschinen sprach. Steckte diese Information noch irgendwo in ihr? »Die Aura des Katarakts ist hier sehr stark«, fuhr sie nach einigen Sekunden fort. »In einer Minute werde ich nicht mehr reden können. Schon jetzt kann ich mich kaum noch bewegen. Meine Prozessoren … Ich werde mich selbst abschalten, ob ich will oder nicht.«

Iniza betätigte den Autopilot und wandte sich der Muse vollends zu. »Hast du das gewusst, als ich das Ziel für den Sprung ausgewählt habe?«

»Ja.«

»Du hast nichts gesagt.«

»Ich bin nicht wichtig.«

»Natürlich bist du das.«

»Und dafür all die Schiffe da draußen verlieren? All die Menschen an Bord?«

»Die bedeuten uns beiden nichts«, sagte Iniza und war nicht sicher, ob das der Wahrheit entsprach.

»Versuch einfach … sie zu retten.« Die Augenlider der Muse flatterten.

»Was passiert, wenn ich dich von hier fortbringe?«, fragte Iniza. »Schaltest du dich dann wieder ein?«

»Ich habe so etwas noch nie erlebt. Ich weiß nicht, was passieren wird. Wäre ich ein Mensch, würde ich darauf hoffen.«

Iniza drückte ihre Hand. »Wir sehen uns wieder. Das verspreche ich dir.«

»Das kannst du nicht versprechen.«

»O doch. Ich finde einen Weg.« Sie beugte sich vor und gab der Muse einen Kuss auf die Stirn wie einem Kind vor dem Schlafengehen. »Bis bald.«

»Bald ...«, flüsterte die Muse, dann schloss sie die Augen, straffte ihren Oberkörper, hob die Mundwinkel zur Spur eines Lächelns und bewegte sich nicht mehr.

Iniza schluckte, sprach sie an und bekam keine Antwort.

Fluchend sank sie gegen die Rückenlehne ihres Sitzes. Die Gewissheit ihrer Einsamkeit überkam sie mit unerwarteter Wucht. Glanis und Tanys verschwunden, die Muse deaktiviert. Mochten die Sterne wissen, was aus Shara und Kranit geworden war. Ihre Augen brannten, und sie wischte sich mit dem Ärmel über die Wangen. Es war so verlockend, ihrem Selbstmitleid nachzugeben, und das wollte sie nicht zulassen. Später, nachdem sie mit Seffren gesprochen hatte, würde dafür genug Zeit sein.

Kurz darauf wurde sie von den koryantischen Spähsatelliten entdeckt. Eine junge Frau erschien auf dem Bildschirm und verlangte, dass die *Nachtwärts* den Zugriff auf ihre Kenndaten und andere Informationen freigab. Iniza gewährte ihn und erklärte einmal mehr, wer sie war. Sie kannte das Prozedere und wusste, dass ihre Stimme analysiert wurde.

Die Frau blickte zur Seite und las auf einem anderen Schirm das Ergebnis. Dann fragte sie: »Sind Sie allein an Bord, Baroness?«

Iniza berührte die Hand der Muse auf deren Armlehne. »Ja«, sagte sie, »ich bin allein.«

»Einen Moment.«

Die Frau verschwand, der Monitor wurde weiß, dann schwarz, schließlich flimmerte er kurz.

Ein neues Gesicht erschien vor Iniza.

Sie traute ihren Augen nicht. Berührte mit ihren Fingerspitzen den Bildschirm, als könnte sie sich so vergewissern.

Dann hörte sie sein ungläubiges, erleichtertes Lachen, hörte seine Stimme vor Erleichterung schwanken, und sie brach endlich in Tränen aus.

40

Sie konnte es erst wirklich glauben, als sie aus der *Nachtwärts* stürmte und die beiden vor sich sah. Glanis eilte ihr auf der Rampe entgegen. Sie küsste ihn mit einer Heftigkeit, die sie beide stolpern ließ, und dann hielt sie auch schon Tanys, ohne sich später erinnern zu können, ob Glanis oder Gavanqe sie ihr in die Arme gelegt hatte.

Die Kleine lachte und tastete mit ihren winzigen Händen nach Inizas Gesicht, ihrem Haar, ihren Lippen, und Iniza stand auf dem windgepeitschten Flugfeld des Raumhafens, hielt ihre Tochter fest und hörte weder das Brüllen der Triebwerke rundum noch den Lärm der nahen Stadt. Tanys plapperte Silben, die keine Worte waren, und sie selbst redete irgendetwas, das nicht viel mehr Sinn ergab. Warum die Sterne es nach allem so gut mir ihr meinten, war ihr ein Rätsel.

Schließlich hatte sie sich weit genug im Griff, um Glanis von Hephestus' Flotte zu berichten. Es dürfe keinen Angriff auf sie geben, die Piraten seien zur Kapitulation bereit, und sie habe vor, sich bei Seffren für eine Begnadigung einzusetzen. Glanis sagte, über eine Begnadigung müsse sie sich keine Gedanken machen, und dann berichtete er ihr, was vor wenigen Stunden im Palast geschehen war und dass Fael gleich nach Seffrens Tod zum neuen Baron von Koryantum ernannt worden war. Fael würde schon dafür sorgen, dass Hephestus und seine früheren Spießgesellen glimpflich davonkämen.

Im Gleiter, auf dem Weg zum Palast, wiegte sie Tanys in ihren Armen, während sie einander erzählten, was sie seit ihrer Trennung auf Noa erlebt hatten. So hörte sie fassungslos von Rias Verrat und ihrem Tod. Zwischendurch beugte sie sich immer wieder zu Glanis hinüber und küsste ihn. Sie war so dankbar, dass er hier war. Und sie dankte auch Gavanqe, mehr als einmal, und sagte, dass sie nicht wisse, wie sie das je wiedergutmachen könne.

»Sorg dafür, dass wir alle am Leben bleiben«, sagte die Amme. »Vor allem sie.« Sie tätschelte Tanys die Wange und schaute Iniza lange in die Augen. Offenbar war die Lage schwieriger, als sie auf den ersten Blick erschien. Als Iniza zu Glanis sah, bestätigte er es ihr mit einem wortlosen Nicken.

Fael war so viel schneller ans Ziel seiner Pläne gelangt, als irgendwer hatte ahnen können. Wahrscheinlich war er selbst von den Entwicklungen überrascht worden.

»Er erwartet dich im Palast«, sagte Glanis.

»Soll er glücklich werden auf seinem Thron. Ich werde ihm dabei nicht im Weg stehen. Er soll mir nur versprechen, dass er sich für Hephestus und die anderen einsetzt.« Sie wollte Fael in die Augen sehen, vielleicht zum letzten Mal, und sich selbst ein Urteil darüber bilden, was für ein Baron er sein würde.

Der Tod ihres Stiefvaters berührte sie, auch aufgrund der Umstände, dennoch hielt sich ihre Trauer um ihn in Grenzen. Dass er sie an die Hexen ausgeliefert hatte, war furchtbar gewesen, aber sie hatte zumindest die Notwendigkeit für Koryantum nachvollziehen können. Dann jedoch hatte Seffren auch die sechs Männer ihrer Leibgarde mit nach Tiamande gesandt, obgleich er gewusst hatte, was das für die Soldaten bedeutete. Er hatte die sechs kaltblütig in den Tod geschickt, weil er angenommen hatte, das Volk erwarte eine solche Geste von einem guten Vater. Manches hätte sie ihm verzeihen können – das nicht.

Ihre Rückkehr in den Palast geschah in aller Stille, ohne pompöse Begrüßung, und als Fael ihr auf der breiten Treppe zum Hof entgegenkam und sie mit staatsmännischer Geste in seine Arme schloss, da war sie insgeheim froh, dass Glanis als neuer Kommandant der Palastgarde an ihrer Seite war und ihr niemand den Blaster abgenommen hatte.

Fael führte sie in die Halle der Monde, und hier, im Mausoleum, hatte man Seffren aufgebahrt, in einem offenen Sarkophag mit den Insignien des Hauses Talantis.

Das Loch in seiner Schädeldecke war geschlossen worden. Man hatte seinem Gesicht einen friedlichen Ausdruck gegeben, der in einem absurden Gegensatz zu den Umständen seines Todes stand.

Sie blieb eine ganze Weile an seiner Seite und hielt seine kalte Hand, dann nahm sie Abschied und verließ das Mausoleum, das er einst für seine Brüder erbaut hatte und das nun seine eigene letzte Ruhestätte geworden war.

In der Halle der Monde, vor der Tür des schwarzen Quaders, blieb sie stehen und hielt Fael zurück. Glanis blickte sie fragend an und ging dann auf ihr Nicken hin weiter zum Portal, damit sie allein mit ihrem Onkel sprechen konnte.

Aufmerksam musterte sie Fael. Sie erinnerte sich an ihr erstes Gespräch an Bord der Barke, mit der er sie hinauf zu den Toren von Tau gebracht hatte. Seine vernarbte Wange wirkte noch eingefallener, die verwitterte Haut so grau, als färbte das Unglück der Barone Talantis bereits auf ihn ab.

»Es tut mir leid, was mit Ria geschehen ist«, sagte sie.

»Mir tut leid, dass ich nicht früher erkannt habe, was in

ihr vorgegangen ist. Deswegen hättest auch du fast deine Tochter verloren. Und Hadrath ist vielleicht immer noch da draußen.«

Sie atmete tief durch und nahm erst jetzt wahr, dass es in der Halle nach verbranntem Haar roch. »Ist es wahr, dass ihr die Musen im ganzen Reich verteilt habt? Und dass sie erwachen werden?«

»Falls Hephestus das Signal aktiviert hat, dann ja.«

Sie hätte ihm erzählen können, dass dem so war, entschied aber, ihn so lange wie möglich im Ungewissen zu lassen. In Kürze würden Hephestus und die anderen auf dem Raumhafen von Paionidis landen, und spätestens dann würde Fael erfahren, dass sein alter Freund den Plan verlässlich ausgeführt hatte.

»Das ist völliger Wahnsinn«, sagte sie betont ruhig, weil er jemand war, dem mit Zorn und Vorwürfen nicht beizukommen war. »Falls sie wirklich die Überreste der Maschinenarmeen auferstehen lassen ... falls das tatsächlich möglich ist nach so langer Zeit ... dann wird es im Reich unendlich viele Tote geben.«

»Und wir hier in den Baronien werden in Frieden leben, ohne die Schatten der Kathedralen über unseren Welten.« Faels Blick war nicht der eines Wahnsinnigen, auch wenn sie sich das gern eingeredet hätte. Er war ein kühl kalkulierender Mann, der das Für und Wider schon vor langer Zeit abgewogen hatte. »Du willst, dass ich ein besserer Herrscher für die Menschen auf Koryantum bin als Seffren? Dann sollte dich das doch zufriedenstellen. Ganz gleich, was es kosten mag – ich werde unser Volk vor der Bedrohung durch die Hexen bewahren.«

»Und du glaubst wirklich, dass dir das gelingen wird?«

»Wir werden sehen. Ich weiß nicht, ob das Signal alle Musen erreichen kann. Oder was in ihnen vorgeht, wenn sie erwachen. Vielleicht haben sogar sie genug vom Töten. Oder aber sie machen genau da weiter, wo der Krieg damals aufgehört hat. Ich jedenfalls werde dann alles getan haben, was in meiner Macht stand. Wird mir das schlaflose Nächte bereiten? Nein, Iniza, ganz sicher nicht, denn ich lebe in der Gewissheit, dass dies nun einmal der Preis ist, der für das Wohlergehen meines Volkes gezahlt werden muss.«

»Aber die Maschinen sind die Feinde aller Menschen, nicht nur die der Hexen oder der Völker im Reich.«

»Bis in die Baronien sind sie nie vorgestoßen, und sie werden das wohl auch in Zukunft nicht tun. Irgendwann wird man erkennen, dass ich das Richtige getan habe.« Trotz dieser Worte wirkte sein Blick mit einem Mal niedergeschlagen. »Um das Beste für Koryantum zu tun, brauche ich die Unterstützung aller, die hier leben. Ich brauche großen Rückhalt – und ich brauche Zeit. Kannst du das akzeptieren?«

»Weil ich die eigentliche Thronfolgerin bin?« Sie schüttelte den Kopf. »Du kannst Koryantum haben, ich will es nicht. Ich bin nicht einmal sicher, ob ich noch lange hierbleibe.«

Selbst nach so kurzer Zeit zog es sie wieder ins All hinaus. Einst hatte sie die Sterne in den Augen getragen, heute brannten sie lichterloh in ihrem Herzen.

Sie blickte hinauf zu den Mondfresken der Halle, zu den Heldenmythen ihrer Vorfahren. Nichts davon entsprach der Wahrheit. Zu vieles hier im Palast war auf einem Fundament aus Lügen aufgebaut. Sie wollte nichts von all dem und am wenigsten den Thron des Hauses Talantis.

»Du wirst uns also verlassen?«, fragte Fael.

Sie wechselte einen Blick mit Glanis, der weiter vorn in der Halle auf sie wartete. »Ich mag das All«, sagte sie. »Und sollte nicht irgendwer herausfinden, was aus Shara und Kranit geworden ist?«

41

Shara legte die Füße auf die Konsole des Dreizackschiffes, schlug die Beine übereinander und streckte sich mit einem lautstarken Gähnen im Pilotensitz.

Vor dem Fenster brannten die gleißenden Sonnen der Äußeren Baronien. Dahinter verloren sich die fernen Sternbilder der Marken, ein Meer aus flirrenden Stecknadelköpfen.

Neben Shara spie Kranit panadischen Kautabak in den Spucknapf am Boden. Es würde eine Weile dauern, sich an das weiße Haar des Waffenmeisters zu gewöhnen. Der Tabak tat auch bei ihr seine Wirkung. Er legte einen gnädigen Schleier über jene Eindrücke, die zu groß, zu entsetzlich waren, um sich in ihrer Erinnerung zu verankern. Doch immer, wenn sie glaubte, das alles weit genug von sich geschoben zu haben, fiel ihr Blick auf Kranits schlohweiße Mähne, und sie sah ihn wieder mit Setembra draußen auf dem Gang und spürte, dass da Dinge vorgegangen waren, die das Verständnis einer Alleshändlerin überstiegen.

»Du schuldest mir noch was«, sagte sie. »Dafür, dass ich die Leiche aus der Luftschleuse befördert habe.«

Er warf ihr seinen Tabakbeutel in den Schoß. »Ich dachte, du hast das Zeug dranggegeben.«

»Das meinte ich nicht.« Sie bediente sich trotzdem, weil es hier draußen beim Unterlichtflug zwischen den Sonnen nichts anderes zu tun gab, als ab und an einen Blick auf die

Instrumente zu werfen und dem Autopiloten gut zuzureden. Und sie musste sich eingestehen, dass sie die Wirkung des Tabaks vermisst hatte. »Du kannst diese Sache nicht einfach totschweigen.«

»Da gibt's nicht viel zu erklären.«

»Du warst immun gegen ihre Magie.«

»Deshalb haben die Hexen uns so gehasst. Sie wollten uns nicht zu Feinden haben, darum haben sie dann und wann unsere Dienste in Anspruch genommen. Aber in Wahrheit hatten sie eine Scheißangst vor uns.« Der Tabak machte ihn ungewohnt redselig.

»Es klang, als wärt ihr und die Hexen einmal Verbündete gewesen.«

»Wir haben gemeinsam gegen den Maschinenherrscher gekämpft, damals, als es zum Umsturz kam.«

»Warum wird dann immer behauptet, dass es die Hexen waren, die ihn besiegt haben?«

»Weil wir es so wollten. Ihnen kam das sehr gelegen. Die Waffenmeister gab es schon zu Zeiten der Hegemonie, und als die Maschinen an die Macht kamen, zogen sie sich nach Amun zurück, auf einen abgelegenen Mond, wo niemand nach ihnen gesucht hat. Lange Zeit gab es keinen mehr, der für ihre Dienste zahlen konnte – die Menschen verbrannten auf ihren Welten, und die Maschinen, nun, sie waren eben Maschinen –, deshalb hörte man viele Jahre nichts mehr von ihnen. Schließlich kamen die Hexen nach Amun und schlugen einen Pakt vor – und eine gute Bezahlung. Doch die Waffenmeister wollten kein Geld. Sie verlangten nur eines: die Fähigkeit, sich dem Zauber der Hexen zu widersetzen. Immunität gegen ihre Sternenmagie. Und weil der Orden darauf angewiesen war, die Waffenmeister an seiner Seite zu wissen, hat er ihnen diesen Wunsch gewährt. Gemeinsam zogen sie gegen Tiamande in den Krieg, und tatsächlich war es ein Waffenmeister von Amun, der als Erster den Palast des Maschinenherrschers betrat und seinen stählernen Leib zertrümmerte. Er hätte selbst den Thron besteigen können, und wer weiß, vielleicht hätten sich die Dinge dann ganz anders entwickelt. Aber die Waffenmeister hatten kein Interesse daran, zu herrschen, und so überließen sie Tiamande den Hexen und gingen zurück nach Amun, boten ihre Dienste dem Meistbietenden an und kümmerten sich nicht weiter um den Orden und seine Politik.« Wieder spuckte Kranit in den Napf. »Damit hätte die Geschichte enden können, aber die Hexen konnten nicht vergessen, was sie den Waffenmeistern gewährt hatten. Es machte sie wütend, dass es da diesen Mond voller Krieger gab, denen sie mit ihrer Magie nichts anhaben konnten. Also schmiedeten sie einen Plan: Sie gaben den Waffenmeistern Aufträge, die ihre Zahl langsam, aber stetig dezimierten. Nicht von einem Jahr aufs andere, sondern über viele Jahrzehnte hinweg. Wir wurden weniger und weniger, weil der Orden insgeheim dafür sorgte, dass kein Nachwuchs den Weg zu uns fand. Und schließlich schickten sie die Stärksten von uns in einen Krieg, aus dem nur ein Einziger zurückkehren sollte. Als ich Amun wiedersah, hatten die Hexen dort den Weltenbrand entfacht und alles Leben vernichtet. Deshalb bin ich der letzte Waffenmeister. Und vielleicht auch der Letzte, der ihrer Magie widerstehen kann.«

Als er sich weitere Tabakfäden zwischen die Lippen schob, saß Shara mit offenem Mund da. Dann sagte sie: »Wieso hab ich von all dem nie irgendwas gehört?«

»Ist ja sonst keiner mehr da, der davon erzählen kann.« Er zuckte mit den Schultern. »Nur ich. Und weil ich ein alter Narr bin, nun auch noch mit weißem Haar, und weil ich zu viel von diesem verdammten Zeug kaue, bist du jetzt der einzige andere Mensch in der Galaxis, der davon weiß. Abgesehen von den Hexen, natürlich.«

»Also haben gar nicht die Hexen den Maschinenherrscher besiegt, sondern ihr?«

»Sie haben ihren Teil beigetragen. Aber vernichtet hat ihn einer von uns, mit nichts als einem Blaster und einem Schwert. Am Ende war keine Magie nötig, um das Eisenbiest zu bezwingen. Nur ein starker Arm und ein paar gute Waffen. Stahl gegen Stahl.«

Shara pfiff beeindruckt durch die Zähne. »Und diese Immunität gegen ihre Magie wird vererbt?«

Kranit stieß ein donnerndes Lachen aus. »Vererbt? Als Waffenmeister wird man nicht geboren, man wird dazu erzogen. Erst am Ende der Ausbildung durften wir den Großen Tempel von Amun betreten und im Hexenlicht baden. Es gab noch andere Namen dafür, ältere, geheime Namen, aber wir nannten es so, weil es der Tribut des Ordens an die Kaste der Waffenmeister war. Es war dieses Licht, das uns immun gemacht hat gegen die Macht Kamastrakas, oder was auch immer es ist, das ihnen ihre Kräfte verleiht.«

»Klingt nach ziemlichem Hokuspokus.«

»Drei Tage allein im Hexenlicht. Drei Tage Meditation. Keine großen Reden, weil man es geschafft hat, kein Lob, nichts von alldem. Nicht mal ein anständiges Besäufnis. Und ehe man sich's versah, kämpfte man schon in irgendeinem Krieg.«

»Kein großer Spaß, das Leben auf Amun. Abgesehen von den fünf Frauen, natürlich.«

Kranit winkte ab. »Hörensagen. Aber es war das großartigste Leben, das du dir vorstellen kannst.« Der Ernst, mit dem er das sagte, machte ihr sogar in ihrem benebelten Zustand klar, dass sie seine Worte besser nicht anzweifelte. Allein im Hexenlicht. Stahl gegen Stahl. Das beste aller Leben. Nun, jedem das Seine.

Sie verlagerte ihre Füße auf dem Kontrollpult und erwog gerade, sich auf die Suche nach einer Dusche zu machen, als vor ihr eine Warnleuchte aufglühte.

Gleich darauf meldete sich eine weibliche Stimme: »Ordensschiff! Sie befinden sich auf dem Gebiet der Baronie Koryantum. Bitte geben Sie Ihre Kenndaten frei und nennen Sie Ihr Ziel!«

Die beiden wechselten einen Blick. Kranit drehte einen seiner Bartzöpfe zwischen Daumen und Zeigefinger. »Nenn ihr halt das Ziel«, sagte er achselzuckend.

»Ich kann ihr wohl kaum erklären, dass wir durch die Baronieschleuse nach Noa springen wollen, oder?«

»Lass deine Beziehungen spielen.«

»Meine …?« Shara seufzte und beugte sich zum Mikrofon. »Hey, Schätzchen, klinge ich für dich wie eine Hexe?«

Aus dem Augenwinkel sah sie Kranits Grinsen und bedeutete ihm mit einer Geste, dass er sich jeden Kommentar dazu sparen möge.

»Ordensschiff! Ich benötige Ihre Kennung und Ihr —«

»Jaja«, fiel Shara ihr ins Wort. »Wir wär's, wenn du uns ein paar Jäger vorbeischickst, die uns sicheres Geleit zu eurer Schleuse geben?«

»Eine Eskorte ist bereits auf dem Weg zu Ihnen.«

»Das hier ist eine geheime Ordensmission. Wirklich sehr, sehr geheim.« Vielleicht hätte sie es mit dem Tabak nicht übertreiben sollen.

»Ordensschiff! Geben Sie mir Ihren Kommandanten!«
»Der ist verhindert. Hier spricht die Pilotin Shara Bitterstern. Zufällig bin ich eine verdammt gute Freundin eurer Baroness Iniza Talantis. Ihr könntet sie fragen, wenn sie nicht … na ja, sie ist auch verhindert, schätze ich.«
Ruhe auf der anderen Seite, sogar das Knistern in der Leitung brach ab.
»Jetzt hast du ihr einen Schrecken eingejagt«, sagte Kranit.
Shara überflog die Anzeigen. Die Konzentration half ihr, ein wenig klarer zu werden. Auf dem Radar näherten sich sechs Jägersymbole. »Die müssen uns schon eine Weile auf ihren Schirmen gehabt haben, um so schnell hier zu sein. Warum hast du sie nicht gesehen, Copilot?«
»Ich musste ja reden«, sagte er. »Gib mal den Tabak rüber.«
Sie ließ den Beutel in einer ihrer Hosentaschen verschwinden.
»Hey!«
»Nicht jetzt.« Sie fuhr die Energieschirme hoch. »Glaubst du, du kannst noch mit den Kanonen umgehen?«
»Dein Ernst?« Seine Finger fanden wie blind die richtigen Schalter, eine Vielzahl von Lampen leuchtete auf. Mit den Daumen klappte er die Sicherungen über den Feuerknöpfen zurück. »Die Mühle hat mehr Geschütze als die alten Sternenfestungen der Hegemonie.«
»Die kennst du noch?«
»Vielleicht weiß ich, wo ein paar Wracks im All treiben.«
Sie beobachtete die näher kommenden Jäger. »Auf keinen Fall schießen, bevor die schießen.«
»Aye, aye, Kapitän!«
»Warum beunruhigt es mich, wenn du mich so nennst?«

»Ich bin nur respektvoll.«

Sie klopfte auf das Funkgerät. Noch immer drang nichts als Schweigen aus den Lautsprechern. »Wo ist sie hin?«

Kranit deutete nach vorn durchs Fenster. Im Schein der koryantischen Sonne schälten sich die sechs Abfangjäger aus der Schwärze. Shara musste unwillkürlich an einen Schwarm flacher, flinker Raubfische denken.

»Nicht schießen«, sagte sie noch einmal.

Die Jäger rasten in zwei Dreierformationen an ihnen vorüber, vollzogen hinter ihnen eine Kehrtwende und nahmen sie in ihre Mitte. Niemand meldete sich.

Shara wollte ins Mikrofon sprechen, stutzte und sah zu Kranit hinüber. »Wie heißt unser Schiff eigentlich?«

»Woher soll ich das wissen?«

»Herrje.« Sie nahm die Hand vom Mikrofon. »Ordensschiff an Koryantum! Erklären Sie uns das weitere Vorgehen!«

Keine Antwort.

Zwei, drei Minuten lang geschah überhaupt nichts. Mit einem Mal beschleunigten die Jäger, sausten zu beiden Seiten vorbei und verschwanden wieder in der Ferne.

Kranit pfiff durch die Zähne. »Was war das denn?«

»Ich kann's dir nicht sagen.« Auf dem Radar sah Shara, wie die Jäger mit Höchstgeschwindigkeit davonrasten und schon bald außerhalb ihrer Reichweite waren.

Eine Frauenstimme meldete sich. Nicht dieselbe wie vorhin. »Shara?«

Sie wechselten einen Blick.

»Das ist sie nicht«, sagte Kranit kopfschüttelnd. Aber selbst er wirkte verunsichert.

»Kranit?«

Er hob eine weiße Augenbraue.

Shara schaltete den Monitor zu, doch sie waren zu weit entfernt für eine visuelle Verbindung. »Hier spricht Shara Bitterstern.«

»Schwanz der Krone!«, rief Iniza.

42

Glanis hatte gerade den sechsten Abschiedsbrief bei den Familien der toten Soldaten abgeliefert, als ihn die Nachricht erreichte, dass die Flotte der Piraten am äußeren Ende des Raumhafens landete.

Es hatte bis zum späten Abend gedauert, am Rand des Flugfelds eine Sicherheitszone einzurichten, damit nicht zur Bevölkerung durchsickerte, wer genau da den Planeten erreichte. Fael wollte die Überlebenden von Noa so unauffällig wie möglich auf Koryantum einschleusen.

Glanis' Stimmung war am Boden, seit er mit den Angehörigen der ermordeten Soldaten gesprochen hatte. Er hatte sich vorgenommen, so gefasst wie möglich zu bleiben, aber er hatte unterschätzt, wie sehr ihn die Tränen der Witwen und Eltern mitnehmen würden. Keiner von ihnen hatte damit gerechnet, dass die Männer gesund heimkehrten, aber die Briefe hatten nach einem Jahr die Wunden von neuem aufgerissen. Nach der Übergabe des zweiten Briefs hatte er mit dem Gedanken gespielt, den Rest zu vernichten und den übrigen Familien die Wahrheit zu ersparen. Aber er hatte ein Versprechen gegeben, so wie jeder von ihnen, und das ließ ihm keine Wahl.

Zuletzt setzte er sich niedergeschlagen in seinen Gleiter, schloss die Kuppel aus Transparentplast und jagte durch Paionidis' Außenbezirke Richtung Raumhafen. Es war dunkel geworden, die Lichter der Hauptstadt erstreckten sich bis zum Horizont. Auf den Gleiterstraßen strömte der Verkehr um diese Zeit flüssig, in mehreren Reihen neben- und auf drei Ebenen übereinander. Glanis benutzte die obere Ebene, die nur Angehörigen der Sicherheitskräfte, dem Militär und Gleitern mit Sondererlaubnis offenstand. Er flog zu aggressiv, weil er gar nicht schnell genug aus den Wohnvierteln herauskommen konnte, wo ihn die erleuchteten Fenster an zerrissene Familien und weinende Mütter erinnerten.

Der Raumhafen von Paionidis lag am Ostrand der Stadt und schien kein Ende zu nehmen. Glanis passierte mit dem Gleiter eine Sicherheitsschleuse, um dann Kilometer um Kilometer über das Flugfeld zu jagen. Er sah die *Nachtwärts* unbeleuchtet unweit eines der vorderen Hangars stehen, dann passierte er Dutzende Schiffe unterschiedlichster Bauart. Sie alle stammten aus Hegemoniezeiten, die Anzahl ihrer Reparaturen war kaum zu übersehen. An vielen wurde auch jetzt geschweißt und geschraubt, Funkenfontänen sprühten durch die Nacht auf den öligen Asphalt.

Der militärische Teil des Raumhafens war vom Rest durch eine hohe Mauer abgeteilt. Glanis wurde an einem Tor von der schwerbewaffneten Wachmannschaft eingelassen, anschließend flog er minutenlang an Barken, Kreuzern und Jägerstaffeln vorüber. Auch hier wurde gearbeitet, ab und an begegnete er marschierenden Soldaten auf dem Weg zu ihren Schiffen. Früher war er selbst einer von ihnen gewesen, heute war ihm der militärische Drill fremd geworden.

Schließlich durchquerte er den zweihundert Meter breiten Sicherheitsstreifen, der die Neuankömmlinge vom Rest des Raumhafens trennte. Jäger heulten über das Flugfeld hinweg. Fael war es offenbar ernst mit der Abschirmung.

Die vier Kreuzer waren bereits gelandet, im Hintergrund gingen die letzten Transporter nieder. Scheinwerferbatterien beleuchteten die Ausstiegsrampen, an deren Fuß sich Menschenpulks gebildet hatten, streng bewacht von einer Kette aus Soldaten. Viele der Neuankömmlinge trugen Verbände, manche mussten gestützt werden. Glanis überschlug die Anzahl aller grob im Kopf und schätzte, dass mindestens tausend Überlebende den Weg von Noa nach Koryantum gefunden hatten. Darunter waren Piraten, die zahllose Menschen auf dem Gewissen hatten, aber auch Tavernenmädchen und Techniker, Kaufleute und Bodenpersonal, sogar Lehrer und eine Handvoll Gelehrte, die es einst nach Noa verschlagen hatte. Nicht jeder, der dort gelebt hatte, war ein Mörder, ganz zu schweigen von den Kindern. Die meisten waren vermutlich traumatisiert.

Glanis stoppte den Gleiter. Fael und ein Trupp seiner Leibgarde blickten zur Rampe des vorderen Kreuzers, Hephestus und seine Brückenbesatzung kamen gerade die Schräge herab. Überall waren Soldaten in schwarzen Uniformen und Panzerplastmonturen, die dafür sorgten, dass keiner der Piraten auf dumme Ideen kam. Fael hatte sich bereits ganz und gar in seine Rolle des Barons von Koryantum gefügt und ging keine Risiken ein. Kein Wunder, er kannte diese Leute besser als jeder andere auf dem Raumhafen.

Glanis lief die letzten zwanzig Meter zu Fuß und sah zu, wie Fael und Hephestus sich herzlich umarmten. Die übrigen Besatzungsmitglieder blieben angesichts der Garde auf Abstand, während hinter ihnen weitere Menschen zögernd die Rampe herabkamen. Als einer der Soldaten eine Frau grob zurückstieß, die dem Sicherheitskordon zu nahe gekommen war, ging Glanis dazwischen.

»Lass sie in Frieden, sie hat genug durchgemacht.«

Der Soldat senkte seine Stimme. »Aber das sind Piraten.«

Genau wie dein Baron und ich, hätte er am liebsten gesagt und fragte stattdessen: »Ist die Baroness nicht hier?«

»Ich habe sie nicht gesehen.«

Er erkundigte sich bei zwei weiteren Männern nach Iniza. Sie gehörten zur Leibgarde des Barons und kamen aus dem Palast. Einer wusste immerhin, dass sie hatte mitkommen wollen, im letzten Moment aber gerufen worden war, um einen Funkspruch entgegenzunehmen.

Als Glanis neben Fael trat, unterbrach Hephestus seinen Bericht über die Ereignisse auf Noa. »Gut, dich zu sehen, mein Junge. Iniza hat uns dort rausgeholt. Wir alle hier verdanken ihr unser Leben.«

Fael lächelte. »Ich bin nicht sicher, ob man sie dafür auf Koryantum als Heldin feiern oder hinter vorgehaltener Hand ihren Kopf fordern wird. So wie es offenbar einige gibt, die mich lieber im Gefängnis sehen würden statt auf dem Thron.«

Glanis dachte an die jubelnden Massen an der Allee der Siege, aber er nickte. »Ich kümmere mich darum, wenn all das hier geregelt ist.«

Fael wandte sich wieder an Hephestus. »Was ist mit dem Signal?«

Hephestus lächelte stolz. »Ich hab's aktiviert, kurz bevor alles zusammengebrochen ist. Wir können nur abwarten, was passiert.«

Die umstehenden Soldaten blickten mit ausdrucksloser Miene geradeaus, als Glanis' Blick ihre Gesichter streifte. Niemand wusste, von welchem Signal die Rede war.

»Sind noch viele Schwerverletzte an Bord?«, fragte Fael und schaute sich auf dem Flugfeld um. Glanis blinzelte leicht. Die Helligkeit der Scheinwerfer brannte in seinen Augen, viele Menschen sah er nur als Silhouetten zwischen den klobigen Umrissen der Schiffe.

Hephestus schüttelte betreten den Kopf. »Wir haben kaum jemanden retten können, der nicht mehr selbst laufen konnte. Am Ende musste alles sehr schnell gehen.«

»Dann sag der Besatzung, in ein paar Minuten kann der Transfer in die Stadt beginnen.«

Hephestus trat vor und legte ihm eine Hand auf die Schulter. »Ich bin verdammt froh, endlich hier zu sein.«

Fael erwiderte sein Lächeln. »Gib den anderen Bescheid. Die Flucht ist vorbei. Sie sind hier in Sicherheit.«

Hephestus nickte, dann drehte er sich um und ging zu den Männern und Frauen am Fuß der Rampe zurück.

Fael beugte sich zu Glanis herüber und sagte leise: »Du bist jetzt der Kommandant. Gib du den Befehl, das Feuer zu eröffnen.«

Glanis starrte ihn an. »Was?«

»Du hast mich gehört. Ich kann mir nicht leisten, dass meine Gegner auf Koryantum diese Leute gegen mich verwenden. Es würde Gerede geben, wilde Behauptungen, Gerüchte und Umsturzpläne. Dem müssen wir vorbeugen.«

Glanis trat einen Schritt von ihm zurück. »*Diese* Leute? Das sind *deine* Leute, Fael.«

»Meine Leute leben draußen in der Stadt. Sie leben auf dem ganzen Kontinent. Sie sind keine Piraten und Verbrecher und wollen nichts mit denen zu tun haben.«

»Zwei Drittel dieser Menschen da drüben sind Frauen und Kinder!«

»Auch sie werden Geschichten über Noa erzählen. Hephestus hätte wissen müssen, dass ich mir das nicht leisten kann.«

Eine Stimme in seinem Inneren flüsterte Glanis zu, dass er es hätte ahnen müssen. Dass dies hier nur die Konsequenz all dessen war, was er längst über Fael wusste. »Hephestus ist dein Freund!«

Fael hielt seinem Blick lange stand, dann schüttelte er den Kopf wie über jemanden, der etwas einfach nicht begreifen will. Statt sich weiter um Glanis zu kümmern, wandte er sich an den nächsten Gardisten. »Soldat, wer führt hier das Oberkommando?«

»Sie, Herr Baron.«

»Das trifft sich gut.«

»*Nein!*« Glanis machte einen weiteren Schritt nach hinten. Er hatte laut genug gesprochen, dass Hephestus es hören konnte. Der Pirat drehte sich lächelnd zu Fael und seiner Garde um – und schien mit einem Mal zu begreifen.

»Nein«, sagte Glanis noch einmal, »tut das nicht.«

»*Eröffnet das Feuer!*«, brüllte Fael über das Landefeld, und Glanis begriff, dass alle Soldaten auf dem Weg hierher längst ihre Order erhalten hatten. Alle außer er selbst. »Beenden wir das hier«, sagte Fael und rief noch einmal: »*Feuer!*«

Schreie wurden laut, schlagartig brach unter den Überlebenden Panik aus. Die ersten Laserbolzen blitzten auf, dann spien die Blaster hundertfachen Tod über das Landefeld. Auf Gleitern, die scheinbar als Transportmittel angerückt waren, wurden montierte Geschütze enthüllt. Der Reihe nach erwachten sie zu gleißendem Dauerfeuer.

Fael stand ganz ruhig im Lichtgewitter der Entladungen und sah zu, wie Hephestus getroffen wurde. Ein Blasterschuss zerriss die Brust des Piraten, ein zweiter seinen Kehlkopf. Wortlos stürzte er nach hinten und rührte sich nicht mehr.

Einige seiner Crewmitglieder hatten ihre Waffen gezogen und leisteten Widerstand, aber gegen die Masse der Soldaten hatten sie keine Chance. Die Gardisten rückten vor, feuerten auf die zuckenden Körper am Boden und liefen die Rampe hinauf. Im Inneren erklangen weitere Schüsse und Schreie. Das Licht zahlloser Laserbolzen überlagerte die Scheinwerferbatterien zwischen den Landestelzen und tauchten das Flugfeld unter den Rümpfen in ein Inferno aus Blasterfeuer.

Glanis taumelte einige Schritte rückwärts, warf sich herum, sprang in den Gleiter und jagte durch die kalte Nacht zum Palast.

43

Als Glanis den Gleiter stoppte, trat Iniza aus dem geheimen Ausgang des Palastes. Sie trug eine schwarze Hose und eine kurze dunkle Jacke, darunter einen Gürtel mit Blaster. Tanys lag in ihren Armen. Der Nachtwind blies Inizas Haar wie einen Vorhang über das Gesicht des Kindes.

Gavanqe stand neben ihr mit einer übervollen Tasche. Auch sie war in bequemere Kleidung geschlüpft, einen dunkelblauen Overall mit vollen Reißverschlusstaschen.

Der Tunnel hinter ihnen war als vergitterter Eingang zur Kanalisation getarnt, doch in Wahrheit führte er geradewegs in die Keller des Palastes. Glanis und Iniza hatten ihn früher oft benutzt, wenn sie sich bei Nacht heimlich davongestohlen hatten, inkognito in die Altstadt von Paionidis oder hinaus ins Trümmermoor. Die Öffnung befand sich in einer groben Mauer, die dicht mit Kletterpflanzen bewachsen war.

Die Glaskuppel des Gleiters stand bereits offen, als Glanis die Frauen heranwinkte. »Steigt ein, schnell!«

Einen Augenblick später waren sie wieder unterwegs. Er nahm nicht denselben Weg zurück zum Raumhafen, weil er mit Verfolgern rechnete.

Iniza saß neben ihm und drückte Tanys fest an sich. Ihr dunkles Haar wirbelte wild umher, bis sich die Kuppel des Gleiters geschlossen hatte.

Glanis berührte ihre Hand. »Wenn ich etwas hätte tun können ...«

Inizas natürliche Blässe sah im Schein der vorüberhuschenden Lichter aus, als wäre ihre Haut mit Eis überzogen. Tränen glitzerten in ihren Augen, doch ihr Gesicht blieb starr.

»Du warst nie für sie verantwortlich«, sagte er, während er beschleunigte. »Das bist du auch jetzt nicht.«

»Ich bin diejenige, die sie hergebracht hat.«

»Aber Fael hat sie ermordet, nicht du.«

»Ich hab sie nach Koryantum geführt, weil ich dachte, dass du Tanys herbringen würdest, wenn der Weg nach Noa blockiert ist. Ich hab das für mich getan, nicht für Hephestus und die anderen. Ich konnte nur daran denken, euch wiederzusehen. Und deshalb sind jetzt all diese Menschen tot.«

»Trotzdem hast du nur das Beste für sie gewollt.«

Sie wandte ihm das Gesicht zu. Tränen liefen ihr über die Wangen, obwohl ihre Stimme gefasst klang. »Ich habe überhaupt *nichts* für sie gewollt! Mir ging es immer nur um uns.« Sie presste die Lippen aufeinander und zog Tanys' Kopf an ihre Wange. Die Kleine gab ein paar Laute von sich und blickte schläfrig vor sich hin.

Sie befanden sich am Rand einer Parkanlage, hinter der das Labyrinth der Altstadt begann. Eine der vielgenutzten Routen zum Raumhafen lag einen guten Kilometer links von ihnen, die drei übereinanderliegenden Ebenen aus Scheinwerfern brannten weiße Schlieren in die Nacht.

Gavanqe blickte durch die Gleiterkuppel auf das vorüberziehende Lichtermeer der Stadt. »So viel Unglück für den Thron einer elenden Provinzwelt.«

»Fael will nicht nur Koryantum«, sagte Glanis. »Er hat es auf die gesamten Baronien abgesehen. Ich weiß, dass er so schnell wie möglich nach Tern aufbrechen will, um mit dem neuen Rat zu sprechen. Früher oder später wird er sichergehen wollen, dass die anderen Barone wissen, wer für die Rückkehr der Maschinen verantwortlich ist – und für den Abzug des Ordens aus den Baronien, falls es so weit kommen sollte.«

Er fädelte sich in den Verkehr auf der Gleiterroute ein, stieg zur mittleren Ebene auf und flog Richtung Raumhafen. Weiter oben waren zu viele Fahrzeuge des Sicherheitsdienstes unterwegs.

»Warum verstecken wir uns nicht außerhalb der Stadt, bis sich die Lage beruhigt hat?«, fragte die Amme. »Der Planet dürfte doch groß genug sein.«

Glanis schüttelte den Kopf. »Fael bringt jeden um, der ihm gefährlich werden kann. Iniza ist die Nächste in der Thronfolge. Er hat Gegner, die versuchen werden, sie zu instrumentalisieren. Vielleicht sogar Tanys. Wenn wir uns auf Koryantum verstecken, wird er niemals Ruhe geben, bis er –«

Hinter ihnen feuerte jemand einen Warnschuss aus einem offenen Gleiter ab.

Glanis ging auf Höchstgeschwindigkeit. Alle wurden tief in die Sitze gepresst. In wilder Schlangenlinie lenkte er den Gleiter durch den Verkehr, die Scheinwerfer neben, unter und über ihnen wurden zu gleißenden Lichtbahnen. Ihre Verfolger ließen sich nicht abschütteln, aber sie hatten ihre Kuppel aufgrund des hohen Tempos schließen müssen und schossen nicht mehr.

Vor ihnen tauchten die Türme des Raumhafens auf, dahinter das gigantische Flugfeld, durchzogen von Wegmarkierungen, die sich in der Ferne verloren. Ständig hoben Raumschiffe ab, andere landeten, stählerne Kolosse, überzogen von

Netzen aus Glutpunkten. Auch am Nachthimmel wimmelte es von aufsteigenden und sinkenden Lichtgebilden. Die militärische Sektion lag am anderen Ende des Raumhafens und war von hier aus nicht zu sehen.

Glanis konnte nicht gegen ihre Verfolger kämpfen. Der Gleiter war unbewaffnet, und auf einen Schusswechsel mit Blastern würde er sich nicht einlassen, solange Tanys bei ihnen war. Sie konnten nur versuchen, schneller zu sein – und hoffen, dass sie am Ziel alles so vorfinden würden, wie Iniza es geplant hatte.

Sie näherten sich einem der bewachten Tore, als Iniza einen Kommunikator unter ihrer Jacke hervorzog und den Sprechknopf drückte.

»Jetzt«, sagte sie leise. Nur dieses Wort.

Jenseits der Umzäunung stiegen gewaltige Flammenlohen auf. Explosionen erleuchteten das Flugfeld im vorderen Drittel. Die Wachposten am Tor blickten sich um – und bemerkten erst im letzten Moment, dass ein Gleiter auf sie zuraste. Einige wollten das Feuer eröffnen, aber da schlugen Laserbolzen vom Himmel zwischen ihnen ein und schleuderten sie zur Seite.

»Festhalten!«, schrie Glanis.

Iniza umschlang Tanys schützend mit beiden Armen, während Gavanqe auf dem Rücksitz herzhaft fluchte. Der Gleiter schoss geradewegs in die Flammenwand. Einen Atemzug lang tanzte Feuer über die Kuppel, brüllende Hitze drohte den Transparentplast zu schmelzen. Dann waren sie hindurch und rasten durch eine Zone aus Dunkelheit, hinter der weitere Explosionen zwischen den Schiffen erblühten.

Über ihnen war ein riesenhafter Umriss am Nachthimmel

aufgetaucht, ein mächtiger Dreizack, der aus einem Dutzend Geschützen Laserfeuer spie. Er hing genau über der *Nachtwärts* und schoss ihnen den Weg dorthin frei.

Tanys begann zu weinen, doch das ging im Donner der Detonationen unter. Alarmsirenen heulten auf, Scheinwerfer tasteten aus allen Richtungen durch die Finsternis und fanden das Ordensschiff. Der schwarze Dreizack feuerte zielsicher auf die Lichtanlagen und zerstörte sie.

Glanis lenkte den Gleiter zwischen gewaltigen Flammenwänden hindurch. In tiefen Kratern brodelte kochender Asphalt. Es stank nach Teer und geschmolzenem Kunststoff, nach brennendem Öl und Ozon. Keiner sprach, selbst Tanys verstummte und schaute wie hypnotisiert in die himmelhohen Feuer.

In der Zentrale des Raumhafens musste Schockstarre herrschen angesichts der Erkenntnis, dass ein Schiff des Hexenordens Koryantum angriff. Für viele würde es nach einer Kriegserklärung Tiamandes aussehen, und die Entscheidung, das angreifende Schiff zu zerstören, konnte nur der Baron persönlich treffen – der sich Kilometer entfernt am anderen Ende des Raumhafens aufhielt und sich erst ein Bild von der Lage machen musste.

Im Dreizackschiff hatte man den Gleiter entdeckt und feuerte jetzt gezielt auf den Weg dahinter. Iniza zog eine handtellergroße Fernsteuerung hervor. Als sie einen Code eingab, öffneten sich vor ihnen die stählernen Kiefer der *Nachtwärts*. Der Mund des Kopfsegments sank nach unten, gleichzeitig entfaltete sich die Rampe. Das Schott des Laderaums glitt zur Seite.

In unmittelbarer Nähe der *Nachtwärts* war nicht genug Platz, um das Dreizackschiff zu landen, aber das schien die

Pilotin nicht zu stören. Ein kleiner Transporter wurde unter der rechten Zackensektion begraben und ging in Flammen auf, als das Ordensschiff schräg am Boden aufkam, zwei Landestelzen verlor und beim Aufschlag des Hecks selbst zu brennen begann. Während im Hintergrund Detonationen erklangen und turmhohe Lohen einen Feuerwall um sie bildeten, standen die beiden Schiffe nun nebeneinander, die *Nachtwärts* startbereit, der Ordensraumer angeschlagen von der Bruchlandung.

Glanis lenkte den Gleiter in den Laderaum und brachte ihn mit einer scharfen Bremsung zum Stehen. Von außen schlug Hitze in die *Nachtwärts*, Rauch und Gestank wehten durch das offene Schott herein. Iniza reichte Gavanqe das Kind, redete kurz auf sie ein und gab Tanys einen Kuss, dann machte sie sich auf den Weg ins Cockpit. Er selbst lief zurück zur Rampe und sah zwei Gestalten, die aus dem Inferno auf die *Nachtwärts* zustürmten. Rechts von ihnen brach ein Gleiter des Sicherheitsdienstes durch die Flammen. Glanis nahm ihn mit seinem Blaster unter Beschuss, bis er mit rauchendem Motor beidrehte.

»Das war ein furchtbarer Plan!«, brüllte Kranit, während er die Rampe heraufrannte. Sein Haar war schneeweiß. »Starr mich nicht an, Junge! Mach, dass du reinkommst!«

Shara grinste, als sie im Laufen ihre rauchende Pilotenjacke abstreifte. Dann waren beide im Schiff, und Glanis schlug die Faust auf den roten Knopf, der das Schott versiegelte.

Aus den Lautsprechern ertönte Inizas Stimme: »Alle festhalten!«

Mit einem harten Ruck hob die *Nachtwärts* vom Boden ab. Triebwerke und Generatoren jaulten auf. Weil das Schott noch nicht völlig geschlossen war, spürte Glanis ein elektrisches Kribbeln vom Aufbau der Energieschilde um den Sichelrumpf.

Die Techniker auf Noa hatten den Antigravschacht des Schiffes repariert, und so schwebten sie alle nach oben, statt wie früher die Leiter zu nehmen. Gavanqe hielt Tanys fest, während Shara empört aufschrie, als die *Nachtwärts* von ersten Treffern erschüttert wurde.

Glanis half der Amme durch die Tür des Cockpits, mit dem Kind im Arm war der Übergang aus der Schwerelosigkeit in die Schiffsgravitation nicht einfach. Als er sich umdrehte, hatte Shara bereits die Steuerung übernommen, und Kranit fuhr die Geschütze hoch.

»Wieder alle beisammen!«, rief der Waffenmeister und stieß ein dröhnendes Lachen aus. »Genau wie früher!« Nicht einmal der Rußgestank seiner Kleidung konnte den Tabakduft überdecken. Dass er mit *früher* offenbar ihre Flucht von Nurdenmark meinte, gab Glanis ein irrationales Gefühl von Sicherheit.

Gavanqe warf einen verblüfften Blick auf die leblose Muse, die steif auf einem der Notsitze im hinteren Teil des Cockpits festgeschnallt war, und setzte sich neben sie. Iniza nahm ihr gegenüber Platz und ließ sich das Kind geben. Neue Treffer schwächten die Energieschilde, gleich darauf zerstörte Kranits Laserfeuer zwei weitere Jäger.

Als Glanis sich in den zweiten Copilotensitz fallen ließ, fühlte sich das an wie Nachhausekommen. Vor dem Cockpitfenster wurde der Sternenhimmel klarer, die Gestirne schärfer. Im nächsten Augenblick verließen sie Koryantums Atmosphäre und schossen ins All hinaus. Shara schob den Schleusenschlüssel aus dem Dreizackschiff in die Vorrichtung auf dem Instrumentenpult.

Kranit feuerte ununterbrochen auf ihre Verfolger und ließ es erst gut sein, als Shara die Geschwindigkeit erhöhte und die Jäger hinter der *Nachtwärts* zurückblieben.

Niemand sprach, bis sie die Hypersprungschleuse vor sich sahen. Shara tippte Koordinaten ein, die Glanis nicht kannte, und der Ring füllte sich mit blauer Energie.

»Wohin fliegen wir?«, fragte Iniza.

Shara lächelte und gab keine Antwort.

Glanis löste seinen Gurt, ging nach hinten und klappte den Notsitz neben Iniza hinunter. Erschöpft nahm er Platz, hörte Tanys leise glucksen und griff nach Inizas Hand. Ihre Finger waren kalt, als sie sich um seine schlossen. Gemeinsam sahen sie zu, wie die *Nachtwärts* das Sprungfeld durchbrach und mit brüllendem Antrieb in den Hyperraum stürzte.

Die Muse schlug die Augen auf.

EPILOG

Noa brannte noch, als sich Hadraths Transporter auf den Platz vor der Festung senkte. Das Pflaster war von Kratern und den Schneisen der Laserschüsse aufgerissen. Zwischen den Narben der Schlacht türmten sich Trümmerberge aus geborstenem Stein und Beton. Rundum stand die Stadt in Flammen, die Hitze schuf Wände aus waberndem Orange. Der Platz war übersät mit brennenden Gerippen, von manchen Körpern war nichts geblieben als schwarze Konturen aus Asche.

Die letzten Türme und Wälle der Festung hatten der Hitze nachgegeben und waren eingestürzt. Kaum etwas erinnerte an das wuchtige Gemäuer, das über ein Jahrtausend lang über der Stadt gethront hatte. Der oberirdische Teil war zu einer Hügellandschaft aus Schutt geworden, auf der wirbelnde Tornados aus Flammen tanzten.

Hadrath ging allein die Rampe des Transporters hinunter. Er trug einen engen weißen Schutzanzug mit geschlossenem Helm. Hinter ihm in der Öffnung standen zwei Bewaffnete in identischer Montur. Er hatte ihnen befohlen, an Bord zu bleiben. Was er zu tun hatte, wollte er allein tun.

Er spürte einen gewissen Triumph, als er durch die lodernden Feuer über den Platz schritt. Er war jetzt der einzige lebende Mensch auf dieser Welt. Ebenso gut hätte er der letzte Mensch im Universum sein können. Oder der allererste.

Wo sich das Tor der Festung befunden hatte, führte eine Schräge aus Bruchstücken, verdrehtem Metall und geschmolzenem Kunststoff auf eine Anhöhe. Hadrath wusste, was ihn dahinter erwartete, und er beschleunigte seine Schritte. In manchen Spalten glühte es wie an den Hängen eines Vulkans. Er war sich der Gefahr bewusst, dass die tieferen Etagen nachgeben und ihn mitsamt der Ruine verschlingen mochten. Doch in ihm loderte ein solches Gefühl von Erregung, von Euphorie, von purer Unbesiegbarkeit, dass er die Möglichkeit eines so profanen Todes vollkommen ausschloss. Nicht einmal damals, als er allein im All von religiösen Offenbarungen überwältigt worden war, hatte er sich der STILLE so nah gefühlt. Dies hier war der Augenblick, auf den er so lange gehofft hatte, der Moment der unmittelbaren Begegnung.

Bevor er den Kamm des Trümmerhügels erreichte, blickte er sich noch einmal zum Schiff um. Die Rampe war geschlossen worden. Womöglich hatte die Hitze zu viel vom kostbaren Sauerstoffvorrat des Transporters gefressen. Oder Granwill Caudor hatte von Hadraths Flug zur Oberfläche erfahren und entschieden, ihn loszuwerden. Der Gedanke berührte Hadrath kaum. Er genoss das Alleinsein, die Gewissheit, sich der STILLE mit jeder Faser seines Leibes auszuliefern.

Doch das Schiff machte keine Anstalten abzuheben, stand nur da und wartete. Hadrath erstieg den Rest der Hügelkuppe. Oben bot sich ihm eine gute Sicht auf das, was von der stolzen Klosterfestung übrig geblieben war, eine Endzeitvision aus Schutt und Feuer und schwarzem Rauch.

Die Musen hatten sich auf dem nächsten Trümmerhügel verteilt, unweit des Kraters über dem Antigravschacht, durch den sie aus der Tiefe heraufgeklettert waren wie Dämonen aus Noas Unterwelt. Ihre fleischlosen Körper reflektierten die goldenen Flammenstürme, zuckender Feuerschein brach sich auf den verzierten Oberflächen ihrer Glieder. Ihre künstliche Haut war vollständig verbrannt. Darunter waren feminine Leiber aus Metalllegierungen zum Vorschein gekommen, älter als das Reich von Tiamande.

Hadrath atmetet schneller unter seinem Helm. Die Ventilation erhöhte selbständig ihre Leistung, damit die Gesichtsscheibe nicht beschlug. Ehrfurcht überkam ihn, das Gefühl einer Vereinigung, die er sich stets erträumt, aber niemals für möglich gehalten hatte. Es mochten zwanzig sein, die sich mittlerweile aus dem Abgrund emporgekämpft hatten, vielleicht waren weitere auf dem Weg.

Alle hatten ihre Köpfe in seine Richtung gedreht und starrten ihn über die Zerstörung hinweg mit ihren schönen Augen an. Obwohl der Anzug die Temperatur regulierte, wurde ihm heiß. Sein erster Eindruck am Holotisch des Schiffes war nur ein schaler Vorgeschmack auf ihre wahrhaftige Herrlichkeit gewesen.

Entschlossen machte er sich an den Abstieg ins nächste Trümmertal. Er gab acht, wohin er seine Füße setzte, und manchmal musste er sich an vorstehenden Stahlträgern und Rohren festhalten, um nicht zu stürzen. Sie beobachteten ihn dabei, registrierten jeden seiner Schritte.

Am tiefsten Punkt zwischen den Schuttbergen hielt er inne und blickte zu ihnen auf. Er sah sie reglos über sich auf dem Hang stehen wie Denkmäler einer versunkenen Zivilisation. Nur ein einziges Mal in seinem Leben hatte er wahres Glück empfunden – als ihn ein Gildeschiff im All aufgelesen hatte, ganz so wie es ihm die STILLE prophezeit hatte –, doch was er jetzt spürte, übertraf dieses Gefühl bei weitem. Sie waren die Schöpferinnen der STILLE, ihr wahrer, lebendiger Ursprung.

Während er durch das Hitzewabern zu ihnen emporblickte, gab der Boden unter seinem rechten Fuß nach. Sein Bein verschwand bis zum Knie in einem Spalt. Der Anzug rieb an einer Trümmerkante entlang und wäre wohl aufgerissen, hätte Hadrath sich nicht im letzten Moment nach vorn geworfen. Die Scheibe des Helms schlug auf und bekam einen haarfeinen Riss. Sein Bein hing über einem unsichtbaren Abgrund.

Mit beiden Händen stützte er sich auf, damit er nicht tiefer im Boden versank. Schwer atmend gelang es ihm, den Fuß aus dem Loch zu ziehen. Schließlich kauerte er auf Knien neben dem Spalt, blickte auf den Riss in seinem Helm und erkannte, dass er nicht größer wurde und auch keine Hitze eindrang. Ein weiteres Wunder an diesem Tag der Offenbarungen.

Als er den Kopf hob, stand eine von ihnen vor ihm, atemberaubend in ihrer gehäuteten Perfektion. Das Metall ihres Leibes glühte noch. Um sie waberte die Luft und erweckte die Muster auf ihren Gliedern zum Leben.

Ich gehöre dir, dachte er. Ich bin schon so lange dein, dass ich vergessen habe, wie sich mein Leben vorher angefühlt hat. Du bist die STILLE und ich ihr ergebenster Diener.

Hinter dem Hügel, hinter den zierlichen Silhouetten, stiegen Lichtsäulen in den Himmel, winzige dunkle Punkte auf Strahlen aus weißer Glut. Als Hadrath zur Seite blickte, waren sie auch dort, überall um die Ruinenstadt, Tausende und Abertausende stählerner Sklaven, die aus den Marschen von Noa schlüpften und gen Himmel rasten, dem All entgegen und der Kriegsflotte des Hauses Caudor.

Allein Hadrath war hier unten und bat voller Demut um Schonung.

Sie wurde ihm gewährt.

Eine glühende Hand sank auf seine Schulter, als wollte sie ihn segnen, brannte sich zischend durch seinen Anzug und in sein Fleisch. Er heulte auf vor Schmerz und Ekstase, heulte in glücklicher Erfüllung.

Nun trug er ihr Brandzeichen. Er war ihr Erwählter.

Im Einklang mit seinen Göttinnen blickte er zum Himmel, sah Schiffe brennen im Rauch von Noa, sah den Beginn einer neuen Schöpfung und das Erwachen der Maschinen.